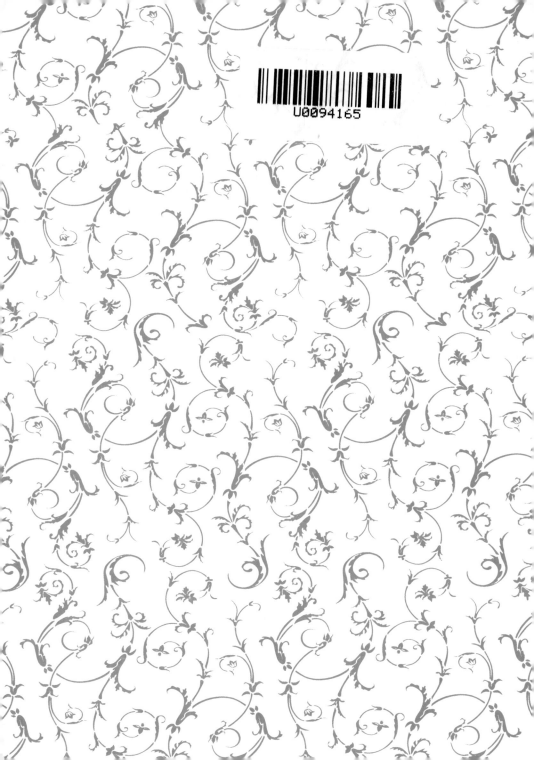

U0094165

Yilin Classics

ALBERT CAMUS

经/典/译/林

L'Étranger · La Peste

局外人 鼠疫

[法国] 阿尔贝·加缪 著

郭宏安　陆洵 译

译林出版社

图书在版编目（CIP）数据

局外人 ／（法）阿尔贝·加缪著；郭宏安译 . 鼠疫 ／（法）阿尔贝·加缪著；陆洵译 . — 南京：译林出版社，2020.6（2020.10 重印）

（经典译林）

ISBN 978-7-5447-8175-6

I.①局… ②鼠… II.①阿… ②郭… ③陆… III.①中篇小说 – 法国 – 现代 ②长篇小说 – 法国 – 现代 IV.①I565.45

中国版本图书馆 CIP 数据核字（2020）第 039648 号

局外人　鼠疫　[法国] 阿尔贝·加缪　著　郭宏安　陆　洵　译

责任编辑　唐洋洋
装帧设计　胡　苨
校　　对　蒋　燕
责任印制　颜　亮

原文出版　Gallimard, 1962
出版发行　译林出版社
地　　址　南京市湖南路 1 号 A 楼
邮　　箱　yilin@yilin.com
网　　址　www.yilin.com
市场热线　025-86633278
排　　版　南京展望文化发展有限公司
印　　刷　江苏凤凰盐城印刷有限公司
开　　本　880 毫米 ×1240 毫米　1/32
印　　张　10
插　　页　4
版　　次　2020 年 6 月第 1 版
印　　次　2020 年 10 月第 2 次印刷
书　　号　ISBN 978-7-5447-8175-6
定　　价　38.00 元

CONTENTS · 目录

局 外 人

第一部 3

第二部 37

鼠 疫

第一部 79

第二部 127

第三部 203

第四部 217

第五部 279

局 外 人

郭宏安　　译

第一部

一

今天，妈妈死了。也许是昨天，我不知道。我收到养老院的一封电报，说："母死。明日葬。专此通知。"这说明不了什么。可能是昨天死的。

养老院在马朗戈，离阿尔及尔八十公里。我乘两点钟的公共汽车，下午到，还赶得上守灵，明天晚上就能回来。我向老板请了两天假，有这样的理由，他不能拒绝。不过，他似乎不大高兴。我甚至跟他说："这可不是我的错儿。"他没有理我。我想我不该跟他说这句话。反正，我没有什么可请求原谅的，倒是他应该向我表示哀悼。不过，后天他看见我戴孝的时候，一定会安慰我的。现在有点像是妈妈还没有死似的，不过一下葬，那可就是一桩已经了结的事了，一切又该公事公办了。

我乘的是两点钟的汽车。天气很热。跟平时一样，我还是在赛莱斯特的饭馆里吃的饭。他们都为我难受，赛莱斯特还说："人只有一个母亲啊。"我走的时候，他们一直送我到门口。我有点儿烦，因为我还得到艾玛努埃尔那里去借黑领带和黑纱。他几个月前刚死了叔叔。

为了及时上路，我是跑着去的。这番急，这番跑，加上汽车颠簸，汽油味儿，还有道路和天空亮得晃眼，把我弄得昏昏沉沉的。我几乎睡了一路。我醒来的时候，正歪在一个军人身上，他朝我笑笑，问我是不是从远地方来。我不想说话，只应了声"是"。

养老院离村子还有两公里，我走去了。我真想立刻见到妈妈，但门房说我得先见见院长。他正忙着，我等了一会儿。这当儿，门房说个不停，后来，我见了院长。他是在办公室里接待我的。那是个小老头，佩戴着荣誉团勋章。他那双浅色的眼睛盯着我。随后，他握着我的手，老也不松开，我真不知道如何抽出来。他看了看档案，对我说："默而索太太是三年前来此的，您是她唯一的赡养者。"我以为他是在责备我什么，就赶紧向他解释。但是他打断了我："您无须解释，亲爱的孩子。我看过您母亲的档案。您无力负担她。她需要有人照料，您的薪水又很菲薄。总之，她在这里更快活些。"我说："是的，院长先生。"他又说："您知道，她有年纪相仿的人做朋友。他们对过去的一些事有共同的兴趣。您年轻，跟您在一起，她还会闷得慌呢。"

这是真的。妈妈在家的时候，一天到晚总是看着我，不说话。她刚进养老院时，常常哭。那是因为不习惯。几个月之后，如果再让她出来，她还会哭的。这又是因为不习惯。差不多为此，近一年来我就几乎没来看过她。当然，也是因为来看她就得占用星期天，还不算赶汽车、买车票、坐两小时的车所费的力气。

院长还在跟我说，可是我几乎不听了。最后，他说："我想您愿意再看看您的母亲吧。"我站了起来，没说话，他领着我出去了。在楼梯上，他向我解释说："我们把她抬到小停尸间里了，因为怕别的老人害怕。这里每逢有人死了，其他人总要有两三天工夫才能安定下来。这给服务带来很多困难。"我们穿过一个院子，院子里有不少老人，正三五成群地闲谈。我们经过的时候，他们都不作声了；我们一过去，他们就又说开了。真像一群鹦鹉在喊喊喳喳低声乱叫。走到一座小房子门前，院长与我告别："请自便吧，默而索先生。有事到办公室找我。原则上，下葬定于明早十点钟。我们是想让您能够守灵。还有，您的母亲似乎常向同伴们表示，希望按宗教的仪式安葬。这事我已经安排好了，只不过想告诉您一声。"我谢了他。妈妈并不是无神论者，可活着的时候也从未想到过宗教。

我进去了。屋子里很亮，玻璃天棚，四壁刷着白灰。有几把椅子，几个叉形的架子。正中两个架子上，停着一口棺材，盖着盖。一些发亮的螺丝钉，刚拧进去个头儿，在刷成褐色的木板上看得清清楚楚。棺材旁边，有一个阿拉伯女护士，穿着白大褂，头上一方颜色鲜亮的围巾。

这时，门房来到我的身后。他大概是跑着来的，说话有点儿结巴："他们给盖上了，我得再打开，好让您看看她。"他走近棺材，我叫住了他。他问我："您不想？"我回答说："不想。"他站住了，我很难为情，因为我觉得我不该那样说。过了一会儿，他看了看我，问道："为什么？"他并没有责备的意思，好像只是想问问。我说："不知道。"于是，他捻着发白的小胡子，也不看我，说道："我明白。"他的眼睛很漂亮，淡蓝色，脸上有些发红。他给我搬来一把椅子，自己坐在我后面。女护士站起来，朝门口走去。这时，门房对我说："她长的是恶疮。"因为我不明白，就看了看那女护士，只见她眼睛下面绕头缠了一条绷带。在鼻子的那个地方，绷带是平的。在她的脸上，人们所能见到的，就是一条雪白的绷带。

她出去以后，门房说："我不陪你了。"我不知道我做了个什么表示，他没有走，站在我后面。背后有一个人，使我很不自在。傍晚时分，屋子里仍然很亮。两只大胡蜂在玻璃天棚上嗡嗡地飞。我感到困劲儿上来了。我头也没回，对门房说："您在这里很久了吗？"他立即回答道："五年了。"好像就等着我问他似的。

接着，他滔滔不绝地说了起来。如果有人对他说他会在马朗戈养老院当一辈子门房，他一定会惊讶不已。他六十四岁，是巴黎人。说到这儿，我打断了他："噢，您不是本地人？"我这才想起来，他在带我去见院长之前，跟我谈起过妈妈。他说要赶快下葬，因为平原天气热，特别是这个地方。就是那个时候，他告诉我他在巴黎住过，而且怎么也忘不了巴黎。在巴黎，死人在家里停放三天，有时四天。这里不行，时间太短，怎么也习惯不了才过这么短时间就要跟着枢车去下葬。这时，他老婆对他说："别说了，这些事是不能对先生说的。"老头子脸红了，连连道歉。我就说："没关系，没关系。"我觉得他说得对，很有意思。

在小停尸间里，他告诉我，他进养老院是因为穷。他觉得自己身体还结实，就自荐当了门房。我向他指出，无论如何，他还是养老院收留的人。他说不是。我先就觉得奇怪，他说到住养老院的人时（其中有几个并不比他大），总是说"他们""那些人"，有时也说"老人们"。当然，那不是一码事。他是门房，从某种程度上说，他还管着他们呢。

这时，那个女护士进来了。天一下子就黑了。浓重的夜色很快就压在玻璃天棚上。门房打开灯，突然的光亮使我眼花目眩。他请我到食堂去吃饭。但是我不饿。他于是建议端杯牛奶咖啡来。我喜欢牛奶咖啡，就接受了。过了一会儿，他端着一个托盘回来了。我喝了咖啡，想抽烟。可是我犹豫了，我不知道能不能在妈妈面前这样做。我想了想，认为这不要紧。我给了门房一支烟，我们抽了起来。

过了一会儿，他对我说："您知道，令堂的朋友们也要来守灵。

这是习惯。我得去找些椅子，端点咖啡来。"我问他能不能关掉一盏灯。照在白墙上的灯光使我很难受。他说不行。灯就是那样装的：要么全开，要么全关。我后来没有怎么再注意他。他出去，进来，摆好椅子，在一把椅子上围着咖啡壶放了一些杯子。然后，他隔着妈妈的棺木在我对面坐下。女护士也坐在里边，背对着我。我看不见她在干什么。但从她胳膊的动作看，我认为她是在织毛线。屋子里暖洋洋的，咖啡使我发热，从开着的门中，飘进来一股夜晚和鲜花的气味。我觉得我打了个盹儿。

一阵窸窸窣窣的声音把我弄醒了。乍一睁开眼睛，屋子更显得白了。在我面前，没有一点儿阴影，每一样东西、每一个角落、每一条曲线，都清清楚楚、轮廓分明、很显眼。妈妈的朋友们就是这个时候进来的。一共有十来个，静悄悄地在这耀眼的灯光中挪动。他们坐下了，没有一把椅子响一声。我看见了他们，我看人从来没有这样清楚过，他们的面孔和衣着的任何一个细节都没有逃过我的眼睛。然而，我听不见他们的声音，我真难相信他们是真的在那里。几乎所有的女人都系着围裙，束腰的带子使她们的大肚子更突出了。我还从没有注意过老太太会有这样大的肚子。男人几乎都很瘦，挂着手杖。使我惊奇的是，我在他们的脸上看不见眼睛，只看见一堆皱纹中间闪动着一缕混浊的亮光。他们坐下的时候，大多数人都看了看我，不自然地点了点头，嘴唇都陷进了没有牙的嘴里，我也不知道他们是向我打招呼，还是脸上不由自主地抽动了一下。我还是相信他们是在跟我打招呼。这时我才发觉他们都面对着我，摇晃着脑袋坐在门房的左右。有一阵，我有一种可笑的印象，觉得他们是审判我来了。

不多会儿，一个女人哭起来了。她坐在第二排，躲在一个同伴的后面，我看不清楚。她抽抽搭搭地哭着，我觉得她大概不会停的。

其他人好像都没有听见。他们神情沮丧，满面愁容，一声不吭。他们看看棺材，看看手杖，或随便东张西望，他们只看这些东西。那个女人一直在哭。我很奇怪，因为我并不认识她。我真希望她别再哭了，可我不敢对她说。门房朝她弯下身，说了句话，可她摇摇头，嘟囔了句什么，依旧抽抽搭搭地哭着。于是，门房朝我走来，在我身边坐下。过了好一阵，他才眼睛望着别处告诉我："她跟令堂很要好。她说令堂是她在这儿唯一的朋友，现在她什么人也没有了。"

我们就这样坐了很久。那个女人的叹息声和呜咽声少了，但抽泣得很厉害，最后总算无声无息了。我不困了，但很累，腰酸背疼。现在，是这些人的沉默使我难受。我只是偶尔听见一种奇怪的声响，不知道是什么。时间长了，我终于猜出，原来是有几个老头子嗫腮帮子，发出了这种怪响。他们沉浸在冥想中，自己并不觉得。我甚至觉得，在他们眼里，躺在他们中间的死者算不了什么。但是现在我认为，那是一个错误的印象。

我们都喝了门房端来的咖啡。后来的事，我就不知道了。一夜过去了。我现在还记得，有时我睁开眼，看见老头们一个个缩成一团睡着了，只有一位，下巴颏压在拄着手杖的手背上，在盯着我看，好像他就等着我醒似的。随后，我又睡了。因为腰越来越疼，我又醒了。晨曦已经悄悄爬上玻璃窗。一会儿，一个老头儿醒了，使劲地咳嗽。他掏出一块方格大手帕，往里面吐痰，每一口痰都像使尽了全身的力气。其他人都被吵醒了，门房说他们该走了。他们站了起来。这样不舒服的一夜使他们个个面如死灰。出乎意料的是，他们出去时竟都同我握了手，好像过了彼此不说一句话的黑夜，我们的亲切感倒增加了。

我累了。门房把我带到他那里，我洗了把脸，又喝了一杯牛奶咖啡，好极了。我出去时，天已大亮。马朗戈和大海之间的山岭上空，一片红光。从山上吹过的风带来了一股盐味。看来是一个好天。我很久没到乡下来了，要不是因为妈妈，这会儿去散散步该多好啊。

我在院子里一棵梧桐树下等着。我闻着湿润的泥土味儿，不想再睡了。我想到了办公室里的同事们。这个时辰，他们该起床上班去了，对我来说，这总是最难熬的时刻。我又想了一会儿，被房子里传来的铃声打断了。窗户后面一阵忙乱声，随后又安静下来。太阳在天上又升高了一些，开始晒得我两脚发热。门房穿过院子，说院长要见我。我到他办公室去。他让我在几张纸上签了字。我见他穿着黑衣服和带条纹的裤子。他拿起电话，问我："殡仪馆的人已来了一会儿了，我要让他们来盖棺。您想最后再见见您的母亲吗？"我说不。他对着电话低声命令说："费雅克，告诉那些人，他们可以去了。"

然后，他说他也要去送葬，我谢了他。他在写字台后面坐下，又起两条小腿。他告诉我，送葬的只有我和他，还有值勤的女护士。原则上，院里的老人不许去送殡，只许参加守灵。他指出："这是个人道问题。"不过这一次，他允许妈妈的一个老朋友多玛·贝莱兹参加送葬。说到这儿，院长笑了笑。他对我说："您知道，这种感情有点孩子气。他和您的母亲几乎是形影不离。在院里，大家都拿他们打趣，他们对贝莱兹说：'她是您的未婚妻。'他只是笑。他们觉得开心。问题是默而索太太的死使他十分难过，我认为不应该拒绝他。但是，根据医生的建议，我昨天没有让他守灵。"

我们默默地坐了好一会儿。院长站起来，往窗外观望。他看了一会儿，说："马朗戈的神甫来了。他倒是提前了。"他告诉我至少要走三刻钟才能到教堂，教堂在村子里。我们下了楼。神甫和两个唱诗童子等在门前。其中一个手拿香炉，神甫弯下腰，调好香炉上银链子的长短。我们走到时，神甫已直起腰来。他叫我"儿子"，对我说了几句话。他走进屋里，我随他进去。

我一眼就看见螺钉已经旋进去了，屋子里站着四个穿黑衣服的人。同时，我听见院长说车子已经等在路上，神甫也开始祈祷了。从这时起，一切都进行得很快。那四个人走向棺材，把一条毯子蒙在上面。神甫、唱诗童子、院长和我，一齐走出去。门口，有一位太太，我不认识。"默而索先生。"院长介绍说。我没听见这位太太的姓名，只知道她是护士代表。她没有一丝笑容，向我低了低瘦骨嶙峋的长脸。然后，我们站成一排，让棺材过去。我们跟在抬棺材的人后面，走出养老院。送葬的车停在大门口，长方形，漆得发亮，像个铅笔盒。旁边站着葬礼司仪，他身材矮小，衣着滑稽，还有一个态度做作的老人，我明白了，他就是贝莱兹先生。他戴着一顶圆顶宽檐软毡帽（棺材经过的时候，他摘掉了帽子），裤脚堆在鞋上，大白领的衬衫太大，而黑领花又太小。鼻子上布满了黑点儿，嘴唇不住地抖动。满头的白发相当细软，两只奓拉耳，耳轮胡乱卷着，血红的颜色衬着苍白的面孔，给我留下了强烈的印象。司仪安排了我们的位置。神甫走在前面，然后是车子。旁边是四个抬棺材的。再后面，是院长和我，护士代表和贝莱兹先生断后。

天空中阳光灿烂，地上开始感到压力，气温迅速增高。我不知道为什么要等这么久才走。我穿着一身深色衣服，觉得很热。小老头本来已戴上帽子，这时又摘下来了。院长跟我谈到他的时候，我歪过头，望着他。他对我说，我母亲和贝莱兹先生傍晚常由一个女护士陪着散步，有时一直走到村里。我望着周围的田野。一排排通往天边山岭的柏树，一片红绿相杂的土地，房子不多却错落有致，我理解母亲的心理。在这个地方，傍晚该是一段令人伤感的时刻啊。今天，火辣辣的太阳晒得这片地方直打战，既冷酷无情，又令人疲惫不堪。

我们终于上路了。这时我才发觉贝莱兹有点儿瘸。车子渐渐走快了，老人落在后面。车子旁边也有一个人跟不上了，这时和我并排走着。我真奇怪，太阳怎么在天上升得那么快。我发现田野上早就充满了嗡嗡的虫鸣和簌簌的草响。我脸上流下汗来。我没戴帽子，只好拿手帕扇风。殡仪馆的那个伙计跟我说了句什么，我没听见。同时，他用右手掀了掀鸭舌帽檐，左手拿手帕擦着额头。我问他："怎么样？"他指了指天，连声说："晒得够呛。"我说："对。"过了一会儿，他问我："里边是您的母亲吗？"我又回了个"对"。"她年纪大吗？"我答道："还好。"因为我也不知道她究竟多少岁。然后，他就不说话了。我回了回头，看见老贝莱兹已经落下五十多米远了。他一个人急忙往前赶，手上摇晃着帽子。我也看了看院长。他庄严地走着，没有一个多余的动作。他的额上渗出了汗珠，他也不擦。

我觉得一行人走得更快了。我周围仍然是一片被阳光照得发亮的田野。天空亮得让人受不了。有一阵，我们走过一段新修的公路。太阳晒得柏油爆裂，脚一踩就陷进去，留下一道亮晶晶的裂口。车顶上，车夫的熟皮帽子就像在这黑油泥里浸过似的。我有点迷迷糊糊，头上是青天白云，周围是单调的颜色，开裂的柏油是黏糊糊的黑，人们穿的衣服是死气沉沉的黑，车子是漆得发亮的黑。这一切，阳光、皮革味、马粪味、漆味、香炉味、一夜没睡觉的疲倦，使我两眼模糊，神志不清。我又回了回头，贝莱兹已远远地落在后面，被裹在一片蒸腾的水汽中，后来干脆看不见了。我仔细寻找，才见他已经离开大路，从野地里斜穿过来。我注意到前面大路转了个弯。原来贝莱兹熟悉路径，正抄近路追我们呢。在大路拐弯的地方，他追上了我们。后来，我们又把他拉下了。他仍然斜穿田野，这样一共好几次。而我，我感到血直往太阳穴上涌。

以后的一切都进行得如此迅速、准确、自然，我现在什么也记不得了。除了一件事，那就是在村口，护士代表跟我说了话。她的声音很怪，与她的面孔不协调，那是一种抑扬的、颤抖的声音。她对我说："走得慢，会中暑；走得太快，又要出汗，到了教堂就会着凉。"她说得对。进退两难，出路是没有的。我还保留着这一天的几个印象，比方说，贝莱兹最后在村口追上我们时的那张面孔。他又激动又难过，大滴的泪水流上面颊。但是，由于皱纹的关系，泪水竟流不动，散而复聚，在那张形容大变的脸上铺了一层水。还有教堂，路旁的村民，墓地坟上红色的天竺葵，贝莱兹的昏厥（真像一个散架的木偶），撒在妈妈棺材上血红色的土，杂在土中的雪白的树根，又是人群，说话声，村子，在一家咖啡馆门前的等待，马达不停的轰鸣声，以及当汽车开进万家灯火的阿尔及尔，我想到我要上床睡他十二个钟头时我所感到的喜悦。

<h2 style="text-align:center">二</h2>

醒来的时候，我明白了为什么我向老板请那两天假时他的脸色那么不高兴，因为今天是星期六。我可以说是忘了，起床的时候才想起来。老板自然是想到了，加上星期天我就等于有了四天假期，而这是不会叫他高兴的。但一方面，安葬妈妈是在昨天而不是在今天，这并不是我的错；另一方面，无论如何，星期六和星期天总还是我的。当然，这并不妨碍我理解老板的心情。

昨天一天我累得够呛，简直起不来。刮脸的时候，我一直在想今天干什么，我决定去游泳。我乘电车去了海滨浴场。一到那儿，我就扎进水里。年轻人很多。我在水里看见了玛丽·卡多娜，我们从前在一个办公室工作，她是打字员，我那时曾想把她弄到手。我现在认为她也是这样想的。但她很快就走了，我们没来得及呀。我帮她爬上一个水鼓。在扶她的时候，我轻轻地碰着了她的乳房。她趴在水鼓上，我还在水里。她朝我转过身来，头发遮住了眼睛，她笑了。我也上了水鼓，挨在她身边。天气很好，我开玩笑似的仰起头，枕在她的肚子上。她没说什么，我就这样待着。我两眼望着天空，天空是蓝的，泛着金色。我感到头底下玛丽的肚子在轻轻地起伏。我们半睡半醒地在水鼓上待了很久。太阳变得太强烈了，她下了水，我也跟着下了水。我追上她，伸手抱住她的腰，我们一起游。她一直在笑。在岸上晒干的时候，她对我说："我晒得比您还黑。"我问她晚上愿不愿意去看电影。她还是笑，说她想看一部费南代尔①的片子。穿好衣服以后，她看见我系了一条黑领带，显出很奇怪的样子，问我是不是在戴孝。我跟她说妈妈死了。她想知道是什么时候，我说："昨天。"她吓得倒退了一步，但没表示什么。我想对她说这不是我的错，但是我收住了口，因为我想起来我已经跟老板说过了。这是毫无意义的。反正，人总是有点什么过错。

晚上，玛丽把什么都忘了。片子有的地方挺滑稽，不过实在是很蠢。她的腿挨着我的腿。我抚摸她的乳房。电影快结束的时候，我吻了她，但吻得很笨。出来以后，她跟我到我的住处来了。

我醒来的时候，玛丽已经走了。她跟我说过她得到她婶婶家去。我想起来了，今天是星期天，这真烦人，因为我不喜欢星期天。于是，我翻了个身，在枕头上寻找玛丽的头发留下的盐味儿，一直睡到十点钟。我一根接一根地抽烟，一直躺着，直到中午。我不想跟平时那样去赛莱斯特的饭馆吃饭，因为他们肯定要问我，我可不喜欢这样。我煮了几个鸡蛋，就着盘子吃了，没吃面包，没有了，也不愿意下楼去买。

---

① 费南代尔（1903—1971），法国著名喜剧演员。

吃过午饭，我有点闷得慌，就在房子里瞎转悠。妈妈在的时候，这套房子还挺合适，现在我一个人住就太大了，我不得不把饭厅的桌子搬到卧室里来。我只住这一间，屋里有几把当中的草垫已经有点塌陷的椅子，一个镜子发黄的柜子，一个梳妆台，一张铜床。其余的都不管了。后来，没事找事，我拿起一张旧报，读了起来。我把克鲁申盐业公司的广告剪下来，贴在一本旧簿子里。凡是报上让我开心的东西，我都剪下贴在里面。我洗了洗手，最后，上了阳台。

我的卧室外面是通往郊区的大街。午后天气晴朗。但是，马路很脏，行人稀少，却都很匆忙。首先是全家出来散步的人，两个穿海军服的小男孩，短裤长得过膝盖，笔挺的衣服使他们手足无措；一个小女孩，头上扎着一个粉红色的大花结，脚上穿着黑漆皮鞋。他们后面，是一位高大的母亲，穿着栗色的绸连衣裙；父亲是个相当瘦弱的矮个儿，我见过。他戴着一顶平顶窄檐的草帽，扎着蝴蝶结，手上一根手杖。看到他和他老婆在一起，我明白了为什么这一带的人都说他仪态不凡。过了一会儿，过来一群郊区的年轻人，头发油光光的，系着红领带，衣服腰身收得很紧，衣袋上绣着花儿，穿着方头皮鞋。我想他们是去城里看电影的，所以走得这样早，而且一边赶电车，一边高声说笑。

他们过去之后，路上渐渐没有人了。我想，各处的热闹都开始了。街上只剩下了一些店主和猫。从街道两旁的无花果树上空望去，天是晴的，但是不亮。对面人行道上，卖烟的搬出一把椅子，倒放在门前，双腿骑上，两只胳膊放在椅背上。刚才还是拥挤不堪的电车现在几乎全空了。烟店旁边那家叫"彼埃罗之家"的小咖啡馆里空无一人，侍者正在扫地。这的确是个星期天的样子。

我也把椅子倒转过来，像卖烟的那样放着，我觉得那样更舒服。我抽了两支烟，又进去拿了块巧克力，回到窗前吃起来。很快，天阴了。我以为要下暴雨，可是，天又渐渐放晴了。不过，刚才飘过一片乌云，像是要下雨，使街上更加阴暗了。我待在那儿望天，望了好久。

五点钟，电车轰隆隆地开过来了，车里挤满了从郊外体育场看比赛的人，有的就站在踏板上，有的扶着栏杆。后面几辆车里拉着的，我从他们的小手提箱认出是运动员。他们扯着嗓子喊叫、唱歌，说他们的俱乐部万古长青。好几个人跟我打招呼。其中有一个甚至对我喊："我们赢了他们。"我点点头，大声说："对。"从这时起，小汽车就多起来了。

天有点暗了。屋顶上空，天色发红，一入黄昏，街上也热闹起来。散步的人也渐渐往回走了。我在人群中认出了那位仪态不凡的先生。孩子在哭，让大人拖着走。这一带的电影院几乎也在这时把大批看客抛向街头。其中，年轻人的举动比平时更坚决，我想他们刚才看的是一部冒险片子。从城里电影院回来的人到得稍微晚些。他们显得更庄重些。他们还在笑，却不时地显出疲倦和出神的样子。他们待在街上，在对面的人行道上走来走去。附近的姑娘们没戴帽子，挽着胳膊在街上走。小伙子们设法迎上她们，说句笑话，她们一边大笑，一边回过头来。其中我认识好几个，她们向我打了招呼。

这时，街灯一下子亮了，使夜晚空中初现的星星黯然失色。我望着满是行人和灯光的人行道，感到眼睛很累。电灯把潮湿的路面照得闪闪发光，间隔均匀的电车反射着灯光，照在发亮的头发、人的笑容或银手镯上。不一会儿，电车少了，树木和电灯上空变得漆黑一片，不知不觉中路上的人也走光了，直到第一只猫慢悠悠地穿过重新变得空无一人的马路。这时，我想该吃晚饭了。我在椅背上趴得太久了，脖子有点儿酸。我下楼买了面包和面片，自己做了做，站着吃了。我想在窗前抽支烟，可是空气凉了，我有点儿冷。我关上窗户，回来的时候，在镜子里看见桌子的一角上摆着酒精灯和面包块。我想星期天总是忙忙碌碌的，妈妈已经安葬了，我又该上班了，总之，没有任何变化。

三

今天，我在办公室干了很多活儿。老板很和气。他问我是不是太累了，他也想知道妈妈的年纪。为了不弄错，我说了个"六十来岁"，我不知道为什么他好像松了口气，认为这是了结了一桩大事。

我的桌子上堆了一大堆提单，我都得处理。在离开办公室去吃午饭之前，我洗了手。中午是我最喜欢的时刻。晚上，我就不那么高兴了，因为公用的转动毛巾用了一天，都湿透了。一天，我向老板提出了这件事。他回答说他对此感到遗憾，不过这毕竟是小事一桩。我下班晚了些，十二点半我才跟艾玛努埃尔一起出来，他在发货部门工作。办公室外面就是海，我们看了一会儿大太阳底下停在港里的船。这时，一辆卡车开过来，带着哗啦哗啦的铁链声和噼噼啪啪的爆炸声。艾玛努埃尔问我"去看看怎么样"，我就跑了起来。卡车超过了我们，我们追上去。我被包围在一片嘈杂声和灰尘之中，什么也看不见了，只感到这种混乱的冲动，拼命在绞车、机器、半空中晃动的桅杆和我们身边的轮船之间奔跑。我第一个抓住车，跳了上去。然后，我帮着艾玛努埃尔坐好。我们喘不过气来，汽车在尘土和阳光中，在码头上高低不平的路上颠簸着。艾玛努埃尔笑得上气不接下气。

我们来到赛莱斯特的饭馆，浑身是汗。他还是那样子，挺着大肚子，系着围裙，留着雪白的小胡子。他问我"总还好吧"，我说好，现在肚子饿了。我吃得很快，喝了咖啡，然后回家，睡了一会儿，因为我酒喝多了。醒来的时候，我想抽烟。时候不早了，我跑去赶电车。我干了一下午。办公室里很热，晚上下了班，我沿着码头慢步走回去，感到很快活。天是绿色的，我感到心满意足。尽管如此，我还是径直回家了，因为我想自己煮土豆。

楼梯黑乎乎的。我上楼时碰在老萨拉玛诺的身上，他是我同层的邻居。他牵着狗。八年来，人们看见他们总是厮守在一起。这条西班牙种猎犬生了一种皮肤病，我想是丹毒，毛都快掉光了，浑身是硬皮和褐色的痂。他们俩挤在一间小屋子里，久而久之，老萨拉玛诺都像它了。他的脸上长了些发红的硬痂，头上是稀疏的黄毛。那狗呢，也跟它的主人学了一种弯腰驼背的走相，噘着嘴，伸着脖子。他们好像是同类，却相互憎恨。每天两次，十一点和六点，老头儿带着狗散步。八年来，他们没有改变过路线。他们总是沿着里昂路走，狗拖着人，直到老萨拉玛诺打个趔趄，他于是就又打又骂。狗吓得趴在地上，让人拖着走。这时，该老头儿拽了。要是狗忘了，又拖起主人来，就又会挨打挨骂。于是，他们两个双双待在人行道上，你瞅着我，我瞪着你，狗是怕，人是恨。天天如此。碰到狗要撒尿，老头儿偏不给它时间，使劲拽它，狗就沥沥拉拉尿一道儿。如果狗偶尔尿在屋里，更要遭到毒打。这样的日子已经过了八年。赛莱斯特总是说"这真不幸"，实际上，谁也不知道。我在楼梯上碰见萨拉玛诺的时候，他正在骂狗。他对它说："混蛋！脏货！"狗直哼哼。我跟他说"您好"，但老头儿还在骂。于是，我问狗怎么惹他了，他不搭腔。他只是说："混蛋！脏货！"我模模糊糊地看见他正弯着腰在狗的颈圈上摆弄什么。我提高了嗓门儿。他头也不回，憋着火儿回答我："它老是那样。"说完，便拖着那条哼哼唧唧、不肯痛痛快快往前走的狗出去了。

正在这时，我那层的第二个邻居进来了。这一带的人都说他靠女人生活。但是，人要问他职业，他就说是"仓库管理员"。一般地说，大家都不大喜欢他。但是他常跟我说话，有时还到我那儿坐坐，因为我听他说话。再说，我没有任何理由不跟他说话。他叫莱蒙·散泰斯。他长得相当矮，肩膀却很宽，长着一个拳击手的鼻子①。他总是穿得衣冠楚楚。说到萨拉玛诺，他也说："真是不幸！"他问我对此是否感到讨厌，我回答说不。

我们上了楼，正要分手的时候，他对我说："我那里有猪血香肠和葡萄酒，一块儿吃点怎么样？……"我想这样我不用做饭了，就接受了。他也只有一间房子，外带一间没有窗户的厨房。床的上方摆着一个白色和粉红色的仿大理石天使像，几张体育冠军的相片和两三张裸体女人画片。屋里很脏，床上乱七八糟。他先点上煤油灯，然后从口袋里掏出一卷肮脏的纱布，把右手缠了起来。我问他怎么了，他说他和一个跟他找碴儿的家伙打了一架。

"您知道，默而索先生，"他对我说，"并不是我坏，可我是火性子。那小子呢，他说：'你要是个男子汉，从电车上下来。'我对他说：'滚蛋，别找事儿。'他说我不是男子汉。于是，我下了电车，对他说：'够了，到此为止吧，不然我就教训教训你。'他说：'你敢怎么样？'我就揍了他一顿。他倒在地上。我呢，我正要把他扶起来，他却躺在地上用脚踢我。我给了他一脚，又打了他两耳光。他满脸流血。我问他够不够。他说够了。"说话的工夫，散泰斯已缠好了绷带。我坐在床上。他说："您看，不是我找他，是他对我不尊重。"的确如此，我承认。这时，他说，他正要就这件事跟我讨个主意，而我呢，是个男子汉，有生活经验，能帮助他，这样的话，他就是我的朋友了。我什么也没说，他又问我愿不愿意做他的朋友。我说怎

---

① 即塌鼻子。

么都行，他好像很满意。他拿出香肠，在锅里煮熟，又拿出酒杯、盘子、刀叉、两瓶酒。拿这些东西时，他没说话。我们坐下。一边吃，他一边讲他的故事。他先还迟疑了一下。"我认识一位太太……这么说吧，她是我的情妇。"跟他打架的那个人是这女人的兄弟。他对我说他供养着她。我没说话，但是他立刻补充说他知道这地方的人说他什么，不过他问心无愧，他是仓库管理员。

"至于我这件事，"他说，"我是发觉了她在欺骗我。"他给她的钱刚够维持生活。他为她付房租，每天给她二十法郎饭钱。"房租三百法郎，饭钱六百法郎，不时地送双袜子，一共一千法郎。人家还不工作。可她说那是合理的，我给的钱不够她生活。我跟她说：'你为什么不找个半天的工作干干呢？这样就省得我再为这些零星花费操心了。这个月我给你买了一套衣服，每天给你二十法郎，替你付房租，可你呢，下午和你的女友们喝咖啡。你拿咖啡和糖请她们，出钱的却是我。我待你不薄，你却忘恩负义。'可她就是不工作，总是说钱不够。所以我才发觉其中一定有欺骗。"

于是，他告诉我他在她的手提包里发现了一张彩票，她不能解释是怎么买的。不久，他又在她那里发现了一张当票，证明她当了两只镯子。他可一直不知道她有两只镯子。"我看得清清楚楚，她在欺骗我。我就不要她了。不过，我先揍了她一顿，然后才揭了她的老底。我对她说，她就是想拿我寻开心。您知道，默而索先生，我是这样说的：'你看不到人家在嫉妒我给你带来的幸福。你以后就知道自己是有福不会享了。'"

他把她打得见血方休。以前，他不打她。"打是打，不过是轻轻碰碰而已。她叫唤。我就关上窗子，也就完了。这一回，我可是来真的了。依我看，惩罚得还不够呢。"

他解释说，就是为此，他才需要听听我的主意。他停下话头，调了调结了灯花的灯芯。我一直在听他说。我喝了将近一升的酒，觉得太阳穴发烫。我抽着莱蒙的烟，因为我的已经没有了。末班电车开过，把已很遥远的郊区的嘈杂声带走了。莱蒙在继续说话。使他烦恼的是，他对跟他睡觉的女人"还有感情"。但他还是想惩罚她。最初，他想把她带到一家旅馆去，叫来"风化警察"，造成一桩丑闻，让她在警察局备个案。后来，他又找过几个流氓帮里的朋友。他们也没有想出什么办法。正如莱蒙跟我说的那样，参加流氓帮还是值得的。他对他们说了，他们建议"破她的相"。不过，这不是他的意思。他要考虑考虑。在这之前，他想问问我的意见。在得到我的指点之前，他想知道我对这件事是怎么想的。我说我什么也没想，但是我觉得这很有意思。他问我是不是认为其中有欺骗，我觉得是有欺骗。他又问我是不是认为应该惩罚她，假使是我的话，我将怎么做，我说永远也不可能知道，但我理解他想惩罚她的心情。我又喝了点酒。他点了一支烟，说出了他的主意。他想给她写一封信，"信里狠狠地羞辱她一番，再给她点儿甜头让她后悔"。然后，等她来的时候，他就跟她睡觉，"正在要完事的时候"，他就吐她一脸唾沫，把她赶出去。我觉得这样的话，的确，她也就受到了惩罚。但是，莱蒙说他觉得自己写不好这封信，他想让我替他写。由于我没说什么，他就问我是不是马上写不方便，我说不。

他喝了一杯酒，站起来，把盘子和我们吃剩的冷香肠推开。他仔细地擦了擦铺在桌上的漆布。他从床头柜的抽屉里拿出一张方格纸，一个黄信封，一支红木杆的蘸水钢笔和一小方瓶紫墨水。他告诉我那女人的名字，我看出来是个摩尔人。我写好信。信写得有点儿随便，不过，我还是尽力让莱蒙满意，因为我没有理由不让他满意。然后，我高声念给他听。他一边抽烟一边听，连连点头。他请我再念一遍。他非常满意。他对我说："我就知道你有生活经验。"起初，我还没发觉他已经用"你"来称呼我了。只是当他说"你现在是我真正的朋友了"，这时我才感到惊奇。他又说了一遍，我说："对。"做不做他的朋友，怎么都行，他可是好像真有这个意思。他封上信，我们把酒喝完。我们默默地抽了会儿烟。外面很安静，我们听见一辆小汽车开过去了。我说："时候不早了。"莱蒙也这样想。他说时间过得很快。这从某种意义上说，的确是真的。我困了，可又站不起来。我的样子一定很疲倦，因为莱蒙对我说不该灰心丧气。开始，我没明白。他就解释说，他听说我妈妈死了，但这是早晚要有的事情。这也是我的看法。

我站起身来，莱蒙紧紧地握着我的手，说男人之间总是彼此理解的。我从他那里出来，关上门，在漆黑的楼梯口待了一会儿。楼里寂静无声，从楼梯洞的深处升上来一股隐约的、潮湿的气息。我只听见耳朵里血液一阵阵流动声。我站着不动。老萨拉玛诺的屋子里，狗还在低声哼哼。

四

这一星期，我工作得很好。莱蒙来过，说他把信寄走了。我跟艾玛努埃尔去了两次电影院。银幕上演的什么，他不是常能看懂，我得给他解释。昨天是星期六，玛丽来了，这是我们约好的。我见了她心里直痒痒，她穿了件红白条纹的漂亮连衣裙，脚上是皮凉鞋。一对结实的乳房隐约可见，阳光把她的脸晒成了棕色，好像朵花。我们坐上公共汽车，到了离阿尔及尔几公里外的一处海滩，那儿两面夹山，岸上一溜芦苇。四点钟的太阳不太热了，但水还很温暖，层层细浪懒洋洋的。玛丽教给我一种游戏，就是游泳的时候，迎着浪峰，喝一口水花含在嘴里，然后翻过身来，把水朝天上吐出去。

这样，水就像一条泡沫的花边散在空中，或像一阵温雨落回到脸上。可是玩了一会儿，我的嘴就被盐水烧得发烫。玛丽这时游到我身边，贴在我身上。她把嘴对着我的嘴，伸出舌头舔我的嘴唇。我们就这样在水里滚了一阵。

我们在海滩穿好衣服，玛丽望着我，两眼闪闪发光。我吻了她。从这时起，我们再没有说话。我搂着她，急忙找到公共汽车，回到我那里就跳上了床。我没关窗户，我们感到夏夜在我们棕色的身体上流动，真舒服。

早晨，玛丽没有走，我跟她说我们一道吃午饭。我下楼去买肉。上楼的时候，我听见莱蒙的屋子里有女人的声音。过了一会儿，老萨拉玛诺骂起狗来，我们听见木头楼梯上响起了鞋底和爪子的声音，接着，在"混蛋！脏货！"的骂声中，他们上街了。我向玛丽讲了老头儿的故事，她大笑。她穿着我的睡衣，卷起了袖子。她笑的时候，我的心里又痒痒了。过了一会儿，她问我爱不爱她。我回答说这种话毫无意义，我好像不爱她。她好像很难过。可是在做饭的时候，她又无缘无故地笑了起来，笑得我又吻了她。就在这时，我们听见莱蒙屋里打起来了。

先是听见女人的尖嗓门儿，接着是莱蒙说："你不尊重我，你不尊重我。我要教你怎么尊重我。"扑通扑通几声，那女人叫了起来，叫得那么凶，楼梯口立刻站满了人。玛丽和我也出去了。那女人一直在叫，莱蒙一直在打。玛丽说这真可怕，我没搭腔。她要我去叫警察，我说我不喜欢警察。不过，住在三层的一个管子工叫来了一个。他敲了敲门，里面没有声音了。他又用力敲了敲，过了一会儿，女人哭起来，莱蒙开了门。他嘴上叼着一支烟，样子笑眯眯的。那女人从门里冲出来，对警察说莱蒙打了她。警察问："你的名字？"莱蒙回答了。警察说："跟我说话的时候，把烟从嘴上拿掉。"莱蒙犹豫了一下，看了看我，又抽了一口。说时迟，那时快，警察照准莱蒙的脸，重重地、结结实实地来了个耳光。香烟飞出去几米远。莱蒙变了脸，但他当时什么也没说，只是低声下气地问警察他能不能拾起他的烟头。警察说可以，但是告诉他："下一次，你要知道警察可不是闹着玩儿的。"那女人一直在哭，不住地说："他打了我。他是个乌龟。"莱蒙问："警察先生，说一个男人是乌龟，这是合法的吗？"但警察命令他"闭嘴"。莱蒙于是转向那女人，对她说："等着吧，小娘儿们，咱们还会见面的。"警察让他闭上嘴，叫那女人走，叫莱蒙待在屋里等着局里传讯。他还说，莱蒙醉了，哆嗦成这副样子，应该感到脸红。这时，莱蒙向他解释说："警察先生，我没醉。只是我在这儿，在您面前，打哆嗦，我也没办法。"他关上门，人也都走了。玛丽和我做好午饭。但她不饿，几乎全让我吃了。她一点钟时走了，我又睡了一会儿。

快到三点钟的时候，有人敲门，进来的是莱蒙。我仍旧躺着。他坐在床沿上。他没说话，我问他事情的经过如何。他说他如愿以偿，但是她打了他一个耳光，他就打了她。剩下的，我都看到了。我对他说，我觉得她已受到惩罚，他该满意了。他也是这样想的。他还指出，警察帮忙也没用，反正是她挨揍了。他说他很了解警察，知道该如何对付他们。他还问我当时是不是等着我回敬警察一下子，我说我什么也不等，再说我不喜欢警察。莱蒙好像很满意。他问我愿不愿意跟他一块儿出去。我下了床，梳了梳头。他说我得做他的证人。怎么都行，但我不知道应该说什么。照莱蒙的意思，只要说那女人对他不尊重就够了。我答应为他做证。

我们出去了，莱蒙请我喝了一杯白兰地。后来，他想打一盘弹子，我差点赢了。他还想逛妓院，我说不，因为我不喜欢那玩意儿。于是我们慢慢走回去，他说他惩罚了他的情妇心里高兴得不得了。

我觉得他对我挺好，我想这个时候真舒服。

远远地，我看见老萨拉玛诺站在门口，神色不安。我们走近了，我看到他没牵着狗。他四下张望，左右乱转，使劲朝黑洞洞的走廊里看，嘴里念念有词，又睁着一双小红眼，仔细地在街上找。莱蒙问他怎么了，他没有立刻回答。我模模糊糊地听他嘟囔着："混蛋！脏货！"心情仍旧不安。我问他狗哪儿去了。他生硬地回答说它走了。然后，他突然滔滔不绝地说起来："我像平常一样，带它去练兵场。做买卖的棚子周围人很多。我停下来看《国王散心》。等我再走的时候，它不在那儿了。当然，我早想给它买一个小点儿的项圈。可是我从来也没想到这个脏货能这样就走了。"

莱蒙跟他说狗可能迷了路，它就会回来的。他举了好几个例子，说狗能跑几十公里找到主人。尽管如此，老头儿的神色反而更不安了。"可您知道，他们会把它弄走的。要是还有人收养它就好了。但这不可能，它一身疮，谁见了谁恶心。警察会抓走它的，肯定。"我于是跟他说，应该去待领处看看，付点钱就可领回来。他问我钱是不是要很多。我不知道。于是，他发起火来："为这个脏货花钱！啊，它还是死了吧！"他又开始骂起它来。莱蒙大笑，钻进楼里。我跟了上去，我们在楼梯口分了手。过了一会儿，我听见老头儿的脚步声，他敲敲我的门。我开开门，他在门槛上站了会儿，说："对不起，对不起。"我请他进来，但他不肯。他望着他的鞋尖儿，长满硬痂的手哆嗦着。他没有看我，问道："默而索先生，您说，他们不会把它抓走吧。他们会把它还给我的。不然的话，我可怎么活下去呢？"我对他说，送到待领处的狗保留三天，等待物主去领，然后就随意处置了。他默默地望着我。然后，他对我说："晚安。"他关上门，我听见他在屋里走来走去。他的床咯吱咯吱响。我听见透过墙壁传来一阵奇怪的响声，原来他在哭呢。我不知道为什么忽然想起了妈妈。可是第二天早上我得早起。我不饿，没吃晚饭就上了床。

五

莱蒙往办公室给我打了个电话。他说他的一个朋友（他跟他说起过我）请我到他离阿尔及尔不远的海滨木屋去过星期天。我说我很愿意去，不过我已答应和一个女友一块儿过了。莱蒙立刻说他也请她。他朋友的妻子因为在一堆男人中间有了做伴的一定会很高兴。

我本想立刻挂掉电话，因为老板不喜欢人家从城里给我们打电话。但莱蒙要我等一等，他说他本来可以晚上转达这个邀请，但是他还有别的事情要告诉我。一帮阿拉伯人盯了他整整一天，里面有他过去的情妇的兄弟。"如果你晚上回去看见他们在我们的房子附近，你就告诉我一声。"我说一言为定。

过了一会儿，老板派人来叫我，我立刻不安起来，因为我想他一定又要说少打电话多干活儿了。其实，根本不是这么回事。他说他要跟我谈一个还很模糊的计划。他只是想听听我对这个问题的意见。他想在巴黎设一个办事处，直接在当地与一些大公司做买卖，他想知道我能否去那儿工作。这样，我就能在巴黎生活，一年中还可旅行旅行。"您年轻，我觉得这样的生活您会喜欢的。"我说对，但实际上怎么样都行。他于是问我是否对于改变生活不感兴趣。我回答说生活是无法改变的，什么样的生活都一样，我在这儿的生活并不使我不高兴。他好像不满意，说我答非所问，没有雄心大志，这对做买卖是很糟糕的。他说完，我就回去工作了。我并不愿意使他不快，但我看不出有什么理由改变我的生活。仔细想想，我并非不幸。我上大学的时候，有过不少这一类的雄心大志。但是当我不得不辍学的时候，我很快就明白了，这一切实际上并不重要。

晚上，玛丽来找我，问我愿不愿意跟她结婚。我说怎么样都行，如果她愿意，我们可以结。于是，她想知道我是否爱她。我说我已经说过一次了，这种话毫无意义，如果一定要说的话，我大概是不爱她。她说："那为什么又娶我呢？"我跟她说这无关紧要，如果她想，我们可以结婚。再说，是她要跟我结婚的，我只要说行就完了。她说结婚是件大事。我回答说："不。"她沉默了一阵，一声不响地望着我。后来她说话了。她只是想知道，如果这个建议出自另外一个女人，我和她的关系跟我和玛丽的关系一样，我会不会接受。我说："当然。"于是她心里想她是不是爱我，而我，关于这一点是一无所知。又沉默了一会儿，她低声说我是个怪人，她就是因为这一点才爱我，也许有一天她会出于同样的理由讨厌我。我一声不吭，没什么可说的。她微笑着挽起我的胳膊，说她愿意跟我结婚。我说她什么时候愿意就什么时候办。这时我跟她谈起老板的建议，玛丽说她很愿意认识认识巴黎。我告诉她我在那儿住过一阵，她问我巴黎怎么样。我说："很脏。有鸽子，有黑乎乎的院子。人的皮肤是白的。"

后来，我们出去走了走，逛了城里的几条大街。女人们很漂亮，我问玛丽她是否注意到了。她说她注意到了，还说她对我了解了。有一会儿，我们没有说话。但我还是希望她和我在一起，我跟她说我们可以一块儿去赛莱斯特那儿吃晚饭。她很想去，不过她有事。我们已经走近了我住的地方，我跟她说再见。她看了看我说："你不想知道我有什么事吗？"我很想知道，但我没想到要问她，而就是为了这她有着那种要责备我的神气，看到我尴尬的样子，她又笑了，身子一挺把嘴唇凑上来。

我在赛莱斯特的饭馆里吃晚饭。我已开始吃起来，这时进来一个奇怪的小女人，她问我她是否可以坐在我的桌子旁边。当然可以。

她的动作僵硬，两眼闪闪发光，一张小脸像苹果一样圆。她脱下短外套，坐下，匆匆看了看菜谱。她招呼赛莱斯特，立刻点完她要的菜，语气准确而急迫。在等凉菜的时候，她打开手提包，拿出一小张纸和一支铅笔，事先算好钱，从小钱包里掏出来，外加小费，算得准确无误，摆在眼前。这时凉菜来了，她飞快地一扫而光。在等下一道菜时，她又从手提包里掏出一支蓝铅笔和一份本星期的广播节目杂志。她仔仔细细地把几乎所有的节目一个个勾出来。由于杂志有十几页，整整一顿饭的工夫，她都在细心地做这件事。我已经吃完，她还在专心致志地做这件事。她吃完站起来，用刚才自动机械一样准确的动作穿上外套，走了。我无事可干，也出去了，跟了她一阵子。她在人行道的边石上走，迅速而平稳，令人无法想象。她一往直前，头也不回。最后，我看不见她了，也就回去了。我想她是个怪人，但是我很快就把她忘了。

在门口，我看见了老萨拉玛诺。我让他进屋，他说他的狗丢了，因为它不在待领处。那里的人对他说，它也可能被轧死了。他问到警察局去搞清这件事是不是办不到，人家跟他说这类事是没有记录的，因为每天都会发生。我对老萨拉玛诺说他可以再弄一条狗，可是他请我注意他已经习惯和这条狗在一起，这一点他说得对。

我蹲在床上，萨拉玛诺坐在桌前的一把椅子上。他面对着我，双手放在膝盖上。他还戴着他的旧毡帽。在发黄的小胡子下面，他嘴里含含糊糊不知在说什么。我有点讨厌他了，不过我无事可干，也没有一点睡意。没话找话，我就问起他的狗来。他说他是在他老婆死后有了那条狗的。他结婚相当晚。年轻的时候，他曾经想演戏，所以当兵时，他在军队歌舞剧团里演戏。但最后，他进了铁路部门，他并不后悔，因为他现在有一小笔退休金。他和他老婆在一起并不幸福，但总的来说，他也习惯了。她死后，他感到十分孤独。于是他便跟一个工友要了一条狗，那时它还很小。他得拿奶瓶喂它。因为狗比人活的时间短，他们就一块儿老了。"它脾气很坏，"萨拉玛诺说，"我们俩常常吵架。不过，它总算还是一条好狗。"我说它是良种，萨拉玛诺好像很高兴。他说："您还没在它生病以前见过它呢。它最漂亮的是那一身毛。"自从这狗得了这种皮肤病，萨拉玛诺每天早晚两次给它抹药。但是据他看，它真正的病是衰老，而衰老是治不好的。

这时，我打了个哈欠，老头儿说他要走了。我跟他说他可以再待一会儿，对他狗的事我很难过，他谢谢我。他说妈妈很喜欢他的狗。说到她，他称她作"您那可怜的母亲"。他猜想妈妈死后我该是很痛苦，我没有说话。这时，他很快地、不大自然地对我说，他知道这一带的人对我看法不好，因为我把母亲送进了养老院，但他了解我，他知道我很爱妈妈。我回答说，我还不知道为什么，我也不知道在这方面他们对我看法不好，但是我认为把母亲送进养老院是件很自然的事，因为我雇不起人照顾她。"再说，"我补充说，"很久以来她就和我无话可说，她一个人待着闷得慌。"他说："是啊，在养老院里，她至少还有伴儿。"然后，他告辞了。他想睡觉。现在他的生活变了，他有些不知如何是好。他不好意思地伸过手来，这是自我认识他以来的第一次，我感到他手上有一块块硬皮。他微微一笑，在走出去之前又说："我希望今天夜里狗不要叫。我老以为那是我的狗。"

六

今天是星期天，我总也睡不醒，玛丽叫我，推我，才把我弄起来。我们没吃饭，因为我们想早早去游泳。我感到腹内空空，头也有点儿疼。我的香烟有一股苦味。玛丽取笑我，说我"愁眉苦脸"。她穿了一件白色连衣裙，披散着头发。我说她很美，她高兴得直笑。

下楼时，我们敲了敲莱蒙的门。他说他就下去。由于我很疲倦，也因为我们没有打开百叶窗，不知道街上已是一片阳光，照在我的脸上，像是打了一记耳光。玛丽高兴得直跳，不住地说天气真好。我感觉好了些，觉得肚子饿了。我跟玛丽说了，她给我看看她的漆布手提包，里面放着我们的游泳衣和一条浴巾。我们就等莱蒙了，我们听见他关上了门。他穿一条蓝裤子，短袖白衬衫，但是戴了一顶平顶草帽，引得玛丽大笑。袖子外的胳膊很白，长着黑毛。我看了有点不舒服。他吹着口哨下了楼，看样子很高兴。他朝着我说："你好，伙计。"而对玛丽则称"小姐"。

前一天我们去警察局了，我证明那女人"不尊重"莱蒙。他只受到警告就没事了。他们没有调查我的证词。在门前，我们跟莱蒙说了说，然后我们决定去乘公共汽车。海滩并不很远，但乘车去更快些。莱蒙认为他的朋友看见我们去得早，一定很高兴。我们正要动身，莱蒙突然示意我看看对面。我看见一帮阿拉伯人正靠着烟店的橱窗站着。他们默默地望着我们，不过他们总是这样看我们的，就好像我们是些石头或枯树一样。莱蒙对我说，左边第二个就是他说的那小子。他好像心事重重，不过，他又说现在这件事已经了结。玛丽不大清楚，问我们是怎么回事。我跟她说这些阿拉伯人恨莱蒙。玛丽要我们立刻就走。莱蒙身子一挺，笑着说是该赶紧走了。

我们朝汽车站走去，汽车站还挺远，莱蒙对我说阿拉伯人没有跟着我们。我回头看了看，他们还在老地方，还是那么冷漠地望着我们刚刚离开的那地方。我们上了汽车。莱蒙似乎完全放了心，不断地跟玛丽开玩笑。我感到他喜欢她，可是她几乎不搭理他。她不时望着他笑笑。

　　我们在阿尔及尔郊区下了车。海滩离公共汽车站不远。但是要走过一个俯临大海的小高地，然后就可下坡直到海滩。高地上满是发黄的石头和雪白的阿福花，衬着已经变得耀眼的蓝天。玛丽一边走，一边抢起她的漆布手提包打着花瓣玩儿。我们在一排排小别墅中间穿过，这些别墅的栅栏有的是绿色的，有的是白色的，其中有几幢有阳台，一起隐没在柽柳丛中，有几幢光秃秃的，周围一片石头。走到高地边上，就已能看见平静的大海了，更远些，还能看到一个岬角，睡意蒙眬地雄踞在清冽的海水中。一阵轻微的马达声在宁静的空气中传到我们耳边。远远地，我们看见一条小拖网渔船在耀眼的海面上驶来，慢得像不动似的。玛丽采了几朵蝴蝶花。从通往海边的斜坡上，我们看见有几个人已经在游泳了。

　　莱蒙的朋友住在海滩尽头的一座小木屋里，房子背靠峭壁，前面的木桩已经泡在水里。莱蒙给我们做了介绍。他的朋友叫马松。他高大、魁梧、肩膀很宽，而他的妻子却又矮又胖、和蔼可亲、一口巴黎腔。他立刻跟我们说不要客气，他做了炸鱼，鱼是他早上刚打的。我跟他说他的房子真漂亮。他告诉我他在这儿过星期六、星期天和所有的假日。他又说："跟我的妻子，大家会合得来的。"的确，他的妻子已经和玛丽又说又笑了。也许是第一次，我真想到我要结婚了。

　　马松想去游泳，可他妻子和莱蒙不想去。我们三个人出了木屋，玛丽立刻就跳进水里了。马松和我稍等了一会儿。他说话慢悠悠的，而且不管说什么，总要加一句"我甚至还要说"，其实，对他说的话，他根本没有进一步加以说明。谈到玛丽，他对我说："她真不错，我甚至还要说，真可爱。"后来，我就不再注意他这口头语，一心只去享受太阳晒在身上的舒服劲儿了。沙子开始烫脚了。我真想下水，可我又拖了一会儿，最后我跟马松说："下水吧?"就扎进水里。他慢慢走进水里，直到站不住了，才钻进去。他游蛙泳，游得相当坏，我只好撇下他去追玛丽。水是凉的，我游得很高兴。我和玛丽游远了，我们觉得，我们在动作上和愉快心情上都是协调一致的。

到了远处，我们改作仰泳。我的脸朝着天，一层薄薄的水幕漫过，流进嘴里，就像带走了一片阳光。我们看见马松游回海滩，躺下晒太阳。远远地望去，他真是一个庞然大物。玛丽想和我一起游。我游到她后面，抱住她的腰，她在前面用胳膊划水，我在后面用脚打水。哗哗的打水声一直跟着我们，直到我觉得累了。于是，我放开玛丽，往回游了，我恢复了正常的姿势，呼吸也自如了。在海滩上，我趴在马松身边，把脸贴在沙子上。我跟他说"真舒服"，他同意。不一会儿，玛丽也来了。我翻过身子，看着她走过来。她浑身是水，头发甩在后面。她紧挨着我躺下，她身上的热气，太阳的热气，烤得我迷迷糊糊地睡着了。

玛丽推了推我，说马松已经回去了，该吃午饭了。我立刻站起来，因为我饿了，可是玛丽跟我说一早上我还没吻过她呢。这是真的，不过我真想吻她。"到水里去。"她说。我们跑起来，迎着一片细浪扑进水里。我们划了几下，玛丽贴在我身上。我觉得她的腿夹着我的腿，我感到一阵冲动。

我们回来时，马松已经在喊我们了。我说我很饿，他立刻对他妻子说他喜欢我。面包很好，我狼吞虎咽地把我那份鱼吃光。接着上来的还有肉和炸土豆。我们吃着，没有人说话。马松老喝酒，还不断地给我倒。上咖啡的时候，我的头已经昏沉沉的了。我抽了很多烟。马松、莱蒙和我，我们三个计划八月份在海滩过，费用大家出。玛丽忽然说道："你们知道几点了吗？才十一点半呀。"我们都很惊讶，可是马松说饭就是吃得早，这也很自然，肚子饿的时候，就是吃午饭的时候。我不知道为什么这竟使得玛丽笑起来。我认为她有点儿喝多了。马松问我愿不愿意跟他一起去海滩上走走。"我老婆午饭后总要睡午觉。我嘛，我不喜欢这个。我得走走。我总跟她说这对健康有好处。不过，这是她的权利。"玛丽说她要留下帮助马松太太刷盘子。那个小巴黎女人说要干这些事，得把男人赶出去。我们三个人走了。

太阳几乎是直射在沙上，海面上闪着光，刺得人睁不开眼睛。海滩上一个人也没有。从建在高地边上、俯瞰着大海的木屋中，传来了杯盘刀叉的声音。石头的热气从地面反上来，热得人喘不过气来。开始，莱蒙和马松谈起一些我不知道的人和事。我这才知道他们认识已经很久了，甚至还一块儿住过一阵。我们朝海水走去，沿海边走着。有时候，海浪漫上来，打湿了我们的布鞋。我什么也不想，因为我没戴帽子，太阳晒得我昏昏欲睡。

这时，莱蒙跟马松说了句什么，我没听清楚。但就在这时，我看见在海滩尽头离我们很远的地方，有两个穿蓝色司炉工装的阿拉伯人朝我们这个方向走来。我看了看莱蒙，他说："就是他。"我们继续走着。马松问他们怎么会跟到这儿来。我想他们大概看见我们上了公共汽车，手里还拿着去海滩的提包，不过我什么也没说。

阿拉伯人走得很慢，但离我们已经近得多了。我们没有改换步伐，但莱蒙说了："如果要打架，你，马松，你对付第二个。我嘛，我来收拾我那个家伙。你，默而索，如果再来一个，就是你的。"我说："好。"马松把手放进口袋。我觉得晒得发热的沙子现在都烧红了。我们迈着均匀的步子冲阿拉伯人走去。我们之间的距离越来越小。当距离只有几步远的时候，阿拉伯人站住了。马松和我，我们放慢了步子。莱蒙直奔他那个家伙。我没听清楚他跟他说了句什么，只见那人摆出一副不买账的样子。莱蒙上去就是一拳，同时招呼一声马松。马松冲向给他指定的那一个，奋力砸了两拳，把那人打进水里，脸朝下，好几秒钟没有动，头周围咕噜咕噜冒上一片气泡，随即破了。这时，莱蒙也在打，那个阿拉伯人满脸是血。莱蒙转身对我说："看着他的手要掏什么。"我朝他喊："小心，他有刀！"可是，莱蒙的胳膊已给划开了，嘴上也挨了一刀。

马松纵身向前一跳。那个阿拉伯人已从水里爬起来，站到了拿刀的那人身后。我们不敢动了。他们慢慢后退，不住地盯着我们，用刀逼住我们。当他们看到已退到相当远的时候，就飞快地跑了。我们待在太阳底下动不得，莱蒙用手摁住滴着血的胳膊。

马松说有一位来这儿过星期天的大夫，住在高地上。莱蒙想马上就去。但他一说话，嘴里就有血冒出来。我们扶着他，尽快地回到木屋。莱蒙说他只伤了点皮肉，可以到医生那里去。马松陪他去了，我留下把发生的事情讲给两个女人听。马松太太哭了，玛丽脸色发白。我呢，给她们讲这件事让我心烦。最后，我不说话了，望着大海抽起烟来。

快到一点半的时候，莱蒙和马松回来了。胳膊上缠着绷带，嘴角上贴着橡皮膏。医生说不要紧，但莱蒙的脸色很阴沉。马松想逗他笑，可是他始终不吭声。后来，他说他要到海滩上去，我问他到海滩上什么地方，他说随便走走喘口气。马松和我说要陪他一道去。于是，他发起火来，骂了我们一顿。马松说那就别惹他生气吧。不过，我还是跟了出去。

我们在海滩上走了很久。太阳现在酷热无比，晒在沙上和海上，散成金光点点。我觉得莱蒙知道去哪儿，但这肯定是个错误的印象。我们走到海滩尽头，那儿有一眼小泉，水在一块巨石后面的沙窝里流着。在那儿，我们看见了那两个阿拉伯人。他们躺着，穿着油腻的蓝色工装。他们似乎很平静，差不多也很高兴。我们来了，并未引起任何变化。用刀刺了莱蒙的那个人一声不吭地望着他。另一个吹着一截小芦苇管，一边用眼角瞄着我们，一边不断地重复着那东西发出的三个音。

这时候，周围只有阳光、寂静、泉水轻微的流动声和那三个音了。莱蒙的手朝装着手枪的口袋里伸去，可是那个人没有动，他们一直彼此对视着。我注意到吹笛子的那个人的脚趾分得很开。莱蒙一边盯着他的对头，一边问我："我干掉他？"我想我如果说不，他一定会火冒三丈，非开枪不可。我只是说："他还没说话呢。这样就开枪不好。"在寂静和炎热之中，还听得见水声和笛声。莱蒙说："那么，我先骂他一顿，他一还口，我就干掉他。"我说："就这样吧。但是如果他不掏出刀子，你不能开枪。"莱蒙有点火了。那个人还在吹，他们俩注意着莱蒙的一举一动。我说："不，还是一个对一个，空手对空手吧。把枪给我。如果另一个上了，或是他掏出了刀子，我就干掉他。"

莱蒙把枪给我，太阳光在枪上一闪。不过，我们还是站着没动，好像周围的一切把我们裹住了似的。我们一直眼对眼地相互盯着，在大海、沙子和阳光之间，一切都停止了，笛音和水声都已消失。这时我想，可以开枪，也可以不开枪。突然间，那两个阿拉伯人倒退着溜到山岩后面。于是，莱蒙和我就往回走了。他显得好了些，还说起了回去的公共汽车。

我一直陪他走到木屋前。他一级一级登上木台阶，我在第一级前站住了，脑袋被太阳晒得嗡嗡直响，一想到要费力气爬台阶和还要跟那两个女人说话，就泄气了。可是天那么热，一动不动地待在一片从天而降的耀眼的光雨中，也是够难受的。待在那里，还是走开，其结果是一样的。过了一会儿，我朝海滩转过身去，迈步往前走了。

到处依然是一片火爆的阳光。大海憋得急速地喘气，把它细小的浪头吹到沙滩上。我慢慢地朝山岩走去，觉得太阳晒得额头膨胀起来。热气整个儿压在我身上，我简直迈不动腿。每逢我感到一阵热气扑到脸上，我就咬咬牙，握紧插在裤兜里的拳头，我全身都绷紧了，决意要战胜太阳，战胜它所引起的这种不可理解的醉意。从沙砾上、雪白的贝壳或一片碎玻璃上反射出来的光亮，像一把把利剑劈过来，剑光一闪，我的牙关就收紧一下。我走了很长时间。

远远地，我看见了那一堆黑色的岩石，阳光和海上的微尘在它周围罩上了一圈炫目的光环。我想到了岩石后面的清凉的泉水。我想再听听淙淙的水声，想逃避太阳，不再使劲往前走，不再听女人的哭声，总之，我想找一片阴影休息一下。可是当我走近了，我看见莱蒙的对头又回来了。

他是一个人，仰面躺着，双手枕在脑后，头在岩石的阴影里，身子露在太阳底下。蓝色工装被晒得冒热气。我有点儿吃惊。对我来说，那件事已经完了，我来到这儿根本没想那件事。

他一看见我，就稍稍欠了欠身，把手插进口袋里。我呢，自然而然地握紧了口袋里莱蒙的那支手枪。他又朝后躺下了，但是并没有把手从口袋里抽出来。我离他还相当远，约有十几米吧。我隐隐约约地看见，在他半闭的眼皮底下目光不时地一闪。然而最经常的，却是他的面孔在我眼前一片燃烧的热气中晃动。海浪的声音更加有气无力，比中午的时候更加平静。还是那一个太阳，还是那一片光亮，还是那一片伸展到这里的沙滩。两个钟头了，白昼没有动；两个钟头了，它在这一片沸腾的金属的海洋中抛下了锚。天边驶过一艘小轮船，我是瞥见那个小黑点的，因为我始终盯着那个阿拉伯人。

我想我只要一转身，事情就完了。可是整个海滩在阳光中颤动，在我身后挤来挤去。我朝水泉走了几步，阿拉伯人没有动。不管怎么说，他离我还相当远。也许是因为他脸上的阴影吧，他好像在笑。

我等着，太阳晒得我两颊发烫，我觉得汗珠聚在眉峰上。那太阳和我安葬妈妈那天的太阳一样，头也像那天一样难受，皮肤下面所有的血管都一齐跳动。我热得受不了，又往前走了一步。我知道这是愚蠢的，我走一步并不能逃过太阳。但是我往前走了一步，仅仅一步。这一次，阿拉伯人没有起来，却抽出刀来，迎着阳光对准了我。刀锋闪闪发光，仿佛一把寒光四射的长剑刺中了我的头。就在这时，聚在眉峰的汗珠一下子流到了眼皮上，蒙上一幅温吞吞的、模模糊糊的水幕。这一泪水和盐水掺和在一起的水幕使我的眼睛什么也看不见。我只觉得铙钹似的太阳扣在我的头上，那把刀刺眼的刀锋总是隐隐约约地对着我。滚烫的刀尖穿过我的睫毛，挖着我的痛苦的眼睛。就在这时，一切都摇晃了。大海呼出一口沉闷而炽热的气息。我觉得天门洞开，向下倾泻着大火。我全身都绷紧了，手紧紧握住枪。枪机扳动了，我摸着了光滑的枪柄，就在那时，猛然一声震耳的巨响，一切都开始了。我甩了甩汗水和阳光。我知道我打破了这一天的平衡，打破了海滩上不寻常的寂静，而在那里我曾是幸福的。这时，我又对准那具尸体开了四枪，子弹打进去，也看不出什么来。然而，那却好像是我在苦难之门上短促地叩了四下。

第二部

一

　　我被捕之后，很快就被审讯了好几次。但讯问的都是身份之类，时间不长。第一次是在警察局，我的案子似乎谁都不感兴趣。八天之后，一位预审推事倒是好奇地看了看我。不过开始时，他也只是问问姓名、住址、职业、出生年月和地点。然后，他想知道我是否找了律师。我说没有，还问他是不是一定要有一个。"为什么这样问呢？"他说。我回答说我认为我的案子很简单。他微笑着说："这是一种看法。不过，法律就是法律。如果您不找律师的话，我们将为您指定一个临时的。"我觉得法律还管这等小事，真是方便得很。我对他说了我的这一看法。他表示赞同，说法律制定得很好。

　　开始，我没有认真对待他。他是在一间挂着窗帘的房子里接待我的，他的桌子上只有一盏灯，照亮了他让我坐的那把椅子，而他自己却坐在黑暗中。我已经在书里读过类似的描写了，在我看来这一切都是一场游戏。谈话之后，我看清他了，我看到一个五官清秀的人，深蓝的眼睛，身材高大，长长的灰色小胡子，一头几乎全白的头发。我认为他是通情达理的，总之，是和蔼可亲的，虽然有时一种不由自主的抽搐扯动了他的嘴。出去的时候，我甚至想伸出手来跟他握手，幸亏我及时地想起来我杀过一个人。

第二天，一位律师到监狱里来看我。他又矮又胖，相当年轻，头发梳得服服帖帖。尽管天热（我穿着背心），他却穿着一身深色衣服，硬领子，系着一条很怪的领带，上面有黑色和白色的粗大条纹。他把夹在胳膊下的皮包放在我的桌上，做了自我介绍，对我说他研究了我的材料。我的案子不好办，但是如果我信任他，胜诉是没有疑问的。我向他表示感谢，他说："咱们言归正传吧。"

他在我的床上坐下，对我说，他们已经了解了我的私生活。他们知道了我妈妈最近死在养老院里。他们到马朗戈去做过调查。预审推事们知道了我在妈妈下葬的那天"表现得麻木不仁"。我的律师对我说："您知道，我有点不好意思问您这些事。但这很重要。假使我无言以对的话，这将成为起诉的一条重要的根据。"他要我帮助他。他问我那一天是否感到难过，这个问题使我十分惊讶，我觉得要是我提这个问题的话，我会很为难的。不过，我回答他说我有点失去了回想的习惯，我很难向他提供情况。毫无疑问，我很爱妈妈，但是这不说明任何问题。所有健康的人都或多或少盼望过他们所爱的人死去。说到这儿，律师打断了我，显得激动不安。他要我保证不在庭上说这句话，也不在预审法官那儿说。不过，我对他说我有一种天性，就是肉体上的需要常常使我的感情混乱。安葬妈妈的那天，我很疲倦，也很困，我根本没体会到那天的事的意义。我能够肯定地说的，就是我更希望妈妈不死。但是我的律师没有显出高兴的样子。他对我说："这还不够。"

他想了想。他问我他是否可以说那一天我是控制住了我天生的感情。我对他说："不能，因为这是假话。"他以一种很怪的方式望了望我，仿佛我使他感到有些厌恶似的。他几乎是不怀好意地说，无论如何，养老院的院长和工作人员将会出庭做证，这将会使我"大吃其亏"。我请他注意这件事和我的案子没有关系，他只是说，明显的是，我和法院从来没有关系。

他很生气地走了。我真想叫住他，向他解释说我希望得到他的同情，不是为了得到更好的辩护，而是，如果我可以这样说的话，得到合乎人性的辩护。特别是我看到我使他很不痛快。他不理解我，他有点怨恨我。我想对他说，我和大家一样，绝对地和大家一样。可是，这一切实际上并没有多大用处，而且我也懒得去说。

不久之后，我又被带到预审推事面前。时间是午后两点钟，这一次，他的办公室里很亮，只有一层纱窗帘挡住阳光。天气很热。他让我坐下，很客气地对我说，我的律师"因为不凑巧"没有能来。但是，我有权利不回答他的问题，等待我的律师来帮助我。我说我可以单独回答。他用指头按了按桌上的一个电钮。一个年轻的书记进来，几乎就在我的背后坐下了。

我们俩都舒舒服服地坐在椅子上。讯问开始。他首先说人家把我描绘成一个生性缄默孤僻的人，他想知道对此我有什么看法。我回答说："因为我没什么可说的，于是我就不说话。"他像第一次一样笑了笑，承认这是最好的理由，接着又补充了一句："再说，这无关紧要。"他不说话了，看了看我，然后相当突然地把身子一挺，很快地对我说："我感兴趣的，是您这个人。"我不大明白他说的是什么意思，没有回答。他又说："在您的举动中，有些事情我不大明白。我相信您将帮助我理解。"我说一切都很简单。他让我把那天的情形再讲一遍。我把对他讲过的东西又说了一遍：莱蒙、海滩、游泳、打架，又是海滩、小水泉、太阳和开了五枪。我每说一句，他都说："好，好。"当我说到直躺在地上的尸体时，他同意地说道："很好。"而我呢，翻来覆去地说一件事已经让我烦了，我觉得我从来没有说过这么多的话。

他停了一会儿，站起来，对我说他愿意帮助我，我使他感兴趣，如果上帝帮忙的话，他一定能为我做点什么。不过在此之前，他想问我几个问题。开门见山，他问我是不是爱妈妈。我说："爱，像大家一样。"一直有节奏地敲着打字机的书记一定是按错了键，因为他很不自在，不得不往回退。推事又问我——表面上看不出有什么逻辑性——是不是连续开了五枪。我想了想，说先开了一枪，几秒钟之后，又开了四枪。于是他问："为什么您在第一枪和第二枪之间停了停？"这时，我又看见了那阳光火爆的海滩，我又感到了太阳炙烤着我的额头。但是这一次我什么也没说。在一片沉默中，推事好像坐立不安。他坐下来，抓了抓头发，把胳膊肘支在桌子上，微微朝我俯下身来，神情很奇特："为什么，为什么您还往一个死人身上开枪呢？"这个问题，我也不知道如何回答。推事把双手放在前额上，重复了他的问题，声音都有点儿变了："为什么？您得对我说。为什么？"我一直不说话。

突然，他站了起来，大步走到他的办公室一头的一个档案柜前，拉开一个抽屉。他拿出一个银十字架，一边摇晃着，一边朝我走来。他的声音完全变了，几乎是颤抖地大声问我："这件东西，您认得吗？"我说："认得，当然认得。"于是他很快地、热情洋溢地说他相信上帝，他的信念是任何一个人也不会罪孽深重到上帝不能饶恕的程度，但是他必须悔过，要变成孩子那样，灵魂是空的，什么都能接受。他整个身子都俯在桌子上，差不多就在我的头顶上摇晃着十字架。说真的，他的这番推理，我真跟不上，首先是因为我热，他的办公室里有几只大苍蝇，落在我的脸上，也因为我有点儿怕他。不过我认为这是可笑的，因为无论如何罪犯毕竟还是我。可是，他还在说。我差不多听明白了，据他看，在我的供词中只有一点不清楚，那就是等了一下才开第二枪这一事实。其余的都很明白，但这一点，他不懂。我正要跟他说他这样固执是没有道理的，因为这最后一点并不那么重要。但他打断了我，挺直了身子，劝告了我一番，问我是否信仰上帝。我回答说不。他愤怒地坐下了，说这是不可能的，所有的人都信仰上帝，甚至那些背弃上帝的人都信仰上帝。这是他的信念，如果他要怀疑这一点的话，他的生活就失去了意义。他叫道："您难道要使我的生活失去意义吗？"我认为，这与我无关，我跟他说了。但他已经隔着桌子把刻着基督受难像的十字架伸到我的眼皮底下，疯狂地大叫起来："我，我是基督徒。我要请求他饶恕你的罪过。你怎么能不相信他是为你而受难的呢？"我清楚地注意到他用"你"来称呼我了，但我已厌倦了。屋子里越来越热。跟平时一样，当我想摆脱一个我不愿意听他说话的人时，我就做出赞同的样子。出乎我的意料，他竟真的以为是打胜了："你看，你看，"他说，"你是不是也信了？你是不是要把真话告诉他了？"当然，我又说了一次"不"。他一屁股坐在他的椅子上。

　　他好像很累，待了好久没说话，而打字机一直跟着我们的对话，还在打着最后的几句话。然后，他注视着我，有点儿伤心，轻声地说："我从未见过您这样顽固的灵魂。来到我面前的罪犯看到这个受苦受难的形象，没有不痛哭流涕的。"我正要回答他这恰恰说的是罪犯，可是我想起来我也跟他们一样。这种想法我却总也不能习惯。这时，推事站了起来，好像告诉我审讯已经结束。他的样子还是那么厌倦，只问了问我对我的行动是否感到悔恨。我想了想，说与其说是真正的悔恨，不如说是某种厌烦。我觉得他不明白我的话。不过，那天发生的事情也就到此为止了。

　　后来，我经常见到这位预审推事。只是我每次都有律师陪着。他们只是让我对过去说过的东西的某些地方再明确一下，或者是推事和我的律师讨论控告的罪名。但实际上，这些时候他们根本就不管我了。反正是渐渐地，审讯的调子变了。好像推事对我已经不感兴趣了，他已经以某种方式把我的案子归档了。他不再跟我谈上帝了，我也再没有看见他像第一天那样激动过。结果，我们的谈话反而变得更亲切了。提几个问题，跟我的律师聊聊，审讯就结束了。用推事的话说，我的案子照常进行。有时候，如果谈的是一般性的问题，他们就把我也拉上。我开始喘过气来了。这时，人人对我都不坏。一切都是这样自然，解决得这样好，演得这样干净利落，竟至于我有了"和他们都是自家人"的可笑感觉。预审持续了十一个月，我可以说，我有点惊奇的是，有生以来最使我快活的竟是有那么不多的几次，推事把我送到他的办公室门口，拍着我的肩膀亲切地说："今天就到此为止，反基督先生。"然后，他们再把我交到法警手里。

二

　　有些事情我是从来也不喜欢谈的。自从我进了监狱，没过几天我就知道，我将来是不喜欢谈论我这一段生活的。

　　不过，后来我也没发现反感有什么必要。实际上，头几天我并不是真的在坐牢，我在模模糊糊地等着什么新情况。直到第一次，也是唯一的一次，玛丽来看我之后，一切才开始。从我收到她的信那一天起（她说人家不允许她再来了，因为她不是我的妻子），就是从那一天起，我才感到我住的地方是牢房，我的生活到此为止了。我被捕的那一天，他们先把我关在一间已经有好几个囚犯的牢房里，其中大部分是阿拉伯人。他们看见我都笑了。然后他们问我犯了什么事儿。我说我杀了一个阿拉伯人，他们就都不说话了。但过了一会儿，天就黑了。他们告诉我怎样铺睡觉的席子。把一头卷起来，就可以做成一个长枕头。整整一夜，臭虫在我脸上爬。几天之后，我被关进一个单间，睡在一块木板上。我还有一个便桶和一只铁盆儿。监狱建在本城的高地上，透过一个小窗口，我可以看见大海。有一天，我正抓着铁栏杆，脸朝着有亮光的地方，一个看守进来，说有人来看我。我想这是玛丽。果然是她。

要到接待室去，得穿过一条长走廊，上一段台阶，最后再穿过一条走廊。我走进去，那是一个明亮的大厅，光线是从一个大窗户里射进来的。两道大铁栅横着把大厅分成三部分。两道铁栅之间相距约八到十米，把探望的人和囚犯隔开。我看见玛丽在我面前，她穿着带条子的连衣裙，脸晒得黑黑的。跟我站在一起的有十几个囚犯，大部分是阿拉伯人。玛丽周围都是摩尔人，身旁的两个，一个是身材矮小的老太太，紧闭着嘴唇，穿着黑衣服，另一个是没戴帽子的胖女人，说话指手画脚，声音很高。由于铁栅间的距离，探望的人和囚犯都不得不高声叫嚷。我进去之后，吵吵嚷嚷的声音传到光秃秃的大墙上又折回来，明亮的阳光从天上泻到玻璃上射进大厅，使我感到头昏眼花。我的牢房又静又暗。我得有好几秒钟才能适应。但是，我最后还是看清了呈现在光亮中的每一张面孔。我注意到一个看守坐在铁栅间通道的尽头。大部分阿拉伯囚犯和他们的家人都面对面地蹲着。他们不大叫大嚷。尽管大厅里乱糟糟的，他们低声说话彼此倒还听得见。他们沉闷的低语声从下面升上来，在他们头上来往穿行的谈话声中，好像是一个持续不断的低音部。这一切，我都是在朝着玛丽走去时注意到的。她已经紧紧地贴在铁栏杆上，竭力朝着我笑。我觉得她很美，但我不知道怎样和她说这件事。

"怎么样？"她大声问道。

"就是这样。"

"身体好吗？需要的东西都有吗？"

"好，都有。"

我们都不说话了，玛丽一直在微笑。那个胖女人对着我身边的一个人大叫，那人无疑是她的丈夫，个子很高，金黄头发，目光坦然。我听到的是一段已经开始的谈话的下文。

"让娜不愿意要他。"她扯着嗓子大叫。

"哦，哦。"那男人说。

"我跟她说你出来后会再雇他的，她还是不愿意。"

玛丽也对我大声说莱蒙问我好，我说："谢谢。"但我的声音被我旁边那人给盖住了，他正问："他可好？"他老婆笑着回答道："他的身体从来没有这样好过。"我左面是个矮小的年轻人，手很纤细。他什么也不说。我注意到他对面是那位小老太太，两个人紧紧地相互望着。不过我没有时间再观察他们了，因为玛丽对我喊道不要失望。我说："对。"同时，我望着她，我真想隔着裙子搂住她的肩膀，我真想摸摸这细腻的布料，我不太清楚除此之外还应该盼望什么。但是这肯定就是玛丽刚才的意思，因为她一直在微笑。我只看到她发亮的牙齿和眼角上细细的皱纹。她又喊道："你会出来的，出来就结婚！"我回答道："你相信吗？"但主要是为了找点话说罢了。她于是很快地大声说她相信，我将被释放，我们还去游泳。但那个女人又吼起来，说她在书记室留了个篮子。她一样一样讲她放在里面的东西，要查对一下，因为这些东西很贵。我另一边的"邻居"和他母亲一直互相望着。地上蹲着的阿拉伯人在继续低声交谈。外面的光线好像越来越强，直射在窗户上。

我感到有些不舒服，真想走开。嘈杂声让我难受。但另一方面，我又想多看看玛丽。我不知道过了多少时间。玛丽跟我讲她的工作，她不住地微笑。低语声、喊叫声、谈话声交织成一片。唯有我身边那个矮小的年轻人和那个老太太之间是一个寂静的小孤岛，他们只是互相望着。渐渐地，阿拉伯人都被带走了。第一个人一走，几乎所有的人都不说话了。那个小老太太走近铁栏杆，这时，一个看守向她的儿子打了个手势。他说："再见，妈妈。"她把手从两根铁栏杆间伸出来，慢慢地、持续地摆了摆。

她一走，一个男人进来，手里拿着帽子，占了她留下的那块地方。这一边也有一个犯人被带了进来，他们热烈地谈了起来，但声音很小，因为大厅已经安静下来了。有人来叫我右边的那个人了，他老婆并没有放低声音，好像她没注意到已经不需要喊叫了："保重，小心。"然后就该我了。玛丽做出吻我的姿势。我在出去之前又回了回头。她站着不动，脸紧紧地贴在铁栅栏上，还带着为难的、不自然的微笑。

她的信是那以后不久写的。那些我从来也不喜欢讲的事情也是从这时候开始的。不管怎么说，不该有任何的夸大，这件事我做起来倒比别的事容易。在我被监禁的开始，最使我感到难以忍受的是，我还常有一些自由人的念头。例如，我想去海滩，朝大海走去。我想象着最先冲到我脚下的海浪的响声，身体跳进水里以及我所感到的解脱，这时我才一下子感到了牢房的四壁相距是多么地近。但这只持续了几个月。然后，我就只有囚徒的想法了。我等待着每日在院子里放风或我的律师来访。其余的时间，我也安排得很好。我常常想，如果让我住在一棵枯树干里，除了抬头看看天上的流云之外无事可干，久而久之，我也会习惯的。我会等待着鸟儿飞过或白云相会，就像我在这里等待着我的律师的奇特的领带，或者就像我在另一个世界里耐心等到星期六拥抱玛丽的肉体一样。何况，认真想想，我并不在一棵枯树干里。还有比我更不幸的人。不过，这是妈妈的一个想法，她常常说，到头来，人什么都能习惯。

况且，一般地说，我并没有到这种程度。开头几个月很苦。但

是我不得不努力克制，也就过来了。例如，我老是想女人。这很自
然，我还年轻嘛。我从不特别想到玛丽。我是想到女人，随便哪一
个女人，所有我过去认识的女人，想到我爱过她们的各种各样的场
合，想来想去，牢房里竟充满了一张张女人的面孔，到处只见我的
性欲的冲动。从某种意义上说，这使我的精神失常，但从另一种意
义上说，这却使我消磨了时间。我终于赢得了看守长的好感，他总
是在开饭的时候跟厨房的伙计一道来。是他先跟我谈起了女人。他
跟我说这也是其他人所抱怨的头一件大事。我对他说我跟他们一样，
我认为这种待遇不公正。"可是，"他说，"正是为了这个才让您进监
狱呀。"

"什么？为了这个？"

"是啊，自由，就是这个呀。您被剥夺了自由。"

我从来没想到这一层。我同意他的看法，我说："不错，不然的
话，惩罚什么呢？"

"对，您明白事理。他们不懂。最后他们总是自己想办法。"看
守说完就走了。

还有香烟也是个问题。我进监狱的时候，他们拿去了我的腰带、
我的鞋带、我的领带、口袋里所有的东西，特别是我的香烟。一进
牢房，我就要求他们还给我。但他们对我说这里禁止吸烟。头几天
真难过。也许是这件事使我最为沮丧。我从床板上撕下几片木片来
咂一咂。我整天想吐。我不明白，他们为什么不让我抽烟，抽烟并
不损害任何人。后来我明白了，这也是惩罚的一部分，但这时候，
我对不抽烟已经习惯了，这个惩罚对我已不成其为惩罚了。

除了这些烦恼外，我不算太不幸。全部的问题，我再说一遍，
还是如何消磨时间。从我学会了回忆的那个时刻起，我就一点儿也
不感到烦闷了。有时候，我想我从前住的房子，在想象中，我从一

个角落开始走，再回到原处，心里数着一路上所看到的东西。开始，很快就数完了。但每一次重新开始，就变得稍微长了些。因为我想起了每一件家具，每一件家具上的每一件东西，每一件东西的全部细小的地方，而那些细小的地方本身，还有镶嵌着什么啦，一道裂缝啦，一条有缺口的边啦，还有颜色和木头的纹理啦。同时，我还试图让我这份清单不要断了线，试图把每一件东西都数全。结果，几个星期之后，单单数我房间里的东西，我就能过好几个钟头。这样，我越是想，想出来的原已忘记或根本认不出的东西就越多。于是我明白了，一个人哪怕只生活过一天，也可以毫无困难地在监狱里过上一百年。他会有足够的东西来回忆而不至于感到烦闷。从某种意义上说，这也是一种好处。

还有睡觉。开始，我夜里睡不好，白天根本睡不着。渐渐地，夜里睡得好，白天也能睡着了。我可以说，在最后几个月里，我每天睡十六到十八个钟头。那么，我每天要消磨的时间就剩下六个钟头了，其中包括吃饭、大小便、回忆和捷克斯洛伐克人的故事。

在草褥子和床板之间，有一天我发现了一块旧报纸，几乎粘在布上，已经发黄透亮了。那上面有一则新闻，开头已经没有了，但看得出来事情是发生在捷克斯洛伐克。一个人离开捷克的一个农村，外出谋生。二十五年之后，他发了财，带着老婆和一个孩子回来了。他的母亲和他的妹妹在家乡开了个旅店。为了让她们吃一惊，他把老婆孩子放在另一个地方，自己到了他母亲的旅店里，他进去的时候，她没认出他来。他想开个玩笑，竟租了个房间，并亮出他的钱来。夜里，他母亲和他妹妹用大锤把他打死，偷了他的钱，把尸体扔进河里。第二天早晨，他妻子来了，无意中说出那旅客的姓名。母亲上了吊，妹妹投了井。这段故事，我不知读了几千遍。一方面，这事不像真的；另一方面，却又很自然。无论如何，我觉得那个旅客有点自作自受，永远也不应该演戏。

这样，睡觉、回忆、读我的新闻，昼夜交替，时间也就过去了。我在书里读过，说在监狱里，人最后就失去了时间的概念。但是，对我来说，这并没有多大意义。我始终不理解，到什么程度人会感到日子是既长又短的。日子过起来长，这是没有疑问的，但它居然长到一天接一天。它们丧失了各自的名称。对我来说，唯一还有点意义的词是"昨天"和"明天"。

有一天，看守对我说我进来已经五个月了，我相信这点，但我又不理解。对我来说，我在牢房里过的总是同样的一天，做的也总是同样的事。那天，看守走了之后，我对着我的铁碗，看了看自己。我觉得，就是在我试图微笑的时候，我的样子还是很严肃。我晃了晃那铁碗。我微笑了，可碗里的神情还是那么严肃、忧愁。天黑了，这是我不愿意谈到的时刻，无以名之的时刻，监狱各层的牢房里响起了夜晚的嘈杂声，随之而来的是一片寂静。我走近小窗口，借着最后的光亮，我又端详了一番我的样子。还是那么严肃。这有什么奇怪的呢？那会儿，我就是那么严肃嘛。但就在那时，几个月来，我第一次清楚地听见了我自己说话的声音。我认出来了，这就是很久以来一直在我耳边回响的声音啊，我这才明白，这一段时间里我一直在一个人说话。于是，我想起了母亲下葬那天女护士说过的话。不，出路是没有的，没有人能想象监狱里的晚上是怎样的。

<h1 style="text-align:center">三</h1>

我可以说，一个夏天接着一个夏天，其实也快得很。我知道天气刚刚转热，我的事就要有新的动向。我的案子定于重罪法庭最后一次开庭时审理，这次开庭将于六月底结束。辩论的时候，外面太

阳火辣辣的。我的律师告诉我辩论不会超过两天或三天。他还说：
"再说，法庭忙着呢，您的案子并不是这次最重要的一件。在您之
后，立刻就要办一件弑父案。"

　　早晨七点半，有人来提我，囚车把我送到法院。两名法警把我
送进一间小里屋里。我们坐在门旁等着，隔着门，听见一片说话声、
叫人的声音和挪动椅子的声音，吵吵嚷嚷地让我想到那些群众性的
节日，音乐会之后，大家收拾场地准备跳舞。法警告诉我得等一会
儿才开庭，其中一个还递给我一支烟，我拒绝了。过了一会儿，他
问我"是不是感到害怕"，我说不害怕。甚至在某种意义上说，看一
场官司，我觉得有趣，我有生以来还从没有机会看过呢。"的确，"
第二个法警说，"不过看多了也累得慌。"

　　不一会儿，房子里一个小电铃响了。他们给我摘下手铐，打开
门，让我走到被告席上去。大厅里人坐得满满的。尽管挂着窗帘，
有些地方还是有阳光射进来，空气已经闷得不行。窗户都关上了。
我坐下，两名法警一边一个。这时，我看见我面前有一排面孔，都
在望着我，我明白了，这是陪审员。但我说不出来这些面孔彼此间
有什么区别。我只有一个印象，仿佛我在电车上，对面一排座位上
的旅客盯着新上来的人，想发现有什么可笑的地方。我知道这种想
法很荒唐，因为这里他们要找的不是可笑之处，而是罪恶。不过，
区别并不大，反正我是这样想的。

　　还有，门窗紧闭的大厅里这么多人也使我头昏脑涨。我又看了
看法庭上，还是一张脸也看不清。我认为，首先是我没料到大家都
急着想看看我。平时，谁也不注意我这个人。今天，我得费一番力
气才明白我是这一片骚动的起因。我对法警说："这么多人！"他回答
我说这是因为报纸，他指给我坐在陪审员座位下面桌子旁边的一群
人，说："他们在那儿。"我问："谁?"他说："报馆的人呀。"他认识

其中的一个记者，那人这时也看见了他，并朝我们走过来。这人年纪已经不小了，样子倒也和善，只是脸长得有点滑稽。他很亲热地握了握法警的手。我这时注意到大家都在握手、打招呼、谈话，好像在俱乐部里碰到同一个圈子里的人那样高兴。我明白了为什么我刚才会有那么奇怪的感觉，仿佛我是个多余的人，是个擅自闯入的家伙。但是，那个记者微笑着跟我说话了，希望我一切顺利。我谢了他，他又说："您知道，我们有点儿夸大了您的案子。夏天，对报纸来说是个淡季。只有您的事和那宗弑父案还有点儿什么。"他接着指给我看他刚离开的那群人中的一个矮个子，那人像只肥胖的鼬，戴着一副黑边大眼镜。他说那是巴黎一家报纸的特派记者："不过，他不是为您来的。因为他来报道那宗弑父案，人家也就要他同时把您的案子一道发回去。"说到这儿，我又差点儿要感谢他。但我想这将是很可笑的。他举手向我亲切地摆了摆，离开了我们。我们又等了几分钟。

我的律师到了。他穿着法衣，周围还有许多同行。他朝记者们走去，跟他们握了握手。他们打趣、大笑，显得非常自如，直到法庭上铃响为止。大家各就各位。我的律师朝我走来，跟我握手，嘱咐我回答问题要简短，不要主动说话，剩下的就由他办了。

左边，我听见有挪椅子的声音，我看见一个身材细高的人，穿着红色法衣，戴着夹鼻眼镜，仔细地折起长袍坐下了。这是检察官。执达吏宣布开庭。同时，两个大电扇一齐嗡嗡地响起来。三个推事，两个着黑衣，一个着红衣，夹着卷宗进来，很快地朝俯视着大厅的高台走去。着红衣的那个人坐在中间的椅子上，把帽子放在身前，用手帕擦了擦小小的秃顶，宣布审讯开始。

记者们已经拿起了钢笔。他们都漠不关心，有点傻乎乎的样子。然而，其中有一个，年纪轻得多，穿一身灰法兰绒衣服，系着蓝色的领带。他把笔放在前面，望着我。在那张不大匀称的脸上，我只看见两只淡淡的眼睛，专心地端详着我，表情不可捉摸。而我有一种奇怪的印象，好像是我自己看着我自己。也许是因为这一点，当然也因为我不知道这种场合的规矩，我对后来发生的事都没怎么搞清楚，例如陪审员抽签，庭长向律师、向检察官和向陪审团提问（每一次，所有的陪审员的脑袋都同时转向法官），很快地念起诉书（我听出了一些地名和人名），然后再向我的律师提问。

庭长说应该传讯证人了。执达吏念了一些姓名，引起了我的注意。在这群我刚才没看清楚的人当中，我看见几个人一个个站起来，从旁门走出去，他们是养老院的院长和门房、老多玛·贝莱兹、莱蒙、马松、萨拉玛诺、玛丽。玛丽还焦虑不安地看了看我。我还在奇怪怎么没有早些看见他们，赛莱斯特最后听到他的名字，站了起来。在他身边，我认出了在饭馆见过的那个小女人，她还穿着那件短外套，一副坚定不移、一丝不苟的神气。她紧紧地盯着我。但是我没有时间多考虑，因为庭长讲话了。他说真正的辩论就要开始了，他相信无须再要求听众保持安静。据他说，他的职责是不偏不倚地引导有关一宗他要客观对待的案子的辩论。陪审团提出的判决将根据公正的精神做出，在任何情况下，如有哪怕最微不足道的捣乱的情况，他都要把听众逐出法庭。

大厅里越来越热，我看见推事们都拿报纸扇了起来，立刻响起一阵持续的哗啦哗啦的纸声。庭长示意，执达吏送来三把草蒲扇，三位推事马上使用起来。

审讯立刻开始。庭长心平气和地，我觉得甚至是带着一些亲切感地向我发问。不管我多么厌烦，他还是先让我自报家门，我想这也的确是相当自然的，万一把一个人当成另一个人，那可就太严重了。然后，庭长又开始叙述我做过的事情，每读三句话就问我一声：

"是这样吗?"每一次,我都根据律师的指示回答道:"是,庭长先生。"这持续了很久,因为庭长叙述得很细。这时候,记者们一直在写。我感到了他们当中最年轻的那个和那架小自动机器的目光。电车板凳上的那一排人都面向着庭长。庭长咳嗽一声,翻翻材料,一边扇着扇子,一边转向我。

他说他现在要提出几个与我的案子表面上没有关系而实际上可能大有关系的问题。我知道他又要谈妈妈了,我感到我是多么厌烦。他问我为什么把妈妈送进养老院。我回答说我没有钱请人照看她,给她看病。他问我,就个人而言,这是否使我很难受,我回答说无论是妈妈,还是我,都不需要从对方那里得到什么,再说也不需要从任何人那里得到什么,我们俩都习惯了新的生活。于是,庭长说他并不想强调这一点,他问检察官是否有别的问题向我提出。

这一位半转过脊背对着我,并不看我,说如果庭长允许,他想知道我是不是怀着杀死阿拉伯人的意图独自回到水泉那里。"不是。"我说。"那么,您为什么带着武器,又单单回到这个地方去呢?"我说这是偶然的。检察官以一种阴险的口吻说:"暂时就是这些。"接下来的事就有点不清楚了,至少对我来说是如此。但是,经过一番秘密磋商之后,庭长宣布休庭,听取证词改在下午进行。

我没有时间思考。他们把我带走,装进囚车,送回监狱吃饭。很快,在我刚感到累时,就有人来提我了。一切又重来一遍,我被送到同一个大厅里,我面前还是那些面孔。只是大厅里更热了,仿佛奇迹一般,陪审员、检察官、我的律师和几个记者,人人手中都拿了一把蒲扇。那个年轻的记者和那个小女人还在那儿。但他们不扇扇子,默默地望着我。

我擦了擦脸上的汗,直到我听见传养老院院长,这才略微意识到了我所在的地方和我自己。他们问他妈妈是不是埋怨我,他说是的，不过院里的老人埋怨亲人差不多是一种通病。庭长让他明确妈妈是否怪我把她送进养老院，他又说是的。但这一次，他没有补充什么。对另一个问题，他回答说他对我在下葬那天所表现出的冷静感到惊讶。这时，院长看了看他的鞋尖儿，说我不想看看妈妈，没哭过一次，下葬后立刻就走，没有在她坟前默哀。还有一件使他惊讶的事，就是殡仪馆的一个人跟他说我不知道妈妈的年龄。大厅里一片寂静，庭长问他说的是否的确是我。院长没有听懂这个问题，说道："这是法律。"然后，庭长问检察官有没有问题向证人提出，检察官大声说道："噢！没有了，已经足够了。"他的声音这样响亮，他带着这样一种得意扬扬的目光望着我，使我多年来第一次产生了愚蠢的想哭的愿望，因为我感到这些人是多么地憎恨我。

问过陪审团和我的律师有没有问题之后，庭长听了门房的证词。门房和其他人一样，也重复了同样的仪式。他走到我跟前看了我一眼，就转过脸去了。他回答了他们提出的问题。他说我不想看看妈妈，却抽烟、睡觉，还喝了牛奶咖啡。这时，我感到有什么东西激怒了整个大厅里的人，我第一次认识到我是有罪的。他们又让门房把喝牛奶咖啡和抽烟的事情重复一遍。检察官看了看我，眼睛里闪着一种嘲讽的光。这时，我的律师问门房是否和我一道抽烟了。可是检察官猛地站起来，反对这个问题："这里究竟谁是罪犯？这种为了减弱证词的力量而反诬证人的做法究竟是什么做法？但是，证词并不因此而减少其不可抵抗的力量！"尽管如此，庭长还是让门房回答这个问题。老头子很难为情地说："我知道我也不对，但是我当时没敢拒绝先生给我的香烟。"最后，他们问我有没有什么要补充的。我说："没有，只是证人说得对。我的确给了他一支香烟。"这时，门房既有点儿惊奇又怀着某种感激的心情看了看我。他迟疑了一下，说牛奶咖啡是他请我喝的。我的律师得意地叫了起来，说陪审员们一定会重视这一点的。但是检察官在我们头上发出雷鸣般的声音，说道："对，陪审员先生们会重视的。而他们的结论将是，一个外人可以请喝咖啡，而一个儿子，面对着生了他的那个人的尸体，就应该拒绝。"门房回到他的座位上去。

轮到多玛·贝莱兹了，一个执达吏把他扶到证人席上。贝莱兹说他主要是认识我母亲，他只在下葬的那一天见过我一次。他们问他我那天干了些什么，他回答道："你们明白，我自己当时太难过了。所以，我什么也没看见。痛苦使我什么也看不见。因为对我来说，这是非常大的痛苦。我甚至都晕倒了。所以，我不能看见先生做了些什么。"检察官问他，是不是至少看见过我哭。贝莱兹说没看见。于是，检察官也说："陪审员先生们会重视这一点的。"但我的律师生气了。他用一种我觉得过火的口吻问贝莱兹，他是否看见我不哭。贝莱兹说："没看见。"一阵哄堂大笑。我的律师卷起一只袖子，以一种不容争辩的口吻说道："请看，这就是这场官司的形象。一切都是真的，又没有什么是真的！"检察官沉下脸来，居心叵测，用铅笔在档案材料的标题上戳着。

在审讯暂停的五分钟里，我的律师对我说一切都进行得再好不过，然后，他们听了赛莱斯特的辩护，他是由被告方面传来的。所谓被告，当然就是我了。赛莱斯特不时地朝我这边望望，手里摆弄着一顶巴拿马草帽。他穿着一身新衣服，那是他有几个星期天跟我一起去看赛马时穿的。但是我现在认为他那时没有戴硬领，因为他领口上只扣着一枚铜纽扣。他们问他我是不是他的顾客，他说："是，但也是一个朋友。"问到他对我的看法，他说我是个男子汉。问他这是什么意思，他说谁都知道那是什么意思。问他是否注意到我是个缄默孤僻的人，他只承认我不说废话。检察官问他我是不是按时付钱，他笑了，说："这是我们两个人之间的私事。"他们又问他对我的罪行有什么看法。这时，他把手放在栏杆上，看得出来他是有所准备的。他说："依我看，这是件不幸的事。谁都知道不幸是什么。这使你没法抗拒。因此，依我看，这是件不幸的事。"他还要继续说，但庭长说这很好，谢谢他。赛莱斯特有点儿愣了。但是他说他还有话。他们让他说得简短些。他又重复了一遍说这是件不幸的事。庭长说："是啊，这是当然。我们在这儿就是为了判断这一类的不幸。谢谢您。"仿佛他已尽其所能并表现了他的好意，他就朝我转过身来。我觉得他的眼睛发亮，嘴唇哆嗦着。他好像是问我他还能做些什么。我呢，我什么也没说，我没有任何表示，但是，我有生以来第一次想拥抱一个男人。庭长又一次请他离开辩护席。赛莱斯特这才回到旁听席上去。在剩下的时间里，他一直待在那里，身子稍稍前倾，两肘支在膝头上，手里拿着草帽，听着大家说话。玛丽进来了。她戴着帽子，还是那么美。但是我喜欢她披散着头发。从我坐的地方，我可以感觉到她轻盈的乳房，看得出她的下嘴唇总是有点儿发肿。她好像很紧张。一上来，人家就问她从什么时候起和我认识。她说是从她在我们公司做事的时候起。庭长想知道她和我是什么关系。她说她是我的朋友。在回答另一个问题时，她说她的确要和我结婚。检察官翻了翻一卷材料，突然问她是什么时候和我发生关系的。她说了个日子。检察官以一种漠不关心的神气指出，那似乎是妈妈死后的第二天。然后，他又颇含讥讽地说他不想强调一种微妙的处境，他很理解玛丽的顾虑，但是（说到这里，他的口气强硬了），他的职责使他不能不越过通常的礼仪。因此，他要求玛丽讲一讲我碰见她的那一天的情况。玛丽不愿意说，但在检察官的坚持下，她讲了我们游泳、看电影，然后回到我那里去。检察官说，根据玛丽在预审中所提供的情况，他查阅了那一天的电影片目。他要玛丽自己说那一天放的是什么电影。她的声音都变了，说那是一部费南代尔的片子。她说完，大厅里鸦雀无声。这时，检察官站起来，神情非常庄重，伸出手指着我，用一种我认为的确是很激动的声音，一个字一个字地慢慢说道："陪审员先生们，这个人在他母亲死去的第二天，就去游泳，就开始搞不正当的关系，就去看滑稽影片开怀大笑。至于别的，我就用不着多说了。"他坐下了，大厅里还是一片寂静。忽然，玛丽大哭起来，说情况不是这样，还有别的，刚才的话不是她心里想的，是人家逼她说的，她很了解我，我没做过任何坏事。但是执达吏在庭长的示意下把她拖了出去。审讯继续。

紧接着是马松说话，人们都不怎么听了，他说我是个正经人，他"甚至还要说，是个老实人"。至于萨拉玛诺，就更没有人听了。他说我对他的狗很好。当问到关于我母亲和我的时候，他说我跟妈妈无话可说，所以我才把妈妈送进养老院。他说："应该理解呀，应该理解呀。"可是似乎没有一个人理解。他被带了出去。

轮到莱蒙了，他是最后一个证人。莱蒙朝我点点头，立刻说道我是无罪的。但是，庭长说法庭要的不是判断而是证据。他要他先等着提问，然后再回答。他们要他明确他和被害人的关系。莱蒙趁此机会说被害人恨的是他，因为他羞辱了他姐姐。但庭长问他被害人是否就没有理由恨我。莱蒙说我到海滩上去完全是出于偶然。检察官问他作为悲剧的根源的那封信怎么会是我写的。莱蒙说那是出于偶然。检察官反驳说偶然在这宗案子里对人的良心所产生的坏作用已经不少了。他想知道，当莱蒙羞辱他的情妇时，我没有干涉，这是不是出于偶然；我到警察局去做证，是不是出于偶然；我在做证时说的话纯粹是献殷勤，是不是也出于偶然。最后，他问莱蒙靠什么生活，莱蒙说是"仓库管理员"。检察官朝着陪审员们说道，众所周知，证人干的是乌龟的行当。我是他的同谋和朋友。这是一个最下流的无耻事件，由于加进了一个道德上的魔鬼而变得更加严重。

莱蒙要声辩，我的律师也提出抗议，但是人家要他们让检察官说完。他说："我的话不多了。他是您的朋友吗？"他问莱蒙。莱蒙说："是，他是我的朋友。"检察官又向我提出同一个问题，我看了看莱蒙，他也正看着我。我说："是。"检察官于是转向陪审团，说道："还是这个人，他在母亲死后的第二天就去干最荒淫无耻的勾当，为了了结一桩卑鄙的桃色事件就去随随便便地杀人！"

他坐下了。我的律师已经按捺不住，只见他举起胳膊，法衣的袖子都落了下来，露出了里面浆得雪白的衬衫，大声嚷道："说来说去，他被控埋了母亲还是被控杀了人？"听众一阵大笑。但检察官又站了起来，披了披法衣，说道需要有这位可敬的辩护人那样的聪明才智才能不感到在这两件事之间有一种深刻的、感人的、本质的关系。他用力地喊道："是的，我控告这个人怀着一颗杀人犯的心埋葬了一位母亲。"这句话似乎在听众里产生了很大的效果。我的律师耸了耸肩，擦了擦额上的汗水。但他本人似乎也受到了震动，我明白我的事情不妙了。

审讯结束。走出法院登上车子的时候，一刹那间，我又闻到了夏日傍晚的气息，看到了夏日傍晚的色彩。在这走动着的、昏暗的囚室里，我仿佛从疲倦的深渊里听到了这座我所热爱的城市的、某个我有时感到满意的时刻种种熟悉的声音。在已经轻松的空气中飘散着卖报人的吆喝声，滞留在街头公园里的鸟雀的叫声，卖夹心面包的小贩的喊叫声，电车在城里高处转弯时的呻吟声，港口上方黑夜降临前空中的嘈杂声，这一切又在我心中画出了一条我在入狱前非常熟悉的、在城里随意乱跑时的路线。是的，这是很久以前我感到满意的那个时刻。那时候，等待我的总是轻松的、连梦也不做的睡眠。然而，有些事情已经起了变化，因为我又回到了牢房，等待着第二天。仿佛画在夏日天空中的熟悉的道路既能通向牢房，也能通向安静的睡眠。

四

即便是坐在被告席上，听见大家谈论自己也总是很有意思的。在检察官和我的律师进行辩论的时候，我可以说，大家对我的谈论是很多的，也许谈我比谈我的罪行还要多。不过，这些辩护词果真有那么大的区别吗？律师举起胳膊，说我有罪，但有可以宽恕的地方。检察官伸出双手，宣告我的罪行，没有可以宽恕的地方。但是，有一件事使我模模糊糊地感到尴尬。尽管我心里不安，但有时我很想参与进去说几句，但这时我的律师就对我说："别说话，这对您更有利。"可以这么说，他们好像在处理这宗案子时把我撇在一边。一切都在没有我的干预下进行着。我的命运被决定，而根本不征求我的意见。我不时地真想打断他们，对他们说："可说来说去，究竟谁是被告？被告也是很重要的。我也有话要说呀。"但是三思之后，我也没有什么好说的。再说，我应该承认，一个人对别人所感到的兴趣持续的时间并不长。例如，检察官的控诉很快就使我厌烦了。只有那些和全局无关的片言只语，几个手势，或连珠炮般说出来的大段议论，还使我感到惊奇，或引起我的兴趣。

如果我没有理解错的话，他的思想实质是我杀人是有预谋的。至少，他试图证明这一点。正如他自己所说："先生们，我将提出证据，我将提出双重的证据。首先是光天化日之下的犯罪事实，然后是这个罪恶灵魂的心理向我提供的晦暗的启示。"他概述了妈妈死后的一系列事实。他提出我的冷漠，不知道妈妈的岁数，第二天跟一个女人去游泳，看电影，还是费南代尔的片子，最后同玛丽一起回去。那个时候，我是花了很长时间才明白他的话的，因为他说什么"他的情妇",而对我来说,情妇原来就是玛丽。接着,他又谈到了莱蒙的事情。我发现他观察事物的方式倒不乏其清晰正确。他说的话还是可以接受的。我和莱蒙合谋写信把他的情妇引出来,然后让这个"道德可疑"的人去羞辱她。我在海滩上向莱蒙的仇人进行挑衅。莱蒙受了伤。我向他要来了手枪。我为了使用武器又一个人回去。我预谋打死阿拉伯人。我又等了一会儿。"为了保证事情干得彻底",我又沉着地、稳妥地、在某种程度上是经过深思熟虑地开了四枪。

"事情就是这样,先生们,"检察官说,"我把这一系列事情的线索给你们勾画出来,说明这个人如何在神志完全清醒的情况下杀了人。我强调这一点。因为这不是一宗普通的杀人案,不是一个未经思考的、你们可能认为可以用当时的情况加以减轻的行动。这个人,先生们,这个人是很聪明的。你们都听过他说话,不是吗?他知道如何回答问题。他熟悉用词的分量。人们不能说他行动时不知道自己干的是什么。"

我听着,我听见他们认为我聪明。但我不太明白,平常人身上的优点到了罪犯的身上,怎么就能变成沉重的罪名。至少,这使我感到惊讶,我不再听检察官说话了,直到我又听见他说:"难道他曾表示过悔恨吗?从来没有,先生们。在整个预审的过程中,这个人从来没有一次对他这个卑劣的罪行表示过激动。"这时,他朝我转过身来,用指头指着我,继续对我横加责难,但事实上,我并不知道这是为什么。当然,我也不能不承认他说得有道理。对我的行动我并不怎么悔恨。但是他这样激烈却使我吃惊。我真想亲切地,甚至友爱地试着向他解释清楚,我从来不会对某件事真正感到悔恨。我总是为将要发生的事,为今天或明天操心。但是,当然啰,在我目前所处的境况中,我是不能以这种口吻向任何人说话的。我没有权利对人表示亲热，也没有权利有善良的愿望。我试图再听听，因为检察官说起我的灵魂来了。

他说，陪审员先生们，他曾仔细探索过我的灵魂，结果一无所获。他说实际上我根本就没有灵魂，对于人性，对于人们心中的道德原则，我都是一窍不通。他补充道："当然，我们也不能责怪他。他不能得到的，我们也不能怪他没有。但是说到法院，宽容所具有的全然反面的作用应该转化为正义所具有的作用，这不那么容易，但是更为高尚，特别是当这个人的心已经空虚到人们所看到的这种程度，正在变成连整个社会也可能陷进去的深渊的时候。"这时，他又说到我对待妈妈的态度。他重复了他在辩论中说过的话。但是他的话要比谈到我的杀人罪时多得多，多到最后我只感到早晨的炎热了。最后，他停下了，沉默了一会儿，又用低沉的、坚信不疑的声音说道："先生们，这个法庭明天将要审判一宗滔天罪行：杀死亲生父亲。"据他说，这种残忍的谋杀使人无法想象。他斗胆希望人类的正义要坚决予以惩罚而不能手软。但是，他敢说，这一罪行在他身上引起的憎恶比起我的冷漠使他感到的憎恶来，几乎是相形见绌的。他认为，一个在精神上杀死母亲的人，和一个杀死父亲的人，都是以同样的罪名自绝于人类社会。在任何一种情况下，前者都是为后者的行动做准备，以某种方式预示了这种行动，并且使之合法化。他提高了声音说："先生们，我坚信，如果我说坐在这张凳子上的人也犯了这个法庭明天将要审判的那种谋杀罪，你们不会认为我这个想法过于大胆的。因此，他要受到相应的惩罚。"说到这里，检察官擦了擦因出汗而发亮的脸。最后，他说他的职责是痛苦的，但是他要坚决地完成它。他说我与一个我连最基本的法则都不承认的社会毫无干系，我不能对人类的心有什么指望，因为我对其基本的反应根本不知道。他说："我向你们要这个人的脑袋，而在我这样请求时，我的心情是轻松的。在我这操之已久的生涯中，如果我有时请求处人以极刑的话，我却从未像今天这样感到我这艰巨的职责得到了补偿、平衡和启发，因为我已意识到某种神圣的、不可抗拒的命令，因为我在这张除残忍之外一无所见的人的脸上感到了憎恶。"

检察官坐下了，在相当长的一段时间里，大厅里一片寂静。我呢，我已经由于炎热和惊讶而昏头昏脑了。庭长咳嗽了几声，用很低的声音问我还有什么话要说。我站了起来。由于我很想说话，我就有点儿没头没脑地说我没有打死那个阿拉伯人的意图。庭长说这是肯定的，到现在为止，他还摸不清我的辩护方式，他说他很高兴在我的律师发言之前先让我说清楚我的行为的动机。我说得很快，有点儿语无伦次，我意识到了我很可笑，我说是因为太阳。大厅里有人笑了起来。我的律师耸了耸肩膀，马上，他们就让他发言了。但是他说时间不早了，他需要好几个钟头，他要改在下午。法庭同意了。

下午，巨大的电扇依旧搅动着大厅里混浊的空气，陪审员们手里五颜六色的小扇子都朝着一个方向摇动。我觉得我的律师的辩护词大概说不完了。有一阵，我注意听了听，因为他说："的确，我是杀了人。"接着，他继续使用这种口吻，每次谈到我时他也总是以"我"相称。我很奇怪。我朝一个法警弯下身子，问他这是为什么。他叫我住嘴，过了一会儿，他跟我说："所有的律师都是这样。"我呢，我想这还是排斥我，把我化为乌有，从某种意义上说，他取代了我。不过，我已经和这个法庭距离很远了。再说，我也觉得我的律师很可笑。他很快以挑衅为理由进行辩护，然后也谈起我的灵魂。不过，我觉得他的才华大大不如检察官的。他说："我也仔细探索了这个灵魂，但是与检察院的这位杰出代表相反，我发现了一些东西，而且我还可以说，我看得一目了然。"他看到我是个正经人，一个正派的职员，不知疲倦，忠于雇主，受到大家的爱戴，同情他人的痛苦。在他看来，若论儿子，我是典范，我在力所能及的范围内尽力供养母亲，最后，为了让她享受到我力所不及的舒适，这才把老太太送进养老院的。他说："先生们，我感到奇怪的是，大家对养老院议论纷纷。因为说到底，如果需要证明这些设施的用处和伟大，只需说是国家本身资助的就够了。"只是他没有提到下葬的问题，我感到这是他的辩护的漏洞。但是，由于这些长句，由于人们一小时又一小时、一天又一天地没完没了地谈论我的灵魂，使我产生了一种印象，仿佛一切都变成一片没有颜色的水，我看得头晕目眩。

最后，我只记得，正当我的律师继续发言时，一个卖冰的小贩吹响了喇叭，从街上穿过所有的大厅和法庭传到我的耳畔。对于某种生活的种种回忆突然涌上我的脑海，这种生活虽已不属于我，但我曾经在那里发现了我最可怜、最深刻难忘的快乐：夏天的气味、我热爱的街区、某一种夜空、玛丽的笑容和裙子。在这里我所做的一切都毫无用处的想法涌上了心头，压得我喘不过气来，我只想赶紧让他们结束，赶紧回到牢房去睡觉。所以，最后我的律师大嚷大叫，我也几乎没有听见。他说陪审员们是不会把一个一时糊涂的正直劳动者打发到死亡那里去的，他要求考虑那些可减罪的情节，因为我已背上了杀人罪的重负，这是永远的悔恨，最可靠的刑罚。法庭中止辩论，我的律师精疲力竭地坐下了。他的同事们都过来同他握手。我听见他们说："棒极了，亲爱的。"其中一个甚至拉我来做证："嗯，您说怎么样？"我表示同意，但是我的赞扬并不真心真意，因为我太累了。

然而，外面天色已晚，也不那么热了。从街上听到的一些声音，我可以猜想到傍晚时分的凉爽。我们都在那儿等着。其实，大家一道等着的事只跟我一人有关。我又看了看大厅。一切都和第一天一样。我碰到了那个穿灰上衣的记者和那个像自动机器一样的女人的目光。这使我想了起来，在整个审判过程中，我都没有朝玛丽那边看过一眼。我并没有忘记她，但我的事情太多了。我看见她坐在赛莱斯特和莱蒙之间。她朝我做了个小小的动作，仿佛是说："总算完了。"我看见她那有些焦虑的脸上泛起了微笑。但我觉得我的心已和外界隔绝，我甚至没有回答她的微笑。

法官们回来了。很快，有人把一连串的问题念给他们听。我听见什么"杀人犯""预谋""可减轻罪行的情节"，等等。陪审员们出去了，我被带进我原来在里面等候的那间小屋子里。我的律师也来了。他口若悬河，话说得从来也没有像现在那样有信心，那样亲切，他认为一切顺利，我只需坐几年监狱或服几年苦役就完事。我问他如果判决不利，有没有上诉最高法院的机会。他说没有。他的策略是不提出当事人的意见，免得引起陪审团的不满。他对我解释说，不能无缘无故随便上诉。我觉得这是明摆着的事，便同意了他的看法。其实，冷静地看问题，这也是很自然的。否则，要费的公文状纸就太多了。我的律师说："无论如何，上诉是可以的。不过，我确信判决会有利的。"

我们等了很久，我想约有三刻钟。铃声响了。我的律师向我告别，说道："庭长要宣读对质询的答复了。您要到宣读判决的时候才能进去。"我听见一阵门响。一些人在楼梯上跑过，听不出远近。接着，我听见大厅中一个低沉的声音在读着什么。铃又响了，门开了，大厅里一片寂静，静极了，我注意到那个年轻的记者把眼睛转到别处，一种奇异的感觉油然而生。我没有朝玛丽那边看。我没有时间，因为庭长用一种奇怪的方式对我说要以法兰西人民的名义在一个广场上将我斩首示众。我这时才觉得认清了我在所有这些人脸上所看到的感情。我确信那是尊敬。法警对我也温和了。律师把手放在我的腕上。我什么也不想了。庭长问我还有什么话要说。我说:"没有。"他们这才把我带走。

五

我拒绝接待指导神甫,这已经是第三次了。我跟他没有什么可说的,我不想说话,很快我又会见到他。我现在感兴趣的,是想逃避不可逆转的进程,是想知道不可避免的事情能不能有一条出路。我又换了牢房。在这个牢房里,我一躺下,就看得见天空,也只能看见天空。我整天整天地望着它的脸上那把白昼引向黑夜的逐渐减弱的天色。我躺着,把手放在脑后,等待着。我不知道想过多少次,是否曾有判了死刑的人逃过了那无情的、不可逆转的进程,法警的绳索断了,临刑前不翼而飞,于是,我就怪自己从前没有对描写死刑的作品给予足够的注意。对于这些问题,一定要经常关心。谁也不知道会有什么事情发生。像大家一样,我读过报纸上的报道。但是一定有专门著作,我却从来没有想到去看看。那里面,也许我会找到有关逃跑的叙述。那我就会知道,至少有那么一次,绞架的滑轮突然停住了,或是在一种不可遏止的预想中,仅仅有那么一回,偶然和运气改变了什么东西。仅仅一次!从某种意义上说,我认为这对我也就足够了,剩下的就由我的良心去管。报纸上常常谈论对社会欠下的债。依照他们的意思,欠了债就要还。不过,在想象中这就谈不上了。重要的,是逃跑的可能性,是一下子跳出那不可避免的仪式,是发疯般地跑,跑能够为希望提供各种机会。自然,所谓希望,就是在马路的一角,在奔跑中被一颗流弹打死。但是我想来想去,没有什么东西允许我有这种享受,一切都禁止我做这种非分之想,那不可逆转的进程又抓住了我。

　　尽管我有善良的愿望，我也不能接受这种咄咄逼人的确凿性。因为，说到底，在以这种确凿性为根据的判决和这一判决自宣布之时起所开始的不可动摇的进程之间，存在着一种可笑的不相称。判决是在20点而不是在17点宣布的，它完全可能是另一种结论，它是由一些换了衬衣的人做出的，它要取得法国人民的信任，而法国人（或德国人，或中国人）却是一个很不确切的概念，这一切使得这决定很不严肃。但是，我不得不承认，从做出这项决定的那一秒钟起，它的作用就和我的身体靠着的这堵墙的存在同样确实、同样可靠。

　　这时，我想起了妈妈讲的关于我父亲的一段往事。我没有见过我的父亲。关于这个人，我所知道的全部确切的事，可能就是妈妈告诉我的那些事。有一天，他去看处决一名杀人凶手。他一想到去看杀人，就感到不舒服。但是，他还是去了，回来后呕吐了一早上。我听了之后，觉得我的父亲有点儿叫我厌恶。现在我明白了，那是很自然的。我当时居然没有看出执行死刑是件最最重要的事，总之，是真正使一个人感兴趣的唯一的一件事！如果一旦我能从这座监狱里出去，我一定去观看所有的处决。我想，我错了，不该想到这种可能性。因为要是有那么一天清晨我自由了，站在警察的绳子后面，可以这么说，站在另一边，作为看客来看热闹，回来后还要呕吐一番，我一想到这些，就有一阵恶毒的喜悦涌上心头。然而，这是不理智的。我不该让自己有这些想法，因为这样一想，我马上就感到冷得要命，在被窝里缩成一团，还禁不住把牙咬得咯咯响。

　　当然啰，谁也不能总是理智的。比方说，有几次，我就制定了一些法律草案。我改革了刑罚制度。我注意到最根本的是要给犯人一次机会。只要有千分之一的机会，就足以安排许多事情。这样，我觉得人可以去发明一种化学药物，服用之后可以有十分之九的机会杀死受刑者（是的，我想的是受刑者）。条件是要让他事先知道。

因为我经过反复的考虑、冷静的权衡，发现断头刀的缺点就是没给任何机会，绝对地没有。一劳永逸，一句话，受刑者的死是确定无疑的了。那简直是一桩已经了结的公案，一种已经确定了的手段，一项已经谈妥的协议，再也没有重新考虑的可能了。如果万一头没有砍下来，那就得重来。因此，令人烦恼的是，受刑的人得希望机器运转可靠。我说这是它不完善的一面。从某方面说，事情确实如此。但从另一方面说，我也得承认，严密组织的全部秘密就在于此。总之，受刑者在精神上得对行刑有所准备，他所关心的就是不发生意外。

我也不能不看到，直至此时为止，我对于这些问题有着一些并非正确的想法。我曾经长时间地以为——我也不知道是为什么——上断头台，要一级一级地爬到架子上去。我认为这是由于1789年大革命的缘故，我的意思是说，关于这些问题人们教给我或让我看到的就是这样。但是有一天早晨，我想起了一次引起轰动的处决，报纸上曾经登过一张照片。实际上，杀人机器就放在平地上，再简单也没有了。它比我想象的要窄小得多。这一点我早没有觉察到，是相当奇怪的。照片上的机器看起来精密、完善、闪闪发光，使我大为叹服。一个人对他所不熟悉的东西总是有些夸大失实的想法。我应该看到，实际上一切都很简单：机器和朝它走过去的人都在平地上，人走到它跟前，就跟碰到另外一个人一样。这也很讨厌。登上断头台，仿佛升天一样，想象力是有了用武之地。而现在呢，不可逆转的进程压倒一切：一个人被处死，一点也没引起人的注意，这有点丢脸，然而却非常确切。

还有两件事是我耿耿于怀时常考虑的，那就是黎明和我的上诉。其实，我总给自己讲道理，试图不再去想它。我躺着，望着天空，努力对它产生兴趣。天空变成绿色，这是傍晚到了。我再加一把劲儿，转移转移思路。我听着我的心。我不能想象这种跟了我这么久的声音有朝一日会消失。我从未有过真正的想象力。但我还是试图想象出那样一个短暂的时刻，那时心的跳动不再传到脑子里了。但是没有用。黎明和上诉还在那儿。最后我对自己说，最通情达理的做法，是不要勉强自己。

我知道，他们总是黎明时分来的。因此，我夜里全神贯注，等待着黎明。我从来也不喜欢遇事措手不及。要有什么事发生，我更喜欢有所准备。这就是为什么我最后只在白天睡一睡，而整整一夜，我耐心地等待着日光把天窗照亮。最难熬的，是那个朦胧晦暗的时辰，我知道他们平常都是在那时候行动的。一过半夜，我就开始等待，开始窥伺。我的耳朵从没有听到过那么多的声音，分辨出那么细微的声响。我可以说，在整个这段时间里，我总还算有运气，因为我从未听见过脚步声。妈妈常说，一个人从来也不会是百分之百的痛苦。当天色发红，新的一天悄悄进入我的牢房时，我就觉得她说得实在有道理。况且也因为，我本是可以听到脚步声的，我的心也本是可以紧张得炸开的。甚至一点点窸窣的声音也使我扑向门口，甚至把耳朵贴在门板上，发狂似的等待着，直到听到自己的呼吸声，很粗，那么像狗的喘气，因而感到惊骇万状，但总的来说，我的心并没有炸开，而我又赢得了二十四小时。

白天，我就考虑我的上诉。我认为我已抓住这一念头里最可贵之处。我估量我能获得的效果，我从我的思考中获得最大的收获。我总是想到最坏的一面，即我的上诉被驳回。"那么，我就去死。"不会有别的结果，这是显而易见的。但是，谁都知道，活着是不值得的。事实上我不是不知道三十岁死或七十岁死关系不大，当然啰，因为不论是哪种情况，别的男人和女人就这么活着，而且几千年都如此。总之，没有比这更清楚的了，反正总是我去死，现在也好，二十年后也好。此刻在我的推理中使我有些为难的，是我想到我还要活二十年时心中所产生的可怕的飞跃。不过，在设想我二十年后会有什么想法时（假如果真要到这一步的话），我只把它压下去就是了。假如要死，怎么死，什么时候死，这都无关紧要。所以（困难的是念念不忘这个"所以"所代表的一切推理），我的上诉如被驳回，我也应该接受。

这时，只是这时，我才可以说有了权利，以某种方式允许自己去考虑第二种假设：我获得特赦。苦恼的是，这需要使我的血液和肉体的冲动不那么强烈，不因疯狂的快乐而使我双眼发花。我得竭力压制住喊叫，使自己变得理智。在这一假设中我还得表现得较为正常，这样才能使自己更能接受第一种假设。在我成功的时候，我就赢得了一个钟头的安宁。这毕竟也是不简单的啊。

也是在一个这样的时刻，我又一次拒绝接待神甫。我正躺着，天空里某种金黄的色彩使人想到黄昏临近了。我刚刚放弃了我的上诉，并感到血液在周身正常地流动。我不需要见神甫。很久以来，我第一次想到了玛丽。她已经很多天没给我写信了。那天晚上，我反复思索，心想她给一名死囚当情妇可能已经当烦了。我也想到她也许病了或死了。这也是合乎情理的。既然在我们现已分开的肉体之外已没有任何东西联系着我们，已没有任何东西使我们彼此想念，我怎么能够知道呢？再说，就是从这个时候起，我对玛丽的回忆也变得无动于衷了。她死了，我也就不再关心她了。我认为这是正常的，因为我很清楚，我死了，别人也就把我忘了。他们跟我没有关系了。我甚至不能说这样想是冷酷无情的。

恰在这时，神甫进来了。我看见他之后，轻微地颤抖了一下。他看出来了，对我说不要害怕。我对他说，平时他都是在另外一个时候到来。他说这是一次完全友好的拜访，与我的上诉毫无关系，其实他根本不知道我的上诉是怎么回事。他坐在我的床上，请我坐在他旁边。我拒绝了。不过，我觉得他的态度还是很和善的。

他坐了一会，胳膊放在膝头，低着头，看着他的手。他的手细长有力，使我想到两头灵巧的野兽。他慢慢地搓着手。他就这样坐着，一直低着头，时间那么长，有一个时候我都觉得忘了他在那儿了。

但是，他突然抬起头来，眼睛盯着我，问道："您为什么拒绝接待我？"我回答说我不信上帝。他想知道我是不是对此确有把握，我说我用不着考虑，我觉得这个问题并不重要。他于是把身子朝后一仰，靠在墙上，两手贴在大腿上。他好像不是对着我说，说他注意到有时候一个人自以为确有把握，实际上，他并没有把握。我不吭声。他看了看我，问道："您以为如何？"我回答说那是可能的。无论如何，对于什么是我真正感兴趣的事情，我可能不是确有把握，但对于什么是我不感兴趣的事情，我是确有把握的。而他对我说的事情恰恰是我所不感兴趣的。

他不看我了，依旧站在那里，问我这样说话是不是因为极度的绝望。我对他解释说我并不绝望。我只是害怕，这是很自然的。他说："那么，上帝会帮助您的。我所见过的所有情况和您相同的人最后都归附了他。"我承认那是他们的权利。那也证明他们还有时间。至于我，我不愿意人家帮助我，我也恰恰没有时间去对我不感兴趣的事情再产生兴趣。

这时，他气得两手发抖，但是，他很快挺直了身子，顺了顺袍子上的褶皱。顺完了之后，他称我为"朋友"，对我说，他这样对我说话，并不是因为我是个被判死刑的人；他认为，我们大家都是被判了死刑的人。但是我打断了他，对他说这不是一码事，再说，无论如何，他的话也不能安慰我。他同意我的看法："当然了。不过，您今天不死，以后也是要死的。那时就会遇到同样的问题。您将怎样接受这个考验呢？"我回答说我接受它和现在接受它一模一样。

听到这句话，他站了起来，两眼直盯着我的眼睛。这套把戏我很熟悉。我常和艾玛努埃尔和赛莱斯特这样闹着玩，一般地说，他们最后都移开了目光。神甫也很熟悉这套把戏，我立刻就明白了，因为他的目光直盯着不动。他的声音也不发抖，对我说："您就不怀着希望了吗？您就这样一边活着一边想着您将整个儿地死去吗？"我回答道："是的。"

于是，他低下了头，又坐下了。他说他怜悯我。他认为一个人要真是这样的话，那是不能忍受的。而我，我只是感到他开始令我生厌了。我转过身去，走到小窗口底下。我用肩膀靠着墙。他又开始问我了，我有一搭没一搭地听着。他的声音不安而急迫。我知道他是动了感情了，就听得认真些了。

他说他确信我的上诉会被接受，但是我背负着一桩我应该摆脱的罪孽。据他说，人类的正义不算什么，上帝的正义才是一切。我说正是前者判了我死刑。他说它并未因此而洗刷掉我的罪孽。我对他说我不知道什么是罪孽。人家只告诉我我是个犯人。我是个犯人，我就付出代价，除此之外，不能再对我要求更多的东西了。这时，他又站了起来，我想在这间如此狭窄的囚室里，他要想活动活动，也只能如此，要么坐下去，要么站起来，实在没有别的办法。

我的眼睛盯着地。他朝我走了一步，站住，好像不敢再向前一样。"您错了，我的儿子，"他对我说，"我们可以向您要求更多的东西。我们将向您提出这样的要求，也许。""要求什么？""要求您看。""看什么？"

教士四下里望了望，我突然发现他的声音疲惫不堪。他回答我说："所有这些石头都显示出痛苦，这我知道。我没有一次看见它们而心里不充满了忧虑。但是，说句心里话，我知道你们当中最悲惨的人就从这些乌黑的石头中看见过一张神圣的面容浮现出来。我们要求您看的，就是这张面容。"

我有些激动了。我说我看着这些石墙已经好几个月了。对它们，我比对世界上任何东西、任何人都更熟悉。也许，很久以前，我曾在那上面寻找过一张面容。但是那张面容有着太阳的色彩和欲望的火焰，那是玛丽的面容。我白费力气，没有找到。现在完了。反正，从这些水淋淋的石头里，我没看见有什么东西浮现出来。

神甫带着某种悲哀的神情看了看我。我现在全身靠在墙上了，阳光照着我的脸。他说了句什么，我没听见，然后很快地问我是否允许他拥抱我。我说："不。"他转过身去，朝着墙走去，慢慢地把手放在墙上，轻声地说："您就这么爱这个世界吗？"我没有理他。

他就这样背对着我待了很久。他待在这里使我感到压抑，感到恼火。我正要让他走，让他别管我，他却突然转身对着我，大声说道："不，我不能相信您的话。我确信您曾经盼望过另一种生活。"我回答说那是当然，但那并不比盼望成为富人，盼望游泳游得很快，或生一张更好看的嘴来得更为重要。那都是一码事。但是他拦住了我，他想知道我如何看那另一种生活。于是，我就朝他喊道："一种我可以回忆现在这种生活的生活！"然后，我跟他说我够了。他还想跟我谈谈上帝，但是我朝他走过去，试图跟他最后再解释一回我剩下的时间不多了。我不愿意把它浪费在上帝身上。他试图改变话题，问我为什么称他为"先生"而不是"我的父亲"。这可把我惹火了，我对他说他不是我的父亲，让他当别人的父亲去吧。

他把手放在我的肩膀上，说道："不，我的儿子，我是您的父亲。只是您不能明白，因为您的心是糊涂的。我为您祈祷。"

我也不知道是为什么，好像我身上有什么东西爆裂了似的，我扯着喉咙大叫，我骂他，我叫他不要为我祈祷。我揪住他的长袍的领子，把我内心深处的话，喜怒交迸的强烈冲动，劈头盖脸地朝他发泄出来。他的神气不是那样地确信无疑吗？然而，他的任何确信无疑，都抵不上一根女人的头发。他甚至连活着不活着都没有把握，因为他活着就如同死了一样。而我，我好像是两手空空。但是我对我自己有把握，对一切都有把握，比他有把握，对我的生命和那即将到来的死亡有把握。是的，我只有这么一点儿把握。但是至少，我抓住了这个真理，正如这个真理抓住了我一样。我从前有理，我现在还有理，我永远有理。我曾以某种方式生活过，我也可能以另一种方式生活。我做过这件事，没有做过那件事。我干了某一件事而没有干另一件事。而以后呢？仿佛我一直等着的就是这一分钟，就是这个我将被证明无罪的黎明。什么都不重要，我很知道为什么。他也知道为什么。在我所度过的整个这段荒诞的生活里，一种阴暗的气息穿越尚未到来的岁月，从遥远的未来向我扑来，这股气息所过之处，使别人向我建议的一切都变得毫无差别，未来的生活并不比我已往的生活更真实。他人的死，对母亲的爱，与我何干？既然只有一种命运选中了我，而成千上万的幸运的人却都同他一样自称是我的兄弟，那么，他所说的上帝，他们选择的生活，他们选中的命运，又都与我何干？他懂，他懂吗？大家都幸运，世上只有幸运的人。其他人也一样，有一天也要被判死刑。被控杀人，只因在母亲下葬时没有哭而被处决，这有什么关系呢？萨拉玛诺的狗和他的老婆具有同样的价值。那个自动机器般的小女人，马松娶的巴黎女人，或者想跟我结婚的玛丽，也都是有罪的。莱蒙是不是我的朋友，赛莱斯特是不是比他更好，又有什么关系？今天，玛丽把嘴唇伸向一个新的默而索，又有什么关系？他懂吗？这个判了死刑的人，从我的未来的深处……我喊出了这一切，喊得喘不过气来。但是已经有人把神甫从我的手里抢出去，看守们威胁我。而他却劝他们不要发火，默默地看了我一阵子。他的眼里充满了泪水。他转过身去，走了。

他走了之后，我平静下来。我累极了，一下子扑到床上。我认为我是睡着了，因为我醒来的时候，发现满天星斗照在我的脸上。田野上的声音一直传到我的耳畔。夜的气味、土地的气味、海盐的气味，使我的两鬓感到清凉。这沉睡的夏夜的奇妙安静，像潮水一般浸透我的全身。这时，长夜将尽，汽笛叫了起来。它宣告有些人踏上旅途，要去一个从此和我无关痛痒的世界。很久以来，我第一次想起了妈妈。我觉得我明白了为什么她要在晚年又找了个"未婚夫"，为什么她又玩起了"重新再来"的游戏。那边，那边也一样，在一个个生命将尽的养老院周围，夜晚如同一段令人伤感的时刻。妈妈已经离死亡那么近了，该是感到了解脱，准备把一切再重新过一遍。任何人，任何人也没有权利哭她。我也是，我也感到准备好把一切再过一遍。好像这巨大的愤怒清除了我精神上的痛苦，也使我失去希望。面对着充满信息和星斗的夜，我第一次向这个世界的动人的冷漠敞开了心扉。我体验到这个世界如此像我，如此友爱，我觉得我过去曾经是幸福的，我现在仍然是幸福的。为了把一切都做得完善，为了使我感到不那么孤独，我还希望处决我的那一天有很多人来观看，希望他们对我报以仇恨的喊叫声。

鼠　疫

陆　涴　译

用一种桎梏表现另一种桎梏，如同用虚构表现真实的世间万物，确有合理之处。

——丹尼尔·笛福

　　这部纪事作品讲述的奇特事件发生在二十世纪四十年代的奥兰。通常看来，这些事件不该发生在这里，这有点不同寻常。乍看起来，奥兰的确是一座普通的城市，坐落在阿尔及利亚的海滨，只是法国海外省的一个省会而已。

　　应该承认，城市本身相当丑陋。它外表宁静，不过花上一些时间，就能观察出它与其他商业城市的不同之处。譬如，这座城市既没有鸽子，也没有树林和花园；既看不到鸟儿拍打翅膀的景象，又听不到树叶摩挲的声响。总之，这样一个平淡无奇的地方，让人如何对它展开想象？只有仰望天空，才能觉察季节的变换。只有清新的空气，只有小贩们从郊区运来的一篮篮鲜花，才能揭开春天的面纱：这是在市场上销售的春天。盛夏时节，骄阳似火，烘烤着毫无生机的房屋，墙壁也为此落上了灰色的尘埃。人们只好紧闭百叶窗，躲在阴影下生活。到了秋日，情况则完全相反，大雨滂沱，泥浆遍地。只有到了冬天，天空才会晴朗。

　　要了解一座城市，有种简便的办法，那便是观察那里的人们如何劳动，观察他们如何心生爱意，观察他们如何离开尘世。在我们这座小城里，或许是受到气候的影响，所有这些事情都在同时进行，呈现出相同的神情，既狂热不羁又漫不经心。也就是说，人们既感到百无聊赖，又尽量习以为常。我们的居民工作勤勤恳恳，但其目的就是为了发财。他们对经商尤其感兴趣。用他们自己的话说，他们的首要任务就是做买卖。自然，他们喜欢简简单单的生活乐趣，他们喜欢女人，爱看电影，爱去海边沐浴。但是他们很懂分寸，他们把这些乐趣留给周六晚上和周日，而在一周的其他时间里则会想着努力赚钱。傍晚，当他们离开办公室，便按时聚在咖啡馆里，会沿着同一条林荫大道散步，抑或待在自家的阳台上。年纪最轻的人，他们的欲望强烈而短暂，而年纪最大的人，他们的嗜好也不过是找些俱乐部成员一起玩玩滚球，和联谊会的朋友吃吃喝喝，和自己圈子里的人打牌豪赌。

可能有人会说，这些并不是我们城市特有的现象，总之，我们的同代人皆是如此。今天，看到人们从早到晚工作，余下的时间就消磨在打牌、喝咖啡和闲聊上，想必再正常不过了。但是，在一些城市、一些地方，那里的人们会时不时地猜想其他事情。一般来说，这并不会改变他们的生活。只是，有过了这种猜想，便觉得比什么都强。奥兰则截然相反，它似乎是一座没有猜想的城市，一座完全现代化的城市。因此，也就没有必要描述我们这里人们相爱的方式。男人和女人，要么在刹那阴阳间的交流中恣情纵欲，要么在两人世界中长相厮守。除了这两个极端，便鲜有折中状态。而且这也缺乏独特之处。奥兰和其他地方一样，大家都没有时间，缺乏思考，所以不得不在浑浑噩噩之中相爱。

我们城市里尤为独特的地方是死亡的困难。不过"困难"一词并不恰当，或许说"不适"可能更确切些。生病总是不舒服的，但在有些城市、有些地方，生了病就会有人照顾，从某种程度上来说，在这些城市、这些地方，这些都是自然而然的事。病人需要温情，喜欢得到依靠，这很合乎情理。但在奥兰，极端的气候，繁忙的生意，枯燥的景观，易逝的黄昏，无趣的娱乐，这一切都需要有个健康的身体。若有人不幸生病，则会陷入孤独。更何况临终之人，被困在热浪烤得噼啪作响的重重围墙里，如同身陷囹圄。而与此同时，所有居民都在电话里或是咖啡馆里，谈论着票据、提货单或贴现事宜。不难理解，当死神突然降临到一个干旱之地，即便是很现代的地方，也总会让人倍感不适。

做出这几点解释，可能足以让人对我们的城市有个概念。不过，对此实在不宜言过其实。需要强调的就是城市的平庸和生活的平淡。但是只要习惯，生活也便轻松如常。既然我们的城市就喜欢让人养成习惯，那么一切都可以说完美无缺。不过从这个角度来看，生活可能不那么富有情趣。但我们这里不会杂乱无序。而且我们的居民直率热情、充满活力，总能赢得游客应有的尊重。这座城市，既乏美景，也少植被，更无灵魂，却能让人安详，把人带入梦乡。但是有必要做个补充，这座城市镶嵌在无与伦比的美景之中，坐落在荒芜僻静的平原中央，周围遍布阳光明媚的山丘，后面是一个海湾，风景美不胜收。不过这座城市是背向海湾建造的，因此一定要走上一段路程才能远眺大海，这是唯一让人感到遗憾的地方。

说到这里，大家不难理解，没有任何迹象可以让我们的居民预料到那年春天将要发生的事情。我们随后会看到，这些事情是一系列严重事件的先兆，这些事件也正是这部纪事作品的主题。在一些人看来，这些事情显得非常自然。相反，在另一些人看来，这些事情则显得让人难以置信。但是，不管怎样，一部纪事作品的作者必须忽略这些矛盾的说法。当他知道这件事确实已经发生，知道全体人民性命攸关，并且成千上万的见证者会因此由衷地证实他所言属实，他只消说一句"这件事发生了"，这便是他的任务。

再者，对于叙述者而言——我们到时就会知道他是谁——要不是机缘巧合让他收集到一定数量的证言，要不是命运的力量把他卷入他所有试图叙述的事情中，他是没有资格来从事这项事业的。正是有了这样的条件，他可以做名历史学家。当然，一名历史学家，即便再业余，总会掌握资料。因此，这段故事的叙述者也有他的资料：首先是他自己的见证材料，然后是别人的见证材料——因为他所处的地位使他可以收集这篇纪事作品中所有人物向他倾诉的内心话，最后是辗转落入他人手中的资料。他想查看他觉得不错的资料，他想随意使用这些资料。他还想……然而，这些评论和谨慎的言辞也许该到此为止了，还是言归正传吧。讲述头几天的事情，得讲得稍微详细些。

四月十六日早晨，贝尔纳·里厄医生从他的诊所走出时，在楼梯间踢到一只死老鼠。他当即把它一脚踢开，未多留意便下楼去了。可是到了街上，他忽然觉得那只老鼠死得不是地方，于是便走回去告诉了看门人。面对米歇尔老先生的反应，他更觉得自己的发现有点异乎寻常。对他而言，出现这只死老鼠只是有点奇怪而已，但对看门人而言，这简直荒唐透顶。而且看门人的立场显得不容置疑：这幢楼房里没有老鼠。医生言之凿凿，对他说二楼的楼梯口确实有只老鼠，而且很可能是只死老鼠，结果却白费口舌。米歇尔先生依然坚信楼房里没有老鼠，这只一定是别人从外面带进来的。总之，这就是一场恶作剧。

当天晚上，贝尔纳·里厄站在楼房过道里，正在找钥匙准备上楼回家。忽然，他看见一只大老鼠从阴暗的楼道尽头冒了出来，步履蹒跚，浑身湿漉漉的。它停了下来，似乎在寻找平衡，接着朝医生冲来，然后又停了下来，原地打了个转，轻轻叫了一声，最后嘴巴半张着倒在地上，一股鲜血从嘴里流了出来。医生朝它注视了一会儿，然后上楼回家。

当时，他想到的不是那只老鼠。让他念念不忘的，是那股流出的鲜血。他的妻子病了有一年了，翌日就要动身去一家山区疗养院。他看到妻子按照他所叮嘱的那样躺在卧室里。这样，她便能养足精神，以应付旅途的劳顿。她笑着说道："我感觉很好。"

医生端详着床头灯下朝他转来的这副脸庞。妻子有三十岁了，虽然面带病容，但在里厄看来，这副脸庞依然青春可鉴，可能这丝微笑让其他一切都消于无形。

"能睡就睡吧，"他说道，"护士十一点钟过来，我陪你去车站，坐十二点的火车。"

他亲了亲她微微湿润的前额。她面含微笑，目送他离开。

翌日，即四月十七日，看门人在医生经过时把他拦住了。看门人指责那些恶作剧者，把三只死老鼠放在了过道里。这些老鼠浑身是血，估计是被人用大号捕鼠器逮到的。看门人拎着老鼠的爪子，在门槛上站了一会儿，想用一些冷嘲热讽的话逼迫那些恶作剧者原形毕露。可是一无所获。

"好吧，那些家伙，"米歇尔先生说，"我一定会抓住他们的。"

里厄大为不解，决定去城市外围的街区巡诊，那里住着他最穷困的病人。在那些街区，垃圾清运工作要开始得晚得多。汽车在尘土飞扬中驶过一条条笔直的街道，车身擦过摆放在人行道旁的废物箱。医生在一条汽车驶过的大街上数了一下，扔在烂菜叶和破布堆里的老鼠约有十二只。

医生出诊看的第一位病人正躺在床上。这位病人住在临街的一间屋子里，这屋子既是卧室又是餐厅。他是一位年迈的西班牙人，面容刚毅，布满沟壑。他面前的被子上摆着两个盛满鹰嘴豆的小锅。医生进来时，病人正半坐在床上。他把身子往后一仰，想重新发出老哮喘病人连续不断的咳嗽声。他的妻子拿来一只脸盆。

"嗨，医生，"病人在打针时说道，"它们跑了出来，你看到了吧？"

"是啊，"他妻子接着说，"邻居捡到了三只。"

老人搓了搓手。

"它们跑出来了，所有的垃圾箱里都能看得到，一定是饿坏了！"

随后，里厄自然而然地注意到，整个街区都在谈论老鼠。他出诊一结束就回了家。

"在楼上有你的一份电报。"米歇尔先生说道。

医生问他是否又见到了老鼠。

"啊，没有，"看门人说道，"你知道，我在这里盯着呢，那些蠢货不敢进来。"

里厄从电报中得知，他母亲次日过来。因为儿媳生病不在家，她是来替儿子照料家务的。当医生回到家里，护士已经到了。里厄看到他妻子略施粉黛，身穿套裙，正站在那里。他冲她笑了笑：

"很好，"他说道，"很好。"

过了一会儿，到了车站。他把她安顿在卧铺车厢里。她的眼睛盯着车厢。

"这对我们来说，太贵了吧？"

"这是必需的。"里厄说道。

"那些老鼠，到底是怎么一回事？"

"我不知道。很奇怪的事情，但都会过去的。"

然后，他请她原谅自己，语速很快。他本该好好照顾她的，却对她太不关心了。她摇了摇头，似乎在向他示意无须多言。但他还是继续说道：

"你回来的时候，一切都会变好的。我们可以重新开始。"

"是的，"她说道，眼神里满是晶莹的光芒，"我们可以重新开始。"

过了一会儿，她朝他背过身去，眼睛看着窗外。站台上，人们熙熙攘攘，摩肩接踵。火车头的鸣笛声传入了他们的耳朵。他喊了一下妻子的名字。当她转过身来，他看到她已经泪流满面。

"不。"他轻轻说道。

泪水潜然中，笑容再次浮现，只是有点僵硬。她深深地吸了口气："你走吧，一切都会好起来的。"

他紧紧地抱住了她。回到站台上，隔着车窗玻璃，他只能瞧见她的笑容。

"好好照顾自己。"他说道。

可是，她无法听到。

在站台出口附近，里厄碰到了预审法官奥东先生，他正牵着他小儿子的手。医生问他是否要外出旅行。奥东先生，身材颀长，一袭黑色套装，一半像从前所谓的上流社会人士，一半像殓尸员。他的回答亲切而又简短：

"我在等我的夫人，她是去看望我家人的。"

火车鸣笛了。

"老鼠……"法官说道。

里厄朝火车启动的方向望了一眼，又马上转回出口处。

"是的，"他说道，"没什么大不了的。"

对于当时的情况，他唯一记得的是一名车组人员从那里经过，腋下夹着一只装满死老鼠的箱子。

当天下午，门诊一开始，里厄接待了一位年轻人，据说是名记者，而且早晨已经来过。他叫雷蒙·朗贝尔，身材不高，肩膀宽阔，面容坚毅果敢，双目炯炯有神。他身穿运动装，似乎生活相当不错。他直截了当地表明了来意。受巴黎一家大报社的委托，他正在调查阿拉伯人的生活状况，因此想获取有关他们卫生条件的信息。里厄告诉他，他们的卫生条件不佳。但在深入交流之前，他想了解记者是否能够据实报道。

"那当然了。"对方说道。

"我想说的是：你能彻底批评这种状况吗？"

"彻底批评？当然做不到，这得实话实说。不过我觉得这样的批评可能没有依据。"

里厄显得不紧不慢，说这样的批评确实可能缺乏依据。但他提出这个问题的目的，无非是想知道朗贝尔的报道是否能够做到知无不言、言无不尽。

"我只接受毫无保留的报道。因此，我无法提供资料支持你的报道。"

"这是圣茹斯特[①]的说法。"记者笑着说道。

里厄并没有提高嗓门，他说自己对此一无所知，但这是一个厌世的人所讲的语言，不过他与居民也有共同的爱好，拒绝不公正，也不愿迁就。朗贝尔缩着脖子看着医生。

"我觉得我理解了你的意思。"最后他站起身来说道。

医生把他送到门口：

"谢谢你能够这样看待问题。"

朗贝尔显得不耐烦了。

"好的，"他说道，"我懂的，请原谅，打扰你了。"

医生和他握了握手，告诉他目前在市里发现了大量死老鼠，说不定可以就此写篇相当吸引人的报道。

"啊！"朗贝尔叫了起来，"这事我感兴趣。"

---

① 圣茹斯特（1767—1794），法国大革命雅各宾专政时期的军事和政治领袖之一。

下午五点，医生正要再次出诊时，在楼梯上碰到了一位年纪还比较轻的男子。此人外形笨重，脸庞敦厚，眼眶深陷，上面横亘着两条浓密的眉毛。他曾经见过这个人几次，那是在这幢楼顶层的西班牙舞者的家里。这人名叫让·塔鲁，他正一边有滋有味地抽着香烟，一边聚精会神地注视着他脚下台阶上的一只老鼠，它正在做临死前的抽搐。他抬起头来，目光平静，灰色的眼睛稍稍瞥了一下医生，向他问了声好，接着说出现这些老鼠可是件奇怪的事。

"是的，"里厄说道，"这事最终会让人恼火的。"

"从某种意义上说是如此，医生，只是从某种意义上是这样。我们从未见过类似的现象，仅此而已。但我觉得这挺有意思，真的挺有意思。"

塔鲁用手把头发向后捋了捋，又看了一眼现在一动不动的老鼠，然后冲里厄笑道：

"但是，医生，不管怎么说，这是看门人的事情。"

就在这时，医生正好看到看门人在楼房前面，背靠在门口附近的墙上，他那张平素充血的脸上浮现出一丝疲倦。

"是的，我知道，"年迈的米歇尔向里厄说道，向他示意又有了新的发现，"现在发现有两三只老鼠。不过在其他楼房里也是如此。"

他显得神情沮丧，焦虑不安，不由自主地用手摩挲着脖子。里厄问他身体怎样。看门人显然不能说自己身体不好，只是觉得有些不太舒服。他觉得是心理作用。是这些老鼠让他感到不快，如若它们消失，情况就会大为好转。

但是翌日早晨，四月十八日，医生把他母亲从火车站接回来，看到米歇尔先生的面容变得更加憔悴：从地下室到阁楼，十几只老鼠死在了楼梯上。邻近楼房的垃圾筒里也都装满了。医生的母亲听到这个消息，却并不吃惊。

"这种事情是会发生的。"

她很矮,满头银发,一双黑色的眼睛,显得十分和善。

"贝尔纳,见到你我很高兴,"她说道,"老鼠可破坏不了我的心情。"

他对此表示同意。确实,和她在一起,凡事都显得轻而易举。

不过,里厄还是给市镇灭鼠所打了个电话,他认识那里的所长。他问所长是否听说有大量老鼠在露天死去。梅西埃所长早就听说了,而且就在自己离码头不远的所里,已经发现了五十多只老鼠。不过他心里还在琢磨事态的严重程度。里厄也决定不了,但是他认为灭鼠所应该有所行动。

"是的,"梅西埃说道,"得下命令。如果你觉得这确实有必要的话,那我可以去试试请示下命令。"

"总是有必要的。"里厄说道。

他的清洁女工刚刚告诉他,在她丈夫工作的大工厂里,人们已经捡到了数百只死老鼠。

总之,差不多就在这个时期,我们的居民开始担心了。因为从十八日起,已经从工厂和库房里清理出好几百只死老鼠。有时,有些老鼠垂死挣扎的时间太长,人们不得不把它们弄死。但是,从外围城区到市中心,凡是里厄医生经过的地方,凡是我们的居民聚居的地方,老鼠随处可见,或是成堆地积在垃圾箱中,或是成排在浮在排水沟里。从那天起,晚报便抓住这件事情,质问市政府是否打算有所行动,准备采取何种紧急措施来保障市民,使其免受这场令人憎恨的鼠害的侵扰。市政府既无任何建议,也无任何考量,只是先召集了一次会议共同商议。灭鼠所因此得到指令,每天清晨负责清理死老鼠。清理一结束,灭鼠所便派两辆车子把这些死老鼠运往垃圾焚化场焚烧。

　　但在随后的几天里，事态变得严重起来。捡到的死鼠数量不断攀升，每天上午收集的数量也与日俱增。从第四天起，老鼠们纷纷跑了出来，成群死去。它们排成长队，步履蹒跚地从储藏室、地下室、地窖和下水道里爬了上来，摇摇晃晃地走向光亮之处，在原地打上几个转，然后就在人们的眼皮底下死去。一到晚上，无论在走廊里还是在小巷里，人们都可以清晰地听到它们临终前的轻声嘶叫。到了早晨，在城郊街区，人们发现它们倒在排水沟里，尖嘴角旁挂着一缕血丝。有的已经肿胀腐烂，有的则是四肢僵硬，胡须还直直地竖着。在市区，人们无论在楼道间还是在庭院里，总能碰到三五成堆的老鼠。有时，它们也跑到行政机关的大厅里，跑到学校的操场上，跑到露天咖啡座旁，然后孤零零地死去。我们的居民在最热闹的地方发现它们，惊慌失措。阅兵广场、林荫大道、海滨步道也不时受到侵扰。尽管清晨时死鼠被清理干净了，但白天它们又在城里出现，而且数量越来越多。晚上漫步在人行道上，不止一人感觉踩到了软绵绵的东西，那其实是一具刚刚死去、还很新鲜的尸体。这就好比矗立着家宅的大地正在清洗体液，让体内作祟的疖子和脓血溢到表面。看一看我们这座小城的惊恐之状吧，它之前是多么宁静，几天之内便闹得天翻地覆，如同一位身体非常健康的人，黏稠的血液突然间变得激荡不已！

　　事态愈发严重，朗斯多克情报局因此在免费的广播新闻节目中宣布，仅在二十五日一天之中清理和焚化的老鼠就有六千二百三十一只。这一数字清晰定义了全城居民每天目睹的景象，加剧了居民的恐慌之情。之前，人们不过是在抱怨一件有点让人厌恶的偶发事件。而现在，人们发觉这一现象来势汹汹，既无法确定其规模，也无法探究其原因。唯独那位患有哮喘病的西班牙老人一边搓着双手一边唠叨个不停："它们跑出来了，它们跑出来了。"言语中流露出老年人特有的喜悦之情。

到了四月二十八日那天，朗斯多克情报局宣布清理掉的老鼠约有八千只。全城焦虑不安的情绪达到了无以复加的程度。有人要求采取措施彻底解决问题，有人指责市政当局，而某些拥有海景房的人，已经说起要去那里躲避一时。但到了第二天，情报局宣布这一现象突然消失，而且灭鼠所捡到的老鼠几乎可以忽略不计。全城终于松了一口气。

可是就在当天，就在晌午时分，当里厄医生把车停在他楼前时，他看到看门人从街道的另一端费劲地走来，歪着脑袋，手脚叉开摆动，神态颇似牵线木偶。老人牵着一位神甫的手，医生认得他，是帕纳卢神甫，一位博学而活跃的耶稣会教士。医生和他见过几面，他在我们这座城市享有极高的威望，即便是对宗教漠不关心的人也对他敬重有加。医生在等他们过来。米歇尔老人双眼发亮，呼吸时发出呼哧声。他感觉不太舒服，便想着出去透透气。可是脖子、腋下和腹股沟疼痛难忍，他只好回来，请神甫扶他一把。

"有几个肿块，"他说道，"我已经拼命忍住了。"

医生把胳膊伸到车门外，手指在米歇尔伸过来的脖根处按了按，那里长着一个类似木结的肿块。

"躺着休息一下，量一量体温，我下午再来看你。"

看门人一走，里厄便问帕纳卢神甫对于老鼠事件的看法。

"哦！"神甫说道，"这肯定是场瘟疫。"圆框眼镜后面流露出笑眯眯的眼神。

吃完午饭，里厄正在重新看着疗养院通知他妻子到达的电报，就在那时电话铃响了，是他的一位老病人打来的。他是市政府的职员，长期患有主动脉狭窄症。由于生活拮据，里厄为他免费治疗过。

"是我，"他说道，"你还记得我。不过这次是为别人。快点过来。我邻居出事了。"

他说话时气喘吁吁。里厄马上想到了看门人，决定随即就去看望他。几分钟后，他来到了城外街区的费代尔布街。他走进一处低矮的房子，在阴暗潮润、气味难闻的楼梯间里，正好遇到了下楼来接他的那位职员——约瑟夫·格朗。他年约五旬，蓄着黄色的胡子，身材颀长，有点驼背，肩膀不宽，四肢瘦长。

"现在好点了，"他朝里厄走来时说道，"可我当初以为他活不了了。"

他擤了擤鼻涕。爬到三楼，也就是最高一层，里厄在左边大门上看到红色的粉笔字：

"请进来，我上吊了。"

他们走了进去。绳子挂在吊灯上，下面是一把翻倒的椅子，桌子被推进了角落里。但是绳子却空荡荡地挂着。

"我把他及时解下来了。"格朗说道，尽管他用词极其简单，但似乎总在字斟句酌，"当时我正要出门，听到了响声。我看到大门上写的字，怎么说呢，我还觉得是件恶作剧呢。但他发出的呻吟很奇怪，甚至可以说是很恐怖的。"

他挠了挠头：

"我觉得上吊的过程一定很痛苦。我自然就进去了。"

他们推开房门，站在门口。房间很敞亮，但家具少得可怜。一个矮胖男人躺在铜床上。他吃力地呼吸着，一双充血的眼睛盯着他们。医生停下脚步。在那人喘息的间歇中，他仿佛听到了小老鼠的吱吱声。但角落里毫无动静。里厄朝床边走去。那人并没有从多高的地方跌落，跌得也不重，所以脊椎没有断。当然，呼吸有点不畅。需要拍张 X 光片。医生给他注射了一针樟脑油，跟他说过几天就可以痊愈了。

"谢谢了，医生。"那男人说道，呼吸并不顺畅。

里厄问格朗是否已经通知了警察局，这位职员显得颇为尴尬：

"没有。"他说道，"我当时想最紧迫的事……"

"那是当然。"里厄打断了他的话，"那我去办吧。"

可就在那时，病人变得激动起来，他从床上直起身子，辩驳说他已经好了，没有必要去通报。

"安静些，"里厄说道，"这不是什么事，请你相信我，我得去报告一下。"

"哦！"那人应了一声。

接着，他把身子往后一靠，小声啜泣起来。格朗盘弄自己的胡须已经有一会儿了，此时走到他床前，劝道："好了，科塔尔先生，尽量想开些。别人是会说医生对此负有责任。比如说他让你再……"

科塔尔流着眼泪说他不会再这样做了，那时只不过是一时糊涂，现在他只求别人让他安静些。里厄开了一张药方。

"好的。"他说道，"我们不谈这事了，两三天后我再过来。不过你不要做傻事。"

在楼梯口，他跟格朗说他得去报告一下，不过他会叫警察过两天再来调查。

"今天晚上得看着他。他有家人吗？"

"我不认识他家人。不过我可以亲自去看着他。"

他摇了摇头。

"你注意到的吧，我也谈不上认识他。但互相帮助总是应该的。"

在大楼的走道里，里厄不由自主地朝角落扫了一眼，然后问格朗这个街区的老鼠是否完全消失了。这名职员对此一无所知。别人确实跟他讲过此事，但他对街区的传闻没有多加留意。

"我有其他要操心的事。"他说道。

里厄已经向他握手告别。他急着去看望看门人，然后再写信给妻子。

兜售晚报的在大声叫卖，告诉人们鼠患已经停止的消息。但里厄却发现他的病人半个身子探在床外，一只手搁在肚子上，另一只手搭在脖子上，正朝垃圾筒里大口大口地吐着暗红色的胆汁，恨不得把五脏六腑都吐出来。经过长时间的呕吐，看门人已经吐得上气不接下气，然后又重新躺下。他的体温高达三十九度五，颈部的淋巴结和四肢都肿了起来，肋部两块黑斑正在不断扩大。现在，体内疼痛又让他呻吟不止。

"有灼烧感，"他说道，"那死东西在灼烧着我。"

他的嘴唇呈现灰黑色，说话已经口齿不清，他转而望向医生，鼓起的双眼因剧烈的头痛而淌出了泪水。他的妻子焦虑不安地看着默不作声的里厄。

"医生，"她说道，"这是什么病啊？"

"什么病都有可能。不过现在还无法确诊。从现在到今晚为止，不要吃东西，服用净化剂。让他多喝水。"

看门人恰恰渴得要命。

里厄一到家，便给他的同行里夏尔打电话。里夏尔是城里最有声望的一位医生。

"没有，"里夏尔说道，"我没有发现任何异常情况。"

"没有局部组织发炎而引起的发烧吗？"

"哦，这倒有的！有两例淋巴结异常肿大。"

"不正常吗？"

"嗯，"里夏尔说道，"所谓正常，你知道……"

晚上，看门人一直在说胡话，他高烧四十度，还在不停抱怨那些老鼠。里厄试着给他做固定性脓肿处理。用松节油灼烧时，看门人疼得大声号叫："啊！这些畜生！"

淋巴结肿得更厉害了，摸上去像木头般坚硬。看门人的妻子吓得六神无主。

"你要看着他，"医生开口说道，"如有必要，就给我打电话。"

第二天，四月三十日，碧空万里，微风习习，温润有暖意。随风而来的是从远郊飘来的花香。早晨街上的喧嚣声似乎比往常更加热闹，更加欢快。我们这座小城刚刚从一周的惶恐中解脱出来，那天终于迎来了万物复苏的景象。里厄接到了妻子的来信，便宽下心来，心情轻松地下楼来到看门人家里。体温已经降到三十八度。病人的身体还很虚弱，躺在床上微微笑着。

"病好转了，对吧，医生？"他妻子问道。

"我们还要再观察观察。"

但到了中午，体温一下子又蹿到四十度。病人不断说着胡话，又呕吐起来。脖子上的淋巴结一碰就疼，看门人看上去想把头尽可能地伸到身外。他妻子坐在床脚边，双手搁在被子上，轻轻握着病人的双脚，眼巴巴地看着里厄。

"请听我说，"他说道，"要把他隔离开来，进行特殊的治疗。我给医院打个电话，我们用救护车把他送去。"

过了两个小时，在救护车里，医生和看门人的妻子俯身注视着生病的看门人。他嘴里生满蕈状赘生物，只能勉强进出只言片语："老鼠！"他脸色铁青，嘴唇蜡黄，眼皮呈现铅灰色，呼吸急促，身体似乎被淋巴结的剧痛扯得四分五裂。他蜷缩在床上，似乎想用床把自己紧紧裹起来，又似乎是地下的某种力量在不停地召唤着他。在某种无形的压力下，看门人停止了呼吸。他的妻子哭泣起来。

"医生，难道没有希望了吗？"

"他死了。"里厄说道。

看门人之死，可以说标志着一段充斥着困惑迹象的时期已然结束，也标志着一段更加困难的时期悄然开始。在这段时期里，前期的惊讶渐渐转变成惊恐。我们的小城居然会成了老鼠在光天化日下纷纷暴毙、看门人个个死于怪病的独特之地。这是我们的居民以前从未想到过的，如今他们意识到了。从这一观点来看，他们过去的想法是错误的，现在要纠正。如果一切到此为止，那习惯又会卷土重来，占据上风。可是我们的居民中还有一些人，他们不一定是看门人，也不一定生活穷困，却要步开路先锋米歇尔先生的后尘。正是从那一刻起，恐惧弥漫开来，并且引人深思。

不过，在详述这些新近发生的事件之前，叙述者觉得有必要介绍一下另一位见证者对前面所述时期的看法。这人名叫让·塔鲁，在本文的开头已经出现过。他于几周前到奥兰定居，自那以后，他便住在市中心的大旅馆里。表面上看，他依靠自己的收入，过着相当惬意的生活。不过，尽管城里的居民跟他逐渐熟悉起来，但没人能说出他来自哪里，又为何来到此地。在所有的公共场所都能见到他的身影。初春以来，人们在海滩上频频遇到他，他经常在那里游泳，显得非常开心。他是位好好先生，脸上总是挂着笑容，似乎熟悉所有的正当娱乐但又不沉迷其中。事实上，他唯一为人所知的习惯，就是他经常出入西班牙舞蹈家和音乐家的圈子，我们这座城市里这个圈子的人数量颇多。

不管怎样，他的记事本也算得上是这一困难时期的某种纪事。但是这段纪事十分特殊，似乎偏爱记录琐碎小事。初看起来，人们可能会觉得塔鲁十分注重对人和事物的细节的考量。在这场全城的混乱中，他专心致志地扮演着历史学家的角色，记录那些被历史忽略掉的细节。有人会为他的这一立场扼腕叹息，并且会质疑他的冷酷无情。但尽管如此，这些记事本还是为这个时期的纪事提供了大量的次要细节。这些细节意义重大，它们的古怪之处使人们不至于对这位有趣的人物过早地做出判断。

让·塔鲁做的早期记录可以追溯至他到达奥兰的时候。这些记录从一开始就流露出一种奇怪的满足感，一种置身于丑陋城市之中的满足感。记录里详细描述了装饰市政府的两只铜狮，对光秃秃的植被、风格简陋的房舍、荒诞的城市规划也只做出善意的评价。塔鲁在描述中还夹杂了在电车中和大街上听到的谈话，但未加评论，只有稍后提到的一次谈话是个例外。这次谈话与一个名叫康的人有关，塔鲁亲耳听到两位电车售票员的交谈。

"你很熟悉康这个人吧？"其中一位说道。

"康吗？那个留着黑胡子的大高个吗？"

"是的。他那时在铁路上扳道岔。"

"是的，没错。"

"可是，他死了。"

"啊？什么时候死的？"

"在老鼠事件之后。"

"好吧，那他到底得了什么病？"

"我不知道，是发烧吧。况且他身体本来就不壮，腋下还长了脓肿。他没能挺住。"

"可是他看起来和其他人没什么两样啊。"

"不一样的，他的肺部比较虚弱，他那时还参加市军乐队，一直吹短号。那很伤肺的。"

"啊，"另一位售票员最后说道，"病人就不应该吹短号。"

记录下这些对话后，塔鲁心中颇为不解，康明明知道参加军乐队对自己身体有害，但他为何还要参加呢？他冒着生命危险去参加星期日的游行演奏，又有什么深层次的原因呢？

在塔鲁的房间里，窗户对面是座阳台，那里上演的场景似乎引起了他的极大兴趣。实际上他的房间对着一条小小的横街，那里总有几只猫躺在墙影下睡觉。不过每天午饭过后，当全城人还在炎炎烈日中昏昏欲睡的时候，街对面的阳台上就会出现一位小老头儿，满头银发，梳得整整齐齐，身穿军人式的服装，身板笔挺，神情庄重。他用"猫咪猫咪"呼唤着那些猫，语气既冷淡又温柔。猫儿只是抬了一下惺忪的双眼，还不想动弹。老头儿便把白纸撕碎撒在街上，纸屑像蝴蝶一样飘落，吸引了猫儿的注意力。它们走到街心，犹豫不决地伸出爪子，想要抓住飘落下来的最后几张纸片。就在那时，小老头儿便对准猫儿使劲吐唾沫。假如有一口吐中的话，他便会哈哈大笑起来。

最后，塔鲁还是迷上了这座城市的商业氛围。它的市容，它的繁华，甚至是它的娱乐活动，似乎都与生意的需要休戚相关。这种独特性（这是笔记本上的用语）赢得了塔鲁的赞许，他有一句赞美的话甚至以感叹句结尾："终于找到了！"在这一时期游客所做的笔记里，似乎只有这里才彰显出个性。但要从中揣摩出蕴含的意义和严肃的意味，那倒颇有难度。同样，在记述一名旅馆收纳员由于发现一只死老鼠而记错账后，塔鲁用比平时潦草的字迹加上了这些内容："问题：怎么做才能避免浪费时间？回答：去时间的长河里检验。方法：去牙科医生的候诊室里，坐在一张不舒适的椅子上过几天；在周日午后待在自家阳台上；听几场用自己听不懂的语言所做的讲座；选择最遥远最麻烦的路线坐火车旅行，当然旅途中还得站着；去剧院售票处排队却没有买到票；等等。"不过，就在这些语言与思想上的东拉西扯之后，他开始详细描述我们城里的有轨电车，描述它们宛如小船的外观，描述它们模糊不清的颜色，描述它们从不打扫的车厢，末了还用一句"真棒"来作为结语，真是不知所云。

不妨来看一下塔鲁对鼠患事件所做的记载：

今天，街对面的小老头儿很是狼狈。猫都不见了。街上出现了大量死鼠，它们受不了刺激，统统没了踪影。在我看来，猫绝对不是跑去吃死鼠了。我记得我家的猫讨厌死鼠。它们可能跑进了地窖，而小老头儿却不知所措。他的头发也梳得不那么整齐了，人也没有那么精神。看得出来，他有心事。过了一会儿，他就回屋了。不过他又吐了唾沫，漫无目的地吐了一口。

今天，城里有辆电车中途停了下来，因为在车上发现了一只死老鼠，不知道它是怎么跑上去的。两三位妇女下了车。有人把老鼠扔下去后，电车才继续行驶。

在旅馆里，守夜的是位诚实可靠的人，他对我说，发现这些老鼠，他便料想会有灾难。"当老鼠弃船而去时……"我回答他道，就轮船而言，这是实情。但是城市里发生这种情况，还从未有人证实过。不过他却对此深信不疑。我于是问他，在他看来会发生什么灾难。他也不知道，灾难是无法预见的。即使发生地震，他也不会感到惊讶。我承认有这样的可能性，他于是问我这是否会让我担惊受怕。

"我唯一感兴趣的事，"我对他说，"是求得内心的安宁。"

他完全理解我的意思。

在旅馆的餐厅里，有一家人十分有趣。父亲是个瘦高个儿，身穿黑衣，领子笔挺。他脑袋中间秃顶，左右两侧各有一缕灰白的头发。眼睛又小又圆，目光冷酷，鼻子削尖，嘴巴很宽，活像一只驯养的猫头鹰。他总是第一个走到餐厅门口，侧过身子让他的妻子先进来。他的妻子娇小得像只黑鼠，身后跟进来一儿一女，打扮得像两只训练有素的小狗。走到餐桌边上，他等妻子先落座，然后自己坐下，最后才轮到两只小狗爬上自己的椅子。他对自己的妻子和儿女都称"您"。他对妻子说话彬彬有礼，却暗含刻薄之意；对子女则用斩钉截铁的口吻说话：

"尼科尔，您的表现真是太让人讨厌啦！"

小姑娘几乎就要哭出来，这是肯定的。

今天早晨，小男孩对老鼠的事特别起劲，想在饭桌上说一说。

"菲利普，吃饭时不要谈老鼠。我不许您以后再提这个词。"

"您爸爸说得对。"小黑鼠说道。

两只小狗埋头吃自己的狗粮，"猫头鹰"随即点了点头，表示谢意，但这却什么也说明不了。

即使有这样的好榜样也无济于事，人们依然大谈特谈这场鼠患，报纸也掺和了进来。本地专栏的主题通常都很丰富，但现在却成了抨击市政府的舆论阵地："这些腐烂的死老鼠会带来怎样的危害，我们的市政官员难道不知道吗？"旅馆经理讲来讲去就是这件事。但他确实被此事搞得很恼火。一家声誉颇佳的旅馆，居然在电梯里发现了老鼠，这在他看来简直不可思议。我安慰他道："可是，碰到这种情况，大家都一样嘛。"

"正是因为这样，"他向我回答道，"我们和大家都一样了。"

关于这些奇怪的高烧症状，最早的一些病例还是他跟我说的。如今大家开始担忧起来。在收拾他房间的女佣之中，已有一人得了这种病。

"不过可以确定的是，这种病没有传染性。"他连忙加以解释。

我对他说，我对这事无所谓。

"啊，我了解。先生您和我一样，也是宿命论者。"

我压根没有这么高的觉悟，而且我也不是宿命论者。我和他说过……

从此刻开始，塔鲁的笔记开始较为详细地记述这种未知却引发大众焦虑的高烧症。在他的记录里，小老头儿终于在老鼠消失后重新找到了自己的那些猫，而且他还耐心地校正吐唾沫的瞄向。塔鲁又记录道，已经发现十几例这样的高烧病例，其中大多数都无法治愈。

最后，转述一下塔鲁对里厄医生的刻画，这也不失为一种资料。据叙述者判断，他的叙述相当真实：

> 看来有三十五岁，中等身材，肩膀宽厚，脸略呈方形，深色的眼睛，目光犀利，但下颌突出。鼻子又高又挺，黑头发，剪得很短，嘴角上扬，嘴唇厚实，而且几乎一直紧紧闭着。他有古铜色的皮肤，黑色的汗毛，总是身穿深色服装，不过却很合身，所以他看起来有点像西西里岛的农民。
>
> 他走起路来健步如飞，即便踏下人行道也保持着同样的步伐。不过在跨上对面马路的人行道时，常常会轻轻一跃。他开车时总是漫不经心，即使开过转弯道，汽车转向灯的箭头也常常一直亮着。头上从来不戴帽子，显得一副胸有成竹的样子。

塔鲁记录的数字是准确的。里厄医生也了解相关情况。看门人的尸体被运走后，他便给里夏尔打了个电话，询问他有关腹股沟淋巴结炎的情况。

"这方面我一点都不懂，"里夏尔说道，"死了两个人，一个是四十八小时内死去的，另一个是三天内死去的。那天早晨，我去看第二个人的时候，他看上去似乎正在康复中，之后我就走了。"

"如果发现其他病例，请告诉我。"里厄说道。

他又问了几位医生。询问的结果是几天来又发现二十多起相似的病例，几乎都是致命的。因此，他叫里夏尔把新发现的病人隔离开来。里夏尔是奥兰医师协会主席。

"可是我办不到啊，"里夏尔说道，"这应当由省政府来采取措施。再说了，谁告诉你有传染的危险的？"

"没人和我说过，但这些症状着实让人放心不下。"

然而，里夏尔认为自己"没有权力"来办这件事，他唯一能做的便是向省政府汇报。

不过就在大家讨论的时候，天气骤然变得恶劣起来。在看门人死去的第二天，天空大雾弥漫。倾盆大雨急促地落在城里。暴雨过后又是酷热连连。海洋的蔚蓝色也不复存在，在漫天浓雾的笼罩下，只看得到海面折射的刺眼的银白色光芒。这个春天又潮湿又闷热，感觉还不如夏天的酷暑来得舒服。这座格局颇似蜗牛的城市建在高原上，几乎就是直面大海，但城里却是死气沉沉。涂满灰泥的围墙蜿蜒绵长，街道两边都是落满灰尘的橱窗，有轨电车泛着脏兮兮的暗黄色，人们觉得似乎被天空困住了。里厄那位年迈的病人是唯一一位喜欢这样天气的人，因为他的哮喘病没有发作。

"热得要命，"他说道，"但对支气管倒是不错。"

这确实热得要命，其程度恰如发烧一样。整座城市都在发烧，这至少是里厄医生当时脑海中所萦绕的印象。那天早晨，他前往费代尔布街去调查科塔尔自杀未遂事件。但他觉得这种印象似乎很莫名其妙。之所以产生这种印象，他觉得是因为情绪烦躁，而且牵挂的事情太多。因此他认为需要赶快让自己的头脑清醒一点。

当他抵达那里的时候，警察还没有到。格朗正在楼梯口等着，他们决定首先去格朗家，进去后就把大门敞开着。这位市政府职员住的是两居室的房子，家具陈设非常简单。映入眼帘的只有一个白色书架，上面摆着两三本字典，还有一块黑板，上面写着"鲜花小径"的字样，虽然已经擦拭掉了一半，但还能认得出来。据格朗讲，科塔尔昨晚睡得很好。但是一早醒来，他就觉得头痛难忍。格朗显得疲惫而烦躁，来回踱着方步，把桌上一个夹着手稿的大文件夹不停地翻翻合合。

不过他告诉医生，他不熟悉科塔尔，但觉得科塔尔应该有点小钱。科塔尔性格古怪。一直以来，他们的关系也仅仅就是在楼梯上撞见时互相打个招呼而已。

"我总共就跟他谈过两次话。几天前，我带一盒粉笔回家，不小心在楼梯上把它打翻了，红粉笔和蓝粉笔散落一地。就在那时，科塔尔也上楼了，他帮我把粉笔都捡了起来。他问我这些彩色粉笔是用来干什么的。"

于是格朗跟他解释，说自己想重新学一点拉丁文。自中学毕业以来，他的拉丁文几乎快忘光了。

"是啊，"他对医生说道，"有人信誓旦旦地跟我说，这样做有助于更好地掌握法语单词的意思。"

他就把拉丁文写在他的黑板上。他把随性、数、格和动词变位变化的单词用蓝粉笔抄了一遍，把那些不变的单词用红粉笔再抄了一遍。

"我不清楚科塔尔是否清楚这些，但他对此显得很有兴趣，便向我要了一支红粉笔。我当时还感到有点不解，不过还是……当然，我没有想到他会用它来实行他的计划。"

里厄问了一下第二次聊天都说了些什么。但是警察带着他的秘书到了，他想先听听格朗的陈述。医生注意到格朗每当谈及科塔尔时，总是称他为"绝望者"。他甚至还一度用过"命中注定"这样的表述。他们讨论了自杀的原因，格朗却对用词吹毛求疵。最后，大家一致同意使用"内心痛苦"一词。警察问了问，从科塔尔的态度里是否一点也看不出他所谓的"决定"来。

"昨天，他来敲我的门，"格朗说道，"问我要火柴。我就把自己的一盒给了他。他一边道歉，一边跟我说邻里之间……接着，他向我保证他一定会还给我的。我跟他说就留着吧。"

警察问这位职员，是否觉得科塔尔有异常的表现。

"要我说有什么奇怪的地方，那就是他当时想说些什么，但我那会儿正好在忙。"

格朗转向里厄，神情尴尬地继续说道：

"一件私人的事情。"

接着，警察想去看看病人。但是里厄觉得最好让科塔尔在探访前有个心理准备。当里厄走进科塔尔的房间时，他只穿了一件灰色的法兰绒衣服，坐在床上，心情焦虑地朝门口望着。

"是警察吧？"

"是的，"里厄说道，"别激动。只要办完两三项手续，你就没事啦。"

但是科塔尔却回应，这毫无用处，而且他对警察也素无好感。里厄显得不耐烦了。

"我对他们也没好感。如果想要一次性完事，那就要迅速准确地回答他们的问题。"

科塔尔默不作声，医生转身朝门口走去。但是矮胖子已经把他叫住了，在他靠近床边时拉住了他的手：

"病人，特别是上吊的人是不能碰的，您说是吗，医生？"

里厄盯着他看了一会儿，最后向他保证，这样的事情从未发生过，何况他之所以来到这里，就是为了保护他的病人。病人似乎放下心来，里厄便把警察叫了进来。

警察向科塔尔宣读了一下格朗的证词，并且问他能否明确解释一下他为何要这样做。他没有看着警察，只是回答"内心的痛苦，这很好"。警察催问他是否还会再犯。科塔尔变得激动起来，回答说不会再犯，只希望别人不要来打扰他。

"我要提醒你，"警察生气地说，"现在是你在找别人麻烦。"

但是里厄做了个手势，对话也就戛然而止。

"你想想看，"警察出门的时候叹了一口气，"自从大家议论这次高烧的事以来，我们真的忙得不可开交……"

他问医生情况是否严重，里厄说他自己毫不知情。

"这完全是天气的原因，就是这样。"警察以总结的口吻说道。

这可能是天气原因。就在当天，一切都变得黏糊糊的。里厄每出诊一次，内心的忧虑也变得愈发严重。当天晚上，郊区那位年迈病人的邻居，双手紧紧按在腹股沟上，一边呕吐，一边胡言乱语。淋巴结肿得比看门人的还大，其中一个已经开始流脓，没过多久就溃烂得像腐烂的水果。里厄一回到家，便给省里的药品仓库打了个电话。他那天的工作日志只是这样写道："没有答复。"而其他地方又有人打电话给他，让他去处理类似的病情。很明显，这些脓肿必须切开。用手术刀划个十字，淋巴结里就会流出脓血。病人流着血，四肢分开，腹部和腿部出现了一些斑点，淋巴结停止流脓，继而又肿了起来。大多数情况下，病人都会在一股恶臭中死去。

报纸对老鼠事件大肆宣扬，但对此事却只字不提。因为老鼠死在街上，人死在屋里。报纸只管街上的事。但省政府和市政府已经开始讨论。每个医生只知道两三例病例，所以没人会想到要付诸行动。但是，只要有人想到把数字加一加，其结果就会让人大吃一惊。不到几天工夫，死亡病例越来越多。对于关注这种怪病的人而言，这显然是场真正的瘟疫。里厄有位同行，叫卡斯特尔，比里厄大很多，他便选中这个时候来看里厄。

"里厄，"他对里厄说道，"你当然知道这是怎么回事吧？"

"我在等分析的结果。"

"我知道的。我用不着去化验。我在中国当过一段时间医生，我在巴黎也看过一些病例，都是二十多年前的事了。只不过在当时没人敢说出它们的名字罢了。舆论是神圣的净土：不能慌乱，绝对不能慌乱。正如一位同行所言：'这是不可能的，大家都知道这种病已经在西方绝迹了。'是的，大家都知道，除了死人。好吧，里厄，这究竟是怎么一回事，你和我都很清楚。"

里厄还在思索。透过诊所的窗户，他看到了悬崖峭壁，矗立在远处的海湾里。天空虽然蔚蓝一片，但黯淡无光，随着天色渐晚，愈发显得晦涩昏暗。

"是的，卡斯特尔，"他说道，"这简直难以置信。不过看情况，很像鼠疫。"

卡斯特尔站起身来，朝门口走去。

"你知道别人会怎么回答我们，"老医生开口说道，"它在温带地区已经绝迹好多年了。"

"绝迹？这该怎么解释？"里厄耸了耸肩说。

"是的。而且别忘了——大概二十年前的巴黎还发生过。"

"好吧。希望这次不会比以前更严重。但这确实难以置信。"

"鼠疫"一词终于粉墨登场了。写到这里，先把伫立在窗后的贝尔纳·里厄放在一边吧，由叙述者来说说医生心里的疑惑与惊诧，因为这也是我们居民的反应，虽然表现形式各不相同。本来，灾祸就是世间常有。但是人们总不愿相信灾祸会降临到自己头上。世上发生鼠疫和发生战争的次数不相上下，不过面对鼠疫和战争，人们总是显得无能为力。里厄医生和我们的居民一样，也是无能为力。因此，我们要理解他的优柔寡断，要理解他既焦虑不安又自信满满的矛盾心理。战争爆发的时候，人们说："打仗不会打很久的，打仗这事太愚昧了。"打一场仗可能是极其愚昧的事，但仗却不会因此而早早结束。愚昧的事从来都有，如果人们不是总为自己考虑的话，就会明白的。在这方面，我们的居民和其他人别无二致，他们时时想着自己，也就是说他们是人道主义者：他们不相信灾祸。灾祸并不适合人类，所以有人认为它是不现实的，是一场行将消失的噩梦。但是，噩梦并不一定消失，在噩梦连连的情境里，消失的反而是人类。人道主义者首先消失，因为他们没有做好准备。我们的居民犯下的罪孽并不比别人更多，他们只是忘记了如何谦虚，仅此而已。而且他们觉得自己无所不能，这意味着灾祸不可能发生。他们依然忙忙碌碌，依然风尘仆仆，依然各抒己见。他们怎么会想到可以毁灭未来、阻碍出行和中断交流的鼠疫呢？他们觉得自己自由自在，但一旦祸从天降，就没有人可以这般自在了。

不久以前，一些散居各地的病人毫无征兆地死于鼠疫，里厄医生向朋友承认了这一情况。即便如此，他依然觉得危险其实并不存在。一旦做了医生，就会对病痛有些认识，因此想象力也更丰富一些。透过窗户远眺依然如故的城市，面对令人不安的未来，医生觉得内心升腾起一丝沮丧。他竭力回想关于这种疾病的种种信息。他的脑海中浮现出一些数字，他不禁想到，历史上经历过三十余次规模巨大的鼠疫，共造成近一亿人死亡。可是死了一亿人又怎么样呢？打仗的时候，死人几乎是不太让人在意的事。而且一个人的死

亡，只有被人亲眼看见的时候才有意义。散落在历史长河里的一亿
具尸体，也只不过是想象中的一缕青烟而已。医生想到了发生在君
士坦丁堡的鼠疫。根据普罗科匹厄斯[1]的记载，那次鼠疫在一天之
内就造成了一万人死亡。一万名死者，数量相当于一座大型影院观
众人数的五倍。这样的比照很恰当。把五座电影院的观众在出口处
集中，把他们引导到城市广场上，然后让他们成堆地死去，这样看
起来就更清楚些。至少，我们可以在堆积如山的无名尸体中安放几
张熟悉的面孔。当然，这样的事无法实现，况且，谁认得一万张面
孔呢？而且像普罗科匹厄斯那样的人是不会数数的，这是众所周知
的事。七十年前的广州，在鼠疫波及居民之前，已有四万只老鼠死
于此病。但在一八七一年，人们还没有办法清点老鼠的数目，只能
大致估算一下，这显然会出错。可是，如果一只老鼠身长三十公分，
那四万只老鼠头尾相连就有……

　　但这时医生已经很不耐烦。他变得垂头丧气，但是不该这样。
只有几例病例，尚不能定义为瘟疫，只要做好预防工作就可以了。
要多加留意已经掌握的情况：嗜睡和虚脱，眼睛发红，口腔污浊，
头痛，腹股沟腺炎，极度口干，胡言乱语，身上出现斑点，体内疼
痛，出现这些症状以后……想到这里，里厄医生想起一句话，就是
他在手册中列举症状后用来结尾的一句话："脉搏变得虚弱，稍微动
一动人就死掉了。"是的，这些症状出现以后，人就命悬一线了。而
四分之三的病人——这个数字非常准确——迫不及待地要做一做这
个细微的动作，结果就撒手人寰了。

　　医生一直在凭窗眺望。窗外春光明媚，窗内却还回荡着"鼠疫"
一词的声音。这个词不仅包含着科学的含义，还带有一长串奇特的

---

[1] 普罗科匹厄斯（约500—565），东罗马帝国学者。

景象，与这里的气氛格格不入。这座灰黄色的城市，此刻还不太热闹，有点嘈杂，但还说不上是喧哗，而且它的气氛可能显得既快乐又悲伤，但总的来说是快乐的。平静从容的安宁环境很容易让人忘却以往灾祸的景象：雅典发生鼠疫时，连鸟儿都飞得无影无踪；中国的受灾城市里遍布静待死亡的病人；马赛的囚犯把血淋淋的尸体堆进坑里；普罗旺斯筑起了高墙，以阻止鼠疫疯狂的传播；雅法①城里的乞丐面目狰狞；君士坦丁堡的医院里，硬泥地上摆着潮湿发霉的床垫；用钩子拖着病人走；黑死病肆虐期间，到处都是戴着口罩的医生，仿佛过狂欢节一般；米兰的墓地里堆满了一排排病人，气息尚存；深陷惊恐的伦敦城里，一辆辆推车夜以继日地运送尸体，还有随处飘荡、永不停歇的哀号声。不，这一切还不足以打破这一天的宁静。窗外，突然传来有轨电车的铃声，虽然看不见电车的身影。这铃声一下子驱散了残忍而痛苦的想象。星罗棋布的灰色住宅后面，就是大海。只有大海才见证着这个焦虑不安且永无宁日的世界。里厄医生凝望着海湾，想起了卢克莱修②笔下的柴堆，受到瘟疫侵袭的雅典人在海边架起柴堆，准备焚烧尸体。尸体是晚上运来的，但是柴堆上的位置有限，活着的人便操起火把扭打在一起，为了给他们死去的至亲争得火化的位置。他们宁愿打得遍体鳞伤，也不愿抛弃亲人的尸体。脑海中可以浮现这样的景象：平静深沉的水面上折射出焚尸柴堆的熊熊火光。火把在搏斗中火星四溅，阵阵浓烟散发着恶臭，冉冉升向深邃的夜空。人们担心……

但是面对理智，如此昏乱的想象终究要消散。确实，有人说出了"鼠疫"一词；确实，就在此刻，灾祸已让一两个人倒地不起。

---

① 属于以色列，是世界上最古老的地中海港口城市。

② 卢克莱修（约前99—前55），罗马共和国末期诗人、哲学家，代表作为哲理长诗《物性论》。

不过没有关系，这一切可以终结。当务之急，就是要认清需要认清的事情，驱散无用的阴霾，采取恰当的措施。随后，鼠疫便会停止蔓延，因为鼠疫并不来自想象，或者说它来自错误的想象。如果鼠疫停止蔓延，那一切就会回归正常，这是极有可能发生的事。即使不可能，我们也会知道鼠疫是怎么回事，知道是否有办法来战胜鼠疫。

医生把窗户打开，城市的喧嚣一下子涌了进来。隔壁工厂里传来锯木机的噪声，反反复复，短促有力。里厄打起精神。只有日常工作，才能让人安心。其余的都不过是细枝末节，绝不能纠缠于其中。做好本职工作最为重要。

里厄医生正沉浸在自己的思绪中，这时有人告诉他约瑟夫·格朗来了。这位市政府职员身兼数职，但他主要的工作是定期去统计部门管理户口，因此他就帮着一起统计死亡人数。他做事勤快，答应里厄抄一份统计结果亲自给他送来。

医生看到格朗和他的邻居科塔尔一起进来。格朗举起一张单子，对里厄说道：

"医生，数字正在上升。四十八小时内死了十一个人。"

里厄朝科塔尔打了个招呼，问他最近感觉如何。格朗解释说，科塔尔坚持要向医生表示感谢，并对他所造成的麻烦向医生表示歉意。不过里厄正在看着统计表。

"看来，"里厄说，"可能有必要给这个疾病确定名称了。到目前为止，我们还是毫无进展。跟我来吧，我要去实验室。"

"好的，好的，"格朗一边跟在医生后面下楼梯，一边说道，"万事万物，都得有个名字。那这个叫什么呢？"

"我没法跟你说。况且你知道了也没用。"

"瞧，"职员笑了起来，"这可不容易啊。"

他们朝阅兵场走去。科塔尔一直默不作声。街上的行人逐渐多了起来。夜幕降临，夕阳只剩下点点余晖。清朗的天际线上开始浮现星星的影子。不久，街上华灯初上，整片天空也随之黯淡了下去。人们谈话的声音也高了八度，更加热闹。

"对不起，"在阅兵场的角落里，格朗说道，"我要去坐电车了。我晚上的生活是雷打不动的。正如我家乡人所说：'永远不要等到明天……'"

里厄已经注意到格朗的这一癖好。格朗出生在蒙特利马尔，喜爱引用他老家的俗语，然后再补充几句没有出处的陈词滥调，诸如"梦幻时刻"或"仙境般的光明"。

"啊！"科塔尔说道，"确实如此。晚饭后就没法把他从家里拖出来了。"

里厄问格朗是否为市政府工作。格朗说没有，他是为自己工作。

"啊！"里厄随口问道，"事情进展得怎么样？"

"从我工作这几年来，肯定是有进展的。不过从另一角度来看，也可以说进展不大。"

"但这到底怎么样了呢？"里厄停下来说道。

格朗一边嘴里嘟囔着，一边理了理他两只大耳朵上的圆帽。里厄隐约觉得这事与个性发展有关。但这时职员已经离开他们，他便顺着马恩大街，迈着小碎步匆匆赶路。到了实验室门口，科塔尔和医生说很想找他聊聊，向他请教些问题。里厄正摸着口袋里的统计表，便请他来诊所里谈谈。随后又改变了主意，跟他说自己明天正好要到科塔尔的街区去，顺便在傍晚时分去看看他。

离开了科塔尔后，医生发觉自己想到了格朗。在他的想象里，格朗正身处一场鼠疫之中，可能不是一场随随便便的鼠疫，而是一场历史性的大鼠疫。"这种人倒是可以幸免于难。"他记得自己曾经看过这样的文字：鼠疫并不侵袭体质羸弱的人，却会撂倒体格强健的人。医生依旧沉浸在自己想象的思绪中，他忽然觉得这个职员有点神秘莫测。

第一眼看去，约瑟夫·格朗的相貌表明了他的确是一位举止得体的政府职员。他又瘦又高，选的衣服总是奇大无比，穿在身上晃晃荡荡，他幻想这样穿衣可以穿得更加长久。他下面的牙齿大部分都在，而上面的牙齿则全部掉光了。他笑的时候，上嘴唇会翻起来，嘴巴就显得黑漆漆的。他的形象不只如此，他的步态还颇像修道院的修士，喜欢贴着墙根悄悄溜进门。他的身上总飘出一股烟酒气味，完全是一副碌碌无为的姿态。对此，我们承认，我们无法想象这样的人居然会趴在办公桌上，专心致志地核对城里浴室的价目表，或是居然会应一位年轻编辑的要求，汇总垃圾清运新税制的报告材料。即便在一位毫无成见的人看来，他仿佛天生就是做市政府临时辅助工作的，这份工作每天收入六十二法郎三十分，虽然默默无闻，却又必不可少。

实际上，在就业登记表中"能力"一栏里，他就是这么填写的。二十二年前，当他取得学士学位以后，由于经济拮据，无法再继续学业，只好接受这份工作。据他自己说，当时单位的领导让他感觉有迅速"正式入职"的希望。只是要经过一段时间的考验，证明自己有能力处理我们城市行政管理上的棘手问题。后来，单位领导又向他保证可以获得文书一职，他的生活也可以借此大为改善。当然，约瑟夫·格朗这样行事并非出于远大抱负，从他忧伤的笑容中可见一斑。但是，凭借正当的手段，过上富足的物质生活，从而问心无愧地从事自己喜爱的工作，这样的未来让他憧憬不已。如果他接受了这份工作，那一定是出于高尚的动机，也可以说是对于理想的矢志不渝。

这份临时性的工作一直未有改变，好多年来皆是如此，而生活开销却上涨得离谱。格朗的工资虽然涨过几次，但涨幅却小得可怜。他曾向里厄抱怨过，但却没人理睬。格朗的古怪之处，或者说他的特点之一正体现在这里。事实上，他本可以主张自己的权利——尽管他对此并没有把握——至少也可以主张单位履行对自己许下的承诺。但是，当年录用他的单位领导已经去世多年，而职员本人却又记不得当初得到的承诺到底是如何表述的。归根到底，还是约瑟夫·格朗不善言辞罢了。

正是这一特点把我们的居民最贴切地勾勒了出来，正如里厄所注意到的那样。也正由于这一原因，他一直写不出酝酿已久的申请信，也没有做到顺势而为。据他本人的说法，说出"权利"一词显得特别尴尬，而且他对此并不坚持；说出"承诺"一词也显得无比尴尬，这意味着要求别人履行义务，不免显得肆无忌惮，与他工作中谦逊朴实的品质相去甚远。另一方面，他不愿使用"照顾""请求""感激"等表述，因为他觉得这样的用词有失个人尊严。因此，由于没有找到恰当的字眼，我们的居民继续默默无闻地干着自己的工作，一直做到了这把年纪。况且，正如他对里厄医生所讲的那样，经过一段时间习惯以后，他发现自己的物质生活是有保障的，只要自己做到量入为出就可以了。市长——我们城里的工业巨头——时常把一句话挂在嘴边，这句话说起来铿锵有力：总之（市长特别强调这个词，因为它表现出所有理性的力量），我们从未见过有人饿死。不管怎样，尽管约瑟夫过着近乎苦行僧的生活，"总之"一词倒是让他摆脱了这件事给他带来的一切烦恼。他继续推敲着自己的用词。

在某种意义上来说，他的生活堪称典范。他总是坚持自己正确的想法，像他这样的人在我们的城市里很少，在其他地方也是不多见的。从他的只言片语里便可窥见他的善良和执着，而现在的人们却不敢表现这些品质。他大大方方地承认喜爱自己的外甥和姐姐，这是他仅有的亲人，他每隔一年就要去法国探望一次。他承认只要一想到父母便很伤心，他们在自己年幼时便已过世。他喜爱聆听每天早晨五点缓缓飘来的钟声，对此他并不否认。可是，要用一言半语去表达这么单纯的感受，他也感到颇费气力。总之，表述困难是他最大的忧虑。每次碰到里厄，总是跟他说："唉，医生！我很想学会如何表达自己的意思。"

那天晚上，医生目送职员离去，突然一下子明白了格朗的用意：他可能正在写书或是类似的东西。他走到了化学实验室，一路上这样的想法让他颇感宽心。他知道这种感受非常愚蠢，但他无法相信，鼠疫竟然会栖息在一座城市里，而这座城市拥有一群品性谦逊、爱好高尚的公务员。他无法想象这些爱好竟然会出现在鼠疫横行的环境中，所以他断言在我们居民中间，鼠疫实际上是没有未来的。

第二天，在里厄的一再要求下，省政府终于同意召开卫生委员会会议，尽管大家觉得提出这样的要求并不合适。

"老百姓确实很担心，"里夏尔承认道，"而且风言风语也极为夸张。省长对我说：'如果你愿意的话，我们得赶快行动起来，但得悄悄行动。'他觉得这不过是虚惊一场。"

贝尔纳·里厄接了卡斯特尔，一同驱车前往省政府。

卡斯特尔对他说："省里没有血清了，你知道吗？"

"我知道。我已经打了电话给血库。血库主任已经急得团团转。这东西得从巴黎调配。"

"希望不会太慢。"

"我已经打了电报。"里厄回答道。

省长很和气,但很激动。

"开会了,先生们,"他说道,"我要不要把情况简单介绍一下?"

里夏尔认为没有必要。开会的医生对情况都很了解。问题在于究竟采取哪些适合的措施。

年迈的卡斯特尔突然冒出一句:"问题在于弄清楚究竟是不是鼠疫。"

两三位医生惊叫了起来。其他人似乎还在犹豫。至于省长,他吓了一跳,不由自主地转身向门口望去,似乎想看看门是否已经关好,免得这桩怪事传到走廊里去。里夏尔发表了意见,在他看来,没有必要惊慌失措:这只是腹股沟并发症引发的高烧而已,目前可以确诊的病例就是这样。假设,无论是科学上的还是生活上的,都是危险的。年迈的卡斯特尔一边安静地咬着自己枯黄的胡须,一边抬起头来,用清澈的目光注视着里厄。接着,他亲切地环视了周围的人,示意大家他心里很清楚这是鼠疫。当然,要公开承认这件事的话,就势必要采取一些严厉的措施。他知道让他的同事畏缩不前的,归根到底就是这个。因此,为了让他们安心,他乐意接受这不是鼠疫的说法。省长变得激动起来,他宣称这绝对不是考虑问题的正确方式。

"所谓重点,"卡斯特尔说道,"并不在于考虑问题的方式是否正确,而在于它是否能够引人深思。"

由于里厄一言不发,大家便征询他的意见:

"这是伤寒引发的高烧,但是伴有腹股沟淋巴结炎和呕吐。我做过腹股沟淋巴结切开术,并请实验室化验。实验室确认从中检出了鼠疫特有的短小杆菌。不过要补充说明的是,细菌的某些特定变化与其通常的描述并不相符。"

里夏尔强调，在这种情况下可以反复考虑一下，几天前做了一系列化验，至少要等到结果出来才行。

沉默了片刻，里厄说道："细菌可以在三天内使脾脏肿大四倍，使肠系膜淋巴结肿大到橘子大小，并且呈现糊状。如果是这样，那就来不得半点迟疑。传染源正在不断扩大。按照疾病传播的速度，如果不加阻止，那么不出两个月，全城居民就会死掉一半。因此，你叫它鼠疫也好，喊它生长热也罢，都不重要。唯一重要的是你们要阻止它的蔓延，避免城里的半数居民因此丧命。"

里夏尔觉得不应把事情想得太悲观，况且疾病是否蔓延还尚未得到证实，因为病人的亲属还都安然无恙。

"但是其他人都死了。"里厄提醒道，"当然，疾病是否具有传染性，从来都不是绝对的，否则就会出现数字的无限增长和人口的急剧减少。这不是把事情想得太悲观的问题，而是要采取预防措施的问题。"

但是里夏尔认为要把情况概括一下，他提醒大家说，如果瘟疫无法自行停止蔓延，那就需要采取法律规定的严厉的防疫措施，才能阻止它的蔓延。为此，那就得正式承认这是一场鼠疫，而这事至今还无法绝对确认，因此还需要再考虑考虑。

里厄还是坚持自己的意见："问题并不在于法律措施是否严厉，而是在于要让城里的一半居民不会病故，这些措施是否有必要。剩下的便是行政方面的事情。而根据我们的制度规定，正好有一位省长专门解决此类问题。"

"那是一定的，"省长说道，"但我需要你们正式确认这就是鼠疫。"

"即便我们没有确认这是场鼠疫，"里厄说道，"它依然可能会夺去全城半数居民的生命。"

里夏尔面露几分激动，插了一句：

"事实是我们的这位同行相信这是鼠疫。他对疾病症状的描述便是有力的证明。"

里厄说他没有描述过症状，他只不过描述了他所看到的情况。而他所看到的，就是腹股沟腺炎、斑疹、高烧说胡话，以及不到四十八小时便死亡。里夏尔先生能否负责任地说：即便不采取严厉的防疫措施，这场瘟疫也会停止蔓延呢？

里夏尔显得犹豫不决，眼睛盯着里厄：

"请把你的想法坦率地告诉我，你肯定这就是鼠疫吗？"

"你这个问题提得不对。现在的问题不是口舌之争，而是时间紧迫。"

省长说："你的想法大概是这样：即使不是鼠疫，那也得落实鼠疫发生期间需要采取的防疫措施。"

"如果说我必须得有个想法，那这就是我的想法了。"

医生们相互商量了一会儿，最后里夏尔开口说道：

"我们必须担起责任，付诸行动，就当这个病是鼠疫吧。"

这样的说法，大家热烈地表示赞同。

"我亲爱的同行，这也是你的想法吗？"里夏尔问道。

"我不在乎说法怎样，"里厄说道，"我只想说，我们不应该依据全城有一半居民不会丧命这样的假定来采取行动。因为如果这样做，这一半居民可能真的会丧命。"

里厄在惴惴不安的气氛中离开了会场。过了一会儿，在混杂着油炸味和尿骚味的郊区，一位妇女在死命喊叫，腹股沟那里血淋淋的。她转过身来，朝他望去。

会后第二天，高烧经历了一个小高潮。它甚至上了报纸，不过只是轻描淡写，对此事语焉不详。又过了一天，里厄在城里最隐秘的角落里看到了白色小布告，是省政府匆忙叫人张贴上去的。从布告中很难看出当局正视事态发展的态度，采取的措施也不严厉。看来是有人非常不愿意惊动舆论。实际上，省政府在其决议的开始部分就宣称在奥兰地区发现了几例恶性疟疾，目前还无法确定它会不会传染。这些病例还未达到令人担忧的程度，毫无疑问，民众还是会保持镇定的。尽管如此，出于谨慎起见——这一点大家都能理解——省长还是采取了若干预防措施。这些措施得到了大家的理解并且照章实施，其目的在于干净有力地消除瘟疫的威胁。因此，省长完全相信自己的工作会得到市民们的通力配合。

接着，布告上罗列了所有措施，其中包括在下水道喷射毒气进行科学灭鼠，以及严格检查供水等。布告要求居民们保持最大限度的清洁卫生，请身上携带跳蚤的人到市级诊所去。此外，每位病人的家属必须申报医生诊断的结果，并且同意把家里的病人隔离在医院的特殊病房里。这些病房里的诊疗设备，可以在最短的时间里取得最大的疗效。还有几条补充条款，规定病房和担架车必须消毒。最后，布告上还规定患者家属要接受卫生检查。

布告栏前，里厄医生突然转身朝自己的诊所走去。约瑟夫·格朗正在等他，看到他来便又举起了双手。

"是的，"里厄说道，"我知道，数字上升了。"

前一天晚上，城里有十几个病人死亡。医生对格朗说可能晚上会和他见面，因为他自己要去造访科塔尔。

"你说得对，"格朗说道，"你这样做对他会有好处的，因为我发现他变了。"

"怎么了？"

"他变得有礼貌了。"

"他以前没有礼貌吗？"

格朗话在嘴边又咽了下去。他不能说科塔尔以前没有礼貌，这样的说法可能不太准确。科塔尔是个性格内向、沉默寡言的人，样子有点像野猪。待在自己的房间里，去一家小餐馆吃饭，外出时行踪颇为神秘，这便是科塔尔的全部生活。他的正式身份是葡萄酒和利口酒的代理商。每隔一段时间，他就要接待两三个男子，应该是他的客户。晚上，他偶尔也去家对面的电影院看电影。政府职员甚至注意到科塔尔似乎比较喜欢看匪帮片。在任何情境下，这位代理商都显得性格孤僻、生性多疑。

在格朗看来，这一切已经大为改观：

"我不知道该如何说，不过我感觉他在试着与人好好相处，想和大家打成一片。他经常和我聊天，请我一起和他出去，我不好意思老是拒绝他。况且，我也关注他的。总之，我救过他的命。"

自从科塔尔企图自杀以来，就再也没有人来看过他。无论是在路上，还是在供应商那里，他在到处博取别人的同情。如此轻声细语地同杂货店老板聊天，如此兴趣勃勃地倾听一名女烟商的讲话，他以前从未有过。

"这名女烟商，"格朗强调道，"完全是副蛇蝎心肠。我和科塔尔说过，但他却说我错了，告诉我应该看到她好的一面。"

科塔尔带格朗去过城里的高级餐厅和咖啡馆，总之有那么两三次。他已经开始出入这些场所。

"那里挺不错，"他说道，"而且陪我们的人都不赖。"

格朗注意到那里的服务人员对代理商特别关照。当他看到代理商出手阔绰地给小费时，他便明白了原因。科塔尔对于别人回报他的殷勤显得很领情。有一天，饭店领班把他送到门口、帮他披上大衣时，他对格朗说：

"这是个不错的小伙子，他可以证明。"

"证明什么？"

科塔尔犹豫了一下：

"好吧，证明我不是坏人。"

而且，他脾气起伏不定。有一天，杂货店老板的态度稍微怠慢了一点，他回到家便大发雷霆：

"他和其他人都是一个德行，这个王八蛋。"他不停地咒骂道。

"其他哪些人？"

"其他所有人。"

格朗还在女烟商那里亲眼看见了奇怪的一幕。当时大家正聊得很投机，女烟商谈到在阿尔及尔颇为轰动的一名罪犯落网的消息。一名年轻的店员在海滩上杀死了一个阿拉伯人。

"这些败类都要进监狱，"女烟商说道，"好人才能松口气。"

但是她话说到一半就断了，科塔尔突然神情大变，连招呼都没打就急匆匆地冲出店门。格朗和女烟商眼睁睁地看着他跑掉，不知道如何是好。

之后，科塔尔性格其他方面的变化，格朗也向里厄一一做了描述。科塔尔一贯支持自由主义思想。他最喜欢的一句话"大鱼总是吃小鱼"便是最佳证明。但是最近一段时间，他只买奥兰正统思想的报纸，并且在大庭广众之下就肆无忌惮地看了起来，让人不禁觉得他是故意做给别人看的。还有一次，就在他病愈下床后没几天，请格朗去邮局时替他给一位远房姐姐代寄一百法郎，他每个月都会寄出这笔钱。但就在格朗动身要走的时候，他又叮嘱道：

"给她寄两百法郎吧。她一定会非常开心的。她觉得我从不惦记着她，但事实上我很爱她。"

他和格朗还有过一段奇怪的对话。他很好奇格朗每天晚上究竟在做些什么，便对格朗连番提问，格朗不得不一一作答。

"好啊，"科塔尔说道，"你在写书啊。"

"算是吧，但比写书复杂多了！"

"啊！"科塔尔大叹一声，"我真想像你一样啊。"

格朗看上去颇为惊讶，于是科塔尔结结巴巴地说，当一名艺术家，许多事便能迎刃而解。

"为什么？"格朗问道。

"哦，那是因为艺术家比别人拥有更多的权利，大家都知道。人们给予艺术家的东西也更多。"

"好吧，"布告贴出来的那天早晨，里厄对格朗说，"他和其他人一样，不过是被老鼠事件搞得晕头转向罢了。要么就是他害怕发烧。"

格朗回应道："医生，我觉得不是，如果你愿意听一下我的意见……"

灭鼠车在他们的窗下驶过，排气管发出巨大的轰鸣声。里厄一直沉默不语，直到对方可以听到自己的声音了，他才漫不经心地开口，问政府职员有什么想法。格朗则神情凝重地看着他说："他心情愧疚。"

医生耸了耸肩膀。正如警察所言，总是有事要忙。

午后，里厄和卡斯特尔交流了一下。血清仍未运到。

"但是，血清能管用吗？"里厄问道，"这种杆菌很奇怪。"

"哦！"卡斯特尔说道，"我的看法和你不一样。这些生物看上去总是有点奇形怪状，但本质上还是一样的东西。"

"这只是你的假设。事实上，我们对此一无所知。"

"当然是我的假设。但大家都是这么想的。"

在这一天里，医生只要一想到鼠疫，就会觉得头昏脑涨，而且一次比一次厉害。最终，他承认自己也心生恐惧。他去过两次咖啡馆，里面人头攒动。和科塔尔一样，他也需要感受人们的热情。里厄觉得这样很是愚蠢，不过这倒帮助他想起了之前说过要去看望代理商的事。

晚上，医生看到科塔尔坐在饭厅的餐桌前。他进去的时候，发现桌上摊着一本侦探小说。但是天色已晚，在朦胧的昏暗中看书想必很是困难。可能就在一分钟前，科塔尔还端坐着，在幽暗中沉思。里厄问他身体怎样。科塔尔一边坐下，一边咕哝着说他身体不错，还说要是能保证没人来打扰他，他的身体还会更好。里厄劝他说，人不能老是独自一人生活。

"哦！不是这个意思。我说的是那些专门给你找麻烦的人。"

里厄没有吭声。

"请注意，我说的不是自己。我当时正在看这本小说，里面讲的是一位倒霉的家伙有天早晨被人抓走了。别人一直盯着他，他却毫不知情。别人在办公室里谈论他，把他的名字写在文件上。你觉得这公正吗？你觉得他们有权利这样对待一个人吗？"

"这得看情况。"里厄说道，"是的，从某种角度来看，他们的确没有这样的权利。可是这一切都是次要的。你不应该长时间地封闭自己，应该出去走走。"

科塔尔看上去生气了，他说自己是经常出去走走的，而且说有必要的话，整个街区的人都可以为他做证。甚至在本街区之外，他也不乏朋友。

"你认识建筑师里戈先生吗？他是我的朋友。"

屋内越来越暗。郊区道路逐渐热闹起来。路灯亮起的时候，外面隐约传来一阵轻快的欢呼声。里厄走到阳台上，科塔尔紧随其后。和城里的寻常夜晚一样，从周围街区吹来了习习微风，传来了喃喃细语，飘来了烤肉的香味。街道上满是大声说笑的年轻人，渐渐飘起无拘无束的愉悦与芬芳。夜色中，看不见踪影的轮船发出巨大的鸣笛声，喧闹声从海面和人群中升腾而起。此时此刻，里厄曾经那么熟悉，那么喜爱，他所知道的一切，如今却显得这么压抑。

"可以开灯吗？"他向科塔尔问道。

灯光一亮，这个小个子男人看着里厄，眼睛一眨一眨的。

"医生，请告诉我，如果我生病了，你是否可以把我收进医院，到你负责的科室里进行治疗？"

"为什么不可以呢？"

科塔尔于是又问，在诊所里或医院里是否有过抓捕病人的事。里厄说发生过这样的事，但一切都要看病人的状况而定。

"我啊，我相信你。"科塔尔说道。

然后他问医生是否愿意驱车带他回城。

在市中心，马路上的行人已经少了许多，灯光也是稀稀拉拉。有些房子的门口还有孩子在玩耍。在科塔尔的要求下，医生把车停在了一群孩子跟前。他们正在玩跳方格游戏，嘴里还在大声叫着。其中有个孩子，一头黑发紧贴头皮，梳得一丝不乱，样子却很邋遢。他炯炯有神的双眼紧紧盯着里厄，眼睛里写满了恫吓。医生挪开了自己的目光。科塔尔站在人行道上和他握手道别。代理商讲话嗓音嘶哑，发音困难。他一连回头看了两三次。

"大家都在谈论鼠疫。这是真的吗，医生？"

"大家一直在谈，这很正常。"里厄说道。

"你说得没错。如果有十几个人丧命，就仿佛是世界末日了。我们的命运不该如此吧。"

发动机已经在轰轰作响。里厄把手搁在变速杆上。他又看了看神情严肃而又安详、目不转睛盯着他的那个孩子。突然，孩子向他咧开嘴笑了起来。

"那我们的命运又是什么呢?"医生笑着问孩子。

科塔尔突然抓住车门,带着哭腔发狂地喊道:"是地震,真的是地震!"说完就跑掉了。

没有发生地震。翌日,里厄在城里四处奔波,与病人家属会谈,与病人本人交谈。里厄从未感到自己的工作是如此沉重不堪。在这之前,病人们很配合他的工作,对他非常信任。而在这时,医生第一次感到他们表现得犹豫不决,对自己的病情闪烁其词,而且满腹狐疑,面露惊恐之色。这场战争,他还未能应对自如。临近晚上十点,他的车停在了患哮喘病的老人家门口,这是他出诊的最后一位病人。此时他已经累得难以从驾驶座上站起身来。他就停了一会儿,看着昏暗的大街,看着漆黑的夜空中忽闪忽闪的星星。

年迈的哮喘病人从床上直起身来,呼吸好像更顺畅了些。他正在数着鹰嘴豆,从一个锅里取出又放到另一个锅里。看到医生来了,便面露喜色。

"怎么样,医生,是霍乱吗?"

"你从哪里听说的?"

"在报纸上看到的,广播里也这么说。"

"不,不是霍乱。"

"不管怎样,"老人非常激动地说,"是那些头头们太夸大其词了吧!"

"不要听别人胡说八道。"医生说道。

他替老人检查了一番。此刻,他正坐在这间充满悲情的饭厅里。没错,他也心生惧意。他知道明天一早,城郊会有十几个腹股沟炎患者蜷缩着身子在等他。在动过腹股沟手术后,仅有两三例会转好,大部分还是要送往医院,而他知道医院对穷人来说意味着什么。有一位病人的妻子对他说:"我不想他成为他们的试验品。"他不会成为他们的试验品，只不过是一死罢了，仅此而已。显而易见，采取的措施并不足够。至于配备特殊设备的病房，他心里也一清二楚：这是把其他病人搬走后仓促腾空的两座小楼，窗户缝隙全部封死，小楼周围用防疫警戒线围挡了起来。要是疫病继续蔓延的话，那么行政当局设想出来的办法是难以奏效的。

不过，晚上公布的官方通告依然持乐观态度。第二天，朗斯多克情报局声称，省政府的措施已被接受，大家情绪平静，而且已经报告的病例有三十多起。卡斯特尔打了个电话给里厄：

"小楼里有多少张病床？"

"八十张。"

"市里的病人肯定超过三十个吧？"

"有些人不敢报，其他更多的是没有时间报。"

"尸体埋葬有人监督吗？"

"没有。我给里夏尔打过电话，告诉他要采取全套措施，而不是光讲空话。还要建立防控瘟疫的真正的隔离带，否则的话还不如什么都不做。"

"那他怎么说？"

"他跟我说他无能为力。我觉得数字还会上升。"

不出三天，两座小楼就住满了病人。里夏尔听说马上要腾空一所学校，以筹建一座临时医院。里厄一边在等疫苗，一边在做着腹股沟手术。卡斯特尔则待在图书馆，待了很久，以期从旧书中找到资料。

"老鼠死于鼠疫或是某种类似鼠疫的疾病，"他得出这样的结论，"这些老鼠传播了成千上万只跳蚤，如果不及时防止，那它们传播疾病的速度将会呈几何级增长。"

里厄默不作声。

这时候，天气似乎不再变幻莫测。最近几次大雨过后形成的水洼，也逐渐被太阳晒干。天空一碧如洗，从中迸发出一道金色的光芒。热浪缓缓升腾起来，裹挟着飞机的轰鸣声，这个季节的万事万物都让人心生宁静。不过，在四天时间里，高烧又完成了四次触目惊心的跳跃：死亡人数从十六人、二十四人、二十八人增加到三十二人。到了第四天，政府宣布一所幼儿园被改成临时医院。在这之前，我们的居民还在不停开着玩笑，以掩饰内心的焦虑，但现在只是默默地走在街上，神情沮丧而落寞。

里厄决定给省长打个电话：

"这些措施是不够的。"

"我已经看到数字，"省长说道，"确实很让人担心。"

"这些数字不光是让人担心而已，它们说明的问题已经一目了然。"

"我会向殖民地政府报告，等待命令。"

里厄当着卡斯特尔的面把电话挂了：

"命令！恐怕还得想象一阵吧。"

"血清呢？"

"本周内可以运到。"

省政府让里夏尔请里厄给殖民地政府打个报告，请求他们下达命令。里厄在报告里描绘了临床症状，并配上了数字。就在当天，有四十人死亡。据省长自己讲，他第二天要亲自负责加强原有的措施。强制申报和隔离措施仍旧按规执行。病人的住房必须进行封闭式消毒，病人家属必须待在安全隔离区，病人死亡后由市政府统一组织下葬，具体情况具体处理。又过了一天，飞机把血清运来了。这些血清足够病人治疗使用。不过要是疫情继续扩散的话，那数量就不够了。里厄接到电报，称应急储备已经用光，新的血清已经在准备之中。

在这段时间里，郊区的春意已然来到了市场。沿街卖花人的篮子里，成千上万朵玫瑰兀自凋零，它们甜蜜的芬芳飘满了整座城市。表面上看，一切如故。肮脏的有轨电车在高峰时段总是拥挤不堪，在其他时间则是空空荡荡。塔鲁仍然观察着小老头儿，小老头儿仍在朝猫儿吐着唾沫。格朗每晚回家依旧做着自己神神秘秘的工作。科塔尔还在到处乱转。预审法官奥东依然在遛着自己的几只宠物随处走走。年迈的哮喘病人仍然在摆弄着鹰嘴豆。人们有时还会遇到记者朗贝尔先生，神态宁静，却是个只关心自己的人。夜幕降临，街上的行人依然熙熙攘攘，电影院门前排着长长的队伍。至于疫情，似乎正在消退，几天内只有十几个人死去。但没过多久，疫情再次失控。就在死亡人数又达到了三十人的那一天，贝尔纳·里厄一边看着省长给他发来的官方电报，一边说："他们害怕了！"电报上这样写道："正式宣布鼠疫发生。封锁城市。"

🌿 第二部

从此刻起，可以说鼠疫与我们每个人都息息相关。在这之前，尽管这些稀奇古怪的事情已经让我们的居民感到意外和焦虑，但是每个人都能在自己平凡的岗位上按部就班。而且，这样的状况一定会持续下去。但是一旦城市封闭，他们发现大家，包括叙述者在内，都成了同一条船上的蚂蚱，只能想办法去适应。因此，从最初的几周起，一种与爱人离别的个人情感一下子感染了全城人，而且还夹杂着恐惧，这便成了流放生活中漫漫长日的主要痛苦。

封锁城市后最显著的影响之一，便是人们要面对事先毫无准备的别离。有些母子、夫妻和情人几天前还觉得分别只是暂时的，他们在火车站台上相拥告别，并说上两三句叮嘱的话。他们满怀着人类愚蠢的信心，坚信几天后或几周后肯定会重逢，相信这样的离别几乎不会对他们的日常工作造成什么影响。但就在转瞬之间，他们发现自己远离亲人，倍感孤独无助，既不能相见，也无法联系。因为在省政府颁布禁令之前的几个小时，封城便已经开始，各种特殊情况便自然无从考虑。我们可以说，疾病的突然传播所带来的直接效应，便是迫使我们的居民摒弃个人的情感用事。在禁令生效当天的前几个小时里，人们纷纷拥向省政府询问，有的打电话，有的则向官员们当面申诉。他们陈述的情况都很有趣，却又无法核实。事实上，我们需要好几天时间才会意识到，自己所处的境况毫无协商的余地。"通融""照顾""破例"等词语统统失去了意义。

甚至连能带给人们些许安慰的通信也被禁止了。因为一方面，城市与外界的正常联系都被切断了；另一方面，政府又颁布了禁止通信的新法令，以防信件带有病菌。刚开始，有几个幸运的人说通了看护城门的守卫，在他们的默许下得以把信件传到城外。这时候还是宣布鼠疫发生的头几天，守卫们被同情心所打动也是自然不过的事。但是过了一段时间，这些守卫意识到事态的严重性，他们无法估量后果，不愿承担相关责任。起先还可以与其他城市进行长途通话，公用电话亭因此被挤得水泄不通，所有线路都拥堵不堪，导致长途电话系统瘫痪了几天。之后又严格加以限制，只准在紧急情况下才可以通话，譬如死亡、出生、结婚等事宜。电报成为我们唯一的通信途径。以前依靠心灵、情感和肉体来维系的鲜活生命，如今却只能通过写有十个大写字母的一封电报来重觅往日的温情。实际上，电报中所能使用的表述很快就穷尽了，长期的共同生活或悲伤的心情只能概括为几句短语来进行不时的交流，诸如"我很好""想你""爱你"等。

我们之中还有一些人，他们依然坚持写信，想尽办法与外界取得联系，但所有努力到头来还是一场空。我们想出来的某些办法可能有用，因为没有收到对方回音，所以我们也不知其详。一连好几个星期，我们只能把同样的信写了又写，把同样的呼吁发了又发。这样过了一阵子，我们原本发自肺腑的心声却变成了苍白无力的空洞字眼。我们依旧在麻木地重复同样的内容，试图将我们艰难的生活通过这些死气沉沉的语句传递出去。这种枯燥无味而又自我陶醉的独白，这番如同面壁般冷冰冰的对话，我们觉得其效果还比不上电报的格式化用语。

　　几天之后，面对无人能够出城的事实，人们不禁想问，鼠疫发生前出城的那些人是否可以回来。经过几天的考虑，省政府终于给出肯定的回答，但它同时指出，回城的人绝对不能以任何借口再次出城，他们只能进，不能出。此外，还有一些家庭——尽管这样的家庭为数不多——对事态的严重性认识不足，未经深思熟虑便表达出渴望与亲人团聚的愿望，并希望亲人能够充分利用这次机会。但是，那些被鼠疫囚禁的人们很快便意识到他们的亲人所面临的威胁，所以宁愿忍受这种离别之苦。人类的情感战胜了被离别的痛苦折磨致死的恐惧，在鼠疫最严重的时期，这样的情况只出现过一次。只是它并不是如我们所期待的那样，发生在一对因为互相爱慕而忘却任何苦痛的情侣身上，而是发生卡斯特尔医生和他的妻子这对老夫妻身上。就在鼠疫爆发的几天前，卡斯特尔太太到邻城去了。他们这一家并非是世人眼中可以效仿的模范家庭，叙述者甚至敢说直到今天为止，这对夫妇是否满意他们的结合还是个未知数。但这次突然而又持久的离别，让他们深切体会到自己的生活已经离不开对方，而一旦他们明白了这一事实，鼠疫也就算不上什么了。

　　上述事情只能算是一个例外。在大多数情况下，离别显然要持续到鼠疫被完全消灭时才会结束。对我们大家而言，我们生活中习以为常的情感（之前已经说过，奥兰人感情单纯）变换成新的面容。平素对伴侣最为信任的丈夫和情人发现自己变得疑神疑鬼。平常对待爱情轻佻浮夸的男子变得安逸本分。平时与母亲住在一起却对其不闻不问的儿子，如今时常想起母亲脸上的皱纹，那道道沟壑里写满了自己的不安与悔恨。这种分离突然、彻底，充满了绝望，让我们完全不知所措，面对自己近在咫尺却又远在天边的亲人，整天魂不守舍地思念却又深感无能为力。事实上，我们经受着双重痛苦的折磨：首先是自身遭受的痛苦，其次是对不在身边的儿子、妻子或情人的思念之苦。

若换成其他情境，我们的居民想必会用更加广泛的娱乐或是更加忙碌的工作来打发时光。但在此时此刻，鼠疫却让他们无事可做，唯有在这了无生气的城市里转来转去，日复一日地沉浸在令人沮丧的回忆中。因为当他们漫无目的地到处散步时，他们总会走过同样的道路。在如此小巧的城市里，这些道路中的大部分就是他们之前和现已不在身边的亲人共同走过的。

如此一来，鼠疫带给市民们的第一个影响便是流放的感觉。叙述者相信自己可以代表大家写下自己的感受，因为这是他和市民们在同一时期的共同感受。流放的感觉就是隐藏在我们内心深处的空虚感，一种清晰明了的情感，一种失去理智的欲望，要么渴望时光倒流，要么渴望时光飞逝，宛如炽热的回忆之箭。有时，我们置身于幻想之中，设想自己在开心地等待回家的门铃声，等待楼梯上响起熟悉的脚步声。有时，我们会故意忘掉火车停开的事实，在平时乘坐的傍晚快车快要到站的时候，赶回家中等候亲人。当然，这样的幻想是不能持久的。总会有那么一刻，我们会清楚地意识到火车停开的事实。这时我们才明白，我们的别离注定要持续下去，而且我们不得不在时间的流逝中安顿好自己的生活。总之，我们又陷入了被囚禁的状态，我们唯有缅怀自己的过去。即便我们中有些人对未来满怀希望，可是当他们遭受相信幻想的人最终会遭受到的痛苦时，他们也就迅速彻底地放弃了这一希望。

特别值得一提的是，全体市民很快就放弃了以前养成的估算分别时间的习惯，即使在公共场合也是如此。这是为什么呢？因为一些最悲观的人估计分别时间为六个月，然后为这段时间预先做好吃苦的准备，鼓足勇气接受考验，竭尽全力来熬过这漫长而痛苦的岁月。但是，当他们偶遇一位朋友，或是在报纸上看到一则消息，或是脑海中闪现某种臆想，抑或是骤然间拥有了非凡的远见，这时他们就会意识到疾病不可能在六个月内消失，可能是一年，或是更长时间。

这时，他们的勇气、意志和耐心瞬间就垮掉了，垮得那么突然，他们觉得自己似乎难以爬起来。因此他们强迫自己坚决不想何时解放，坚决不再展望未来，或是强迫自己一直要低头垂目。但是，这种小心谨慎，这种逃避痛苦的方式，这种关闭城门、绝不迎战的做法，收效甚微。他们极力避免精神崩溃，这是他们绝对不希望发生的。结果他们把暂时忘却鼠疫、幻想将来与家人团聚的情景也抛却掉了，尽管这样的幻想常有发生。于是，他们卡在了巅峰与深渊的中间地带，不上不下。在那里，他们不是生活，而是在不停地沉浮，浑浑噩噩地过着没有目标的日子，在索然无趣的回忆中流连忘返，如同四处游荡的幽灵，除非愿意在痛苦的大地上扎根，否则便无立足之地。

他们深刻体会着所有囚徒和所有流放者的痛苦，那就是生活在无用的回忆里。他们无时无刻不在回望着过去，但回味到的只有伤感。他们真希望回忆里还能加上所有同他们盼望的亲人在一起时能做而未做的事情。同时，他们在囚禁的生活中，脑海里总是时刻浮现起亲人的身影，即使是在比较愉悦的情况下也是如此。因为他们并不满意当下的处境。他们对现状感到焦虑，对过去感到憎恨，对未来感到绝望，颇似受到法律制裁或是仇人报复而过着铁窗生活的人。最后，想要逃避这种难以忍受的空虚感，唯一的方法就是幻想火车再次启程，幻想时光在持续不停的门铃声中缓缓流逝，可这门铃却执拗地一声不响。

如果说这是流放，那大部分人的流放地是自己家中。虽然叙述者对每个人的流放地都颇为了解，却也不能不提像朗贝尔这样一群人的处境。他们是在旅行途中被鼠疫困在城里的，既无法与亲人团聚，又远离自己的故土，离愁别绪也就更上心头。在所有流放的人中，他们对流放是体会最深的。时间引发的烦恼，他们的感受与其他人并无二致，但他们对空间也颇多感触。他们时不时地会碰到高墙，这高墙把他们所在的疫区与他们远方的故乡分隔开来。他们整日徘徊在这个尘土飞扬的城市里，默默呼唤着故乡的日出日落，这景象只有他们自己熟悉。飞翔的燕子，黄昏的露水，还有洒在僻静街道上的几缕奇异的阳光，面对这些令人目不暇接的景象和纷繁杂乱的讯息，他们的烦恼愈发浓重。这个外部世界可以拯救芸芸众生，他们闭上眼睛不去观望，却陶醉于自己过于真实的幻想中，竭尽全力寻觅大地的景象。在这片大地上，一缕阳光，两三座丘陵，可爱的树木，女人们的脸庞，共同构成了他们眼中无可替代的景象。

最后不妨来谈谈情侣。他们的情况最有意思，恐怕也是叙述者最有资格谈论的话题。困扰他们的烦恼很多，其中不得不提的是悔恨的情绪。事实上，现在的处境倒是可以让他们既兴奋又客观地审视自己的情感。在这些情境中，他们自己的缺点几乎都会表露无遗。首先，对于不在身边的亲人的所作所为和动作姿态，他们发现自己很难准确地想象出来。他们也不知道这些亲人的时间安排，他们对此也颇有怨言。他们责怪自己太轻率，未能细致地加以了解，反而矫情地认为，对于恋爱的人来说，知道对方的时间安排未必能得到快乐。从这时起，他们很容易回想之前的爱情，并从中发现不完美之处。平时，我们都有意或无意地知道，任何爱情都可以变得更加美好，不过我们自己的爱情却很平庸，对此，我们多多少少还是会心平气和地接受。但是，一旦回忆起来，要求就变得更高了。这场侵袭全城的飞来横祸，不仅带来让我们义愤填膺的不公正的苦难，而且还唆使我们自己制造痛苦、品尝痛苦，进而心甘情愿地忍受一切痛苦。这就是疾病转移注意力、使局势复杂化的方法之一。

如此这般，每个人不得不独自仰望天空，过着得过且过的日子。这种全面的懒散生活，久而久之可能会磨炼人的性格，但如今却让人变得目光短浅、斤斤计较。譬如，对于城里的某些市民，他们受到其他东西的束缚，被晴天和雨天所支配。他们的样子仿佛是自出生以来，第一次直接受到天气的影响。只要天上金光初露，他们便喜笑颜开。若是阴雨绵绵，他们的脸上和心中便有厚重的阴霾笼罩。就在几周前，他们还没有这种脆弱，还没有这种缺乏理性的顺从心理，因为他们并不是独自一人面对这个世界，从某种程度而言，和他们共度岁月的人还生活在他们的天地里。不过从此刻开始，他们显然要听天由命了，也就是说，他们受苦也好，希望也罢，都毫无道理可言。

面对这种异常的孤独，最终没人会指望邻居来帮助自己，每个人都在孤独地各行其是。假如我们中间有个人碰巧想吐露心声，或是想说出自己的一些感受，那无论对方如何回答，其结果往往是自己的内心会受伤。于是他会发现自己同对方完全是鸡同鸭讲。实际上，一个人在表达经过好几天深思熟虑和痛苦折磨的感受，他想表达被等待与激情长久煎熬过的形象。另一个人则将之想象成老生常谈的情感，觉得他说的都是市井中的痛苦和世俗中的忧伤。无论是出于好心还是恶意，回答总是不合对方心意，所以还是沉默为金。有些人难以忍受一直沉默不言，又不好和人推心置腹，便只好人云亦云地说些市井之言，说些客套的寒暄之词，聊聊普通的人情往来，聊聊社会动态，聊聊日常的新闻而已。况且，最真切的痛苦通常体现在最平庸的客套话中。被鼠疫俘虏的囚徒们只能用这种方式来博取看门人的同情，或是激发别人与自己交流的兴趣。

不过还有一点，也是最为重要的一点，就是不管焦虑有多么痛苦，不管空虚的心灵有多么沉重，在鼠疫发生的初期，他们可以说依然是很幸运的。因为当全城居民开始恐慌时，他们的念想却完全放在他们期待的人身上。当全城陷入悲痛时，爱情的私心却保卫着他们。如果他们想到鼠疫，那只是因为他们担心分离有变成永别的危险。在鼠疫猖獗的时候，他们却摆出一副心不在焉的神态，这其实不无益处，甚至让人觉得颇有镇定自若的气概。绝望的心理让他们感受不到恐慌。他们在不幸之中有着幸运。譬如，若他们之中有人因病过世，那这几乎是发生在未加防备的时候。他的内心原本正在和一个幽灵侃侃而谈，突然被揪了出来，不经任何过渡便一下子抛到了黄土之下，溘然辞世。他根本无暇顾及其他。

市民们正在想方设法适应这突如其来的流放生活，与此同时，鼠疫的发生使得城门处设立守卫，并让驶向奥兰的船只更改航线。自封城以来，就再也没有车辆进过城。从那天起，人们感觉汽车如同在原地逡巡。在林荫大道高处俯视，港口的景象别具一格。作为整片海岸线上最大的港口之一，往日的繁华与喧嚣骤然间消失得无影无踪。几艘接受检疫的船只还停泊在那里。码头上，无人操纵的大型起重机，车斗卸在一边的翻斗车，一堆堆孤零零的酒桶和袋子，所有这一切都表明贸易已经因鼠疫而凋敝殆尽。

尽管眼前浮现出不同寻常的景象，但市民们依旧难以理解发生在他们身上的事。离别或是恐惧，这是大家都有的感受，但每个人更多地是把自己的私事放在首位。没有人真正接受疾病的降临。对大多数人而言，他们主要觉得自己的习惯受到了破坏，利益受到了损失。他们为此感到恼火，但这样的情感无法用来对付鼠疫。譬如，他们的首要反应就是指责行政当局。报纸上刊登了一篇批评文章，题为《目前采取的措施是否还有放宽的余地？》。省长对此的反应却相当出人意料。到目前为止，报纸和朗斯多克情报局均未收到有关疾病统计的官方通报。但现在省长却每天都把数据送到情报局，并下令该局每周公布一次。

对此，公众并没有立即做出反应。实际上，在鼠疫发生的第三周，死亡人数共计三百零二人，这并未引起公众的猜想。一方面，这些人并非都是死于鼠疫。另一方面，城里没有一个人知道平时每周死亡的人数是多少。城里共有二十万居民。大家不知道这样的死亡比例是否属于正常范围。虽然这一类精确的数字显然具有意义，但平时却无人留意。从某种程度而言，公众缺乏比较的依据。久而久之，当死亡人数不断增加，公众才会意识到真相。第五周共有三百二十一人死亡，第六周有三百四十五人死亡。至少，数目的增加已经颇具说服力，但冲击力还不够，依然没有改变市民们的印象。他们忧心忡忡，觉得这只不过是一场有点麻烦的意外事件，终究不会持续太久的。

他们依然在大街上来来往往，在露天咖啡座上消磨时光。总体而言，他们并不是胆怯之人，谈笑风生的多，唉声叹气的少，以笑颜面对这些非常短暂的不便。城市的面貌还在。但快到月底时，差不多就在下面将要说到的祈祷周里，愈发严重的情况改变了城市的面貌。首先，省长针对车辆往来和粮食供应采取了一些措施。粮食限量供应，汽油配给供应。甚至还规定要节约用电。只有生活必需品可以通过陆运和空运进入奥兰。因此，行驶的车辆逐渐减少，几乎没了踪影。奢侈品商店很快关门歇业，另一些商店则在橱窗中挂出"售罄"的牌子，而购买者则在店门口排起了长长的队伍。

奥兰也因此呈现出一派奇异的景象。行人增多了，即使不是高峰时刻也是如此。许多人因为商店和一些单位关门而变得无所事事，只好挤在大街上，挤在咖啡馆里。目前，他们还称不上失业，只能算是度假。下午三点，天气晴朗，奥兰城简直给人一种节日欢庆的错觉：交通停止，商店关门，好让群众性的庆祝活动顺利进行，市民们也拥上街头分享节日的欢乐。

自然，电影院想趁这次公众放假大捞一笔。但是，影片在省内已经不再轮流放映。两周以后，各个电影院不得不相互交换影片。又过了一段时间，每家电影院放的都是同样的影片，但影院的收入并未减少。

最后来说说咖啡馆的情况。在葡萄酒和烈性酒的贸易居于首位的城市里，咖啡馆的库存也是相当可观，因而还是能满足顾客的需求的。老实说，喝酒的可真不少。一家咖啡馆贴出"喝酒可以杀菌"的招贴，公众本来就相信酒精可以阻止疾病传染，一经舆论宣传，他们对此就更深信不疑了。每天深夜两点，街上随处可见被咖啡馆逐出来的酒鬼，到处回响着他们乐观的言论。

但从某种角度看，所有这些变化显得异乎寻常，而且又出现太过突然，所以很难认为这些变化是正常和持久的现象。其结果就是我们依然注重自己的个人情感。

在封城两天后，里厄医生从医院出来时碰到了科塔尔，他向里厄扬起头，脸上写满了喜悦。里厄说他精神不错。

"是的，我身体完全好了。"小个子男人说道，"医生，请问这该死的鼠疫，是不是变得很严重了？"

医生说情况确实如此。而科塔尔则用轻松的口吻发表意见：

"现在它不可能停止蔓延。一切都会被它搞得乱七八糟。"

他们两人同行了一段路。科塔尔说他住的街区有位大杂货商，他储备了许多食品，然后以高价售出。当别人去他家准备送他去医院时，发现他床底下藏着食品罐头。"他在医院里去世了。鼠疫可不会为此付钱。"科塔尔有着一堆类似这样真假难辨的鼠疫传闻。譬如有一天早晨，市中心有名男子疑患鼠疫，发着高烧精神错乱。他奔出屋外，将碰到的第一个女子紧紧抱住，大声喊叫，说自己得了鼠疫。

"好吧！"科塔尔和颜悦色地说道，这与他肯定的口吻不太搭调，"我们都会疯掉的，这是肯定的。"

当天下午，约瑟夫·格朗终于把自己的秘密告诉了里厄医生。他在书桌上看到了里厄夫人的照片，然后回过头看了看里厄。里厄跟他说自己的夫人在城外接受治疗。"从某种意义上说，"格朗说道，"这是运气好。"医生说这确实是运气，只要她能康复就好。

"嗯！我明白。"格朗说道。

自从里厄认识格朗以来，他还是第一次说这么多的话。尽管他说话时仍要字斟句酌，但他总能找到恰当的措辞，好像他对当时要说的话已经思考过许久一般。

他早早就与一位家境贫寒的邻家姑娘结了婚。就是为了结婚，他才辍学找了份工作。他和让娜从未离开过自己居住的街区。他去她家看她，让娜的父母觉得这位求婚者沉默寡言、举止笨拙，因而有点笑话他。让娜的父亲是名铁路工人。休息的时候，他总是坐在靠窗的角落里，粗大的双手平摊在大腿上，自己望着窗外发呆。让娜的母亲总在家操持家务，让娜帮她一起干活。她的身材太过瘦小，当她过马路时，格朗不禁有些为她担心。因为所有车辆跟她相比，都成了庞然大物。有一天，他们走过卖圣诞礼物的小店铺，让娜被橱窗里陈列的商品深深吸引住了，便把身子往后一靠，对他说："太美了！"格朗紧紧握住了她的手，他们就这样订了终身。

余下的故事，用格朗的话说，就是很普通了，和每个人的故事一样普通：两个人结婚，起初还有点相爱，然后工作。工作一长，爱情的味道也就淡忘了。让娜也只能工作，因为办公室主任没有兑现承诺。在这里，需要有点想象力才能理解格朗想说的话。他变得随波逐流，工作上的劳累更助长了他这一态度。他变得更加沉默寡言，他也无法如妻子所愿，像从前那样爱她。一个男人，为工作不停奔忙，生活窘迫，前途渺茫，每晚在餐桌上都是沉默无言，在这样的环境里，毫无爱情可言。让娜已经感受到了痛苦，不过她还是没有离开：有时长期饱受痛苦，自己却不知道。就这样，年复一年，后来，她走了。当然，她是独自一人走的。"我曾经深深地爱过你，但是现在，我厌倦了……我这次离开并不幸福，但是要寻找新的开始并不需要幸福。"她给他留了封信，大意就是这样。

现在轮到约瑟夫·格朗开始难过了。他也可以重新来过，正如里厄所提醒他的那样。但他却没有了信心。

他就是对她念念不忘。他本想给她写封信解释。"可是这太难了，"他说道，"我对此想了很久了。我们相爱的时候，我们彼此心照不宣。但是两个人的爱情并不是一成不变的。有一段时间，我本来能说些话来挽留她，但是我没有说。"格朗用方格手帕擤了擤鼻涕，然后再擦了擦胡须。里厄一直看着他。

"对不起，医生，"老人说道，"但是该怎么说呢？……我信任你。在你面前，我可以说这些话。说了，又让我很激动。"

显然，格朗离鼠疫还有十万八千里。晚上，里厄给妻子发电报，告诉她城市已经封锁，他一切安好，还叮嘱她要继续照顾好自己，他很想她。

封城三个星期后，里厄从医院出来的时候，看到一位年轻人在等他。

"我想你认识我吧。"那位年轻人说道。

里厄感觉认识他，但又不敢肯定。

"我在鼠疫事件爆发前来过，"那人说道，"来向你询问有关阿拉伯人的生活情况的。我叫雷蒙·朗贝尔。"

"啊！是的。"里厄说道，"那你现在有了非常适合的报道题材了。"

那人显得有些烦躁。他说他不是为了这件事而来，他是来寻求里厄医生的帮助的。

"我很抱歉，"他继续说道，"不过在这个城市里，我一个人也不认识。倒霉的是，我们报社的通讯员是个蠢货。"

因为有事要吩咐，里厄就请他一起步行去市中心的一家诊所。他们就沿着黑人居住的小区走去。夜幕缓缓降临，以往这个时候城市会十分喧闹，此刻却显得异常安静。晚霞未尽的天边传来几声军号声，仿佛昭示着军人还在忠于职守。他们继续沿着陡峭的马路往下走，两旁是蓝色、赭石色和紫色的阿拉伯住宅。朗贝尔说着话，情绪十分激动。他把妻子留在了巴黎。老实说，那也不是他妻子，不过也差不了多少。城市一封锁，他就给她发过电报。起初，他觉得这件事不会持续很长时间，他只是想同她取得联系。他在奥兰的同行们告诉他，他们也无能为力。邮局不让他进去，省政府的一位女秘书对他的要求则嗤之以鼻。最后，他只好去排了两小时的队，最终获准发了一份电报，上面写道："一切安好，不久再见。"

但是今天早晨起床时，他忽然想到毕竟自己也无法估算事态究竟会持续多久，于是决定离开。由于他是经人推荐的（他的工作中有这种便利），所以他能够见到省政府办公室主任。他跟主任说他与奥兰市无关，没有必要留在这里，说他来到这里完全是出于偶然，所以理应让他离开，即便出去后要接受隔离检疫也在所不惜。主任表示十分理解他的情况，但是不能破例。主任说他会考虑一下，但总体而言，情况很严重，因此无法做出任何决定。

朗贝尔说："可我毕竟是个外地人。"

"没错，但不管怎样，我们还是希望鼠疫能尽早结束。"

谈话快结束时，他试图安慰朗贝尔，提醒他在奥兰能找到很好的报道素材；要是认真地想一想，凡事都有好的一面。朗贝尔只是耸了耸肩膀。这时，他们已经到了市中心。

"这话就不对了，医生，你应该可以理解的。我不是生来就是做报道的。也许我生来就是为了和一个女人一起生活的。这难道不是合情合理的事吗？"

里厄表示，这种说法听起来确实合情合理。

在市中心的大道上，平时的人群早已不见踪影。几个行色匆匆的路人朝远处的住所走去。没有一个人面带笑容。里厄觉得这是那天朗斯多克情报局的通报造成的后果。市民们通常在二十四小时后就会重新恢复信心。但是当天，人们对数字仍然记忆犹新。

"这是因为，"朗贝尔突然开口说道，"她和我刚刚认识不久，却聊得很投机。"

里厄一句话也没说。

"我打扰你了。"朗贝尔接过话茬，"我只是想问你能否给我开张证明，证明我没有患上这该死的病。我想这对我有用。"

里厄点了点头。这时候，有个小男孩撞到了他，跌倒在他脚边。他轻轻地把小男孩扶起，然后两个人一起走到了阅兵场。蒙着灰尘的无花果树和棕榈树的枝叶静静垂着，一动不动，树丛中矗立着一座共和国的雕像，上面布满灰尘，肮脏不堪。他们在雕像前停下脚步。里厄把两只沾满白灰的脚先后在地上踏了踏。他看了看朗贝尔。这位记者的后脑勺上扣着一顶呢帽，衬衫领子的纽扣松开着，上面挂着领带，胡子拉碴，整个一副玩世不恭的神情。

"我理解你的心情，这一点请你相信。"里厄最后说道，"但是你的想法不对。我不能给你开这张证明，因为我的确不知道你是否患有这种疾病。即使现在没病，我也不能证明你在离开我办公室到进入省政府的这段时间内不会传染上。况且，就算……"

"况且，就算什么呢？"朗贝尔说道。

"况且，就算我给你开了这张证明，它对你也毫无用处。"

"为什么？"

"因为在这座城市里，像你这种状况的人有成千上万，但他们都出不去。"

"即便他们没有鼠疫也出不去？"

"这个理由并不充分。我知道，这件事确实很傻，但它关乎我们每个人。所以要正确处理它。"

"可我不是这里的人啊！"

"那从现在开始，你和大家一样，也是这里的人了。"

朗贝尔激动起来：

"我向你保证，这是人道问题。像这样的分离对于两个情投意合的人到底意味着什么，你可能没有体会。"

里厄没有立刻回答。过了一会儿，他说自己可以体会得到。他由衷地希望朗贝尔能够和他妻子团聚，希望所有相爱的人都能重逢。但是面对法律法规，面对鼠疫，他的职责就是忠于职守。

"不，"朗贝尔苦涩地说道，"你无法理解的。你在讲大道理，你是脱离实际的。"

医生抬头望着共和国的雕像，他说他不知道自己是否在讲大道理，但他说的都是事实，这两者并不一定是一回事。记者整了整领带说：

"那么照你的说法，我只能另想办法了？但是，我会离开这座城市的。"他的话语里充满了不服气。

医生说自己能够理解朗贝尔的想法，但是这事与自己无关。

"不，这事和你有关。"朗贝尔突然大叫起来，"我这次来找你，是因为别人和我说你在决定中拥有很大的话语权。当时我想，你自己制造的难题至少应该由你自己来解开一次。但是你却不闻不问。你丝毫不考虑别人。你丝毫没有考虑过那些分隔两地的人。"

里厄承认在某种意义上看，这话说得没错，他确实没有考虑过这种情况。

"啊！我明白了。"朗贝尔说道，"你要说为大众服务之类的话了。但是大众的利益也是以个人幸福为基础的。"

"好吧，"医生开口说道，仿佛刚刚回过神来，"不光有这些，还有其他方面。不要轻易下结论。不过你发火总是不对的。如果你能够解决这件事，那我是非常开心的。只是我的职责不允许我这样做。"

朗贝尔不禁摇了摇头。

"是的，我发火是不对。而且我这样也浪费了你不少时间。"

里厄请朗贝尔随时把进展告诉他，也请朗贝尔不要对他心怀怨恨。之后肯定会有一项计划需要两人聚在一起完成。

朗贝尔突然显得不知所措，他沉默了一阵后说道：

"这我相信。不管我怎么想，也不管你刚才对我说了什么，我都相信。"

接着他犹豫了一下说道：

"但是我不能同意你的想法。"

他把呢帽往前额压了压，大步流星地走开了。里厄看着他走进了让·塔鲁住的旅馆。

过了一会儿，医生摇了摇头。记者希望获得幸福的迫切心情无可厚非。但是责怪他"生活得不切实际"，这样做就是否正确了呢？鼠疫蔓延得极其迅速，医院里平均每周有五百人死去，那他在医院里度过的那些日子也是不切实际的吗？确实，不幸之中确有不切实际和不太真实之处。但如果不切实际要剥夺你的生命时，你就得认真对待。里厄只知道这并不是最容易做到的。譬如，他负责的这家临时医院就不容易管理（现在有三家医院了）。他找人把门诊室对面的房屋改造了一下，用于接诊病人。接诊室的地上挖了一个小水池，里面加了消毒药水，中间有个砖砌小平台。病人抬到小平台上，迅速脱去衣服，扔进水池中。病人洗过擦干后，穿上医院的粗布病号服，送到里厄那里，然后住进病房。现在不得不使用学校的室内操场来收容病人，共有五百张床位，差不多全都住满了。从一早开始，里厄就要亲自接诊病人，给病人打疫苗，做腹股沟手术，然后再核实统计数字，下午回去看门诊。到了晚上，他还要再出诊，直到深更半夜才回家。前一天晚上，他母亲在把儿媳的电报递给他的时候，发现儿子的双手一直在颤抖。

"是在抖，"他说道，"但是只要坚持下去，我就不会这么紧张了。"

他体格健壮，抵抗力强。他确实还不累。倒是那些出诊让他感觉受不了。如果诊断为传染性发烧，那就得立刻把病人运走。于是，脱离实际的情况开始出现，步履维艰的情况也开始出现，因为病人家属清楚，能够再次见到家里的病人，要么就痊愈了，要么就死掉了。

"可怜可怜我吧，医生！"洛雷太太说道。她是在塔鲁所住旅馆里工作的女佣的母亲。但这又意味着什么呢？当然，他有怜悯之心。但这对任何人都没有帮助。必须打电话。救护车的鸣笛声很快就响了起来。起先，邻居们纷纷开窗观望。过了一会儿，他们赶紧把窗户关上。然后便开始挣扎、啼哭、劝说，总之就是些不切实际的行为。在这些被发烧和焦虑蒸腾着的寓所里，一幕幕疯狂的场面接连出现。但是病人还是被带走了。里厄也终于可以走了。

起先几次，他打完电话，没有等救护车来，便奔去看其他病人了。但是病人家属却紧闭大门，他们宁愿同鼠疫病人共处一室，也不愿意与之分别，因为分别的结局如何，他们心里很清楚。先是喊叫、命令，继而是警察的干预，最后出动军队，病人终于被强行带走。在前几个星期里，里厄一直要等到救护车过来才能离开。到了后来，当每位医生的出诊都配有一名便衣警察时，里厄才能一个个地去看病人。但是在起初的那段时间里，每天晚上的情景都如同在洛雷太太家的那晚一样。那天晚上，当他走进饰有折扇和假花的小公寓时，病人的母亲就似笑非笑地对他说：

"我希望这不会是大家嘴里谈论的那种发烧吧？"

他掀开了毯子和衬衣，静静地观察着病人腹部和腿上的红斑，以及肿胀的淋巴结。母亲看到自己女儿的两腿之间，再也控制不住自己，尖叫起来。每天晚上，母亲们看着腹部致命的症状号啕大哭，脸上露出茫然不知所措的神情；每天晚上，里厄被一些胳膊紧紧拽住，废话、许诺、哭泣迅速交织在一起；每天晚上，救护车的鸣笛声总能引发一些危机，但这些危机却像痛苦一样苍白无力。度过了一个又一个几乎毫无差别的漫漫长夜之后，里厄感到，除了这些不断重复的相同场面以外，他再也期盼不到其他任何东西了。是的，鼠疫和不切实际一样，都是单调乏味的。也许只有一样东西在发生变化，那就是里厄自己。那天晚上他已经感觉到了，就在共和广场的雕像下。他看着朗贝尔的身影消失在那家旅馆大门里，意识到难以忍受的冷漠已经袭遍他的全身。

这几周的生活令人疲惫不堪，全城居民迎着霞光走上街头，依旧在原地打转。当这一切远去时，里厄清楚再也不必费劲去克制同情心。如果同情心一无是处，那人们对它也就厌倦了。在这些压得人喘不过气来的日子里，他的内心却变得越来越坚实，这是唯一让他感到宽慰的地方。他知道这会方便自己开展工作，他也因此由衷地感到高兴。他母亲等到他深夜两点回到家时，看到儿子朝她投来空虚的目光，心痛不已。确切地说，她是因为里厄把他唯一能得到的温情漠然置之而深感悲痛。要同不切实际做斗争，就要有点他的作风。但是如何让朗贝尔明白这一点呢？对朗贝尔而言，不切实际就是一切与他的幸福背道而驰的东西。老实说，里厄明白这位记者在某种意义上是对的。不过，他也明白，不切实际的想法有时表现得比幸福更强烈，因此在这种情况下，而且也只是在这种情况下，必须重视这种不切实际的想法。这就是朗贝尔会遇到的情况，医生也会在朗贝尔之后向他倾吐的心声中了解到详情。

每个人的幸福与鼠疫的不切实际之间有场愁云惨淡的斗争，这场斗争会在崭新的层面上继续进行。在这段漫长的时光里，这场斗争构成了我们城市的全部生活。

然而一些人看到了不切实际，另一些则看到了事实。鼠疫发生快一个月时，局势更加恶化，让人颇为绝望。首先，鼠疫又卷土重来；其次，帕纳卢神甫做了一次言辞激烈的布道。这位神甫就是米歇尔老头发病初期曾经给予他帮助的那位耶稣会教士。帕纳卢神甫经常为奥兰地理协会的杂志写文章，他因此声名卓著，而且他还是碑铭修复方面的权威。他曾就现代个人主义做过一系列报告，前来听讲的人数比这个领域专家拥有的听众还多。他在报告中强烈捍卫严格的基督教教义，反对现代的纵欲主义和过去几个世纪里的愚昧主义。趁着这样的机会，他勇于向听众不断展现严酷的现实。他也因此声名鹊起。

可是就在这个月的月末，城里的教会组织决定采用自己的方法来对抗鼠疫：组织为期一周的集体祈祷。这项表达虔诚的大众活动，最后以星期天庄严的弥撒结束。这次弥撒是为了祈求因为照顾鼠疫患者而牺牲的圣人圣罗克保护大家。借此机会，人们希望帕纳卢神甫发表讲话。他一直忙于圣奥古斯丁和非洲教会的研究工作，这些工作让他在所属修会颇具威望。十五天前他才抽出空来。神甫天性热忱，富有激情，毅然答应了别人交代的任务。在这次布道之前，全城早就已经议论开了。这次布道也算是这一历史时期的一件大事。

许多群众参加了这一周的活动。这并不是因为奥兰的居民平时就对宗教特别虔诚。譬如周日早晨，海滨浴场就与弥撒格格不入。这也不是因为他们的灵魂突然得到升华而信仰宗教，而是因为一方面城市封闭，港口封锁，无法再去海滨游泳；另一方面，他们处于非常特殊的精神状态之中，虽然他们的灵魂深处还未接纳自己所遭受到的突发事件，但他们显然已经感受到某些事情已经有了改变。许多人还是希望鼠疫能够赶快消失，希望自己和家人都能安然无恙。所以他们不觉得有什么事是一定要去做的。在他们看来，鼠疫只是一位让人讨厌的不速之客，既然来了，也终有走的一天。虽然他们心生恐惧，但还未感到绝望。把鼠疫看作自己的生命形式，忘却自己从前的生活，这样的时刻还未到来。总之，他们还在等待。他们看待宗教，如同看待许多其他问题一样，鼠疫赋予他们一种独特的精神状态，既不是漠不关心，也不是热情澎湃，可能用"客观"一词来形容比较恰当。参加祈祷周的大部分人的想法，可能就像一位信徒对里厄医生所说的那样："不管怎样，反正也没有坏处。"塔鲁也在笔记上写道：在同样的情况下，中国人会敲锣打鼓驱赶瘟神。不过他也表示：敲锣打鼓是否真的比防疫措施更有效，根本无从知晓。随后他又稍事补充：如果要解决问题，就必须弄清楚瘟神是否真的存在。如果不弄清楚这一点，奢谈其他都是徒劳的。

不管怎样，在整整一周时间里，城里的教堂都挤满了善男信女。起初几天，许多居民还待在门廊前栽种着棕榈树和石榴树的花园里，聆听着传遍大街小巷的阵阵祈求祷告声。不久，这些旁听者在别人榜样的鼓舞下，也纷纷走进教堂，他们胆怯的声音与信徒们的祈祷声融为一体。到了周日，一大群人拥进教堂正殿，连教堂前的广场和台阶上都站满了人。从前一天起，天空阴沉，大雨倾盆，那些站在外面的人打起了雨伞。教堂里飘浮着一股熏香和湿衣服的味道。此时，帕纳卢神甫走上了讲道台。

他中等身材，体形粗壮。他靠在讲道台旁，肥大的双手紧紧抓住木栏杆，人们只能瞧见他敦实乌黑的身影，上面的面颊红得发亮，还戴着一副钢丝边眼镜。他讲话掷地有声，充满激情，能够响彻远方。面对信徒，他一字一句激情昂扬地说道："我的兄弟们，你们在经历不幸，我的兄弟们，你们是自作自受。"这在信徒中立即引起一阵骚动，一直蔓延到广场上。

就逻辑而言，神甫接下来讲的话与他打动人心的开场白并不搭调。然而，市民们正是听了这段话才醒悟过来，神甫运用巧妙的演讲技巧，猛地一下就把他整场布道的主题凸显了出来。帕纳卢在讲完这句话后，诵读了《出埃及记》中有关埃及发生瘟疫的原文，然后说道："这种灾难在历史上第一次出现，是为了打击上帝的敌人。法老违背天意，瘟疫使他屈服。上帝降难，让肆意妄为和盲目无知的人臣服于他，有史以来一直如此。你们仔细想想吧，请跪下。"

外面的雨越下越大。当最后一句说完，全场鸦雀无声。暴雨敲击在玻璃窗上，教堂内愈发显得肃静。神甫声音洪亮，有几名信徒稍稍犹豫了一会儿，便从座位上滑下，跪在祷告椅上。其他人认为也要效仿，在一些椅子的嘎嘎声中，全场信徒也都纷纷跪了下来。这时，帕纳卢重新直起身子，深深地吸了一口气，用愈发抑扬顿挫的语气继续说道："鼠疫之所以今天降临到你们头上，是因为反思的时刻到了。好人不用惧怕，坏人则要颤抖。在天地之间的巨大粮仓里，无情的灾难打着人类的麦子，直到麦粒从麦秆上掉下为止。麦秆总是比麦粒多，受上天召唤的也总是比幸运得救的人多。这样的不幸并非上帝本意。很久以来，这个世界便已是罪恶之地，很久以来，这个世界靠着上天的宽恕而存在。只要诚心忏悔，便可为所欲为。因为可以忏悔，人人都有恃无恐。反正时间一到，肯定会去忏悔。从那时到现在，最简单的事就是顺其自然，余下的事，仁慈的上帝自有安排。但是，不能一直这样下去。长期以来，上帝一直以慈悲的目光注视着这座城里的居民，他已经等得不耐烦了。他在永恒的希望中感受到了失望，便把注视的目光挪到了别处。失去了上帝的圣光，我们就将长期深陷鼠疫的黑暗中！"

教堂里有人对此嗤之以鼻，宛如一匹不耐烦的马。神甫稍事停顿，然后以更加低沉的声音继续说道："据《黄金传说》①中记载，在翁伯托国王时期，意大利北部的伦巴第地区经历了一场鼠疫的浩劫，情形十分凄惨，活着的人几乎不够来掩埋死者。这场鼠疫在罗马和帕维亚地区更为猖獗。那时，有一位善天使现身，命令一位手持长矛的恶天使敲打房屋。他在房屋上打多少下，屋里便会死多少人。"

帕纳卢朝着广场方向伸出两只短短的胳膊，仿佛在指着飘摇的雨帘后面隐藏的什么东西似的。他大声说道："我的兄弟们，现在发生在我们街道上的正是那场置人于死地的围猎。瞧，这位瘟神像撒旦一样威武，像恶魔一样闪耀，他站在你们的屋顶上，右手举着狩猎用的红色长矛，左手指着你们的房屋。可能就在此刻，他的手正指着你们的大门，长矛敲击在木板上嘭嘭作响；就在此刻，鼠疫溜

---

① 《黄金传说》是意大利雅克·德·沃拉季内所著的基督教圣人传说集，大约在公元1267年完成。

进了你们的家，坐在你们的房间里，等着你们回来。它在那里，不慌不忙，聚精会神，信心满满，仿佛自己就是世界的秩序本身。你们要明白，它只要向你们一伸手，世上的任何力量，甚至是一无是处的人类科学，都无法让你们躲掉灾难。最后，你们痛苦地倒在谷场上，鲜血淋漓，和麦秆一起被抛弃。"

说到这里，神甫更加绘声绘色地描绘了灾难的悲惨景象。他说那根巨大的长矛在城市上空挥舞，随心所欲地击打，然后又重新举起，上面血迹斑斑，最后把鲜血和人类的痛苦一起撒播下去，"作为未来收获真理的种子"。

讲完这段冗长的说辞，帕纳卢神甫停了下来。他的头发散在额前，浑身发抖，扶着讲道台的双手也不禁颤抖起来。然后，他用更加低沉的嗓音继续说着，语气中带着谴责的意味："是的，反思的时刻到了。你们以为只要每周日来朝拜上帝就够了，其余的日子就可以自由自在了。你们觉得装模作样跪拜一下便可以抵消你们罪恶的轻视态度。但是，上帝需要以真情对待。这种疏远的关系无法回报他无边的仁慈。他希望经常见到你们，这是他爱你们的方式。老实说，这也是爱的唯一方式。现在，他等你们已经等得疲惫不堪，于是让灾难降临在你们头上，如同降临在所有有史以来的罪恶之城一样。现在，你们知道了什么是罪恶，如同该隐①父子、大洪水暴发前的人们、所多玛和蛾摩拉②的居民、法老③和约伯④，以及所有被诅咒

---

① 该隐是《圣经》中的杀亲者、世界上所有恶人的祖先，是人类祖先亚当及其妻子夏娃最早所生的两个儿子之一。因为憎恶弟弟亚伯的行为，而把亚伯杀害，后受上帝惩罚。

② 所多玛和蛾摩拉是《圣经》中的罪恶之城。

③《圣经·出埃及记》中，先知摩西想带领以色列人离开埃及，法老不答应，上帝降下十灾使法老屈服。

④ 约伯是《圣经》中的人物，虔诚忍耐，为人行事正直，受到上帝考验。

的人们所经受的那样。这座城市的围墙把你们和灾难团团围困了起来，从那天起，你们像上面所有人一样，对世间万物有了崭新的看法。现在，你们终于知道要回到本质问题上来。"

一股温润的风吹进教堂正殿，烛焰被吹得东倒西歪，发出噼噼啪啪的声音。在浓烈的蜡烛味中，在一阵阵咳嗽声和喷嚏声中，帕纳卢神甫用颇为讨巧的精明继续着他的高谈阔论。他平静地说道："我知道你们当中有不少人肯定在猜测我讲话的用意。我要把你们引向真理，让你们学会开心，尽管我之前说了那些话。只要提出忠告、伸出援手，便能劝人向善，这样的时代已经过去了。今天，真理就是命令。拯救之路，就是红色长矛向你们指明的道路，它也会把你们推向那里。兄弟们，上天的仁慈在这里全情展现，它让万物都表现为善与恶，怒与怜，还有鼠疫与拯救。这场灾难，既能谋害你们，也能教育你们，向你们指明道路。"

"很久以前，阿比西尼亚[①]的基督徒们把鼠疫看作上天的恩赐，是获得永生的有效方法。那些没有得病的人抱着必死的决心，把鼠疫病人的床单裹在身上。当然，这种渴望得到拯救的疯狂举动并不值得推荐。这种行为操之过急，很是傲慢，令人颇感遗憾。我们不应该比上帝性急，企图干预上帝早已安排好的、不可更改的命令的行为，都会走向极端。但这一事例起码还有教育意义。它让我们的心胸更加开阔，能看到那道隐藏在痛苦深渊的美妙的永恒之光。这道光芒照亮了昏暗的拯救之路。它表达了上天全力以赴变恶为善的意志。今天，这道光芒再次穿越这条充满死亡、恐慌、号叫的道路，把我们引向真正的宁静和生命的本源。兄弟们，我愿给你们带来无限的安慰，希望你们带走的不仅仅是责备的话语，还有让人内心宁

---

① 阿比西尼亚是埃塞俄比亚的旧称。

静的福音。"

人们感觉帕纳卢的布道已经到此为止。外面的雨也停了。天空依然水汽朦胧，一缕清新的阳光倾泻在广场上。街道上逐渐响起嘈杂的人声和车辆的行驶声，整个城市又活色生香起来。听众们在一通忙乱中悄悄收拾好自己的用品。不过，神甫又继续发言，说在他指明了鼠疫源自天意以及它具有惩罚性特点之后，他的话便讲完了。他不想用华丽的辞藻来修饰他的结论，特别是涉及这么悲伤的话题。他觉得大家对一切都应该知道得一清二楚。他只是提醒人们，在马赛爆发大规模鼠疫时，历史学者马蒂厄·马雷抱怨自己曾经深陷于无助无望的地狱。马蒂厄·马雷真是瞎了眼！恰恰相反，帕纳卢神甫在今天体会到的上帝赐予大家的帮助和希望，比任何时候都来得强烈。他唯一的希望是，不管这些日子有多么恐怖，临终者的哀号有多么凄惨，这座城市的居民都会向苍天吐露虔诚的心声，倾诉爱慕的心意。剩下的事，上天自有安排。

这次布道对我们的居民是否有用，还很难说。预审法官奥东先生对里厄医生宣称，他觉得帕纳卢神甫的演讲是"绝对无法反驳的"。但是大家的意见并非都是这么明确。某些人不知犯了什么罪而被处以不可想象的监禁，他们对此事的想法之前还很模糊，而布道让他们有了更多的感触。有些人继续过着自己的小日子，努力适应囚禁的生活；其他人则截然不同，一门心思想着要逃离这座监狱。

开始的时候，人们还能忍受与外界隔离的生活，就像在忍受所有暂时的麻烦一样，这只是打乱了他们平时的几项习惯而已。但是在暑气蒸腾的夏日晴空下，他们突然意识到这是一种囚禁的生活，隐约感觉这样的囚禁生活已经对他们的生活造成威胁。夜色渐浓，凉爽的夏风让他们精神饱满。有时，他们便会做出些让人绝望的事来。

起初，不知是不是碰巧，就从这个周日起，我们城里的恐惧心理越来越普遍，越来越浓重，让人不禁觉得居民们真的担忧起自己的境况来。从这个角度来看，我们在这个城市的生活氛围有了一点变化。但是，说实在的，变化的到底是气氛还是心理，这是个问题。

布道后没几天，里厄和格朗在一同走向市郊的路上说着这个事件。夜色里，里厄撞到了一位走路东倒西歪、跌跌撞撞的男人。就在此时，城里原本亮得较晚的路灯一下子亮了起来。他们身后的那盏高大的路灯突然间照亮了这个人。他双目紧闭，默默地笑着，但笑容僵硬，苍白的脸上挂着豆大的汗珠。他们从他身旁绕了过去。

"是个疯子。"格朗说道。

里厄刚刚抓住了他的胳膊拉他往前走，发现这位职员十分紧张，浑身颤抖。

"用不了多久，我们这座城里就只剩下这些疯子了。"里厄说道。

他已经累得口干舌燥了。

"我们去喝点东西吧。"

他们走进了一家小咖啡馆，里面只有吧台上的一盏灯亮着。在氤氲着暗红色灯光的氛围里，人们都在漫无目的地低声密语。格朗看到医生向吧台要了一杯酒，一饮而尽，还说这酒很烈。格朗对此情景颇感惊讶，之后他就想走了。走到外面，里厄觉得黑夜里潜伏的都是呻吟声。就在黑夜的某处，就在路灯的上空，响起了一阵低沉的呼啸声。这让他想到那个看不见的瘟神正在一刻不停地搅动着炎热的空气。

"幸亏，幸亏。"格朗说道。

里厄在想，他想说什么。

"幸亏我还有工作。"他说。

"是的，"里厄说道，"这是一个有利条件。"

他决定忽略掉那呼啸声，便问格朗对这份工作是否满意。

"嗯，我觉得我做得不错。"

"还要做很长时间吗？"

格朗显得很兴奋，他的语气里已经露出暖暖的醉意。

"我还不知道。不过问题不在这里，医生，问题不在这里。"

黑暗中，里厄猜想他正在挥舞手臂，似乎准备讲些东西。这些东西突然就从他的嘴里滔滔不绝地讲了出来：

"你知道的，医生，我希望有一天当我的稿子送到出版社那里时，总编辑看过后站起身来，对他的同事说：'先生们，脱帽致敬！'"

这突如其来的说明让里厄惊讶不已。他仿佛看到他这位朋友把手举过头顶，胳膊一挥，做出脱帽的动作。上空传来的奇怪的呼啸声愈发响亮。

"是的，"格朗说道，"要做到完美无缺。"

尽管里厄对文学界的惯例知之甚少，但在他的印象中，事情做起来不会这么简单。譬如，编辑在办公室工作的时候，应该是不戴帽子的。不过事情也很难说，里厄觉得还是不说为好。他又不由自主地竖起耳朵，仔细听着鼠疫发出的神秘的呼啸声。他们快走到格朗居住的街区了。由于那里地势较高，微风习习，他们感到精神焕发，城市的喧嚣也被一扫而光。格朗还在不停地讲，但他说的话，里厄并没有全部听进去。他只是知道谈到的那部作品已经写了很多页了，作者为了使作品尽善尽美，真是绞尽脑汁。"为了一个词，有时要琢磨几个晚上，甚至几个星期……有时就是为了琢磨一个简单的连词。"说到这里，格朗停了下来，抓住里厄大衣上的一粒纽扣，一连串的话语从他缺了牙齿的嘴里断断续续地蹦了出来。

"医生，你要知道，在'然而'和'而且'之间做出选择并不太难，但要在'而且'和'然后'之间做出选择，就困难多了。如果要在'然后'和'随后'之间再做选择，那更是难上加难。但肯定还有比这更难的，那就是'而且'何时该用何时不该用。"

"是的，我明白。"里厄说道。

说罢，他便继续往前走。格朗显得有些惭愧，追了上来。

"对不起，"他小声说道，"我也不知道我今天晚上怎么了！"

里厄轻轻拍了拍他的肩膀，跟他说愿意帮助他，而且对他的故事很感兴趣。格朗的情绪略略平复了一些。走到家门口时，他犹豫了一下，然后请医生去家里坐坐。里厄欣然应允。

格朗请里厄到餐厅就座。他们面前的桌子上摊满了稿纸，上面的字迹很小，还画着一道道涂改的杠子。

"是的，就是这个。"对医生投来的半信半疑的眼神，格朗如是回答，"你要喝点东西吗？我有点红酒。"

里厄谢绝了。他正在看稿纸。

"别看了，"格朗说道，"这是我的初稿，我被它弄得头疼，很头疼。"

他自己也盯着稿纸看，他的手似乎被一张纸不由自主地吸了过去，他把它拿了起来，隔着没有罩子的灯泡在看。稿纸在他手中不停地颤抖。里厄注意到职员的额头上渗出了汗珠。

"请坐，"他说道，"把它读给我听听。"

对方看着他，脸上露出了笑容，仿佛想表达某种感激之情。

"好的，我正想这么做。"他说道。

他等了一会儿，一直看着稿纸，然后坐了下来。同时，里厄听到了模糊的嗡嗡声，似乎在回应城里鼠疫的呼啸声。就在此时此刻，他对自己脚下的这座城市，对这个城市里的封闭世界以及夜色中隐忍而恐怖的号叫声都有着极其强烈的感受。格朗提高了低沉的嗓音：

"在五月的一个美妙早晨，一位英姿飒爽的女骑士骑着一匹神气的枣骝牝马，驰骋在布洛涅森林公园的小路上，沿途开满了鲜花。"又是一阵沉默。不过又隐约响起这座苦难城市的嘈杂声。格朗放下稿纸，继续盯着它看。过了一会儿，他抬起头来问道：

"你觉得怎么样？"

里厄回答说一看开头便想继续往下看。但对方却激动地说这样的想法不对。他用手拍了拍他的稿纸说：

"这里只是一个大概。要是我能够把我想象的景象完美地展现出来，要是我写的句子能够和这匹马'一、二、三，一、二、三'的小跑节奏完全合拍，那么余下的事情就容易多了。尤其是如果一开始就有丰富的想象力，那么他们就很有可能说：'脱帽致敬！'"

不过要达到这样的目标，他显然还有许多事要做。他绝不同意就这样拿去印刷。即便这个句子有时也让他感到满意，但他还是觉得它与现实并不完全吻合。在某种程度上，它所具有的流畅笔调使之多多少少都有些陈词滥调的风格。这至少就是他想表达的意思。这时，窗外有人在奔跑。里厄站起身来。

"你会看到我所做的事的，"格朗一边说着一边朝窗外望去，然后继续说道，"那时，一切都会结束。"

但是急促的脚步声又响起来了。里厄已经下楼走到街上，两个男人从他面前跑过。看样子，他们是朝城门跑去。有些市民被炎热和鼠疫搞得失去了理智，决定付诸武力。他们试图蒙混过关，逃出城去。

其他人像朗贝尔一样，也想从这刚刚出现的恐慌氛围中逃出去，但是他们要更顽强些，更机灵些，虽然并不更加成功。朗贝尔首先是通过官方渠道进行活动。据他所说，他一直认为坚持到底就是胜利，从某种角度来说，他的工作就是长袖善舞，八面玲珑。所以他拜访了很多公务员和其他人，这些人拥有的能力毋庸置疑。但是这一次，这些能力对他们毫无用处。他们大部分人对银行、出口、柑橘、葡萄酒贸易等问题都颇有见地，对诉讼或保险问题的了解无可争议。他们还有过硬的文凭，非常乐于助人。其中让人印象最为深刻的，就是乐于助人的品质。但是对于鼠疫，他们几乎一无所知。

不过，朗贝尔在他们每个人面前，一有机会就为自己的事申诉。他申诉的理由归根到底就是说自己是外地人，所以他的情况应该得到特殊对待。一般来说，与这位记者交流过的人都同意这一观点。不过，他们也总是提醒他，他的遭遇也是其他很多人的遭遇，因此他的事情并没有想象中的那样特殊。朗贝尔回应说这丝毫不会改变他的理由。对方则说这会给行政部门带来一些困难，这些部门反对一切照顾措施，否则开了先例，会让人十分反感。根据朗贝尔跟里厄医生提出的分类法，讲出这番话的人可归为形式主义者。此外，还有一些很会说话的人，他们告诉来访者，这样的局面不会持续太久，然后对登门求助的来访者好言相劝。他们安慰朗贝尔，跟他说这个麻烦只是暂时性的。还有一些重要人物，他们请来访者登记留言，简要说明自己的情况，等有了结论后再另行通知。那些浅薄之人则趁机向他推销住宅或是推荐便宜的食宿公寓；那些做事有条不紊的人让他填写卡片，然后将其归档；那些忙得不可开交的人会把胳膊高高举起；那些嫌麻烦的人则索性把脸转向一边；最后还有沾染旧习气的人，这样的人也是最多的，他们让朗贝尔去找另一个科室，或是告诉他需要重新申办的手续。

这位记者就在接二连三的走访中搞得筋疲力尽。由于他经常坐在漆布长凳上等待，看着面前宣传购买免税国家债券或是动员人们参加殖民地部队的大幅招贴，又由于他经常出入办公室，里面有哪些面孔，里面有哪些文件夹和档案架，他轻轻松松便能想到。所以，市政府是什么样子，省政府是什么样子，他知道得一清二楚。正如朗贝尔略带酸涩地同里厄说的那样，这一切也有好处，那便是掩盖了真实情况，使他完全不知道鼠疫蔓延的程度。何况这样还可以更快地打发日子。对于全城的每位居民而言，只要自己还活着，过一天便意味着离考验的终点更近了一点。里厄不得不承认这一事实，但这未免太以偏概全了。

朗贝尔一度心怀希望。他从省政府那里收到了一张空白的信息表，要求他如实填写。信息表上有身份、家庭状况、以前和现在的生活来源以及个人简历之类的内容。他感觉这是调查表，用来统计可能有多少人会被遣送回家。从某个办公室获取的一些模糊的信息证实了这样的感觉。但是，经过几次明确的询问之后，他终于找到了寄送信息表的单位，他们这才告诉他，收集这些信息是以备不时之需。

"以备什么不时之需？"朗贝尔问道。

他们明确告诉他，这是为了万一他得了鼠疫死亡，一方面便于通知他的家人，另一方面便于知道是要把医疗费记在市政府账上，还是要等死者家属来付账。当然，这表明他与等着他回来的家人并没有完全隔离，社会还在关照他们。不过，这算不上是一种安慰。更值得注意的是，朗贝尔也因此注意到了，就是在灾情最严重的时候，一家单位以何种方式继续服务，主动谋划未来的工作，而且最高当局还往往并不知情，其唯一的理由便是这是它的职责所在。

对朗贝尔来说，接下来的日子既是最轻松的，也是最难熬的，充斥着麻木不仁。他跑遍了所有的单位，办理了所有的手续，却依然到处碰壁。于是他从一家咖啡馆游荡到另一家咖啡馆。早晨，他坐在一处露天咖啡座上，面前放着一杯常温啤酒。他看着报纸，希望从中搜寻到疫病即将结束的某些迹象。他注意着路上行人的表情，看到他们愁容满面，便愤愤地把头撇向一侧。他盯着面前的商店招牌看了又看，盯着已经从餐桌上消失的著名开胃酒的广告看了又看，看到有一百次时，他便站起身来，沿着黄色的城市马路漫无目的地走着。从僻静的步道走到咖啡馆，从咖啡馆走到餐馆，一直走到夜幕降临。有一天晚上，里厄看到这位记者在一家咖啡馆门前徘徊，犹豫着是否要进去。当他貌似做好决定后，便走了进去，找了个最里面的位子坐下。在这段时间里，上级命令咖啡馆尽量推迟开灯时间。暮色漫入室内，宛如灰白的流水。玻璃窗上，玫瑰色的晚霞折射出斑驳的光影。夜色渐起，大理石桌面闪烁着微弱的光芒。在空荡荡的大厅里，朗贝尔颇似一个迷途的幽灵。在这一刻，里厄觉得他被人抛弃了。不过这也是这座城里所有囚徒的感受，应该做点事情，好让他们早点得到解脱。于是里厄转身离去。

朗贝尔在火车站也待了很久。车站的月台禁止进入，但是与外面相通的候车室则是开着的。在酷热时节，有时会有乞丐进来避暑，享受阴凉。朗贝尔来到这里，看了看以前的火车时刻表，看了看禁止吐痰的标语和铁路警局的规章条例，然后坐在角落里。候车室光线不足，有一只好几个月都没有生过火的旧生铁炉，周围的地上都是以前洒出来的"8"字形水渍。墙上贴着几张广告，描绘了生活在邦多尔或戛纳的幸福与自由。朗贝尔从中感受到了处在极度贫困之中的人对自由的某种憎恨感。诚如他对里厄所言，他最难以承受的是巴黎的景象。古老的石材与流水，皇家宫殿的鸽子，巴黎北站，人烟稀少的先贤祠街区，以及这个城市的其他地方，尽管他还不清楚自己因何喜欢上这座城市。这些景象在他脑海中一一浮现，让他什么事都不想做。里厄只是觉得他从这些景象中联想到了他的爱情。

后来有一天，朗贝尔告诉医生，他喜欢在凌晨四点醒来，然后想念自己的城市。医生凭借自己的经验，不难理解朗贝尔其实是喜欢惦念他那留在外边的女人。在这一刻，他实际上可以真正占有她。凌晨四点，通常人们什么都不做，只是睡觉，即便是度过了背叛爱情的一晚也是如此。是的，那一刻人们都在睡觉，这让人心安，因为一颗焦虑的心灵极其渴望永远占有他所喜爱的人，而当他心爱的人不在身边的时候，这颗心灵又极其渴望她能够安然入睡，直到相聚之时才会醒来。

　　布道后不久，天气开始变热，已经是六月底了。布道的那个周日，下了一场姗姗来迟的大雨。可就在第二天，夏日的容颜一下子出现在天空中，浮现在房子上空。先是吹了一整天的大风，热气灼人，把墙壁都吹干了。烈日当空，一动不动。城市整天就在滚滚热浪和似火骄阳中炙烤着。除了拱廊马路和屋子里面，城里面无处不是耀眼的阳光。在所有的街道上，阳光一直和居民们如影随形，如果他们停下脚步，就会感觉身上被晒得发痛。这几天酷热难耐，正好这时遇难人数上升，每周死亡近七百人，一股沮丧的情绪席卷全城。在郊区，无论在平坦的马路上，还是在带有露台的房子里，热闹的景象已经大不如前。在这一街区，人们原本一直在自己家门口活动，现在所有的大门紧闭，百叶窗也是关上的，谁也不知道这究竟是为了抵御鼠疫还是躲避热浪。不过，一些屋子里却传出阵阵呻吟声。以前，每当这样的事发生，街上便会站着几个爱看热闹的人，想竖起耳朵听听。但是，经历过漫长的恐慌期之后，人人似乎变得铁石心肠。大家虽然都听到了呻吟声，但依旧只顾自己走路，或是只顾自己生活，仿佛这些呻吟声老早就是人类天生的语言。

　　冲突在关卡附近时有发生，警察只好动用武器，进而在暗中引发骚乱。有人受伤是肯定的，但据说还有人死了，在这座被酷暑和恐惧笼罩着的城市里，一切都会被夸大其词。不管怎样，不满的情绪确实在不断滋长，市政当局为了应对最糟糕的情况，已经在认真考虑万一这些身受灾害的居民造起反来，应该采取何种措施。报纸上刊登了重申禁止出城的规定，告诫违令者将被处以监禁。巡逻队在市里来回巡逻。常常在冷冷清清、晒得发烫的马路上，先是听到马蹄踩在路面的声音，随后看到一群骑着高头大马的卫兵在一排排紧闭的窗户前行进。巡逻队走远消失后，这座潜伏着危险的城市再次被不安的寂静所笼罩。有时会听到一些专业小队打出的几下枪声。这些小队最近在奉命捕杀可能会传播跳蚤的猫和狗。这几下短促的枪声为城市平添了几分恐慌的气氛。

四周暑气熏蒸，寂静无声。市民们俨然成了惊弓之鸟，任何事情都可以引发他们的关注。在季节变换中，天空的色彩和大地的气味也首次成为大家关注的对象。每个人都心怀恐惧，因为大家都明白酷暑会让鼠疫更加严重。同时，大家也感觉夏天真的来了。夜晚，雨燕在城市上空发出的啾啾声越发响亮。透过苍茫的暮色，六月的天空看起来格外开阔。市场上的鲜花都不是花蕾，它们已然绚烂绽放。早市过后，尘埃遍地的人行道上落了片片花瓣。人们明显感觉到春天已经渐行渐远。以前，春天在姹紫嫣红中风光无限，如今却在鼠疫和酷暑的双重压力下逐渐失去光彩，甚至容颜尽失。在全城居民眼里，具有威胁性的不光有让人心情沉重的每天上百具尸体，还有夏日的这片天空，以及落满尘埃与烦恼的这些灰白色街道。阳光普照，一刻都不停歇，这本是睡意四起和度假休闲的时刻，现在却不像从前那般让人想入水嬉戏或纵情狂欢。这阳光反而让人在城门紧锁的寂静中感到空虚。欢乐的季节，闪亮的古铜色肌肤，这样的景象已经一去不返。患了鼠疫的烈日让一切都黯然失色，扑灭了所有的快乐。

　　这是由疾病引起的一种重大变化。平时，城里的居民总是兴高采烈地迎接夏天的到来。那时，城市向大海敞开大门，年轻人纷纷拥向海滩。而今年夏天则完全不同，海滨地区禁止进入，身体也不再享有快乐的权利。这样的情况下，可以做什么呢？还是塔鲁忠实地描绘了我们当时的生活。当然，他经常留意鼠疫蔓延的总体情况，并把疫情进展中的一个转折点记录了下来：根据电台的播报，死亡人数不再是每周几百人，而是每天死亡九十二人，有时一百零七人，有时一百二十。"报纸和政府在鼠疫问题上的措辞极其婉转。他们觉得这样可以弱化鼠疫的恐怖形象，因为每天一百三十人的数字比每周九百一十人看起来要少些。"他还描绘了鼠疫发生时一些凄惨动人和惊心动魄的场景。比如他有一次经过一个僻静冷清的小区，家家户户的百叶窗都紧闭着。他看见一个女人突然把窗打开，尖叫了两声，然后又关上护窗板，遮住了昏暗的房间。另外，他还记录了这样的情况：药房里的薄荷糖被抢购一空，因为许多人嘴里都含着这种糖来预防感染。

　　他继续观察着他特别关注的那些人。据他说，逗猫的小老头儿过得也很凄惨。有天早晨，就像塔鲁所描述的那样，响起了几下枪声，射出了几发子弹，大多数猫便死掉了，剩下的也惊慌失措，逃离了街道。就在那一天，小老头儿在往常的时间里来到阳台，他看起来相当惊讶。他俯身向街道张望，静静地等候着。他的手不停敲着阳台的铁栏杆。他又等了一会儿，撕了一些纸片，回到屋里，又再出来。过了一会儿，他怒气冲冲地关上落地窗，身影便突然消失了。在之后的几天里，同样的场景反复出现过几次。但是从小老头儿的神色中可以看到，苦闷与失望的神情越来越明显。一周后，塔鲁没有等到那个本该每天出现的人，窗户依然紧闭，里面的忧伤可想而知。"鼠疫期间，禁止向猫吐口水。"笔记本的结语如是写道。

另一方面，当塔鲁晚上回去时，他总能碰到那个板着脸的巡夜者，他在大厅里走来走去。这个老人不断提醒每个他遇到的人，说现在发生的事他之前预见过。塔鲁确实听他预言过一场灾难要发生，可是当时跟他说的是要发生一场地震。这位巡夜老人回应道："啊！要是这是一场地震就好了！狠狠地震上一震，人们也就不说了……数一数多少人死了，多少人活着，事情就结束了。但是这个该死的瘟疫！即使是没有得病的人，心中也得一直惦记着。"

旅馆经理也同样不好受。起先，旅客们因为封城无法离开，只能滞留在旅馆里。但是，随着瘟疫不断蔓延，许多旅客情愿搬去朋友家暂住。之前，瘟疫让旅馆客房爆满，如今，瘟疫又让这些客房空着，原因都是一样的，因为不会有新的旅客来这座城了。在余下仅有的几名房客中，塔鲁是其中之一。经理没有放过任何表白的机会，不停地向塔鲁说如果他不存心讨好这仅剩的几名顾客的话，他的旅馆早就关门了。他还常常叫塔鲁估算一下瘟疫大概还会持续多久，塔鲁说道："听说寒冷会阻止这种疫病的。"经理慌了起来："先生，这里可没有真正的冷天气的。即使有，也还得要好几个月……"他还信誓旦旦地说，游客们不会来这座城了，这样的情况会持续很长一段时间。这场鼠疫把旅游业摧毁殆尽。

在餐厅短暂消失过的"猫头鹰"奥东先生再次露面，可是跟着他的只有两条训练有素的小狗。听说他的妻子在照顾她自己的母亲，然后还参加了母亲的葬礼，目前正在接受隔离检疫。

"我可不喜欢这种做法，"经理对塔鲁说，"隔不隔离，她都可能会得病，所以他们也可能会得上。"

塔鲁告诉他，如果从这一观点来看，大家都可能得病。但是经理的口气却是不容置疑，对这一问题的态度显得直截了当：

"不，先生，你和我都不可能得。他们有可能。"

可是奥东先生丝毫没有因此而改变，这一次，瘟疫可真是白费力气了。他以同样的姿态走进餐厅，和他的两个孩子相继落座，用优雅而又带有敌意的语气和他们攀谈起来。只是那小男孩的模样变了，和他姐姐一样穿了一身黑衣，有一点驼背，颇像他父亲缩小后的影子。巡夜人不喜欢奥东先生，他对塔鲁说：

"啊，那个人啊，完全可以穿戴整齐后再去送死。像他这样，都不需要去殡仪馆化妆，直接去就行了。"

帕纳卢的布道，塔鲁也写到了，但附有如下评论："我理解这种让人喜爱的热情。在灾难的始末，人们总会说些漂亮话。在第一种情况下，这种习气还未消失。在第二种情况下，这种习气又恢复了。只有在灾难降临时，人们才会适应现实，也就是说，适应沉默。等着瞧吧。"

塔鲁最后写道，他曾与里厄医生有过一次长谈，他只记得那次谈话的氛围相当不错，还顺便提到里厄医生的母亲有一双明亮的栗色眼睛，他因此就颇为奇怪地断言，认为流露善意的目光总比鼠疫强。他最后花了相当长的篇幅描绘那位接受里厄治疗的年迈的哮喘病患者。

聊完之后，他便和医生一起去看这名患者。老人一边搓着手一边冷冷地笑着，算是迎接塔鲁。他坐在床上，背靠着枕头，面前有两个锅子，里面盛着鹰嘴豆。他看见塔鲁便开口说道："啊！又来一个。这个世界完全颠倒了，医生竟然比病人还多。是因为病人死得太快了，是吗？神甫说得没错，真是罪有应得。"翌日，塔鲁没打招呼就再次造访。

根据他笔记里的记述，这位哮喘病老人原本是开针线铺的。五十岁时，他觉得自己在这一行已经做得差不多了。他躺下去后便再也没起来过。不过，站着更有利于缓解他的哮喘。他领着一笔小额的年金，因此活到了七十五岁，而且活得相当惬意。他不能忍受手表在他的视线中出现，所以他整间屋里没有一只手表。他说："弄一只手表很贵又很蠢。"他的时间，尤其是他唯一会在意的吃饭时间，是用他的两只锅子来计算的。当他睡醒时，其中一只装满了鹰嘴豆，他小心翼翼地用匀速的动作把一粒粒鹰嘴豆装入另一只锅子。这样，他找到了利用锅子对一天时间进行标记的方法。他说："每装满十五锅，就得吃饭了，这很简单。"

据他妻子所说，他在年纪轻轻的时候就表现出天性的某些征兆。事实上，他从来没对任何东西感过兴趣，工作、朋友、咖啡馆、音乐、女人、散步，统统不感兴趣。他从未出过城，唯一一次出城是为了去阿尔及尔处理家庭事务。他在离奥兰最近的火车站就停了下来，此次远行也就到此为止。他搭乘第一趟开来的火车回到了家。

塔鲁对他足不出户的生活颇为惊讶，老人对他的解释大致如下：根据宗教的说法，人的上半生在上山，下半生在下山。在下山的时候，每个人的生活已经身不由己，它可以被随时剥夺，而他却对此无能为力，而且最好的办法也就是无能为力。况且，他也不担心漏洞百出，因为他接着对塔鲁说，上帝当然不存在，因为如果上帝存在的话，神甫就没有用处了。接着，又听了他的一些想法后，塔鲁明白了，这种哲理其实与教堂向他频繁募捐所引发的个人情绪有着紧密的联系。关于这位老人的形象，其最后一处描绘却似乎意味深长，他一再跟对方说着自己的一个愿望：他希望自己活得越久越好。

"那这是圣人吗？"塔鲁自问道，然后他又给出了回答："是的，如果神圣就是所有习惯的总和的话。"

塔鲁同时对自己在疫城度过的一天做了较为详细的描述，以便人们对居民们在今夏的工作与生活有个正确的认识："只有醉鬼在笑，"塔鲁说道，"那些人笑得太过分了。"接着他开始写道：

　　清晨，习习微风吹拂在还很冷清的城市。这个时刻正处在死气沉沉的黑夜与垂死挣扎的白天之间，鼠疫似乎在暂时休息，好喘上一口气。所有的店家都关了门，但有几家门口挂着"鼠疫期间暂停营业"的招牌，这意味着过一会儿当其他店家开门的时候，它们不开。几个卖报纸的还在睡梦中，还没开始叫卖报纸。他们倚靠在街角边上，仿佛在对路灯卖报，动作颇似梦游。过一会儿，他们会被首班有轨电车吵醒，伸开搁着报纸的手臂，然后在全城奔走。报纸上印着醒目的"鼠疫"字样。"这个秋天会鼠疫肆虐吗？"某教授回答道："不会的。""一百二十四人死亡，这就是鼠疫第九十四天的统计。"

　　尽管纸张供应越来越紧张，某些期刊因此不得不减少版面，但仍有一份名叫《瘟疫邮报》的新报问世。它自称其使命是："以一丝不苟的态度向市民们提供信息，让他们了解疾病的蔓延或消退的状况，为他们提供有关鼠疫未来情况最具权威的证据；开辟专栏，支持与灾难斗争到底的所有人，无论他们知名与否；让人民振作精神；传达当局的指示。简言之，团结所有善良的人，有效地同袭击我们的病害做斗争。"事实上，这份报纸很快就变成了只登各类鼠疫防疫新品广告的宣传阵地。

　　清晨六点，商店离开门还有一个多小时，但门口已经排起了长队，以购买这些报纸。接着报纸会在郊区人满为患的电车上叫卖。电车已然成为唯一的交通工具，它们十分费劲地向前行驶，踏脚板和栏杆处都站满了乘客。可让人感到奇怪的是，所有的乘客都尽可能地背对背站着，以免交叉传染。到站后，电车里的男男女女一拥而下，他们赶忙离开别人，各走各的。常有争吵的场面发生，仅仅是因为情绪不佳，这显然成了人们的慢性病。

　　头几班电车开过后，城市逐渐从睡梦中醒了过来。已有几家咖啡店开门营业，柜台上摆着"没有咖啡""请自备白糖"等牌子。接着，开门营业的店铺越来越多，街道也逐渐热闹起来。与此同时，太阳缓缓升起，暑气蒸腾，七月的天空一片灰蒙蒙。这个时候，无所事事的人开始在街道上闲逛。大多数人是想用摆阔的方式来消除鼠疫。每天约十一点光景，有一些青年男女在几条主干道上招摇过市，从他们身上可以感觉到生活的激情，这种激情在大难之中显得愈发旺盛。如果瘟疫蔓延的话，道德观念也会随之淡薄。我们又会见到古罗马时期米兰人在墓地边上纵情狂欢的景象。

　　中午时分，饭店里一下子就客满了。很快，饭店门口便三三两两聚集着没有找到座位的顾客。气温异常酷热，天空也变得暗淡无光。等着吃饭的人们纷纷站在商店遮阳帘的阴影里，边上就是被阳光晒得滚烫的马路。饭店之所以满座，是因为许多人认为饭店可以简化食品供应问题，但这却无助于减轻人们对疾病传染的恐惧。顾客们不厌其烦地把自己的餐具擦了又擦。不久前，某些饭店贴出这样的告示："本店餐具已用沸水消毒。"但是，他们渐渐地就不再贴任何告示了，因为顾客们反正都要来，而且他们也不在乎花钱。昂贵无比的美酒佳肴，饕餮盛宴就此开席。有家饭店似乎也出现过慌乱的景象，原因是一位顾客感觉不适，面色发白，然后就站起身来，跟跟跄跄地走着，很快就从门口出去了。

　　两点左右，城里逐渐变得空空荡荡。此时此刻，宁静、尘埃、阳光、鼠疫一齐汇集在街上。沿着鳞次栉比的灰色大宅，热浪正在源源不断地涌来。漫长的囚禁时间消失在激情似火的夜色中，陷落在拥挤不堪、人声鼎沸的城市里。在酷暑袭来的头几天，不知因何缘故，夜晚经常显得冷冷清清。但是现在，第一缕凉意带来了一丝惬意、一份希望。大家都走上街头，忘乎所以地相互交流、相互争吵或是彼此羡慕。七月的天空红霞满天，城里随处可见一对对情侣，到处都充斥着喧嚣，习习凉风中夜幕已经缓缓落下。每天晚上在林荫大道上总有一位头戴毡帽、打着大领结的老头儿，看上去颇有想法。他穿过人群费尽口舌地不停喊道："上帝很伟大，皈依他吧。"相反，大家却急于奔向他们搞不清楚的事物，或是奔向他们觉得比上帝更要紧的东西。起先，他们觉得这场疫病和其他疾病并无两样，宗教还是颇有地位。但当他们看到这场疫病十分严重时，他们就想起寻欢作乐了。白天在他们脸上刻满了焦虑，这焦虑一到热气灼人、尘土飞扬的黄昏便幻化为令人恐慌的冲动和极不雅观的放荡，全体市民都因此兴奋不已。

我也和他们一样。对于我这样的人，死亡又算得了什么。死亡不过是承认他们价值的一桩事件而已。

那次同里厄的会面是由塔鲁提出的，他在笔记本中记录了下来。那天晚上，里厄正在等他，双眼注视着他的母亲。他母亲坐在饭厅角落里的一张椅子上。她一做完家务，便在那里消磨时间。她双手放在膝盖上等待着。里厄甚至都无法肯定她是否在等他。不过，当他一出现，他母亲的表情就有了变化，显得神采奕奕，全然不似平素艰苦生活状态中的木然。不过，这鲜活的面容很快就归于平静。那天晚上，她透过窗户眺望着已经空空荡荡的街道。三分之二的路灯都已熄灭，只有一团微光在不时闪烁，在城市的黑夜中散发出光芒。

"在整个鼠疫期间，路灯照明就一直这么少吗？"里厄老太太问道。

"可能是的。"

"但愿不要拖到冬天，不然就太凄惨了。"

"是啊。"里厄说道。

他看到母亲在盯着他的前额。他明白一定是这些日子来的担忧和疲惫让他的脸庞消瘦不少。

"今天情况不太好吧?"里厄老太太问道。

"哦，和平时一样。"

和平时一样!这意味着从巴黎运来的新血清效力似乎没有第一批好，统计数字又在攀升。只有病人家属才能接种防疫血清。要扩大使用范围，就必须进行大规模工业化生产。大部分腹股沟淋巴结肿块未见溃破，它们在这个季节似乎已经硬化了。病人们因此疼痛难忍。昨天，城里又发现了两例新型传染病病例，病人的肺部感染了鼠疫。当天召开了一次会议，面对不知所措的省长，筋疲力尽的医生们提出要采取新的措施，预防肺鼠疫通过口腔传染。提议得到了批准，但和往常一样，效果如何便无人知晓了。

他注视着自己的母亲。栗色的眼眸，美丽的眼神，凸显出岁月在她身上留下的温情。

"妈妈，你害怕吗?"

"在我这样的年纪，已经没什么可怕的了。"

"白天很长，不过我却没法来看你。"

"如果我知道你要来，等等你没关系。你不在的时候，我就会想你在干什么。你有她的消息吗?"

"有的。从最近那份电报来看，一切都挺好的。不过我知道她这么说是为了让我放心。"

门铃响了。医生朝他母亲笑了一下，走过去开门。在昏暗的楼梯平台上，塔鲁的样子好像一只身穿灰衣的大狗熊。里厄请客人在他的书桌前坐下，他自己则站在扶手椅后面。他们之间隔着一盏灯，就在书桌上，它是屋内唯一的亮光。

"我想就和你直说了吧。"塔鲁开门见山地说道。

里厄默许了。

"过了十五天或一个月，你在这里就毫无用处了。事态会发展到你无法控制的地步。"

"是的。"里厄说道。

"卫生防疫部门的组织工作做得不好。你们缺乏人手和时间。"

里厄又只好连声称是。

"据我了解，省政府正在考虑组建一个民间救助组织，规定身体健壮的男子一定要参加救护工作。"

"你的消息很灵通啊。但是大家意见很大，省政府还没有最后决定。"

"为什么不去叫些志愿者呢？"

"已经叫过了。但是收效甚微。"

"通过官方渠道叫的，有点信心不足。他们缺乏的是想象力。他们从未跟上灾难变化的步伐。他们想出的办法顶多只能对付感冒。如果我们任由他们去弄，他们就会完蛋，而我们也会跟着一起完蛋。"

"可能是。"里厄说道，"我得说，他们还想过用犯人去做那些粗活累活。"

"我觉得还是用那些有人身自由的人比较好。"

"我也这么认为。但这又是为什么呢？"

"我害怕那些被判死刑的人。"

里厄看了看塔鲁，说道："然后呢？"

"然后，我有个组织志愿者防疫队的计划。请批准我负责这事，不要让政府掺和进来。再说他们已经忙得够呛。我到处都有些朋友，他们可以组成第一批骨干。当然，我本人也会参加。"

"当然，"里厄说道，"你肯定觉得我会乐意接受的。我们需要助手，特别是干这项工作的。我会让省政府接受这个想法的。况且他们也别无选择。不过……

"不过这项工作可能会有生命危险，这点你应该很清楚。不管怎样，我还是得向你说明白。你好好考虑过了吗？"

塔鲁灰色的眼睛朝他看了看。

"医生，你对帕纳卢的布道有什么看法？"

问题问得很自然，里厄也回答得很自然。

"我在医院里生活的时间太长了，实在没法喜欢上集体惩罚的想法。不过，你知道的，基督徒有时会这么说，但他们绝不会真的这么想。他们实际上比看上去的样子要好。"

"不过你和帕纳卢一样，也认为鼠疫有好的一面，它能让人睁开双眼，让人努力思考！"

医生不耐烦地摇了摇头。

"它和世界上所有的疾病一模一样。其他疾病的病理分析也同样适用于鼠疫。它可以让一些人提高认识。不过，一看到它给我们带来的不幸与痛苦，那只有疯子、傻子和懦夫才会对它屈膝投降。"

里厄提高了点嗓门。但是塔鲁做了个手势，示意他安静下来。他露出了笑容。

"是的，"里厄耸了耸肩说道，"可是你还没有回答呢。你考虑过了吗？"

塔鲁在扶手椅里挪了挪身子，好让自己坐得舒服些。他把脑袋伸到了灯光下。

"医生，你相信上帝吗？"

问题依然问得很自然。但这一次，里厄显得犹豫不决。

"不相信，但这又说明什么呢？我生活在黑夜中，我想把黑夜看得透彻。我一直觉得这没有什么特别的。"

"这不正是你和帕纳卢不同的地方吗？"

"我不这么认为。帕纳卢是个学者。他对死亡接触得不多，这就是他代表真理说话的原因。但是管理着自己教区的乡村教士，尽管身份卑微，但只要听过临终者的呼吸声，他都会和我有相同的想法。他会照顾受苦受难的人，然后才会想去证明苦难的卓越之处。"

里厄站了起来，灯光并没有照到他的脸。

"就算了吧，"他说道，"既然你不想回答的话。"

塔鲁微微笑着，依然坐在扶手椅里一动不动。

"我可以用提问来代替回答吗？"

这次轮到医生笑了。

"你喜欢神秘，"他说道，"那就请吧。"

"好吧，"塔鲁说道，"既然你不相信上帝，那你自己为何表现得如此富有牺牲精神？也许你的回答也可以帮助我回答你的问题。"

医生依然待在光线昏暗的地方，他说他已经回答过了，假如他相信上帝是万能的，那他就不再去治疗病人，就让上帝去治疗吧。但是这世界上没人会相信有这样的上帝存在，即使是信仰上帝的帕纳卢也不会相信。因为没有人会完全陷入其中。至少在这一点上，里厄觉得自己正走在通往真理的道路上：他在与天地万物做斗争。

"啊！"塔鲁说道，"这就是你对自己职业的看法吗？"

"差不多是这样。"医生说完，又回到了灯光下。

塔鲁轻轻地吹了一声口哨，医生朝他看了看。

"是的，"他说道，"你肯定觉得这未免太骄傲了。但是我只是流露出应有的骄傲，相信我。我不知道等待我的会是什么，也不知道这一切过后将会怎样。目前有些病人，所以要把他们治好。之后他们会思考，我也会。但最要紧的事就是治好他们。我会尽我所能保护他们，就是这样。"

"对付谁呢？"

里厄转身望向窗口，隐约看到远方的大海，天际线上乌云密布。他感觉到的只有疲惫，同时还在抗拒一个突如其来又缺乏理智的念头，因为他有点想向这位既古怪但又颇有亲切感的男子倾诉衷肠。

"我对此毫不知情。塔鲁，我对你发誓，我对此毫不知情。当我进入这一行时，我干得有点不明不白，因为我有需要，也因为它和其他行业一样，是年轻人希望从事的行业之一。也可能因为对于像我这样出身工人家庭的儿子来说，这个行业极其困难。而且还得接触死亡。你知道有人就是不想死吗？你听到过一个女人临死前大喊'我绝不要死'吗？而我听到了。我发觉无法适应这样的情境。当时我还很年轻，对自然规律还抱有厌恶感。后来，我变得更加谦虚了。原因很简单，就是我还是不习惯接触死亡。而且我依然一无所知。但毕竟……"

里厄又陷入了沉默，坐了下来。他觉得口干舌燥。

"毕竟什么？"塔鲁轻轻问道。

"毕竟……"医生继续说着，他还在犹豫，仔细地看着塔鲁，"这是一件像你这样的人可以明白的事，对吧？虽然天地万物终有一死，但上帝可能也宁愿人们不相信，宁愿人们拼尽全力与死亡斗争，而不是抬头仰望沉默不语的上苍。"

"是的，"塔鲁表示赞同，"我能理解，不过你取得的胜利总是暂时的，仅此而已。"

里厄显得忧心忡忡。

"总是暂时的，我知道。但这不是停止斗争的理由。"

"是的，这不是理由。不过我在想这次鼠疫对你来说意味着什么。"

"是啊，"里厄说道，"永无止境的失败。"

塔鲁盯着医生看了一会儿，然后站了起来，迈着沉重的步伐向门口走去。里厄跟在后面。当他走近塔鲁时，塔鲁似乎在看着自己的脚，开口说道：

"医生，这一切是谁教你的？"

很快就得到了回答：

"苦难。"

里厄打开了书房的门。在过道里，他跟塔鲁说他也要下楼，去看望住在近郊的一位病人。塔鲁提出要陪他一起去，医生答应了。在走廊尽头，他们遇到了里厄的老母亲。里厄向老太太介绍了塔鲁。

"一位朋友。"他说。

"哦！"里厄老太太说，"我很高兴认识你。"

当她走开时，塔鲁又转身看了看她。楼梯平台上，医生想按一下延时照明灯，但灯没亮。楼梯里依然一片漆黑。医生在想，这是否是实施了新的节约措施的缘故。但却无从证实。一段时间以来，无论是家里还是城里，一切都在失衡。这可能就是因为无论是看门人还是普通市民，他们对一切都不再关心的缘故。但是医生没有进一步考虑的时间，因为身后又响起了塔鲁的声音：

"再说一句话，医生，即使你觉得这句话很可笑：你说的完全正确。"

黑夜里，里厄为自己耸了耸肩膀。

"我一点都不知道，真的。你呢，你知道什么吗？"

"哦！"对方平静地说道，"我要学的东西很少。"

医生停了下来，塔鲁走在他身后，脚不慎滑了一下。他抓住里厄的肩膀才站稳。

"你觉得对生活都了解了吗?"里厄问道。

黑暗中传来了回答,声音一如既往的平静:"是的。"

当他们走在街上时,他们发觉时间已经比较晚了,可能有十一点钟了。城里寂静无声,只有一些窸窣声。很远的地方,救护车的鸣笛声还在响着。他们钻进车里,里厄发动了汽车。

他说:"明天你要来医院打预防针。不过在做这事之前,你得想一想,你有三分之一的生还机会。"

"这种估计是没有意义的,医生。你和我对此都很清楚。一百年前的波斯帝国,有座城市的居民因感染鼠疫而全部死亡。只有一个清洗尸体的人活了下来,而他自始至终都没有放下手上的工作。"

"他只不过是撞上了那三分之一的机会而已。"里厄说话的声音突然低了下来,"但是对于这个问题,我们需要从头学起。"

此时,他们来到了郊区。路灯照亮了冷冷清清的街道。他们的车停了下来。站在汽车前,里厄问塔鲁是否愿意进去,塔鲁说"好"。天空的光芒照亮了他们的脸庞。里厄突然发出一阵亲切的笑声,开口说道:

"塔鲁,你觉得是什么原因促使你想干这事的?"

"我不知道。也许是我的道德观念。"

"什么样的道德观念?"

"理解。"

塔鲁转身向房子走去,直到他们来到患哮喘病的老人家里,里厄才又看到他的脸庞。

从第二天起,塔鲁便开始工作,组建起了第一支队伍,之后许多其他队伍也会相继成立。

　　叙述者无意过分强调这些救护组织的重要性。对于我们的许多居民而言，如果处在他的位置，肯定就想夸大它们的作用。但是叙述者更愿意相信：如果过于重视高尚行为的话，那么则是对罪恶表达了间接而有力的敬意。这不免让人觉得这些高尚的行为只是因为罕见才显得可贵，恶毒和冷漠是人类行为中最为常见的动力。这样的观点叙述者并不同意。世上的罪恶几乎都源自无知。不明不白的善意造成的破坏和恶意一样多。人性本善，而非人性本恶，实际上问题并不在此。但是他们或多或少都有无知之处，这就是所谓的善与恶，最令人绝望的恶是一种无知的恶，这种恶自以为什么都懂，便放任自己随意杀戮。杀人犯的灵魂是盲目的，如果没有远见卓识，也就没有真正的善良和美妙的爱意。

　　因此，对于塔鲁帮忙建立起来的卫生防疫组织，应该给予客观的评价。因此，叙述者不会对善意和英雄主义大唱赞歌，而应赞赏有度。不过他仍会继续做个历史学家，记录鼠疫为我们所有居民塑造的悲痛而严苛的心性。

　　献身于卫生防疫组织的那些人并不见得有多么伟大的功劳，实际上他们知道这是唯一可做的事情，如果不做出决定，那简直无法想象。这些组织有助于市民们更深刻地了解鼠疫，并在某种程度上让他们确信，既然鼠疫已经发生，那就应该采取行动消灭它。因为消灭鼠疫已经成为某些人的义务，鼠疫的本质也便显现出来，也就是说，它是大家的事。

　　这确实很好。不过一名教师受到赞扬，不是因为他教会别人二加二等于四，而可能是因为他选择了这份崇高的职业。所以说，塔鲁和其他人选择证明二加二等于四而不是与之相反，这值得赞扬。但是，就这份善意而言，他们和教师一样，和所有那些与教师同心同德的人一样。他们远比想象中的要多，这是人类的光荣，至少叙述者是这么认为的。此外，叙述者十分清楚地看到有人会对此提出反驳意见，说这些人在冒着生命危险。但是，历史上总会出现这样的时刻：有人胆敢说二加二等于四，那就会被处死。教师对此很是明白。问题并不在于知道这一推论的后果到底是奖赏还是惩罚，而是在于知道二加二是否等于四。对于居民中冒着生命危险的人来说，他们需要判定自己是否已经身处鼠疫之中，是否要与之抗争到底。

在我们城里，许多新道德家当时便说，做任何事都毫无用处，一定得服软才行。塔鲁和里厄，以及他们的朋友，可以做出这样或那样的回答，但是结论只有他们自己知道：必须以某种方式抗争，而不应该屈膝投降。整个问题的实质在于要让尽可能多的人活下来，不要让分离成为永别。对此，办法只有一个，那就是与鼠疫作战。这个真相并非赏心悦目，它只不过是理所当然而已。

正因为如此，老卡斯特尔满怀信心，就地取材，竭尽全力当场制作血清，这是自然而然的事情。里厄和他都希望从传染全城的细菌中培养出血清来，这种血清可能比外地运来的疗效更加直接。因为这种细菌和通常定义里的鼠疫杆菌略有差异。卡斯特尔期待尽快获得第一批血清。

也正因为如此，当那位与英雄的称号毫不沾边的格朗如今担当起卫生防疫组织的秘书工作时，也是自然而然的事情。塔鲁组织起几支防疫分队，在人口密集区从事防疫辅助工作。他们在那里试图采取必要的卫生措施，统计未经消毒的阁楼和地窖。另几支防疫分队跟随医生到居民家中出诊，确保鼠疫患者的运送工作。在缺乏专业人员时，他们甚至要亲自驾驶汽车运送病人和尸体。这一切都需要登记和统计工作，格朗已经接受了这些任务。

从这一观点来看，叙述者认为格朗比里厄或塔鲁更具有代表性，他默默无闻的美德推动着卫生防疫组织的工作。他的善良发自内心，他会不假思索地同意别人的请求。他只希望自己能够做点小事，让自己尚有用武之地。其他的事，他年纪太大，就力不从心了。每天晚上六点到八点，他可以把这段时间贡献出来。当里厄满怀热忱向他致谢时，他颇感惊讶："这又不是特别难的事。有了鼠疫，那就要去对付它，这是明摆着的事。啊！要是一切都这么简单就好了！"他的调调又回来了。有些晚上，如果卡片登记工作完成了，里厄就会和格朗攀谈起来。最后塔鲁也参与进来，格朗则向他们倾诉自己的心事，喜悦之情溢于言表。这两人也饶有兴趣地听着格朗在鼠疫中从事的细致耐心的工作。他们也在其中寻觅到某种从容与淡定。

塔鲁常常会问："女骑士怎么样了？"而格朗的回答总是一成不变："她骑着马在小跑，在小跑。"说完，脸上便会勉强挤出一丝笑容。有天晚上，格朗说他已经决定不再使用"优雅"这一形容词，而改用"苗条"一词来描绘女骑士。他补充道："这更具体些。"又有一次，他向两位听众朗读修改过的文章，其第一句是："在五月的美丽清晨，一位苗条的女骑士骑着一匹神气的枣骝牝马，驰骋在布洛涅森林公园的小道上，沿途开满了鲜花。"

格朗说："这样更好，是吧？我觉得改为'在五月的一个清晨'更好，因为'五月份'的'份'字把马儿小跑的节奏拉得太长了些。"

随后，他显然在为"神气"这一形容词伤脑筋。他觉得这个词缺乏表现力，他在寻找恰当的词汇，可以一下子形象地描绘他想象中气场强大的母马。"肥壮"不行，虽然具体，但有些贬义。"出色"一词曾经有过考虑，但音韵欠佳。一天晚上，他得意扬扬地宣布自己找到了："一匹黑色的枣骝牝马。"按照他的意见，黑色暗指优雅。

"这不行。"里厄说道。

"为什么呢？"

"'枣骝'不是指马的品种，而是指马的毛色。"

"哪种颜色?"

"呃,反正不是黑色!"

格朗显得相当尴尬。

他说:"谢谢,幸亏有你在。但是,你瞧,这很难啊。"

"你觉得'华丽'一词怎么样?"塔鲁说道。

格朗一边看着他,一边在沉思:"好的,好的。"

他脸上渐渐浮现出笑容。

过了一会儿,他承认"开满了鲜花"这一表述又让他坐立不安。由于他只认识奥兰和蒙特利马尔,他便时不时地向他朋友询问,打听森林公园小路边的鲜花是如何盛开的。老实说,在里厄或塔鲁的印象中,那些小路边不曾开过什么鲜花,但是职员坚信不疑的态度倒让他们动摇起来。职员对他们的疑惑很是诧异。"只有艺术家才懂得观察。"不过医生有次看到他非常兴奋。他把"开满鲜花"换成了"遍布鲜花"。他搓着双手说道:"现在既能看到,又能闻到。脱帽致敬,先生们!"他得意扬扬地念着:"在五月的美丽清晨,一位苗条的女骑士骑着一匹神气的枣骝牝马,驰骋在布洛涅森林公园遍布鲜花的小道上。"但是,听过大声朗读后,句末的音节听起来不太顺耳,格朗嘴里嘟囔着。他坐了下来,神情沮丧。接着,他向医生道了别。他需要再想一想。

事后人们得知,就在那时,他在办公室里表现得心不在焉,这种态度让人倍感遗憾,因为市政府在那一时期面临人手短缺的困境,处理的事务相当繁重。他的工作受到了影响,部门领导对他严加批评,提醒他拿了工资就要工作,而他恰恰没有完成自己的工作。部门领导说:"你好像除了工作,还在防疫组织做志愿者。这个我管不着。但你的工作我要管。在这样糟糕的情况中,你要让自己有用武之地,首选方式就是做好自己的本职工作。否则,其他一切都毫无用处。"

"他说得对。"格朗对里厄说道。

"是的,他说得对。"医生表示赞同。

"不过,我实在是心不在焉,我不知道如何处理句子结尾的问题。"

他想过删除"布洛涅",因为他觉得大家都能理解。但是这样的话,句子看上去就很突出"鲜花"了,但它实际上是和"小路"相关的。他也考虑过这样的写法:"开满了鲜花的森林公园小道。"但是他这样武断地把"森林公园"放在修饰语和名词之间,也不妥当,让他感觉如坐针毡。有好几个晚上,他的确感觉比里厄还疲惫。

确实,这样对用词的推敲让他疲惫不堪,但他还得继续完成卫生防疫组织需要的数据补充和统计工作。每天晚上,他耐心地把卡片整理清楚,绘上曲线图,不紧不慢,但又要尽量把情况阐释得准确无误。他经常去医院找里厄,请他在某个办公室或医务室里替他找一张桌子。他坐在那里,摊开文件工作起来,仿佛就在市政府的办公桌上一样。空气中飘荡着浓烈的消毒水的气味和疾病本身散发出的气味,他在这样的氛围中抖动着自己的文件,好让墨迹迅速变干。于是他只好老老实实,努力不去想他的女骑士,只是做着他应该做的事。

确实,如果人们一定要树立他们称之为英雄的榜样或典范,如果一定要在这篇故事中树立一个英雄形象,那么叙述者则要推出这位微不足道、默默无闻的英雄。在他看来,这位英雄就是内心有点善良,他的理想似乎有点可笑。这会让真理显现本质,让二加二等于四,让英雄主义回归本位,让它永远落后于追求幸福的崇高愿望,永远不要超越这一愿望。这也会让这篇叙事作品彰显自身的特点,这一特点在于叙事能够基于真情实感,这样的情感既不是昭然若揭的邪恶之心，也不是戏剧表演中矫揉造作的慷慨陈词。

外界对这座感染瘟疫的城市发出了呼吁，也表达了鼓励。里厄医生在报纸上看到了这些，或是在广播里听到了这些，至少这就是他的感想。外界通过空运或陆运送来物资，与此同时，无论在电波里还是在报纸上，每天晚上都有大量表示同情和赞扬的评论涌入这座孤独的城市。每当医生听到史诗般的语调或是高雅的论调时，他都显得颇不耐烦。当然，他知道这种关心并不是装出来的，但却只能用人们表达自己与人性相关的套话来表述。而这样的话语并不适用于格朗每天所做的平凡努力，也无法体现格朗在鼠疫中的价值。

有时到了子夜时分，街上人迹罕见，万籁俱寂，医生上床准备小睡一会儿，就会打开收音机。从数千公里之外的天涯海角传来陌生而亲切的声音，笨拙地说出他们的关切。尽管话已出口，但同时又表明极度的无能为力，在这样的境况中，任何人其实都无力真正分担自己看不见的痛苦："奥兰！奥兰！"呼叫的声音漂洋过海，却徒劳无功。里厄也聚精会神地听着，也是徒劳无功。很快，滔滔不绝的演讲便开始了，这使得横亘在格朗和演讲者这两位陌生人之间的鸿沟越来越深。"奥兰！是的，奥兰！不是吧？"医生陷入了沉思，"要么一同相爱，要么一同死去，这是唯一的出路。他们太远了。"

瘟神正在全力以赴，准备扑向城市，并将其据为己有。在鼠疫传播达到最严重的程度之前，余下尚待叙述的就是最后几个像朗贝尔这样的人了。他们这些人与鼠疫做着长期斗争，尽管希望渺茫且单调乏味，但他们为了重觅自己的幸福，敢于在鼠疫面前捍卫自己，避免被疾病所感染。他们就是通过这种方式来抗拒奴役他们的恐惧，尽管这种抗拒并不见得比其他方式来得更加有效，但叙述者还是觉得很有意义。而且尽管这种抗拒也会带有炫耀，甚至还会自相矛盾，但它还是会彰显我们每个人心中的自豪感。

朗贝尔坚持不懈的斗争是为了不让鼠疫把魔爪伸向自己。当事实证明他已经无法通过合法手段出城后，他就告诉里厄，他决定另想办法。记者首先想到了咖啡馆的服务员。咖啡馆的服务员总是什么都知道。但是他最初咨询的那几位服务员，只是告诉他这类举动会招致非常严厉的惩处。他甚至有一次都被人当作了煽动者。直到后来在里厄家碰到了科塔尔，事情才算有所进展。那一天，里厄和他谈到了记者在行政部门办事碰壁的情况。几天后，科塔尔在路上遇到了朗贝尔，他走上前去和朗贝尔寒暄，言语中流露出他在任何社交场合一贯的直爽态度。

"一直都没有进展吗？"他说道。

"是的，没有进展。"

"不能指望那些部门。他们可不会理解别人的。"

"确实如此，我在另想办法，但这并不容易。"

"啊！我懂。"科塔尔说道。

他知道一整套方法，便告诉了朗贝尔。朗贝尔听了很是惊讶。据科塔尔讲，奥兰的每家咖啡馆他都经常去，而且这样的情况持续了很久。他在那里认识一些朋友，打听到有个组织专干这样的行当。事情的真相是科塔尔最近入不敷出，便干起了配给商品的走私活动。他正在贩卖香烟和劣酒，这些商品的价格不断上涨，他也因此从中发了一笔小财。

"你对这事有把握吗？"朗贝尔问道。

"有的，因为已经有人向我提议过。"

"那你自己没有做过？"

"别担心，"科塔尔露出一副老实人的神情，"我没做过是因为我还不想走。我有我的道理。"

沉默了一会儿，他接着说道：

"你不想知道我的想法吗？"

"我觉得这与我无关。"朗贝尔说道。

"从某种意义上来说，这的确与你无关。但从另外一种意义上来说……好吧，唯一明确的事，就是自从我们有了鼠疫，我在这儿的感觉好多了。"

对方听完他的说辞，然后说道：

"那怎么才能与这个组织联系上呢？"

"啊！"科塔尔说道，"这并不容易，你跟着我吧。"

下午四点。天气闷热，整个城市都在慢慢地炙烤之中。所有的店铺都放下了遮阳帘。路上行人稀少。科塔尔和朗贝尔走在盖有拱廊的人行道上，他们走了很久，彼此都不发一言。这样的时刻，鼠疫不见踪影。万籁俱寂，天地失色，万物静止，这既是夏天的面貌，也是鼠疫的面容。空气中弥漫着的到底是危险，是尘埃，还是灼热，人们不得而知。要联想到鼠疫，就得观察思考一番。因为只有负面迹象才会让它露出马脚。譬如同鼠疫关系密切的科塔尔，他提醒朗贝尔：狗已经绝迹了。通常情况下，它们应该侧卧在过道门口，大口大口喘着气，渴望凉快一下，却依然燥热无比。

他们走上棕榈树大道，穿过阅兵场，向海军区走去。左边是一家漆成绿色的咖啡馆，外面斜撑着黄色粗帆布的遮阳帘。科塔尔和朗贝尔走了进去，同时揩了揩自己的前额。他们走到绿色铁皮桌前，坐在了花园折叠椅上。咖啡馆里空无一人。几只苍蝇在空中嗡嗡乱飞。摇摇晃晃的柜台上摆着一只黄色的鸟笼，里面有只鹦鹉，全身羽毛下垂，沮丧地站在栖架上。墙上挂着描绘战争场景的几幅旧画，上面布满积垢和厚厚的蜘蛛网。在所有的铁皮桌上，包括朗贝尔跟前的桌子，上面全都有逐渐变干的鸡粪。他正在纳闷的时候，突然在黑暗的角落里发出一点骚动，一只美丽的公鸡从里面跳了出来，真相才得以大白。

此时，气温似乎还在上升。科塔尔脱去上衣，在铁皮桌上敲了敲。一个缩在蓝色长围裙里的小矮子从屋子最里面走了出来。他在老远的地方看见科塔尔，就和他打了招呼。他一边走着，一边朝公鸡猛踢一脚，把它赶跑。在阵阵鸡叫声中，他问两位先生要点什么。科塔尔点了白葡萄酒，并打听一个叫加西亚的人。据矮个男人说，已经有好几天没有在咖啡馆见到他了。

"你觉得他今晚会来吗？"

"呃！"另一个说道，"我又不是他肚里的蛔虫。你不是知道他的时间吗？"

"是的，不过这不是什么特别要紧的事。我不过是有位朋友想向他介绍一下。"

服务员把湿漉漉的手在自己的围裙上擦了擦。

"啊！这位先生也要参与吗？"

"是的。"科塔尔说道。

矮个男人用鼻子深深地吸了一口气，说道：

"这样吧，你今晚过来。我派孩子去找他。"

出门的时候，朗贝尔问这到底是怎么回事。

"当然是走私的事。他们把商品从城门口弄进来，然后高价出售。"

"好吧，"朗贝尔说道，"他们有同伙吗？"

"有的。"

晚上，遮阳帘已经卷起。鹦鹉在笼中聒噪个不停，铁皮桌周围坐着一群身穿衬衣的男人。其中有一位，草帽扣在后脑勺上，穿着一件白衬衣，露出焦黄色的胸膛。他见到科塔尔进来便站了起来。

他五官匀称，脸部被晒成了小麦色，一双黑色的小眼睛，一口洁白的牙齿，手上戴着两三枚戒指，看样子差不多有三十岁。

"你们好，"他说道，"我们去吧台喝一杯吧。"

酒过三巡，他们依然没人吭声。

于是加西亚开口说话："出去走走吧？"

他们朝港口的方向走去，加西亚问他们找他有什么事。科塔尔告诉他，自己把朗贝尔介绍给他，并不是为了生意，仅仅为了他所谓的"出去走走"。加西亚径直走在他前面，还抽着烟，提了一些问题，说到朗贝尔时便用"他"来指代，摆出一副根本没有看见他的样子。

"为什么要这样做？"他说道。

"他妻子在法国。"

"啊！"

过了一会儿又问道：

"他是做哪一行的？"

"记者。"

"做这一行的人话很多。"

朗贝尔默不作声。

"这是一位朋友。"科塔尔说道。

他们默默地向前走着，一直走到了码头，高大的铁栅栏挡住了他们的去路。不过，他们顺着飘来的香味，朝一家出售油炸沙丁鱼的小吃店走去。

"不管怎样，"加西亚总结道，"这事与我无关，而是跟拉乌尔有关。我必须找到他。这事办起来可不容易。"

"啊！"科塔尔激动地问道，"他躲起来了？"

加西亚没有回答。靠近小吃店时，他停下脚步，第一次向朗贝尔转身说道：

"后天，十一点钟，城内高地，在海关营房的角落里。"

他装作要走的样子，但实际上转向他们两人，说道："可能要花钱的。"

这是一种看法。

"当然。"朗贝尔附和道。

过了一会儿，记者向科塔尔表示感谢。

"哦，不用的。"后者说道，显得十分开心，"能为你服务我觉得很高兴。而且你是记者，有朝一日你会回报我的。"

到了第三天，朗贝尔和科塔尔登上通往城内高地的大道，道路两旁并没有绿树成荫。海关营房已经有一部分被改造成了诊疗所。大门前聚着一帮人，他们来到这里希望能够探望病人，但他们的请求没有获得批准。他们来到这里抑或是想打听一些消息，尽管这些消息过一个小时便可能会成为旧闻。不管怎样，一群人聚在一起，人来人往，很是热闹。看来加西亚把见面的地方约在这里也就不足为怪了。

"真奇怪，"科塔尔说道，"你执意要走。总的来说，发生的事情还是很有意思的。"

"对我来说可不是这样。"朗贝尔回答道。

"哦！当然，做事总会有风险的。但即使在鼠疫发生之前，人们要过热闹的十字路口，冒的风险也是相当大。"

就在这时，里厄的汽车开到他们边上停了下来。开车的是塔鲁，里厄似乎半睡半醒。他醒后就给他们做了介绍。

"我们认识的，"塔鲁说道，"我们住的是同一家旅馆。"

他邀请朗贝尔要开车带他去城里。

"不必了，我们在这里有约会。"

里厄看了看朗贝尔。

"是的。"朗贝尔说道。

"啊!"科塔尔面露惊讶的神色,"医生知道吗?"

"预审法官来了。"塔鲁看着科塔尔,郑重其事地说道。

科塔尔神色突变。奥东先生正迈着坚定有力的步伐,沿着马路向他们走来。走到一堆人面前,他摘下了自己的帽子。

"你好,法官先生。"塔鲁说道。

法官也向这两位坐车前来的人问好。他看着站着后面的科塔尔和朗贝尔,郑重其事地向他们点头致意。塔鲁向他介绍了记者和领取年金的家伙。法官抬头朝天空看了看,叹了一口气,说这是一个相当悲情的时代。

"塔鲁先生,有人跟我说你在负责实施预防措施。对此,我不敢完全赞同。医生,你觉得鼠疫还会蔓延吗?"

里厄说希望结果不会这样。法官也不停在说,要始终抱有希望,因为上天的旨意永远无法参透。塔鲁问他,当前的工作是否给他增加了工作量。

"相反,我们称之为普通法的案件正在减少。我预审的只是一些严重违反新规定的案件。大家从未像现在这样尊重旧法律。"

"这是因为相比之下,这些旧法律显得要好些,一定是这样。"塔鲁说道。

法官一改先前双眼凝望天空的沉思状,转而以一副冷峻的神情看着塔鲁。

"这又有什么关系呢?"他说道,"重要的不是法律,而是判决。我们对此也是无能为力。"

法官走了,科塔尔说道:"那个家伙啊,他是头号敌人。"

汽车开动了。

过了一会儿，朗贝尔和科塔尔看见加西亚到了。他未向他们示意便朝他们走来，然后说了句"要等一等"，算是向他们打了招呼。

在他们周围聚集着一大群人，其中大部分是妇女，都在安安静静地等候着。她们几乎人手一只篮子，希望能把篮子里的东西递到生病的亲人手中，进而妄想着亲人还可以用上这些东西，只是这些想法都是枉然。门口由哨兵持枪把守着，从营房和大门之间的院子里不时传出阵阵怪叫。在场的人们都会不约而同地朝诊疗所望去，脸上写满了焦虑不安。

正当这三个人看着这一幕时，身后响起了一声清晰而低沉的"你好"，他们便转过身去。虽然天气炎热，但拉乌尔还是穿得十分规矩。他身材高大，体格健壮，穿着一件双排纽扣的深色西装，头戴一顶卷边呢帽。他脸色很是苍白，他有一双棕色的眼睛，嘴唇紧闭。拉乌尔说话语速很快，用意明确。

他说："我们到城里去吧。加西亚，你可以走了，我们在这儿。"

加西亚点了一支烟，让他们离去了。他们紧跟走在中间的拉乌尔的步伐，大步流星地走着。

"加西亚跟我解释过了，"他说道，"这事可以做。无论如何，这事你得花一万法郎。"

朗贝尔回答说他可以接受。

"明天和我们一起吃午饭吧，在海军区的西班牙饭店。"

朗贝尔同意了。拉乌尔紧紧地握了握他的手，第一次露出笑容。他走后，科塔尔说自己第二天没空，对此感到很抱歉。况且朗贝尔也用不着他了。

翌日，当记者走进西班牙饭店时，里面所有的客人都转过头来看他。这家地窖式饭店，位于一条已被太阳晒得干燥无比的黄色小街的下坡处。去那里吃饭的全是男的，大部分都是西班牙人模样的。

拉乌尔挑了饭店最里面的一张餐桌，他坐下后便向记者招手致意，朗贝尔便向他走去。这时，好奇的神色顿时从刚刚转身观望的人的脸上消失，他们又转过身去继续吃饭。与拉乌尔同桌的有一个瘦高个儿，胡须没有剃干净，肩膀极其宽阔，长着一副马脸，头发稀稀拉拉。他的胳膊又细又长，从卷起的袖口伸出来，露出了黑乎乎的汗毛。当拉乌尔给他介绍朗贝尔时，他点了三下头。介绍中并没有提到他的名字，拉乌尔讲到他时只是说了句"我们的朋友"。

"我们的朋友觉得可以来帮助你。他会让你……"

拉乌尔没有继续说下去，因为女服务员走过来问朗贝尔要点些什么。

"他会让你同我们的两个朋友取得联系，他们会给你介绍我们信得过的几个守卫人员。但事情还没完，要等到那些守卫人员认为时机成熟才行。最简单的办法，就是你可以在离城门较近的守卫人员家中住上几天。但我们的朋友必须事先做好必要的联系工作。当一切安排妥当，他就会和你来结算费用。"

这位长着马脸的朋友又一次点了点头，同时还不停地把甜椒和西红柿沙拉捣碎，然后再大口吞下。接着他又开口说话了，带有一点西班牙口音。他向朗贝尔提议，第三天早晨八点在教堂的门廊底下碰头。

"还有两天。"朗贝尔提醒道。

"正是由于这事不好办，"拉乌尔说道，"所以得去找人。"

马脸又点了点头，朗贝尔面无表情地表示同意。在余下的午餐时间里，大家便在聊着其他话题。但当朗贝尔发现马脸是名足球运动员时，一切就变得简单多了。朗贝尔自己也经常踢足球。所以他们就聊到法国全国锦标赛，聊到英国职业球队的能力，聊到 W 形的战术布置。午餐结束时，马脸完全充满了活力，他亲切地用"你"

来称呼朗贝尔，他让朗贝尔相信足球队的最佳位置是中卫。他说："你知道，掌控全场的是中卫。要掌控全场，这才叫足球。"朗贝尔同意这样的说法，尽管他之前一直是踢中锋的。他们的谈话被一阵广播声打断了。广播里先是不停地播放轻柔低缓的抒情音乐，然后播报前一天鼠疫共造成一百三十七人死亡。在场的所有人毫无反应。马脸男人耸了耸肩膀站了起来。拉乌尔和朗贝尔也跟着起身。

分别时，这位中卫有力地同朗贝尔握了握手。

他说："我叫贡扎莱斯。"

朗贝尔觉得这两天过得十分漫长，没有尽头。他赶去里厄家，和里厄详细汇报了他的所有行动。然后，他陪着医生去一户病人家出诊。走到病人家时，那位疑似病例正在门口等着医生，朗贝尔便和医生道了别。这时，从过道里传来奔跑声和叫喊声：他们迫不及待地把医生到来的消息告诉家人。

"我希望塔鲁不要耽搁。"里厄低声说道。

他看上去十分疲倦。

"疫病传播得太快了吧？"朗贝尔问道。

里厄说情况倒并非如此，统计表上曲线的上升速度甚至还放慢了。只是用来对付鼠疫的办法还不够多。

"我们缺少物资。"他说道，"在世界上所有的军队中，如果物资不够，一般就用人力来凑。可现在我们连人都缺。"

"外地不是派来了医生和防疫人员吗？"

"是的，"里厄说道，"十位医生和一百来号人。这看上去很多。但就目前疾病传播的状况来看，这只能勉强应付，如果疾病继续蔓延，这些人手就不够了。"

里厄竖起耳朵听着屋内的动静，然后朝朗贝尔笑笑。

他说："没错，你应该赶快把事情办成。"

朗贝尔的脸上掠过一丝阴影。

他低沉地说道："你知道的，我不是因为这个才走的。"

里厄回应说他知道这一点，但朗贝尔还在继续往下讲：

"我相信我不是个懦夫，至少大多数情况下都不是。我经受过这方面的考验。只是有些想法我接受不了。"

医生面对面地看着他。

"你会见到她的。"他说道。

"也许吧，但是我只要一想到这种情况还要持续下去，一想到她在这段时间里也会慢慢老去，我就接受不了。三十岁时，人开始衰老，所以要抓住一切机遇。我不知道你是否会理解这些。"

里厄嘟哝着说他能理解。这时，塔鲁来了，显得十分兴奋。

"我刚刚去叫帕纳卢来加入我们的团队。"

"然后呢？"医生问道。

"他想了一想，便答应了。"

"我太高兴了，"医生说道，"我高兴是因为，我知道他本人比他的布道要出色。"

"大家都一样，"塔鲁说道，"只要给他们机会即可。"

他露出了笑容，朝里厄眨了眨眼睛。

"我一生的事业，就是给别人提供机会。"

"对不起，"朗贝尔说道，"我得走了。"

星期四，朗贝尔如约来到教堂的门廊下，到的时候离八点还差五分钟。空气还比较清新。天空中飘浮着又圆又小的朵朵白云，过不了多久，这些白云就会被上升的热浪一下子吞噬。草坪虽然干燥，但仍散发出阵阵潮湿的气味。镀金的圣女贞德像照耀着整个广场，东面屋后的太阳却只晒热了她的头盔。钟声响了八下。朗贝尔在无人的门廊下走了几步。教堂内隐约传来一阵圣诗的诵读声，同时还飘来香水与焚香交织在一起的古旧气味。突然，圣诗的诵读停止了。十来个黑色人影从教堂里走出来，急匆匆地朝城里走去。朗贝尔感到不耐烦了。另一些黑色人影沿着大台阶拾级而上，朝门廊走来。他点了一支烟，转而想到这个地方可能不让抽烟。

八点一刻，教堂里缓缓响起了管风琴声。朗贝尔走到昏暗的拱顶底下。过了一会儿，他在正殿里看到了刚刚在他面前经过的那些黑色身影。他们都聚在一个角落里，面前是座临时祭台，上面摆着圣罗克像，它是由我们城里的一家工场刚刚赶制完成的。那些身影跪在那里，似乎蜷成一团，湮没在沉静的灰色中，宛如凝固不动的影子，散落在这里或是那里，其质感并不比环绕他们的雾气浓厚多少。就在他们上方，管风琴正在无休止地变换着曲调。

当朗贝尔出来时，贡扎莱斯已经沿着台阶朝城里走去。

"我以为你已经走了，"他对记者说道，"这很正常。"

据他解释，他在离此不远的地方等几个朋友，他们约好七点五十见面。但是他足足等了他们二十分钟，却不见他们的踪影。

"肯定遇到麻烦事了。干我们这一行的，总有不顺的时候。"

他只好另约时间，说好第二天同一时间在阵亡将士纪念碑前会面。朗贝尔叹了口气，把帽子往后推了推。

"没关系，"贡扎莱斯笑着总结道，"你稍稍想一想球赛中的各种组合吧，要射入一球，就得向对方半场推进，把球传到那里。"

"当然，"朗贝尔应允着，"但是一场足球赛只要一个半小时。"

奥兰阵亡将士纪念碑的所在地是唯一可以瞥见大海的地方，这是一条海滨漫步大道，距离比较短，一边靠着俯瞰港口的峭壁。第二天，朗贝尔第一个来到见面的地方，便仔细读着光荣榜上阵亡将士的名单。过了几分钟，两个男的靠了上来，面无表情地朝他瞄了一眼，然后走到漫步大道的栏杆边凭栏眺望，似乎在全神贯注地凝望着荒无人烟的海岸线。他们两个人的身材相似，都穿着一样的蓝裤子，一样的海军蓝短袖针织衫。记者稍稍走远一些，坐在一张长凳上，然后可以从容地打量着他们。于是他发现这两个人肯定还没有二十岁。就在那时，他看到贡扎莱斯向他走来，并跟他道歉。

他说："那是我们的朋友。"说罢就把他带到两个年轻人身旁，向他介绍这两个人：一个叫马塞尔，另一个叫路易。从正面瞧去，这两人非常相像，朗贝尔估计他们是兄弟俩。

"好吧，"贡扎莱斯说道，"现在你们认识了，那就开始做正事吧。"

不知是马塞尔还是路易说，还要等两天才轮到他们值岗，为期一周，必须看准一个最方便的日子行事。把守西门的共有四人，其中两人是职业军人，不可能让他们参与进来，他们并不可靠，而且这样做的话也会增加费用。但在有些晚上，这两个同事会去一家熟悉的酒吧，在那里的后间消磨晚上的时光。可能是马塞尔，抑或是路易，建议朗贝尔到他们在城门附近的家里去住，在那里等着有人去接他。这样，出城就变得十分容易了。但是得抓紧时间，因为最近有人传说在城外要设双重岗哨了。

朗贝尔表示同意，然后从自己剩下的香烟里拿出几支给他们抽。两个人中还没有开口说过话的，就问贡扎莱斯费用问题有没有解决，是否可以收些预付款。

"不用，"贡扎莱斯说，"用不着这样。都是朋友。费用到走的时候再结。"

他们约定再见个面。贡扎莱斯建议过两天去西班牙饭店吃晚饭。然后他们直接从那里去守卫家。

他和朗贝尔说："第一晚我陪你。"

第二天，朗贝尔上楼回自己房间的时候，在旅馆的楼梯上碰到了塔鲁。

"我要去找里厄，"塔鲁说道，"你愿意一起去吗？"

朗贝尔犹豫了一下，说："我总担心会打扰他。"

"我觉得不会。他常常和我谈到你。"

记者想了一想，说道：

"听着，如果你晚饭后有时间的话，你们俩就一起来旅馆酒吧，晚一点也不要紧。"

"这得看他和鼠疫的情况而定。"塔鲁说道。

深夜十一点，里厄和塔鲁还是来到了这家又小又窄的酒吧。三十多个人挤在那里大声交谈。这两位从瘟疫之城的寂静中过来，站在那里，有点不知所措。当他们看到这里还卖烈性酒时，便明白人们兴奋的原因了。朗贝尔坐在吧台最边上的凳子上，向他们招手示意。他们便来到他旁边。塔鲁悄悄地把边上一位大声嚷嚷的人往外推了推。

"你忌酒吗？"

"不，"塔鲁说道，"正好相反。"

里厄嗅了嗅玻璃杯中酒的苦草气味。在这种嘈杂声中，讲话显得很是困难，不过朗贝尔似乎也只顾着喝酒。医生还无法判定他是否已经醉了。他们待的地方十分狭小，边上就只有两张桌子了，其中一张桌子边坐着一位海军军官，左右两边各挽着一个女人，他正在向一位脸涨得通红的胖子讲述在开罗发生的斑疹伤寒的情况。他说："是集中营啊。这些集中营是给当地人造的，搭了些帐篷给病人住，周围有一排岗哨。如果有病人家属试图偷偷把土方药带进去的话，就会遭到枪杀。这样的做法很残酷，但是很正确。"另一张桌子则由几个穿着时髦的年轻人占着，他们谈论的内容完全听不懂，声音也随即湮没在《圣詹姆斯医院》的旋律中，这旋律来自摆在高处的电唱机。

"你还满意吗？"里厄提高了嗓门说道。

"快了，"朗贝尔说道，"也许就在这个星期。"

"可惜了。"塔鲁喊道。

"为什么？"

塔鲁看着里厄。

"哦！"里厄说，"塔鲁之所以说这句话，那是因为他觉得你如果待在这里，可以帮帮我们。但我却十分明白你特别想离开的想法。"

塔鲁又请大家喝了一轮。朗贝尔从自己的凳子上下来，第一次面对面地看着他：

"我能帮你们什么忙？"

"这个嘛，"塔鲁一边说着，一边不慌不忙地把手伸向他的杯子，"可以来我们的卫生防疫组织。"

朗贝尔又摆出一副自己平时经常摆出的一成不变的沉思状，重新坐回自己的凳子上。

"难道你觉得这些组织毫无用处吗？"塔鲁喝了一口酒说道，眼睛紧紧盯着朗贝尔。

"十分有用。"记者说完，也喝了一口酒。

里厄注意到他的手在颤抖。他觉得朗贝尔完全醉了，肯定是的。

第二天，朗贝尔第二次走进西班牙饭店，他从一小群人中间穿过。这群人把椅子搬到门口，欣赏热浪已经消退、绿树成荫、霞光万丈的黄昏景色。他们抽着味道辛辣的烟草。饭店里面客人少得可怜。朗贝尔去饭店最里面挑了张桌子坐下，他第一次见贡扎莱斯就在那里。他告诉女服务员他在等人。晚上七点半了。人们渐渐来到饭店入座。开始上菜了。饭店的拱顶不高，整个店堂里充斥着餐具声和人们的低声细语。晚上八点了，朗贝尔还在等。灯亮了。新来的客人同他坐在了一起。他点了菜。到了八点半，他吃完了晚餐，还是没有见到贡扎莱斯，也没有见到两个年轻人。他抽了几根烟。店堂里的客人渐渐离去。外面，天黑得很快。海上吹来一阵暖风，把落地窗的窗帘轻轻撩起。到了九点，朗贝尔发觉饭店里的客人已经全部走光了，发现女服务员正在诧异地看着他。他把账付了就走了。饭店对面的咖啡馆开着。朗贝尔坐在柜台边上，眼睛紧紧注视着饭店门口。九点半，他起身回旅馆，寻思着自己怎么找到不知道地址的贡扎莱斯，可惜纯属瞎想。一想到这所有的程序得重新来过，他的内心不免感到不知所措。

正如他要告诉里厄医生的那样，就在这个时候，当救护车在黑夜里疾驰的时候，他发觉在这段时间里有点把妻子遗忘了，他聚精会神地想着如何在他和妻子之间的隔离墙上打开一个缺口。也正是这个时候，当所有的途径又再次被切断的时候，他的欲望中心又重新升腾起她的形象，一阵突如其来的痛苦让他不禁拔腿向旅馆奔去，想要逃离这份痛苦的内心煎熬，但这痛苦始终与他如影随形，让他头痛欲裂。

不过次日清晨，他很早就来找里厄，问他怎样才能找到科塔尔。

"我现在唯一能做的，"他说道，"就是一步步重新做起。"

"你明天晚上来吧，"里厄说道，"塔鲁叫我去邀请科塔尔，我不知道这是为什么。他应该十点钟来这里。你就十点半来好了。"

当科塔尔第二天来到医生家时，塔鲁和里厄正在谈论一个意外治愈的病例，是里厄部门碰到的。

"十个中间会碰到一个。他很有运气。"塔鲁说道。

"啊！好吧。"科塔尔说道，"这不是鼠疫吧。"他们明确告诉他，这正是鼠疫。

"既然他治好了，那就不可能是鼠疫。这一点你和我都很清楚，鼠疫可不会放过任何人的。"

"一般情况下是的。"里厄说道，"但若是固执起来，就会有意料不到的事情发生。"

科塔尔笑了。

"看上去不会的。你听到今晚的数字了吗？"

塔鲁亲切地看着这位靠年金生活的人，嘴里说他知道数字，说情况很严重，但这又能怎样？这只能证明还得采取更加特殊的措施。

"啊！你们已经采取措施了啊。"

"是的，不过每个人都得把这当作自己的事。"

科塔尔不解地看着塔鲁。塔鲁说没有行动的人实在太多，说鼠疫事关每个人，还说人人有责。志愿者组织的大门向所有人都敞开着。

"这是个好主意，"科塔尔说道，"但这不管用。鼠疫太厉害了。"

"只有我们把所有办法都试过后，我们才会知道效果。"塔鲁耐心地解释道。

就在他们谈话的时候，里厄趴在自己的书桌上誊写卡片。塔鲁则一直注视着坐在椅子上焦躁不安的年金领取者。

"你为什么不和我们一起过来呢，科塔尔先生？"

科塔尔感觉受到了冒犯，他站了起来，拿起他的那顶圆帽子，说："这不是我的工作。"

接着，他又气势汹汹地顶撞道：

"况且，我在鼠疫中也过得不错，我不知道我为何要掺和进去阻止它。"

塔鲁拍了拍自己的脑袋，脸上露出恍然大悟的神情：

"啊！是的，我忘了，没有它的话你早就被抓了。"

科塔尔猛地跳了起来，死死抓住椅子，仿佛马上要跌倒似的。

里厄搁下手中的笔，严肃而又关切地注视着他。

"谁和你说的？"靠年金吃饭的人喊道。

塔鲁露出惊讶的神情，说道：

"是你啊。至少医生和我是这么理解的。"

听到他的这番话，科塔尔一下子变得怒不可遏，说话变得语无伦次。

塔鲁继续说道："你不要激动。医生和我都不会去揭发你的。你的事与我们无关。而且我们也一直不喜欢警察。好了，请坐吧。"

年金领取者看了看椅子，犹豫了一下才坐了下来。

过了一会儿，他叹了一口气。

"这已经是陈年往事了，"对此，他并不否认，"但他们却还要旧事重提。我以为人们已经忘记了这事，但还是有个人讲了出来。他们把我喊去，告诉我在调查结束前要随传随到。我知道他们终究会把我逮进去的。"

"这事严重吗？"塔鲁问道。

"这要看你怎么说了。反正这不是一起杀人案。"

"去坐牢还是去做苦力？"

科塔尔显得十分沮丧。

"坐牢吧，如果我运气好的话……"

但过了一会儿，他的语气变得激烈起来：

"这是错的。每个人都会犯错。但是如果因此就要被带走，被迫与家人分离，与自己习惯的生活告别，与自己熟悉的所有一切分开，那我就觉得无法忍受。"

"啊！"塔鲁问道，"就是因为这个，你才想到自我了结的吗？"

"是的，当然这是一件傻事。"

里厄第一次开口说话，他跟科塔尔讲自己理解科塔尔的担心，不过这一切或许终有了结的一天。

"哦，就目前来说，我知道我一点也不用担心。"

"我明白了，"塔鲁说道，"你不会加入我们的组织的。"

科塔尔用手转着自己的帽子，抬起头来，向塔鲁投来疑虑的目光：

"这不能怪我。"

"当然不能怪你。但至少不要去故意传播病菌。"塔鲁笑着说道。

科塔尔辩解道，并不是自己要鼠疫来的，而是鼠疫就这么来了，如果说他的事业因为鼠疫而兴旺发达的话，这不是他的过错。就在那时，朗贝尔来到门口，听到年金领取者正在声音洪亮地说着：

"况且在我看来，你们终究是白白辛苦一场。"

朗贝尔得知科塔尔不知道贡扎莱斯的住址，不过可以回小咖啡馆去候他。他们约了第二天去。由于里厄表示自己想知道情况，朗贝尔便请他和塔鲁去他房间找他，周末晚上随便哪个时间都行。

早晨，科塔尔和朗贝尔来到小咖啡馆，让人带话给加西亚约好晚上见面，如有不便，则顺延至第二天。晚上，他们等他过来，但他却未赴约。第二天，加西亚来了。他安静地听着朗贝尔描述事情的来龙去脉。加西亚对情况并不了解，不过他知道为了挨家挨户上门核查，有些街区曾禁止通行二十四小时。贡扎莱斯和那两个青年可能无法通过警戒线。不过他能够做到的事，便是让他们和拉乌尔恢复联系。自然，这事得等上两天。

"我明白了，"朗贝尔说，"一切都得重新开始。"

到了第三天，拉乌尔在街角证实了加西亚的说法：城市外围地区曾禁止通行。必须同贡扎莱斯重新取得联系。两天以后，朗贝尔和那位足球运动员共进午餐。

"真傻，"贡扎莱斯说，"我们早该商量好一个见面的办法。"

朗贝尔也表示同意。

"明天早上，我们到那两个小家伙那里去，把一切都安排妥当。"

翌日，两个小家伙不在家。他们就给这两个小家伙留下信息，告诉他们第二天中午在中学广场见面。朗贝尔下午回家时遇到了塔鲁，脸上的神情让塔鲁印象深刻。

"事情不顺吗？"塔鲁问道。

"重新弄太累了。"朗贝尔说道。

他又再次提出邀请：

"今晚过来吧。"

晚上，当两个人走进朗贝尔的房间时，他正瘫坐在椅子上。他站了起来，往预先准备好的杯子里斟满酒。里厄拿起自己的那杯酒，问他事情是否进展顺利。记者说他把整件事情从头到尾又做了一遍，并且已经达到了同样的程度。他还说马上去赴最后一趟约会。

他喝了一口，又继续说道：

"当然，他们是不会来的。"

"不要把这当成原则吧。"塔鲁说道。

"你还是没有明白。"朗贝尔耸了耸肩膀说道。

"没明白什么呢？"

"鼠疫。"

"啊！"里厄叫道。

"你没有明白，这事得重头来过。"

朗贝尔走到房间的一角，把一台小型留声机打了开来。

"这是什么唱片？"塔鲁问道，"我听着很熟悉。"

朗贝尔回答说是《圣詹姆斯医院》。

音乐正放到一半的时候，远处传来两声枪响。

"是条狗吧，或者是个逃犯。"塔鲁说道。

过了一会儿，唱片放完了。这时响起救护车的鸣笛声，越来越响。它从旅馆窗下开过，声音渐渐变弱，直至最后完全消失。

"这唱片听了让人怪难过的。"朗贝尔说道，"而且我今天已经足足听了十遍了。"

"你那么喜欢它？"

"不是，不过我只有这一张。"

过了一会儿，朗贝尔继续说道：

"我跟你说，这得重新来过啊。"

他问里厄卫生防疫组织进行得如何。里厄回答说共有五支队伍在工作，希望再组织一些。记者坐在他的床边，注意力似乎全在他的指甲上。他蜷缩在床边，矮小粗壮的身形在里厄眼里一览无余。他突然发现朗贝尔在注视着他。

"你知道的，医生，"他说道，"我对你们的组织考虑了很久。我之所以没有和你们一起工作，那是有自己的理由。而且我觉得自己还是一位不怕冒生命危险的人。我参加过西班牙战争。"

"参加了哪一边？"塔鲁问道。

"参加了战败者这一边。但自那以后，我就有所思考了。"

"思考什么？"塔鲁问道。

"勇气。现在我明白人是能够做出伟大的行为的。但如果他不具有崇高的情感的话，那我是不会对他感兴趣的。"

"我觉得人是无所不能的。"塔鲁说道。

"不是的，人无法一直受苦，或是无法一直幸福。因此他无法做出有价值的事。"

他看着他们，接着说道：

"瞧瞧，塔鲁，你可以为爱情牺牲吗？"

"我不知道，但现在看上去不会的。"

"确实如此。你可以为理想而牺牲，这是有目共睹的。而我呢，我是看够了那些为理想而牺牲的人。我不相信英雄主义，我知道这并不难。我知道这是性命攸关的事情。让我感兴趣的，正是我们因爱而生，因爱而死。"

里厄聚精会神地听着记者讲述的这番话，眼睛一直盯着他看。他客气地说道：

"朗贝尔，人并不是一种理念。"

对方一下子从床上跳了起来，脸庞因为激动而变得通红。

"是一种理念，不过人一旦脱离了爱情，就成了短暂的理念。而现在的状况正是我们不能再爱了。医生，就让我们暂且忍耐吧。让我们等着爱的能力回归，如果这无法实现，那就等着大家都得到自由的时候，而不必去装什么英雄。我能讲的就只有这些了。"

里厄站了起来，脸上突然显出倦怠的神色。

"你说得对，朗贝尔，说得完全对。我丝毫没有让你放弃你想做的事情的想法，我觉得你要去做的事很好很正确。不过我得向你说明：做这一切不是为了搞英雄主义，而是因为正直善良。这样的想法可能很好笑，但是与鼠疫做斗争的唯一办法就是正直善良。"

"正直善良到底是什么呢？"朗贝尔突然神情严肃地问道。

"我不知道它在普遍情况下指什么。但就我而言，我知道它的意义在于做好我自己的工作。"

"啊！"朗贝尔怒气冲冲地说道，"我不知道我的工作是什么。我选择了爱情，也许我这样就是做错了。"

里厄面对着他：

"不，"他说起话来掷地有声，"你没有做错。"

朗贝尔若有所思地看着他们。

"你们两人，我觉得你们在这一切行动中，丝毫不会失去什么。

选择了正确的方向，一切就会变得更加容易。"

里厄把杯中酒一饮而尽。

"走吧，"他说，"我们还有事。"

他走了出去。

塔鲁跟在他的后面，但就在出门的时候似乎改变了主意，他回过头来跟记者说：

"里厄的妻子住在离这里几百公里之遥的一处疗养院里，这个你知道吗？"

朗贝尔做了个表示惊讶的动作，但塔鲁已经走了。

第二天一大早，朗贝尔给医生打电话：

"在我找到办法离开这座城市之前，你同意我和你一起工作吗？"

电话的另一头先是一阵沉默，接着冒出一句：

"同意，朗贝尔，谢谢你。"

第三部

在整整一周中，被鼠疫囚禁的人们就这样竭尽所能地挣扎着。有些人和朗贝尔一样，显然还心存幻想，觉得自己还是自由的，觉得自己还拥有选择的权利。但此刻我们可以说，八月中旬鼠疫的阴云已经笼罩了一切。个人的命运已然不复存在，只剩下集体的历史，其中包括鼠疫，也包括大家共同的感受。其中最为强烈的感受是分离和放逐，以及它们所蕴含的恐惧和反抗的情绪。在酷热和瘟疫最为肆虐的时刻，叙述者觉得有必要描绘一下总体情况，举几个例子，讲一讲市民们的暴力行为，讲一讲逝者的埋葬以及情人们分居两地的相思之苦。

那一年刚过一半就刮起了大风，把这座瘟疫之城一连吹了好几天。奥兰居民特别怕风，因为城市建在高原上，缺乏天然屏障，大风可以肆无忌惮地刮过城市的大街小巷。漫漫数月以来，城市滴雨未下，到处都笼罩着一层灰色的浮尘，被风一吹便纷纷飘落。风儿把尘土和纸屑吹得漫天飞扬，不断吹在日渐稀少的行人的腿上。可以看到这些人用手帕或手掌捂住嘴巴，弯着腰在街上疾步前行。从前，一到晚上，人们总会聚在一起，总是迟迟不归，仿佛每一天都是世界末日。现在在街上则会碰到三三两两行色匆匆的人群，他们急着回家或是赶往咖啡馆。几天以来，黄昏比往常来得更早，马路上异常冷清，只有风在不断呼号。波涛汹涌的海面上升腾起盐腥味和海藻味，尽管从城里望不见这片大海。这座人烟稀少的城市，落满了灰白的尘埃，到处飘荡着海水的气味，海风的呼号声不绝于耳，宛若一座可怜的孤岛。

迄今为止，鼠疫在城郊造成的死亡人数远甚于城市中心，城郊的这些地方人口更多，条件更差。但鼠疫骤然间就变得触手可及，它也入侵到了商业区。居民们怪大风把病菌吹了过来。"它把事情弄得复杂了。"医院院长这么说道。但不管怎样，当市中心的居民们听到救护车从他们窗前经过，鸣笛声在深夜里越来越频繁，鼠疫阴郁而无情的召唤响起时，他们就知道轮到自己了。

在城里，某些街区经过特批被隔离开来，除了必要的工作需要之外，任何人不得离开。对于这些街区的居民而言，他们会情不自禁地把这项举措视作专门针对他们的侮辱。不管怎样，出于比较，他们想到了其他街区的居民，想到了那些自由的人。而后者在自己困难重重的时刻，想到还有人比他们更不自由时，便感觉到一丝安慰。"还有比我更受奴役的人呢。"当时唯一可能实现的希望尽在这句话中。

大约就在这段时期里，火灾又频频发生，特别是在西城门附近的娱乐区。根据调查，有些从检疫隔离区回来的人，由于突遭不幸、家有丧事而变得精神失常，把自己家的房子付之一炬，幻想把瘟神烧死。大家费了许多劲去制止这些行为，因为这样的纵火案时有发生，加上狂风大作，使得整片街区不断处于危险之中。之前人们表示过当局规定的房屋消毒措施足以消除任何感染的风险，但这样的说明毫无用处。于是就必须颁布严厉的法令去惩罚这些无知的纵火犯。可能让这些不幸的人望而却步的并不是监狱本身，而是所有居民一致相信，判刑等于判死刑，因为市监狱中统计出来的死亡率非常高。当然，这种想法并非空穴来风：理由很明显，鼠疫似乎很热衷于缠上那些一贯过着集体生活的人，比如士兵、修道士或囚犯。尽管有些在押犯是单独监禁的，但监狱仍然是一个集体单位。其证据便是在我们的市监狱中，无论是看守还是犯人，他们都会被疾病夺走生命。以鼠疫高高在上的视角来看，每个人都被判了刑，上至典狱长，下至卑微的犯人，概莫能外。整个监狱呈现出绝对的公平，这或许是第一次。

当局试图在这样的众生平等之中推行一套等级制度，计划给因公殉职的监狱看守们颁发勋章，但这毫无效果。由于戒严令已经颁布，从某个角度来看，监狱看守可以被视作动员入伍的军人，因此可以在他们死后给他们补发军功章。虽然犯人们不会提出丝毫异议，但军界对此却不敢苟同，而且还义正词严地指出，这会混淆公众视听，让人颇感遗憾。他们的要求得到了满足，大家觉得最简便的办法就是给死去的监狱看守颁发抗疫勋章。但对于最早死去的那批看守，已经错发了勋章，也便无法追回。但军界还是坚持他们的看法。另一方面，抗疫勋章也有不利的一面，它起不到颁发军功章而产生的道德激励作用。因为在瘟疫蔓延期间，取得这样一枚勋章实在是习以为常的事情。于是大家都不满意。

而且，管理监狱不能像管理修道院那样，更不能像管理军队那样。城里仅有两处修道院，那里的修道士已经暂时散居在虔诚的教徒家中。同样，每当条件允许，一处处连队士兵便会离开兵营，驻扎进学校或公共大楼里。因此，从表面来看，疾病把居民们困在一起，迫使他们彼此团结，但同时又摧毁了传统的团体，让个人重归孤独。这让人颇感不安。

可以想见，所有这些情况，伴随着狂风肆虐，也会在某些人的内心燃起怒火。深夜，城里的几处城门又数次遭到袭击，但实施袭击的是几小撮手持武器的人。双方相互射击，伤了几个人，跑了几个人。城门守卫得到了增援，这些骚乱很快得以平息，但却足以在城里扬起一股革命的气息，激起某些暴力的场景。一些发生过火灾或是出于卫生原因被封掉的房子遭到了抢劫。老实说，很难断定这些行为是否出于预谋。在大部分情况下，某个突发的状况会让平素令人尊敬的人做出一些受人指责的行为，而这些行为马上就会有人学样。譬如一座房子着火了，一些发狂的家伙便冲进还在燃烧的房子里去，而痛苦的房主则在一旁发呆。看到房主没有反应，许多围观者便会纷纷效仿。因此在这条幽暗的街道上，借着闪现的火光，可以瞧见许多黑影在四处奔逃。在微弱火光的映照下，这些黑影肩上扛着各种东西和家具，身形都走了样。出现这样的事故，迫使当局把鼠疫爆发当作戒严状况来处理，并实施与此相关的法律法规。两名盗窃犯被枪决了，但是否会对其他人造成影响，让人颇为怀疑。因为面对如此众多的死者，处决这两个人宛若沧海一粟，根本不会被人察觉。事实上，类似的场景常常出现，而当局却坐视不管。唯一能触动所有居民的措施就是宵禁。从十一点开始，整个城市一片漆黑，成了名副其实的石头之城。

皓月当空，灰白的墙壁和笔直的街道排列得整整齐齐，看不到一丝树影，也听不到行人的脚步声或犬吠声。这座规模巨大的寂静之城，此刻却只是一个了无生机的大方块组合，其间矗立着一座座默默无言的雕像，他们或是被人遗忘的好人，或是过往时代的伟人，如今都凝聚在这青铜之中，他们冷若冰霜的脸庞亦真亦幻，让人想到他们曾经的人生形象，尽管这一形象已经黯淡无光。天空乌云密布，这些平淡无奇的雕像端坐在毫无生气的十字路口，显得粗糙而冷漠，它们很好地象征了我们所进入的寂静国度，至少象征了这一国度至高无上的指令。这正是墓地所主宰的世界，在这个世界里，鼠疫、石材和黑夜会让一切声音都消失殆尽。

　　但是夜幕也降临在每个人的心中，有关下葬的传说显然无法让我们的市民静下心来。所以得谈一谈下葬的事情，叙述者对此颇感抱歉。他很清楚自己要因此受到别人的指责，但他唯一的理由就是在整个这段时期里下葬的事情时有发生，而且从某种程度而言，他对下葬的关注其实和其他市民一样，都是迫不得已。不管怎样，这并不等于说他喜爱这类仪式。相反，他喜欢的是活人的社会，比如海滨浴场。但是海滨浴场已被封掉，活人社会整天提心吊胆，担心不得不给死人社会让步。这已经是明摆着的事实。当然，人们总是可以想方设法不去看这一事实，把眼睛捂住，拒绝接受。但是，明摆着的事实具有凶猛的力量，它终将把一切都席卷而去。如果有一天，你所爱的人需要安葬，你会采取什么办法拒绝下葬呢？

　　我们这些仪式一开始有个特点，那就是快速！所有手续都被简化了，殡葬仪式一律取消。病人死时家属都不在身边，守灵仪式又不允许，因此那些晚上死去的病人只能单独待着，白天死去的则可以立即埋葬。当然，死者家属是得到通知的，但在大多数情况下他们无法前来。如果他们曾经和病人共同生活过，那就得接受隔离检疫。如果没有和死者住在一起过，那他们就要在规定的时间前来。这是出发前往墓地的时间，而那时尸体已被洗净放入棺材。

　　我们假设这道程序发生在里厄医生负责的临时医院里。这所医院由一所学校改建而成，它的主楼后面有个出口。通向走廊有一个很大的杂物间，里面堆放着许多棺木。就在这条走廊里，家属看到一具已经盖上棺盖的灵柩。于是马上进行最重要的手续，让户主在文件上签字。接着，灵柩被抬上汽车，可能是一辆真正的灵车，也可能是一辆经过改装的大救护车。死者亲戚们上了一辆准许行驶的出租车，汽车沿着外围公路飞速冲到墓地。在城门口，守卫拦住车队，在官方通行证上盖上章。没有这个章，就无法到达市民们称之为"最后归宿"的地方。盖过章后，守卫让出通道，车队便会来到一块方形地块边上，那里的许多墓穴都等着人去填满。一位神甫在那里等着尸体，因为教堂里的遗体告别仪式已被取消。棺材在祷告声中被人抬出车外，用绳子绑好后拖了过来，然后滑入墓穴直到触底。当神甫挥洒几滴圣水时，第一铲土早已铲在棺盖上，并四处散落。救护车已经提前一会儿开走了，以便进行喷洒消毒。当一铲铲土落在棺木上发出越来越沉重的回响时，死者家属正在迅速地钻进出租车里。一刻钟后，他们已经回到了各自的家里。

这样，整个程序凭借最快的速度和最小的风险得以真正完成。毫无疑问，这种做法让家属心中颇为难受，至少在一开始是这样。但是在鼠疫爆发期间，这样的感受也就无法顾及了：一切牺牲都是为了效率。一开始，这些做法让人们精神上很受打击。因为希望体面下葬的想法非常普遍，其程度超出人们的想象。幸好没过多久，食品供应问题变得棘手起来，于是居民们的注意力便被转移到更加迫切的问题上来了。如果要吃饭，那就得忙着排队，忙着跑腿办手续，便无暇考虑周围人是如何死的，也无暇考虑自己有一天是如何死的。于是，这些本该是坏事的物质困难却变成了好事。正如先前所见，如果鼠疫停止蔓延，那么一切都会变得更好。

由于那时棺木越来越少，裹尸布和墓穴也渐渐不够用，所以就要想想办法。最简单的做法还是从效率出发，把葬礼分组进行，必要时可以在医院和墓地之间多跑几趟。目前在里厄工作的医院里共有五具棺木。一旦装满，救护车便把它们运走。到了墓地就开始清空棺木，铁青色的尸体搬到担架上，放在特制的大棚中。棺木上洒过灭菌液后再被运回医院。同样的操作再次进行，操作的次数根据需要而定。这项工作组织得十分出色，省长显得颇为满意。他甚至向里厄表示，这确实比历史上记载的鼠疫爆发期间使用黑人拉运尸车的情况要好多了。

"是的，"里厄说道，"下葬是一样的，不过我们在做登记。这样的进步是无可争议的。"

尽管行政当局取得了这些成绩，但现行手续还是让人感觉不快，所以省政府不得不禁止家属前来葬礼现场，只允许他们走到墓园门口，而且这还是非正式许可。因为最后一项葬礼仪式已经略有变化。墓地尽头是一片只生长着乳香黄连木的荒芜之地，地上挖出了两个大坑，一个埋男尸，另一个埋女尸。从这点来看，行政当局还是尊重礼仪的，只是过了很久以后，迫于形势才丢掉了这份最后的廉耻：不管男尸女尸，一具接一具纷纷往里扔，丝毫不顾及体统。幸好，这样极端的混乱现象只是发生在鼠疫流行的晚期。在我们这一时期还是男女分坑埋葬的，省政府对此还是颇为在意。在每个坑的底部都堆着厚厚的生石灰，沸腾翻滚，冒着热气。在坑边，同样的生石灰堆得像座小山，上面的气泡在流通的空气中纷纷破裂。当救护车运送完毕，人们就列队用担架把尸体抬过来，把赤裸裸的、略微弯曲的尸体滑入池底，让它们大致能够一具挨一具地整齐排列，然后倒上生石灰，再用土覆盖，但盖到一定高度即可，以便为以后的尸体留出地方。翌日，家属便被请来在登记册上签字，这标志着人和狗之类的动物之间是有差别的：因为可以一直核查。

要完成所有这些工作，就得需要人手。可是人手缺乏的状况总是存在。护士和挖墓人员起先都是正式的，之后就是临时雇用的，他们中有许多人也死于鼠疫。无论采取何种预防措施，感染总是不可避免。但细想之下，人们会惊讶地发现，在整个瘟疫传播期间，干这一行的人从来不缺。危急时刻出现在鼠疫最为猖獗的那段时期，连里厄医生也不禁担忧起来。无论是管理人员还是他所说的粗人，都已经不够用了。但等到鼠疫真正席卷全城时，它过度的危害反而带来了便利，因为它破坏了整个经济活动，造成了大量失业者。大部分情况下，这无法满足招聘管理人员的需求，但对于招用干粗活的人却极为方便。实际上，从那时开始，人们对贫困的感受总是要强于恐惧的心理，因为工作报酬与危险程度是成正比的。卫生机构掌握一份求职者的名单，一旦有职位空缺，便马上通知排在名单前列的人。除非他们在等候期间自己也变成了要被别人弥补的空缺，否则不会不来应聘。对于是否要使用判过有期徒刑或无期徒刑的囚犯来执行这项工作，省长一直左右为难。但现在就可以避免这种极端情况的出现。只要失业者一直存在，他便觉得还是等等为好。

八月底，市民们终于被有模有样地带到他们最后的归宿地，至少算得上秩序井然，行政当局也因为完成了任务而感觉问心无愧。不过得把事件的后续部分提前做好准备，以便对最后需要采取的手段做一番论述。实际上从八月起，疫情发展处于稳定时期，死者的数量已经远远超过那座小小公墓的接纳能力。人们把一部分围墙拆掉了，为死者打出一个通往边上地块的通道，但这无济于事，所以得赶快另想办法。人们起先决定在夜里进行下葬，这样就可以免去一些仪式。救护车里的死尸可能会越积越多。一些迟归的散步者违反规定，在宵禁实施后还待在外围地区（或是因为工作原因去往那些地区）。他们有时会看到车型较长的白色救护车疾驰而过，黯淡无光的警报灯在空旷无人的马路上发出回响。尸体被匆忙抛入坑中，还未停止晃动时，一铲铲石灰便已经落在他们脸上。在这些越挖越深的坑中，大地便这样把他们悄悄埋葬了。

可是没过多久，人们便不得不在其他地方寻找更多的土地。省政府颁布了一道法令，征用了永久出租墓地，并且把挖出的尸体送去了焚尸炉。很快，死于鼠疫的人也得送去火化，所以就得使用东城门外的旧焚尸炉。守卫用的警戒岗哨又向外挪了挪。市政府的一位职员建议使用以前沿着海边峭壁行驶、如今已无用处的有轨电车，这样便会极大方便市政当局的工作。为此，人们改造了机车和拖车的内部设施，把里面的座椅全部拆掉，把行车路线改向焚尸炉，这样焚尸炉便成了行车路线的终点站。

在整个夏末，在阴雨绵绵的秋季，每逢子夜便能看到这些奇怪的电车，它们在海边的盘山公路上摇摇晃晃地驶过，里面空无一人。居民们最终搞清楚了是怎么回事。尽管巡逻队禁止人们走近悬崖，但还是不时有人偷偷溜进海边的悬岩，在电车经过时把鲜花扔进拖车车厢。于是在夏日的夜晚，人们可以听到这些载着鲜花和尸体的电车在路上颠簸的声音。

起初几天，每当晨曦初露，一股发出恶臭的浓烟便飘荡在东边的城区上空。根据所有医生的判断，这股烟气虽不好闻，但对人并无害处。但居民们却坚信鼠疫就会因此从天而降，纷纷威胁说要离开这些地方。于是，市政当局只好设计出一套结构复杂的管道系统，让烟气改道，居民们这才安下心来。只有在狂风大作的日子里，东边飘来的一股味道才会让他们想起自己身处的环境已经不同寻常，想起每天晚上鼠疫的火焰都在吞噬它的牺牲品。

这便是鼠疫造成的极其严重的后果。不过，幸好疫情后来没有变得更加严重，因为人们已经开始认为行政机关的创造性、省政府的措施以及焚尸炉的容量可能都已经过时。里厄知道当局已经考虑过让人无奈的解决办法，譬如把尸体抛入大海，他很自然地便联想到蓝色海面上漂浮着可怕遗骸的画面。他也知道如果统计数字继续上升，那么无论多么出色的组织机构都将束手无策。尸体会堆积如山，会在大街上腐烂，而省政府对此却无能为力。在市里的公共场所，人们也会看到奄奄一息的人怀着一种理所当然的仇恨和一丝愚蠢透顶的希望，拼命地缠住活人。

总之，正是这种明确无比的事实，抑或是这份担惊受怕的心情，让我们的市民感受到流放和离别之苦。对此，叙述者十分明白自己内心的遗憾，因为他没有任何真正精彩的事可以报道，譬如某位鼓励人心的英雄或是某件惊天动地的壮举，像老故事中的情节那般。因为要说不精彩，没有什么能与灾难相提并论。而且大灾大难持续时间很长，因而十分单调。在那些有过亲身经历的人们的记忆中，鼠疫肆虐的日子并不像熊熊燃烧而又冷酷无情的大火，而是像一阵永无止境的践踏，所到之处，万物凋零。

瘟疫蔓延之初，一些激动人心的形象总在里厄医生的脑海里挥之不去。不，鼠疫与这些形象毫不相干。刚开始，鼠疫表现为一套运转良好的行政体系，谨慎小心，无可指摘。顺便补充一句，为了不违背事实，也不辜负自己，叙述者尽量秉承客观的立场。他不愿意通过艺术加工而使事实失真，除非是为了让叙事较为严密而迫不得已为之。现在，他的言论正是甚于这种客观性：虽然离别是这段时期中最普遍深重的痛苦，虽然从良心上讲有必要对鼠疫时期的这一痛苦重新描绘一番，但这一痛苦本身正在抹去它悲怆的一面，这也是事实。

我们的市民，或者至少是那些最受离别之苦的人们，他们适应这样的处境吗？说适应可能未必十分正确。更确切的说法恐怕是他们无论在精神上还是在肉体上，都在遭受雷霆万钧般的痛苦。鼠疫刚爆发时，他们尽管与自己的心上人失去了联系，却在回忆中清晰可鉴，时时惦念。但是，尽管他们对心上人的言笑晏晏记忆犹新，尽管对自己记忆中心上人曾经快乐的时光记忆犹新，但他们还是很难想象就在他们回忆的时刻，远方的人儿究竟在做些什么。总之，就在那一时刻，他们拥有回忆，却想象不足。在鼠疫蔓延的第二阶段，他们连回忆也丧失了。不是因为他们忘记了那张面容——虽然结果是一样的——而是因为他们失去了心上人的肉体，在他们内心深处再也无法察觉心上人的存在。在最初的几周里，他们抱怨与自己温存的只是一些影子。随后，他们发现这些影子愈发没有血肉之躯的气息，连记忆中的一丝色彩也褪得一干二净。经过漫长的别离之后，他们都无法想象自己曾经拥有的温存，也无法想象自己曾经与一位爱人朝夕相处，无法想象自己可以随时把手放在爱人的身上。

从这一点来看，他们已经进入了鼠疫的范畴，这范畴平淡无奇，却很有效果。我们这里没人再有崇高的情感。每个人的情感都是单调乏味。"是时候结束这一切了。"我们的市民如是说道，因为在灾难期间期盼共同的苦难早点结束是很正常的事，因为事实上他们也正在期望结束这一切。但当这一切脱口而出时，却没了早先的怒火与戾气，只有还让我们保持清醒的几分理智，却很苍白无力。开始几周野性十足的冲动已经演变为一股沮丧，把这沮丧看成是逆来顺受或许并不妥当，但这倒也不失为一种暂时的认可。

我们的市民已经不再违抗，他们已经适应，正如人们所说，因为别无选择。他们自然还表现出不幸和痛苦的姿态，但他们已经感受它们的煎熬。不过，也有人——譬如里厄医生——认为这就是不幸，养成绝望的习惯比绝望本身还要糟糕。以前，离别的人们算不上真正的不幸，在他们的痛苦中还残存着一丝光明。现在，他们待在路边，待在咖啡馆里或是朋友家中，不发一言，百无聊赖，眼神里有着如此多的烦恼，整座城市仿佛因此成了一间候车室。对于那些有工作的人，他们干起活来就像鼠疫的姿态，小心翼翼而又不事张扬。每个人都变得谦虚谨慎。对于谈及不在眼前的人儿，对于使用人云亦云的话语，对于从疫情统计的角度来审视他们分别的情况，离别者们的内心不再有抵触情绪，这样的情况还是第一次出现。在这之前，他们极力把自己的痛苦与集体的不幸区分开来，而现在他们也能接受把两者混为一谈了。没有对过去的回忆，也缺乏对未来的希望，他们把自己置身于当下。老实说，在他们眼里，一切都是当下。必须说清楚的是：鼠疫从大家身上夺走了爱情的力量，甚至是友情的力量。因为爱情需要一点儿未来，但对我们而言，拥有的只有某些瞬间。

当然，在这一切之中，没有任何事是绝对的。虽说所有离别者确实最终都会走到这一步，但还是要公正地补上一句，他们不会同时走到这一步。而且他们一旦拥有了崭新的姿态，刹那间的浮现、回忆的瞬间、突然间的清醒，都会让病人们泛起更为崭新、更加痛苦的感觉。因而在有些时候，为了消遣时光，他们会设想一番鼠疫结束后的生活。出于某种矫情，他们会突然感觉自己的内心被莫名的嫉妒所伤。另一些人也会突然活跃起来，在一个星期的某些日子里会摆脱麻木不仁的状态，这自然是星期天和星期六下午。因为当心里挂念的人儿不在身边时，这两天便是参加某些宗教仪式的日子。抑或是临近傍晚，一阵莫名的忧伤袭上他们的心头，提醒他们往事又要在脑海中浮现——当然，这并不一定准会如此。这段傍晚时光，对信徒而言是自我反省的时候，对囚徒或流放者而言却是备受煎熬的时刻，因为他们除了感觉空虚，毫无反省的内容。这段时光让他们的生命一度停滞不前，之后他们又感觉迟钝无力，再次被鼠疫囚禁了起来。

他们已经明白，在这样的境地中，他们需要放弃更为切身的私事。这和鼠疫刚爆发的时候不同，那时他们遭遇了各种小事，他们觉得这些小事十分重要，对别人的生死却毫不关心，而且他们的人生体验也仅限于自己的工作经历。但现在则不同，他们只关心别人关心的事，他们只想着大家想着的事，而爱情本身在他们眼里则成了最抽象的存在。至此，他们已经完全听任鼠疫的摆布，他们偶尔也抱有希望，但只在鼠疫沉睡的时候。他们有时也会突然想到："腹股沟淋巴结炎啊，快结束吧！"可他们实际上已经入睡，这段时光不过是一场绵长的睡梦。城里到处充斥着白日做梦的人，只有为数寥寥的几次，在深夜里，看似愈合的伤口突然开裂，他们才算真正摆脱了命运的束缚。惊醒以后，他们漫不经心地摸着略微刺痛的伤口边缘，就在一瞬间，他们感觉自己的痛苦又重新迸发出来，伴随着这阵痛苦，呈现出受他们爱情感染的悲恸面容。到了清晨，他们又再次直面灾难，也就是说，再次直面机械刻板的生活。

但人们也许会问，这些离别者看上去究竟像什么呢？好吧，这很简单，他们什么都不像。或者可以说，他们就像普通人，一副非常普通的模样。他们的身上流露出城市的沉静与无谓的烦躁。他们的神情中没有了批判意识，反倒显得镇定自若。譬如，我们可以看到他们之中最聪明的人，也在装模作样地和别人一样看报纸听广播，搜寻一些让人相信鼠疫即将结束的证据，似乎滋生出一些虚幻的希望，抑或是读到某位无聊至极的记者随意撰写的述评，便莫名其妙地恐慌一番。至于剩下的人，要么喝喝啤酒，要么照顾病人，要么无所事事，要么疲惫不堪，要么整理卡片，要么放放唱片，彼此做的都差别不大。换句话说，他们没什么可挑可选的。鼠疫消除了价值判断力，于是可以看到：人们购买衣服和食品时不再关心它们的质量，而是统统接受，来者不拒。

最后要说的是，离别者们起初受到的保护，这种奇特的特权已经不复存在。他们抛弃了爱情的私心，也抛弃了随之产生的益处。至少现在的情势已经明了，瘟疫其实与每个人都休戚相关。围绕我们的，是城门口阵阵的轰鸣声，是敲出了我们生死节奏的盖戳声，是众多火灾和记录卡片，是惊恐慌乱和行政手续，我们的死亡肯定是屈辱的，却可登记在案。身旁升腾着可怕的浓烟，飘扬着令人安详的救护车鸣笛声，我们都在啃着同样的囚粮，茫然等待着同样的重逢，同样的平和，它们是同样地震撼人心。无疑，我们的爱一直都在，只是它毫无用处，沉重得让人难以承受，在我们身上活力尽失，如同犯罪或判刑一般乏善可陈。我们的爱只是一场前途渺茫的耐力比赛，一场冥顽不化的等待。就此看来，我们某些市民的态度让人联想到城里各处食品店门口排起的长队。那是同样的顺从，同样的忍耐，既无穷无尽，又毫无幻想。只要把这样的情感提升千倍，便是离别之苦。它是另一种渴望，可以将一切都吞噬殆尽。

不管怎样，如果要正确体会我们城中离别者的心情的话，那就要重新回想一下那些永恒的夜晚，灰蒙蒙的云层中露出金色的霞光，洒在了这座鲜有绿树的城市里。其时，男男女女纷纷走出户外，走上街头。因为让人感到奇怪的是，涌向依然洒满阳光的露天咖啡座的，并不是许多城市里通常回荡的车辆和机器的轰鸣声，而是沉闷的脚步声与低沉的话语混合而成的巨大的喧嚣声。在闷热的天空中，瘟疫呼啸着为成千上万痛苦的脚步打着节拍。踏步声没完没了，让人窒息。这声音逐渐飘满了全城，一晚又一晚，它那最忠实最沉闷的声音透露出盲目的固执，于是，它便取代了我们心中的爱意。

第四部

　　到了九月和十月，鼠疫让全城成了一座孤岛。既然鼠疫在城里裹足不前，那成千上万的人在漫长的数周里也只得困在城里。天空中，浓雾、热浪和雨水纷至沓来。一群群来自南方的椋鸟和斑鸫安静地飞翔着，飞得很高，绕城而过。如同帕纳卢神甫所言，瘟神在屋顶上空挥舞着古怪的木制长矛，舞得呼呼作响，吓得它们纷纷躲避。十月初，倾盆大雨把街道冲刷得一干二净。在这段时间里，唯一重大的事件便是瘟疫裹足不前，声势相当浩大。

　　里厄和他的朋友们都感觉十分疲惫。事实上，卫生防疫人员再也忍受不了这样的劳累。里厄医生觉察到了这些，因为他看到朋友们以及自己身上滋生出满不在乎的奇怪心理。例如，这些人之前只要一听到鼠疫的新闻，便表现出极其强烈的关注，如今却毫无兴趣。朗贝尔临时被人喊去管理一家隔离检疫病区，这家病区是不久前刚刚安置在他医院里的，所以他非常清楚在他那里隔离观察的人数。他对紧急疏散系统的各项细节都了如指掌，这个系统是他为那些突然发病的人专门设置的。隔离检验区的血清效果统计数据已经印在了他的脑海里。但是，他说不出每周死于鼠疫的人数有多少，他确实不清楚疫情是愈加严峻还是在逐渐平息。不管怎样，他依然希望下次能够逃出城外。

至于其他人，由于日日夜夜废寝忘食扑在工作上，所以他们既不看报也不听广播。如果有人告诉他们一个结果，他们就装作很感兴趣的样子，但其实心不在焉，对此毫不在乎，这让人联想到大战中的士兵，这些士兵因为构筑工事而疲惫不堪，他们只想着坚守住自己每天的工作岗位，对于决战或是停战，已经不抱什么希望。

格朗依然在做着与鼠疫相关的计算，但他肯定算不出总的结果。塔鲁、朗贝尔和里厄一看上去就是不知疲倦的人，格朗与他们则截然相反，他的健康状况一直不佳。不过他却兼任数职：市政府助理，里厄的秘书，晚上还得干自己的活。所以大家就看到他经常处于疲惫的状态，靠着两三个固定的想法来支撑着自己，比如鼠疫消灭后就彻底给自己放个假，至少放上一周，然后态度积极地把值得"脱帽致敬"的工作做完。他很容易莫名伤感起来。每每此时，他都会主动和里厄谈谈让娜，想想那一时刻她会在哪里，想想她是否会一边看报纸一边想念他。有一天，里厄用最平淡的语气向他谈到自己的妻子，这让里厄自己都感到惊讶，因为在这之前他从未这样做过。他妻子发来的电报总是报喜不报忧，不过他对此却放心不下，决定给她接受治疗的疗养院的主治医师打个电报问问。结果他收到了对方的回电，说他妻子病情加重，但会采取一切措施来阻止病情的恶化。他一直把这条消息留在心底，但他自己也无法解释怎么会把这消息告诉格朗的，除非是疲劳所致。这位政府职员和他谈过让娜后，便询问起他妻子的情况，里厄做了回答。"你知道的，"格朗说道，"这病现在治得很快。"里厄表示同意，并且坦承分别的时间有点长，他说自己本该帮助妻子战胜病魔的。而在此时，她肯定倍感孤独。接着，他陷入了沉默，只是泛泛地回答了格朗的问题。

其他人的情况也是如此。塔鲁比较能顶得住，但从他的笔记来看，他好奇心虽未曾泯灭，可他好奇的对象却远没有以前那么广泛了。事实上，在整个这段时期里，他似乎只关心科塔尔。自从旅馆改成隔离病区后，他就搬到里厄家去住了。他不大爱听格朗或里厄医生陈述瘟疫的情况。每当此时，他就会立刻把话题引向他平时在奥兰忙忙碌碌的日常生活上去。

至于卡斯特尔，他有一天跑来和医生说血清已经备好，然后他们俩决定在奥东先生的男孩身上做首次试验。这个男孩刚刚被人送进医院，里厄觉得他治愈的希望似乎不大。里厄正要把最新的统计数字告诉他的老朋友时，发现对方已经在扶手椅上沉沉地睡着了。平时卡斯特尔的脸上总会浮现一丝甜蜜温柔而又略带嘲讽的神色，让人感觉青春永驻。而此时这张脸庞突然变得松松垮垮，嘴巴微微张着，嘴角边还挂着口水，他的年迈衰老一览无余。里厄不禁哽咽起来。

正是在感情如此脆弱的时刻，里厄才可以判断自己的劳累程度。他丧失了敏感。大部分时候，他的敏感受到约束，因而他显得冷酷无情。但这股敏感在不断地衰弱，他便任由情感主宰自己，而这些情感自己已经无法控制。他唯一的自卫方式，就是躲到这副冷酷无情的外表下，紧紧揪住自己身上的心结。他清楚地知道，这是他继续干下去的好办法。除此之外，他并不抱有很多幻想，而且仅有的一些幻想也被劳累消磨光了。因为他知道，在他看不到尽头的时间里，他的任务不再是治病，而是诊断。发现，观察，描述，登记，然后给出绝症的诊断结论，这就是他的任务。一些病人的妻子抓住他的手腕哀号道："医生，救救他吧！"但是他在那儿不是为了救命，而是下达隔离的命令。他从那些人的脸上看到了仇恨，但仇恨又有什么用呢？有一天，有人对他说："您没有同情心。"这当然不对，他有同情心。正是这颗同情心支撑着他每天工作二十小时，亲眼看着鲜活的生命一个个逝去。正是这颗同情心让他每天都有一个新的开始。到了后来，他的同情心勉强够用，这样又怎么能够去救人性命呢？

不！他整天提供的不是救援，而是信息。当然，这算不上一份真正的工作。但是，在惊恐不安、病亡众多的人群之中，谁还会有这份闲暇去从事真正的工作呢？感觉疲惫还算是幸运的。如果里厄的精力再充沛一些，那么这种四处弥漫的死亡气息一定会让他百感交集。但如果每天只睡四个小时，那就不会感触良多了。人要实事求是地对待事物，也就是说要根据公正的原则对待事物，这公正既可恶又可笑。至于其他人，那些得了不治之症的人，他们也明显感受到了。在鼠疫发生以前，人们把他这位医生当作救星。他用三颗药丸和一根针筒就能解决问题，然后人们挽着他的胳膊，沿着走廊送他出来。虽然有染病的风险，但心情却颇为愉悦。而现在则截然相反，他上门看病得带上几个士兵，要用枪托砸上几下，人家才肯开门，这阵势似乎是要和这一家人、和全人类都同归于尽。唉！其实人与人之间，谁都离不开谁。和这群不幸的人一样，他也倍感无助。当他离开这些人的时候，怜悯之情便在他内心油然而生，他也应该得到这样的怜悯。

在这漫长的几周里，这至少就是里厄医生心中的念想，其中还夹杂着他的离愁别绪。这些心绪也同样写在他朋友们的脸上。所有那些一直在抗击瘟疫前线战斗的人们也渐渐体力不支，但是困倦引起的最危险的后果，并不是他们对外部事件和他人情感的漠不关心，而是他们对自己的放任自流。因为在他们身上有一种趋势：只要不是绝对必要的行为，只要他们觉得肯定力不从心，他们都不会去做。因此，这些人就越来越忽视他们曾经制定过的卫生规章，对于他们应该执行的许多自我消毒措施他们也忘了执行。有时，他们未做防疫措施就跑去肺部感染鼠疫的病人家中，因为他们都是临时得到通知出诊，所以他们觉得如果要赶到某个地方去给自己滴注防疫药物，那就会非常疲惫。这才是真正的危险，因为正是这场同鼠疫展开的斗争，让他们最容易受到鼠疫的感染。总之，他们是在碰运气，但没人能掌控运气。

然而，在城里却有这么一个人，看上去既没有疲惫不堪，也没有垂头丧气，依然显出一副怡然自得的神情。这个人就是科塔尔。他还是和别人保持若即若离的关系。但是他却经常去看塔鲁，只要塔鲁的工作可以安排得开的话。一方面是因为塔鲁对他的情况非常了解，另一方面是因为他懂得待人接物，对这位靠年金生活的小矮人始终热情如故。塔鲁尽管工作辛苦，但他对人总是和蔼可亲、关怀有加，这真是永恒的奇迹。有几个晚上他甚至都累垮了，但第二天依旧神采飞扬。科塔尔曾对朗贝尔说："我和他能聊得来。因为他是个男子汉，很善解人意。"

所以在这段时期里，塔鲁的记录就逐渐集中到科塔尔身上了。塔鲁试着记录下科塔尔告诉他的或是科塔尔所理解的反应和想法。有一篇题为《科塔尔和鼠疫的关系》的记录，它洋洋洒洒占了好几页，叙述者觉得很有必要在此概述一下。塔鲁对于靠年金生活的小矮人的整体印象可以概括为："这是一位正在成长的人。"至少表面上看起来，他正在愉快地成长。他对事态的发展并无不满。在塔鲁面前，他有时会用如下表述来表达他内心深处的想法："当然，情况不见得更好。但是大家都在同舟共济。"

"当然，"塔鲁补充写道，"他和其他人一样面临威胁，但问题恰恰在于他和其他人的处境是一样的。而且我敢肯定的是，他并不真正认为自己会染上鼠疫。他似乎就是带着这种想法在过日子：一个人一旦得了重病，或是焦虑深重，那他就不会患上其他疾病或焦虑症。其实这样的想法并不愚蠢。他跟我说：'人是不会同时得几种病的，不知道你有没有注意到？假设你得了重病或是不治之症，患上严重的癌症或是结核病，你就绝不会染上鼠疫或斑疹伤寒，这样的情况绝对不可能发生。其他情况就扯得更远了，因为你肯定没有见过一个癌症患者死于车祸的。'这样的想法姑且不论是真是假，但它确实让科塔尔心情愉悦。他唯一不情愿的事，就是自己被迫和别人隔离开来。他情愿同大家困在一起，也不愿意做个孤独的囚徒。鼠疫一来，就顾不上秘密调查、建档案、填卡片、秘密审讯和即刻逮捕这些事了。确切地说，无论是警察，新旧罪行，还是罪犯，一切都没了踪影。只有坐以待毙的患者，他们在等待着最任意的恩赦，这其中就有警察。"因此，按照塔鲁一贯的解释，科塔尔在看待我们的居民流露出的焦虑与慌乱时，完全有理由摆出这副宽容体谅、善解人意的满足神情，这神情仿佛在说："尽管说吧，反正我比你们早经历这些事。"

"我曾经跟他说过，不同其他人分开的唯一方法，就是问心无愧，可惜说了没用。他恶狠狠地看着我，跟我说道：'那么，这么说来，人与人之间是无法相处的啰。'接着又说：'你可以试试看，也就我和你说这话。把人们聚在一起的唯一方法，仍然是把鼠疫带给他们。看看你周围的情况吧。'事实上，我完全理解他想说的话，十分清楚今天的生活在他看来一定很舒适。所经之处，别人的反应他都曾经有过，他怎么会看不出来呢？譬如：每个人都试图让别人和自己在一起；给迷路者指路，有时候很热心，有时候却显得很不耐烦；人们争先恐后地拥进高级餐厅，开心地坐在那里，久久不愿离去；每天，电影院门口都挤满了乱哄哄的人群，剧场和舞厅也是人满为患，他们如同澎湃的潮水涌向公共场所；一方面本能地退让，避免有任何接触，另一方面人性中热情的渴望，又让男男女女相互靠近，让他们摩肩接踵，让他们耳鬓厮磨，让他们缠绵悱恻。显然，科塔尔早在他们之前就体验过这一切了。但对女人除外，因为一看到他那副尊容……我猜想，当他需要去找姑娘时，他会忍住不去，避免给人家留下糟糕的印象而坏了自己的事。

"总之，鼠疫对他有好处。鼠疫把这个离群索居却又不甘寂寞的人变成了它的同谋者。显然，这是一位同谋者，而且是一位自悦自喜的同谋者。他默许他所看到的一切：这些警觉的灵魂表现出过分的迷恋、无缘无故的惊恐以及心灵的敏感；他们极力避免谈论鼠疫却又忍不住谈及的怪癖；自从得知这种病的先期症状是头痛后，他们一有头痛便惊恐万分、面无血色；最后，他们情感脆弱，性格暴躁，情绪极不稳定，会把别人的疏忽视作冒犯，会因为短裤上掉了一粒纽扣而伤心不已。"

塔鲁经常和科塔尔一起晚上出去。之后，他在日记中叙述他们如何在暮色或夜色中一头扎进黑压压的人群，肩并肩走在一起，夹在若隐若现的人堆中。走上一段距离，才有一盏路灯射出微弱的光芒。他们随着人群去寻找欢乐，以躲避鼠疫的冷酷无情。科塔尔几个月前在公共场所所寻觅的奢靡生活，他孜孜以求而无法得到的奢华无度的享乐，如今全体市民都趋之若鹜。虽然物价不断上涨，不可遏制，但有人却在挥金如土，这样的现象前所未闻。虽然大部分人都缺乏生活必需品，但有人却在耗费无用的东西，这样的现象也是前所未见。休闲娱乐业蓬勃发展，可这只能说明失业问题。有时，塔鲁和科塔尔会跟踪一对情侣，跟上老半天。这对情侣以前会掩饰他们之间的关系，现在却紧紧依偎在一起，肆无忌惮地从城里走过，沉浸在浓烈的爱意中而有点难以自拔，所以对周围的人群完全熟视无睹。科塔尔情不自禁地说道："啊！多么快乐的年轻人啊！"他说话声音很高，显得无比喜悦，而遍布他周围的，是集体的狂热，是豪爽扔下的小费叮当作响的声音，是众目睽睽下的儿女情长。

　　不过，塔鲁觉得科塔尔的态度中并未夹杂多少恶意。他的那一句"我早在他们之前就体验过这一切了"，流露出的与其说是得意，不如说是怜悯。塔鲁说道："我觉得他开始喜欢上这些被困在天空和城墙之间的人了。譬如，他一有机会便主动向他们解释，鼠疫其实没有那么可怕。他曾对我坦言：'你听听他们说的：鼠疫过后，我要做这个，我要做那个……他们没有选择安逸的生活，而是自寻烦恼。他们甚至都不考虑自己的利益。比如我，我可以说自己在被捕后要做这事吗？被捕只是个开端，而不是终结。至于鼠疫……你想知道我的看法吗？他们很不幸，因为他们不能顺其自然。我很清楚我在说什么。'"

　　塔鲁接着说道："他当然清楚自己所说的话，他准确地判断出了奥兰居民的矛盾心情。一方面，他们深深地渴望得到让彼此相互贴近的热情，另一方面，他们又心存戒心而相互疏远，无法热情相待。人们都很清楚不能相信自己的邻居，因为他会在你毫无觉察、放松警惕的情况下把鼠疫传染给你。如果有人像科塔尔一样，花些时间在自己的同伴中去搜寻蛛丝马迹的话，那他就能明白这种感情，就会同情有如下想法的人：他们认为鼠疫会在须臾之间便降临到他们头上，在自己还在庆幸安然无恙时，鼠疫可能就准备行动了。尽管有这样的可能，但面对恐怖的氛围，他依然显得安逸自在。因为他早在别人之前就体验过所有这些，所以我觉得他无法完全和别人一样去经历这种前途未卜的折磨。总之，和我们这些还没有死于鼠疫的人一样，他清清楚楚地感到，自己的自由和生命每天都危在旦夕。不过，既然他已经经历过恐怖，所以现在轮到其他人来经历一番，他觉得这也很正常。更确切地说，比起自己一个人承受的恐怖，这样的恐怖显得要容易承受些。他错就错在这一点上，而且他比别人更难被人理解。但不管怎样，也正因为如此，他才比别人更值得我们去了解。"

最后，塔鲁在笔记本里叙述了一件事，这件事表明科塔尔和鼠疫患者同时具有的一种独特意识。这段叙事大体再现了当时的困难氛围，这也正是叙述者予以重视的原因。

有一天，他们一同去了市歌剧院观看歌剧《俄耳甫斯与欧律狄克》[①]，是科塔尔邀请塔鲁的。这个剧团在鼠疫爆发的那个春天来到本市演出，不料却被这场瘟疫困住，在与市歌剧院协调后，勉强同意每周加演一场。就这样，几个月以来，每逢周五，市歌剧院便回响起俄耳甫斯哀怨的悲歌和欧律狄克无力的呼唤。但是，这出歌剧一直受到观众的追捧，票房收入始终居高不下。科塔尔和塔鲁坐在票价最贵的座位上，俯视着坐满了上流人士的正厅。那些前来看歌剧的人，极力让自己的进场显得引人注目。在幕前耀眼灯光的照射下，伴随着乐师们的轻声调音，一个个清晰的身影在座位间穿梭而过，优雅地向旁人鞠躬致敬。在一片低声细语的交谈声中，人们又恢复了几个小时前走在城里阴暗的街道上时所缺乏的自信，服饰打扮让鼠疫不见了踪影。

在整个第一幕中，俄耳甫斯哼唱的悲歌如行云流水一般，引得几位身穿长裙的女士对俄耳甫斯的不幸品头论足起来。接着，小咏叹调又吟唱出爱情的意蕴。对此，全场报以热情有度的反应。人们几乎没有发现俄耳甫斯在第二幕自己的唱词中发出了不应有的颤音，

---

① 这部歌剧由德国音乐家克利斯托夫·维利巴尔德·格鲁克（1714—1787）谱写。在希腊神话中，俄耳甫斯是太阳神阿波罗和司管文艺的女神卡利俄帕的儿子，他的琴声和歌声能迷惑百兽。自从妻子欧律狄克被毒蛇夺取生命后，俄耳甫斯痛不欲生。在爱神的帮助下，俄耳甫斯义无反顾前往冥府解救妻子，但他不能回头看欧律狄克。结果在回来的路上俄耳甫斯抵御不住对妻子的思念，回过头看了她一眼，导致妻子第二次死去，于是俄耳甫斯自杀身亡。与神话故事的悲情结局不同，歌剧中的结局更为温暖：爱神最终为俄耳甫斯对妻子的真挚爱情所感动，让欧律狄克恢复了生命。最后，众神齐声歌颂爱情的力量，成为全剧中绚烂而感人的一幕。

当他以动人的泪水向冥王乞求时，哀婉的音调稍显夸张。他无意中做出了几个不连贯的动作，但在最老到的观众看来，这颇有韵味，而且还为歌剧演员的表演增色不少。

直到第三幕，在俄耳甫斯和欧律狄克演绎二重唱时，某种惊讶的情绪传遍全场。仿佛男歌唱演员就是在等待观众的这一反应，或者更确切地说，仿佛剧场里的嘈杂声让他坚信自己内心的感受，他选择此时此刻，身穿古装，张开双臂，分开双腿朝台前脚灯走去，姿态颇为滑稽，然后在田园牧歌的布景前倒了下去。这样的布景向来都是过时的，但在观众眼里，这布景此时显得很过时，显得非常过时。因为，就在此时，乐队停止了演奏，正厅就座的观众纷纷起身，开始缓慢地离开剧场。起先默默无声，仿佛做完礼拜离开教堂，抑或是吊唁完毕离开灵堂。女士们整了整衣裙，低着头往外走，男人们则手挽女伴，领着她们退场，免得她们碰到折叠式加座。不过，人群移动的速度逐渐加快，低声细语变成了大呼小叫，大家争先恐后地拥向出口，相互碰撞，最后在尖叫中挤成一团。科塔尔和塔鲁这时方才起身，独自面对他们当时生活中的一幅场景：鼠疫以演员四仰八叉倒地的丑陋形象出现在舞台上，而在剧场里，一切奢侈品都变得毫无用处，比如那些被人遗忘的折扇，以及从红色座椅上耷拉下来的花边饰物。

九月的头几天里，朗贝尔一直跟着里厄勤奋地工作。他只请了一天假，因为那天他要在男子中学门口同贡扎莱斯和两位年轻人会面。

那天中午，贡扎莱斯和记者看到两位年轻人笑嘻嘻地走来了。他们说上一次运气不好，不过这也是预料之中的事。总之，这周不是他们值班，得耐着性子等到下一周。那时再重新安排。朗贝尔说就是这个意思。贡扎莱斯于是便提议下周一再见面，但那时就得把朗贝尔安排住在马塞尔和路易家中了。"我和你再碰个头吧。要是我没有去，你就直接去他们家中。有人会把他们的地址告诉你的。"但就在那时，可能是马塞尔，也可能是路易开口说道，最简单的办法就是立刻带这位朋友去家里。要是他不挑剔的话，家里有足够四个人吃的东西。这样，他也就知道该怎么走了。贡扎莱斯说这个主意很好，于是他们便朝港口走去。

马塞尔和路易住在海军区的边缘地带，靠近通往悬崖峭壁的城门。这是一幢西班牙风格的小屋，墙壁很厚，木质外板窗刷上了油漆，房间里阴暗无光，空空荡荡。两位年轻人的母亲是位西班牙老太太，笑容可掬，满脸皱纹，她端上米饭来招待客人。贡扎莱斯对此颇感惊讶，因为城里已经见不到大米了。马塞尔说道："住在城门这里，总有办法弄得到的。"朗贝尔又吃又喝，贡扎莱斯说他是个可靠的伙伴，而记者却一直在想自己还得待上一周时间。

实际上，他还得等上两周，因为城门的警卫班已经改为每两周轮换一次，警卫班的数量也随之减少了。在这两周里，朗贝尔废寝忘食地连续工作，几乎是闭着眼睛从黎明干到夜晚。到了深夜，他才上床睡觉，睡得很沉。从原来的闲散舒适到现在的劳累不堪，这样突然的转变让他几乎抛弃了梦想，也耗尽了精力。他很少谈及他即将逃跑的事。只有一件事值得一提：一周后，他向里厄医生透露，前天夜里他生平第一次喝醉了。他从酒吧出来，突然感觉腹股沟肿胀了起来，双臂绕着腋窝摆动也很费劲，他觉得自己染上鼠疫了。当时他唯一的反应——后来他和里厄一致认为这样的反应缺乏理智——便是朝城市的高处跑去。在那里，有一处小广场，人们无法看到大海，但可以望见较为广阔的天空。他大声呼喊着他的妻子，喊声在城墙的上空回荡。他回到家后检查自己的身体，却发现没有一点感染的症状，于是对这场突如其来的危机感到很是过意不去。里厄说他非常理解人会有这样的反应。"不管怎样，"他说道，"有时人们就感觉需要这样。"

"奥东先生今天早晨和我谈到了你，"当朗贝尔准备告辞时，里厄突然补充道，"他问我是否认识你。他对我说：'你劝劝他，不要跟那些走私团伙来往。别人已经盯上他了。'"

"你说这话是什么意思？"

"意思是你一定要抓紧。"

"谢谢。"朗贝尔一边说着，一边紧紧握住医生的手。

走到门口，他又突然转过身来。里厄注意到，这是自鼠疫爆发以来，他第一次露出笑容。

"那你干吗不把我拦住不让我走呢？你有办法的呀。"

里厄习惯性地摇了摇头。他说这是朗贝尔的事。朗贝尔已经选择了幸福，而他里厄，是没有理由去反对的。在这件事上，他感觉自己无力去判断对错。

"在这种情况下，你为何叫我快点行动呢？"

这下里厄不禁笑了起来。

"我可能也想为幸福做点事吧。"

第二天，他们俩相对无言，只是在一起埋头工作。到了第二周，朗贝尔终于在这幢西班牙小屋住了下来。主人在公用房间里给他搭了一张床。由于年轻人不回来吃饭，再加上别人叮嘱他晚上尽可能少出门，所以大部分时间他就独自待着，或是和老太太说说话。老太太身形瘦削，但精神矍铄，身穿黑衣，棕褐色的脸上布满了皱纹，一头白发十分整洁。她沉默寡言，当她盯着朗贝尔时，只有眼睛里流露出笑意。

有时候，她问朗贝尔是否害怕把鼠疫传染给他的妻子。朗贝尔认为这事得看运气，但传染的风险终归是很小的。但如果他一直待在城里，那他们俩就可能要永远分离。

"她人好吗？"老太太笑着问道。

"很好。"

"她漂亮吗？"

"我觉得很漂亮。"

"啊！"她脱口而出，"原来如此。"

朗贝尔陷入了沉思。可能是这个原因，但不可能只是这个原因。

"你不信仁慈的上帝吗？"老太太问道，她自己每天早上都去做弥撒。

朗贝尔承认他不信，老太太还是说了句"原来如此"。

"你说得对，一定要和她团聚。不然你还能干吗呢？"

余下的时间，朗贝尔就沿着光秃秃的灰泥墙壁转悠，用手摩挲着钉在墙板上的扇子，或是数数桌毯垂下来的流苏上有多少羊毛球。到了晚上，两个年轻人回到了家里。他们话语不多，顶多说一下现在还不是时候。晚饭过后，马塞尔弹起了吉他，他们喝着茴香酒。朗贝尔则是一副若有所思的神情。

星期三，马塞尔回来说道："就定在明天晚上，半夜十二点。你准备好吧。"和他们一起值班的两个人，一个染上了鼠疫，另一个是同寝室的室友，已被隔离观察。因而这两三天里，也就只有马塞尔和路易在值班了。当天晚上，他们要去落实最后的细节事宜。第二天就可能成行了。朗贝尔表示感谢。老太太问道："你满意了吗？"他嘴上表示满意，但心里却另有所思。

第二天，天气闷热潮湿，让人感到胸闷气短。有关鼠疫的消息都非常不妙。不过西班牙老太太却依然从容自若。她说："世间罪恶丛生。而且必然是这样的！"与马塞尔和路易一样，朗贝尔也是赤着上身。但无论他做什么，汗水总是顺着他的肩膀和胸部不断淌下来。室内百叶窗紧闭，光线昏暗，他们古铜色的胸膛因此看起来黝黑发亮。朗贝尔来回踱步，一言不发。到了下午四点钟，他突然穿好衣服，说要出去一趟。

"注意，"马塞尔说道，"半夜里就要走的，一切都准备好了。"

朗贝尔去了医生家。里厄的母亲告诉朗贝尔，可以在城内高地的医院里找到里厄。在医院的门岗前，总是同样的一群人在转来转去。"走开！"一位长着鱼泡眼的中士喊道。人群走开了，但还是在附近徘徊。"不用等了。"中士说道，他的上衣已被汗水湿透。那些人也是这样的看法，尽管热浪逼人，但他们却依然守在那里，朗贝尔向中士出示了通行证，中士便给他指了指塔鲁的办公室。办公室的大门朝向院子。他迎面撞见从办公室出来的帕纳卢神甫。

这是一间脏乱的白色小屋，里面散发着药味和潮湿被褥的气味。塔鲁坐在一张黑色的木制办公桌后面，衬衫袖子卷了起来，他正在用手帕擦拭胳膊肘上的汗水。

"你还在啊？"他说道。

"是的，我想同里厄谈一谈。"

"他在大厅里。不过如果不去找他就能解决问题的话，那样会更好。"

"为什么？"

"他太累了。我可以办的事就不去找他了。"

朗贝尔看着塔鲁。他瘦了。他疲惫不堪，因而眼神迷离，面容憔悴，原本宽厚的肩膀也垮了下来。有人敲门，一名男护士走了进来，戴着白色口罩。他把一沓病历卡放在塔鲁的办公桌上，只是说了声"六个"便出去了，声音隔着口罩，显得很闷。塔鲁看着记者，把病历卡摊成扇形给他看。

"病历卡很漂亮吧？好吧，其实不是的，这些都是昨晚死去的病人。"

他眉头紧锁，把病历卡又重新理好。

"我们剩下唯一可做的事，就是核算了。"

塔鲁站起身来，靠在桌边。

"你马上就要动身了吗？"

"今晚，半夜十二点。"

塔鲁说这消息他听了很高兴，叫朗贝尔自己多加保重。

"这是你的真心话？"

塔鲁耸了耸肩膀说道：

"到我这个年纪，肯定得真心实意。撒谎太累人了。"

"塔鲁，"记者说道，"我想见见医生，抱歉。"

"我知道。他比我更通人情。我们走吧。"

"并不是这个原因。"朗贝尔为难地说道，然后便不吭声了。

塔鲁盯着他看了看，突然朝他笑了起来。

他们穿过一条小走廊，走廊的墙壁刷成了浅绿色，宛若水族馆映射的光芒。快要走到两扇玻璃门前的时候，他们看到门后有几个奇怪的身影在晃动。塔鲁让朗贝尔走进一间小房间，面积很小，沿着墙壁全部是壁橱。他打开了一个壁橱，从消毒器里取出两副纱布口罩，把其中一副递给朗贝尔，让他戴上。记者问戴上口罩是否有点用，塔鲁回答说没有什么用处，只不过让别人宽心罢了。

他们推开玻璃门走进大厅。这个大厅空间很大，尽管夏日炎炎，但窗户却全部紧闭。墙壁上方有几台换气扇在嗡嗡作响，螺旋形风叶搅动着混浊而炎热的空气，下面摆着两排灰色的病床。大厅里到处都飘荡着阵阵呻吟声，有的低沉，有的尖锐，统统汇聚成乏味单调的哀怨声。阳光透过装有铁栅栏的高窗倾泻进来，几名身穿白大裾的男子缓缓地走来走去。大厅里异常闷热，这让朗贝尔倍感不适。里厄正弯着身子站在一名呻吟的病人旁，朗贝尔差点没认出他来。医生正在切开病人的腹股沟，两名护士则在病床两边帮忙按住病人的下肢。当里厄直起身子时，一名助手递上一只托盘，里厄便把手术器械往托盘里一扔，然后一动不动地站了一会儿，注视着这位正在接受包扎的病人。

当塔鲁走上前去，他问道："有什么新情况吗？"

"帕纳卢同意接替朗贝尔在隔离病区工作。他做得已经够多的了。剩下的事就是等朗贝尔走后，重新组织第三调查组。"

里厄点了点头，表示同意。

"卡斯特尔已经做出了第一批制剂。他建议做个试验。"

"啊！"里厄说道，"这很好啊。"

"对了，朗贝尔在这里。"

里厄转过身来。口罩上方露出一双眯缝眼，直直地盯着记者。

"你在这里干吗？"他说道，"你应该在其他地方的。"

塔鲁说今天半夜十二点走。朗贝尔补充道："原则上是的。"

他们之中无论是谁说话，纱布口罩都会鼓起来，嘴巴那里都会潮湿。这样的谈话似乎很不真实，仿佛两座雕像在交流。

"我想和你谈谈。"朗贝尔说道。

"如果你愿意的话，我们一起出去吧。你在塔鲁的办公室等我。"

过了一会儿，朗贝尔和里厄坐在医生的汽车后座上。塔鲁在前面开车。

塔鲁一边发动汽车，一边说道："没有汽油了。我们明天要步行了。"

"医生，"朗贝尔说，"我不走了，我想和你们待在一起。"

塔鲁没有表态。他继续开车。里厄似乎还未摆脱疲态。

他压低声音问道："那她呢？"

朗贝尔说他考虑再三，还是坚持他的想法，但是他如果走掉，那他会感到羞愧。这会影响他对不在他身边的那个人的爱意。但是里厄直了直身子，铿锵有力地说，这样的想法很愚蠢，还说选择幸福不用羞愧难当。

"是的，"朗贝尔说，"但是如果只顾自己一人的幸福，那就感到羞愧了。"

之前一声不吭的塔鲁，此时头也不回地说，如果朗贝尔想要分担别人的不幸，那他就再也没有时间去享受幸福。总得做出选择。

"并非如此，"朗贝尔说道，"我一直认为对于这座城市而言，我就是个外地人，而且我和你们也毫无关系。但是现在，我见到了我所见的东西，不管我本意如何，我知道自己成了这里的人了。这事和我们大家都有关系。"

没人回答。朗贝尔显得有些不耐烦了。

"况且你们都很清楚！不然你们在这医院干什么？你们自己有没有选择？有没有放弃幸福？"

塔鲁和里厄还是没有吭声。大家沉默了很久，直到汽车驶近里厄家。而朗贝尔又再次提出他上回提的那个问题，而且提问的声音更加洪亮。里厄独自转过身去看了看朗贝尔，然后用力直了直身子说：

"对不起，朗贝尔，我不清楚你讲的内容。既然你愿意，那就跟我们待在一起吧。"

汽车突然一偏，打断了他的话。接着，他凝视着前方继续说道：

"世界上没有任何东西值得我们抛弃自己的所爱。但是，我不知为何抛离了自己的所爱。"

他又倒在了靠垫上。

　　"这不过是个事实罢了，"他疲惫地说道，"让我们记住它，并对它造成的后果拭目以待吧。"

　　"什么后果？"朗贝尔问道。

　　"啊！"里厄说道，"我们不可能一边治病一边就知道结果。那就让我们尽快医治病人吧！这是最紧急的事情。"

　　午夜时分，塔鲁和里厄给朗贝尔绘制他所负责调查的街区地图。塔鲁看了看手表，然后抬起头来，与朗贝尔的目光不期而遇。

　　"你已经通知了吗？"

　　记者把目光移向别处，掷地有声地说道：

　　"在来看你们之前，我已经写了张便条送过去了。"

　　卡斯特尔的血清是在十月的最后几天完成试验的。事实上，它是里厄最后的希望。如果试验再次失败，医生就会认为这座城市肯定会遭受病魔的肆意踩踏，疫情可能会持续好几个月，抑或是莫名其妙地戛然而止。

　　就在卡斯特尔去看望里厄的前一天，奥东先生的儿子病倒了，于是全家都进了隔离病房。奥东夫人不久前刚刚从那里出来，现在又得过隔离生活了。法官很遵守规定，他在孩子身上一旦发现病症，就立刻把里厄医生喊来。当里厄赶到时，奥东夫妇正站在病床边。他们的小女儿已经被隔离。孩子十分虚弱，任由别人给他检查，却不吭一声。当医生抬起头来，正好与法官双目对视，而且还看到他身后法官夫人那张苍白无比的脸庞。她把手帕捂在嘴上，眼睛睁得大大的，注视着医生的一举一动。

　　法官镇定地说道："就是这病，是吧？"

　　里厄又看了一眼孩子，回应道："是的。"

　　母亲的眼睛睁得更大了，但她还是一声不吭。法官也是默不作声，接着他压低声音说：

"好吧，医生，我们应该遵守规定。"

里厄刻意避开奥东夫人的目光，她一直把手帕捂在嘴巴上。

"这事很快就会办好，"他说的时候显得犹豫不决，"如果我可以打个电话的话。"

奥东先生说他要带医生去打。但是医生转身向奥东夫人说：

"很抱歉，你得准备一些东西。这事你懂的。"

奥东夫人似乎愣住了，目光转向地面。

"好的，"她点了点头说道，"这事我会做的。"

在与奥东夫妇告别之前，里厄忍不住问他们是否还需要什么。奥东夫人依然默默地看着他。但这次是法官在刻意避开目光。

"不需要，"他说道，然后咽了一下口水，"不过请救救我的孩子。"

隔离在一开始不过是一套普通的手续而已，后来则被里厄和朗贝尔组织得非常严密。特别是他们要求同一家庭的成员必须一直单独隔离。如果某位家庭成员无意中感染了鼠疫，那绝对要阻止疾病扩散的机会。里厄向法官解释了这些理由，法官也觉得这些理由很正确。不过，奥东夫妇相互凝视的神情，让医生觉得这样的分别会让他们俩有多么不堪。奥东夫人和她的小女儿可以住在朗贝尔管理的隔离医院里，但预审法官已经没有床位，只能住进省政府正在搭建的隔离营里。这个营地建在市体育场上，用的都是路政局那里借来的帐篷。里厄对此满怀歉意，但是奥东先生说规章制度对于每个人都是一样的，只需遵守就行。

至于那个孩子，他被转到附属医院，送进一间摆了十张病床的病房里，那里原来是间教室。过了二十多个小时，里厄断定孩子的病情已经无望。幼小的躯体已经被瘟疫完全吞噬，变得毫无反应。几个体积很小的腹股沟肿块虽然才刚刚出现，但却非常疼痛，让他骨瘦如柴的四肢无法自由活动。他早已被病魔打败了。因此，里厄想在他身上试验一下卡斯特尔的血清。当天晚上吃过晚饭以后，他们花了很长时间进行接种，但孩子没有丝毫反应。翌日，黎明时分，大家都围在小男孩身边来判断一下这次决定性的试验究竟效果如何。

孩子从昏迷的状态中苏醒过来，在床单里不断翻滚抽搐。从凌晨四点起，医生、卡斯特尔和塔鲁都一直守在他身边，一点点注视着病情的起伏变化。床头是身体魁梧、略微有点驼背的塔鲁；床尾站着里厄；卡斯特尔坐在他边上读着一本旧书，看上去异常平静。渐渐地，随着阳光逐渐照亮这间原为教室的病房，其他人也相继到来。首先是帕纳卢来了，他来到床的另一侧，站在塔鲁对面，倚靠在墙上。他的脸上流露出一种痛苦的表情，这些天他所有的疲惫不堪都在他红通通的额头上刻下了皱纹。然后是约瑟夫·格朗来了。当时七点钟，这位职员为他的气喘吁吁道了声歉。他只能待上一会儿，也许大家已经心知肚明。里厄一言不发，向他指了指孩子。孩子的脸已经完全变了样，双目紧闭，拼命地咬紧牙关，身体纹丝不动，头却在没有枕套的枕头上左右来回晃动。在病房的尽头，黑板依然挂在那里。当阳光变得较为明亮时，便可以瞧见原来书写在黑板上的方程式。这时，朗贝尔来了。他靠在旁边病床的一端，然后掏出一包香烟。但当他向孩子瞄了一眼后，便把香烟放回口袋里去了。

卡斯特尔依然坐着，他从眼镜的上方瞥了瞥里厄：

"你有他父亲的消息吗？"

"没有，"里厄说道，"他在隔离营里。"

孩子在病床上痛苦地呻吟，医生用力地握住床边的横档。他目不转睛地盯着这位小病人。他的身体突然变得僵硬，又一次咬紧牙关，腰部微微拱起，四肢慢慢分开。瘦小的身体一丝不挂，盖着一条军用毛毯，身体上散发出一股腥膻的羊毛与酸腐的汗水交织在一起的气味。孩子的身体逐渐放松下来，他的胳膊与大腿也向床中央围拢过来。他始终闭着双眼，一声不吭，呼吸显得愈发急促。里厄正好与塔鲁相互对视，而塔鲁却把目光移向别处。

他们已经见识过孩子们的死亡，因为数月以来，恐惧是不挑人的，但是他们还从未像今天早晨一样，每一分钟都在注视着孩子的痛苦遭遇。当然，这些无辜生命所遭受的痛苦，在他们的眼里一直都是令人愤慨的。但是在这之前，从某种程度而言，他们至少只是抽象地感到愤慨，因为他们从未如此长时间地直面一位无辜者的临终景象。

这时，孩子像是胃被咬了似的，身体又重新弯了起来，嘴里发出尖细的呻吟声。他的身体就这样弯着，持续了好几秒钟，一阵阵寒战与痉挛让全身不停抖动，仿佛他脆弱的骨架被鼠疫的狂风吹弯了，被连续不断的高烧吹得吱呀作响。狂风过后，他又稍稍松弛了一些，热度似乎也退去了，他仿佛被遗弃在潮湿腥臭的沙滩上，在这样的沙滩上休憩，宛若死亡。热浪第三次向他扑来，将他稍稍托起。面对袭遍全身的热浪，他惊恐万分，退到床里头蜷缩成一团，一边踢着被子，一边发疯似的摇晃着脑袋。从红肿的眼皮底下涌出大颗大颗的泪珠，顺着铅灰色的脸颊流下。经过这番闹腾，孩子筋疲力尽，他蜷缩着自己瘦骨嶙峋的双腿和四十八小时内明显消瘦的胳膊。在这张备受蹂躏的床上，孩子摆出了一副被钉在十字架上受难的姿态，显得颇为荒诞。

塔鲁弯下腰去，用他笨重的手擦拭小脸蛋上的眼泪与汗水。不知何时起，卡斯特尔已经合上书本，他一直在看着患病的孩子。他开口想说些什么，但因为嗓子突感不适，所以不得不咳上几声才能把话讲完。

"里厄，早上的症状没有得到缓解吧，是吗？"

里厄说没有，但又说这孩子坚持的时间比普通人要长得多。帕纳卢靠在墙上，看上去似乎有点陷在里面。他低声说道：

"如果他肯定要死的话，那他还会遭受更长时间的痛苦。"

里厄突然朝他转身，张口想说些什么，但什么也没有说，显然他在努力克制自己。然后他把目光投向孩子。

病房里洒满了阳光。另外五张床上的病人都在抖动，都在呻吟，但都有点拘谨，仿佛彼此商量好似的。只有一位病人，他在病房的另一端叫唤着，不停地发出很有规律的叹息声，这声音听上去不像痛苦，而更像惊讶。看来连病人也不像刚开始那样害怕了。现在，对于自己染上疾病，他们抱着某种默许的态度。只有这孩子在拼命挣扎。里厄不时地按住他的脉搏，但其实并不需要这样做，只是为了让自己摆脱目前死气沉沉、无能为力的状态。当他闭上双眼，便能感到孩子体内的焦躁与自己沸腾的热血相互交融，于是他感觉自己与这个饱受折磨的孩子融为一体，想要用自己尚未爆发的全部力量去支撑他。但是结合了仅仅一分钟，他们两颗跳动的心脏又失去了协调，孩子躲开了他，他的努力也化为了泡影。于是他放下纤弱的手腕，又回到自己原来的位置。

阳光照在石灰墙上，光线由粉红色逐渐转为金黄色。玻璃窗外，酷热已经在早晨显现威力。格朗走的时候说自己会回来的，但大家似乎都听得不太清楚。所有人都在等待。孩子依然紧闭双眼，看上去似乎平静了一点。他那变得如同鸡爪的双手，在床两侧的栏杆上慢慢地划来划去，尔后又举了上来，去抓膝盖边上的床单。突然，孩子蜷起双腿，一直到大腿抵到腹部这，才停了下来。这时，他第一次睁开眼睛，看到里厄站在他跟前。他面如死灰，神情呆滞，嘴巴张了开来。几乎就在张开的同时，他嘴里发出一声长长的、几乎不因呼吸而发生变化的叫喊，病房里骤然间充满了单调乏味、缺乏和谐的抗议声，这声音如此不近人情，像是所有人同时发出来的。里厄咬紧牙关，塔鲁转过身去。朗贝尔走到床前，卡斯特尔就在边上，这时他合上了摊在膝盖上的书。帕纳卢看着孩子那张因为生病而变得脏兮兮的嘴巴，里面发出那种仿佛各个年纪的人都会发出的叫声。他跪了下来，在那连续不断、难以名状的哀叫声中，大家自然而然地听到他用有点压抑却又十分清晰的口吻在说："主啊，救救这孩子吧。"

但是孩子还在不停地喊，他周围的病人也焦躁起来。在病房另一头不停哀叹的病人，加快了抱怨的节奏，直到最后他自己也真正叫了起来。与此同时，其他病人也呻吟得越来越厉害。痛苦的啜泣声如同潮水一般在病房里翻滚，淹没了帕纳卢的祷告声。里厄则紧紧抓住病床的横档，闭着眼睛，感到极度的疲劳与厌倦。

当他睁开双眼时，他发现塔鲁在他身边。

"我得走了，"里厄说道，"看到这些人，我再也受不了了。"

但是，其他病人一下子沉默了下来。这时医生发现孩子的喊声已经变弱，而且还在变弱，直到最后完全消失。孩子周围的哀叫声又重新响起，但声音很闷，仿佛是刚刚结束的战斗从远方传来的回声，因为这场战斗已经结束。卡斯特尔走到床的另一边，说了句"完了"。孩子的嘴巴张着，却没有声音，他躺在乱七八糟的床单上，身体一下子显得很小，脸上还残留着泪痕。

帕纳卢走到床前，做了个祝福的手势。随后他拿起自己的长袍，从中间过道走了出去。

"一切都得重新开始吗？"塔鲁向卡斯特尔问道。

老医生摇了摇头。

"也许吧，"他说着，脸上的笑容很僵硬，"他毕竟支撑了很长时间。"

但是里厄已经离开病房，脚步急促，神色匆忙。当他超过帕纳卢时，帕纳卢一把抓住他的胳膊想把他拉住。

"好吧，医生。"他对里厄说。

里厄转过身来，动作还是那样风风火火。他对帕纳卢粗暴地说道："啊！那个孩子至少是纯洁的，这一点你很清楚啊！"

接着他转过身去，走在帕纳卢前面，穿过病房房门，来到院子尽头。在积满尘埃的小树林里，他找了张长凳坐了下来，擦了擦已经流到眼睛里的汗水。他想再大声喊一次，以解开心中沉重的郁结。热浪缓缓侵袭榕树的树枝。早晨湛蓝的天空迅速蒙上了白乎乎的云层，空气变得更加闷热。里厄百无聊赖地坐在凳子上，看着树枝，看着天空，呼吸逐渐变缓，疲劳也渐渐消散。

"和我说话为什么这么凶？"他身后有人说道，"这样的状况，我也受不了啊。"

里厄转向帕纳卢说：

"确实如此。请原谅我。但疲劳就是一种疯狂。在这座城市，有时候我只能感受到自己内心的反抗。"

"我明白，"帕纳卢喃喃地说道，"这很令人反感，因为这些超越了我们的尺度。但也许我们应该爱上我们无法理解的东西。"

里厄一下子直起身子。他看着帕纳卢，眼神里流露出他所有的力量与激情，然后摇了摇头。

"不，神甫，"他说道，"我对爱有另一种理念。我至死也不会爱上这个使孩子们遭受折磨的世界。"

在帕纳卢的脸上，闪过一道震撼的阴影。

"啊！医生，"他悲伤地说道，"我刚刚明白什么叫恩赐。"

但里厄又百无聊赖地坐在凳子上。他感觉疲惫又回来了，他的回答更加轻声细语：

"我知道，这正是我所没有的。但是我不想和你谈这个。我们一起工作是为某件事情，这件事情把我们聚在一起，已经超越了亵渎神灵或是祷告神灵的层面。唯有这个是最重要的。"

帕纳卢在里厄边上坐下。他显得很感动。

"是的，"他说道，"是的，你也是为了人类的福祉而工作的。"

里厄微微笑着。

"人类的福祉，这个字眼对我来说太大了。我没有那么高的境界。我关注的是人的健康，首先是人的健康。"

帕纳卢吞吞吐吐地说："医生……"

他的话停了。汗水开始从他的前额渗出来。他喃喃地说了声"再见"，便站了起来，眼里闪烁着光芒。他准备走了，正在思考的里厄也站起身来，朝他走近了一步。

"再次请你原谅。"他说道，"我今后绝不会再这样发火了。"

帕纳卢伸出他的手，忧伤地说道：

"可我没有说服你啊！"

"这有什么关系？"里厄说道，"我所憎恨的是死亡和病痛，这点你很清楚。无论你愿不愿意，我们在一起都是为了忍受它们、战胜它们。"

里厄握住帕纳卢的手。

"瞧，"他一边刻意不去看帕纳卢，一边说道，"现在连上帝也无法把我们分开。"

自从帕纳卢加入卫生防疫组织以来，他从未离开过医院和鼠疫感染区。他已经身处救援者之列，身处他觉得应该身处的行列，也就是说，身先士卒。他看过许多死亡的景象。尽管原则上他有血清的保护，但他依然会担心自己的生死，这毫不奇怪。表面上看，他一直很镇静。但是那天他亲眼看见孩子的死亡，而且看了那么久，之后他就变了。他的脸上流露出越来越严重的紧张神情。有一天，他微笑着对里厄说自己正在准备一篇名为《神甫可以看医生吗？》的短文。里厄则感觉帕纳卢正在写更加严肃的东西，他似乎没有说出来罢了。当医生表示自己很想拜读这部作品时，帕纳卢告诉里厄，他必须在男信徒做弥撒时举行一次祷告，而且他可以借此机会阐明自己的某些观点。

"我想你过来听听，医生，这题目你会感兴趣的。"

在一个狂风肆虐的日子里，神甫做了第二次布道。老实说，这次布道的听众席比第一次要空得多。因为这样的场景对于我们的居民来说，早已没有了新鲜感。面对这座城市所处的困境，"新鲜感"这个词本身也失去了意义。另外，对于大多数人来说，他们还未完全放弃参加宗教仪式，抑或是他们不会一边参加宗教仪式一边过着极其败坏的私人生活。每当这时，他们就用缺乏理性的迷信活动来代替平常的宗教活动。他们不去做弥撒，宁愿佩戴一些具有庇佑作用的徽章或圣罗克的护身符。

我们的居民过分迷信预言，就是一例。春天的时候，大家一直在期待瘟疫的结束，却没有人问一问别人瘟疫究竟会持续多久，因为大家都相信它过不了多久就会消失。但随着日子一天天流逝，人们开始担心这场灾难真的没有尽头。因此，鼠疫的终结成了所有希望的所在。所以，人们就相互传递占星术士或是天主教某些圣人的种种预卜。城里的一些印刷商很快发现，他们可以从这种狂热的迷信中获利，便把流行的预卜文字大量印刷出版。当他们发现公众的好奇心难以得到满足时，便派人去市图书馆找资料，在各种逸闻中寻找此类文字，然后印出来在城里传播。当社会逸闻里也没了此类预卜文字时，他们就请一些记者来杜撰，在这一点上，这些记者表现出的能力并不逊色于历代优秀的同行。

某些预卜文字甚至在报纸上连载，人们对这些文字的渴望程度并不亚于健康年代的情感故事。其中一些预测靠的是奇奇怪怪的计算，参与计算的要素有鼠疫发生的年代、死亡人数和鼠疫持续的月数。另一些预测则和历史上发生的大规模鼠疫进行比较，从中总结出相似点（预卜称之为常数），并且通过同样奇怪的计算，声称可以从中得出与眼前的厄运息息相关的启示。但是公众最欢迎的无疑是启示录语言风格的预言，这类预言宣告一系列会在城里应验发生的事件，而且事件非常复杂，各种解释均有可能。因此人们天天向诺斯特拉达米斯①和圣女奥迪尔②求教，总是很有收获。此外，所有预卜都有一个共同点：它们最终都能让人安心。唯独鼠疫不是这样。

我们的市民用这些迷信活动代替了宗教仪式，因此当帕纳卢在教堂里布道时，只有四分之三的座位坐了人。布道那天晚上，里厄过来了，入口处的大门透进来一丝丝寒风，在门徒中间自由穿行。就在这寒气逼人、寂静无声的教堂里，就在这群全是男人的信徒中间，里厄坐了下来，亲眼看着神甫登上讲道台。跟第一次布道相比，神甫这次布道的口吻更加轻柔、更加谨慎，信徒们好几次在他的话语中发现某种犹豫的迹象。还有一件奇怪的事，他说话不再说"你们"，而说"我们"。

不过，他的语调逐渐变得坚定。他开始提醒大家说，好几个月之前，鼠疫就在我们周围，现在我们对它的了解更为清晰，因为我们多次看到它坐在我们桌旁或是坐在我们亲人的床头，看到它在我

---

① 诺斯特拉达米斯（1503—1566），法籍犹太裔预言家，精通希伯来文和希腊文，留下以四行体诗写成的预言集《百诗集》一部。

② 圣女奥迪尔是阿尔萨斯公爵阿达尔里克的女儿。公元660—720年左右，她在法国孚日山区建造了一座修道院。

们边上徘徊，看到它在工作地点等着我们。因此，我们或许可以更好地接受它不停对我们说的话，而第一次听到这些话会感到惊讶，可能我们并没有好好听进去。帕纳卢神甫在同一地点所做过的布道依然是正确的——至少他自己对此深信不疑。但是也有可能，正如我们每个人都会遇到的那样，他的所思所言都缺乏仁慈之心，所以他现在颇为后悔。不过，任何事情中总有值得汲取的东西，这一点倒还是真的。对基督徒而言，最残酷的考验仍然是一种恩惠。因此，在这种情况下，基督徒应该寻觅的东西，就是他应得的恩惠，以及这份恩惠是由什么构成，怎样才能找到它。

这时候，里厄周围的人们都坐在长凳的扶手上，显得悠然自得，十分自在。入口处，嵌有软垫的大门轻轻地来回开合着。有人跑过去弄了一下，让门不再摆动。里厄被这事弄得分了心，没怎么听清楚帕纳卢又在布道中讲了些什么。帕纳卢神甫大概是说不要试图为鼠疫爆发去寻找理由，而要设法从中学到可以学到的东西。里厄模糊地理解为，在神甫的眼里一切都无须解释。帕纳卢高声说道，在上帝眼里，有些事可以解释，而有些事却不可以。里厄马上被神甫的这番话吸引住了。当然，世间有善恶之分，而且人们很容易解释它们之间的区别。但要解释恶的内因，就变得困难了。譬如，从表面上看，有必要之恶和不必要之恶。有深陷地狱的唐璜，也有一个孩子的死亡。唐璜因放荡好色而惨遭雷劈，这很符合公道，但孩子遭受痛苦就让人颇为费解。事实上，世间最重要的莫过于孩子的痛苦以及与痛苦相伴产生的恐怖，莫过于引起这种痛苦的根源。在生活的其他方面，上帝给予了我们一切便利。而在这之前，宗教毫无是处。此时此刻，恰恰相反，上帝把我们置于绝境。我们身陷鼠疫的囹圄，我们必须在死亡的阴影下寻觅属于自己的恩惠。只需举手之劳便能跨越这面牢墙，帕纳卢神甫却不愿意。他本可以轻而易举地说，永恒的快乐在等待着孩子，会弥补孩子所遭受的痛苦。但实际上他什么都不知道。谁能真正肯定永恒的快乐可以弥补人类一时的痛苦？肯定不是基督徒，肯定不是的，因为我主耶稣的四肢和灵魂已经饱尝痛苦。不，面对孩子遭受的痛苦，神甫宁愿身陷囹圄，忠实地接受象征着十字架的磔刑。于是，那一天，他对前来听他布道的那些人说："我的兄弟们，这一刻到来了。要么全部相信，要么全部否定。那你们之中谁敢全部否定？"

里厄觉得神甫所言近乎异教邪说，他刚开始琢磨，神甫已经继续往下说了。他有力地指出，这项命令，这个纯粹的要求，就是赐予基督徒的恩惠，也是基督徒的品德。神甫知道，在他即将陈述的品德里，有些极端的内容会让许多有识之士感到不快，这些人已经习惯于一种更加宽容、更为传统的道德理念。但是在鼠疫肆虐时期，宗教已经非比寻常。如果上帝会同意，甚至会希望灵魂可以在幸福时光里得到安息和快乐的话，那么在十分不幸的年代里，他则希望灵魂变得更加极端。今天，上帝施恩于他所创造的世间万物，把他们置于不幸之中，迫使他们去寻觅和接受最高尚的品德，这品德就是要么接受一切，要么否定一切。

上世纪，有位不信教的作家曾经宣称揭开了教会的秘密，他说炼狱并不存在。他说这话的意思是中间状态并不存在，只有天堂和地狱之分。根据人们生前的选择，要么得救上天堂，要么受罚下地狱。但在帕纳卢看来，这是一种邪说，只有自由思想的灵魂才能想得出来，因为炼狱终究是存在的。不过可能在有些时期，不能过分指望进炼狱；在有些时期，不能谈论宽恕罪孽的话题。所有的罪孽都是深重的，所有的冷漠都是罪恶的。要么完全就是这样，要么完全不是这样。

帕纳卢停了一下。此时透过下面的门缝，里厄更清楚地听到外面狂风的呼号声愈发猛烈。就在这时，神甫说按照平时规定的狭义解释，他所讲的全盘接受的品德是无法让人理解的。这不是普通的顺从，也不是难得的谦卑，而是屈辱，一种心甘情愿的屈辱。当然，一个孩子遭受痛苦，对于大脑与心灵而言，都是件屈辱的事。但是，正因为如此，才要投身其中。正因为如此，帕纳卢让听众相信他要讲的话并不容易说出口，这种痛苦必须得要，因为它也是上帝所想要的。因此，只有基督徒才会不惜一切代价、孤注一掷地把这条重要的抉择之路行进到底。为了不至于沦落到否定一切的地步，他会选择相信一切。此刻，当教堂里善良的妇女们得知长出来的淋巴结是人体排除感染的天然途径时，她们会说："我的上帝啊，让我的身上长淋巴结吧。"基督徒也会听天由命，即便天意难以捉摸。人们没法说"那个我懂，但这个无法接受"之类的话，而要勇敢面对降临在我们头上的无法接受的事情，这正是为了完成我们的选择。孩子们的痛苦是我们苦涩的面包，但要是少了这块面包，我们的灵魂就会因心灵枯萎而死亡。

通常当帕纳卢神甫讲话停顿时，就会响起一阵骚动声。这次，骚动声刚响起时，神甫铿锵有力地继续布道，他以听众的口吻提出一个问题：究竟该怎么做呢？他预料有人会提到"宿命论"这个可怕的字眼。是啊，只要有人允许他加上"积极的"这个形容词的话，他就不会畏惧这个字眼。当然，应该再次强调，不要模仿他之前提到的阿比西尼亚基督徒。甚至不要想着去学那些患上鼠疫的波斯人，这些人一边把自己的旧衣服扔向基督徒组成的防疫小分队，一边大声祈求上天让这些离经叛道者染上鼠疫，因为这些离经叛道者妄想战胜上帝派来的不幸。不过反过来的话，也不要去模仿开罗的修道士。在上世纪鼠疫爆发的年代，信徒们湿润温热的嘴唇可能潜伏病菌，为了避免与之接触，这些修道士便用镊子夹圣体饼来举行送圣体仪式。波斯的鼠疫患者和开罗的修道士犯有同样的罪孽。因为在前者那里，一个孩子所遭受的痛苦无足轻重。而在后者那里，人类对病痛的恐惧已经无处不在。在这两种情境中，问题都被回避了。所有人都一直对上帝的声音装聋作哑。不过，帕纳卢还想举些其他例子。根据史学家的记载，在马赛爆发大规模鼠疫的时候，赎俘会修道院八十一名修道士中，只有四名在高烧后幸存了下来。而在这四人中，有三人是逃走的。这便是史学家们的记述。由于工作性质所限，他们只能言尽于此。但当帕纳卢神甫读到这些时，他所有的思考都集中在那位独自留下的修道士身上。尽管要面对七十七具尸体，尽管三个同伴已经逃跑，但他依然留了下来。于是神甫用拳头敲击讲道台的边缘，声嘶力竭地喊道："我的兄弟们，应该学学这位留下的修道士！"

当一个社会发生灾难、局面混乱之时，不要拒绝采取措施和维系秩序。不要听信那些道德家们的话，说什么俯首听命、舍弃一切云云。只要在黑暗中开始摸索前行、尝试做些有益之事就行。不过对于其他事情，甚至是有关孩子们的死亡，也要顺其自然，接受上帝的安排，而不要自己轻举妄动。

讲到这里，帕纳卢神甫回忆了马赛爆发鼠疫时贝尔增斯主教所表现出的崇高形象。他记得鼠疫快结束时，主教做了一切应该做的事，还是觉得束手无策，便准备了些食物把自己关在家里，让人把门堵上。居民们之前很崇拜他，现在却对他发起火来，这心态如同极度痛苦之后的报复心态。他们想让主教也染上鼠疫，便把尸体堆在主教屋子周围，甚至把尸体扔进院墙内，希望他非死不可。在最后关头表现出懦弱之举的主教，曾经以为就此脱离了死亡的世界，但死亡依然从天而降，落到了他的头上。因此，对我们而言，我们应该相信在鼠疫的汪洋大海中，并不存在所谓的孤岛。是的，并没有中间地带。应该接受这桩丑闻，因为面对上帝，我们必须做出爱与恨的选择。那么谁敢选择去恨上帝呢？

"我的兄弟们，"帕纳卢最后总结道，"上帝的爱是份艰苦的爱，意味着彻底的忘我和对自身的舍弃。只有这种爱才能消除孩子们的痛苦与死亡，不管怎样，只有这种爱才能让死亡成为必然，因为死亡无法理解，只能成为人们希望的对象。这就是我想和你们一起分享的深刻教训。这就是在人们眼里是残酷的，而在上帝眼里起决定作用的信仰，而且是要逐渐接受的信仰。我们应该努力塑造成这样非凡的形象。在这样的高度，一切都相互融合，不分彼此。真相会从看似不公平的表象中迸发出来。在法国南方的许多教堂里，数百年来鼠疫患者就一直长眠在祭坛的石案下面，神甫就在他们的坟墓上方布道，他们所宣扬的精神正是从这堆遗骸中升腾而起的，可这堆遗骸也包含那些孩子啊。"

当里厄走出教堂时，一阵狂风从推开的大门吹进来，猛烈地吹在信徒们的脸上。这阵风给教堂带来雨水的味道，带来湿漉漉的人行道的气息，这让信徒们还未走出教堂便可想见城市的面貌。走在里厄医生前面的，是一位年迈的教士和一位年轻的副祭，他们刚刚走出大门，正费劲地按住自己的帽子。尽管如此，那位年长的教士依然在不停地评论刚才的布道。他很钦佩帕纳卢的口才，但是他也为神甫流露出的莽撞想法感到不安。在他看来，这次布道展现出的不是力量，而是焦虑。像帕纳卢这个年纪的教士是不应该焦虑的。年轻的副祭低着脑袋顶风前进，言之凿凿地说自己经常和神甫打交道，很清楚神甫的变化，还说神甫的论文更为大胆，教会可能不会允许他出版。

年迈的教士问道："那他的想法是什么呢？"

他们来到了教堂前的广场上，周围狂风呼啸，年轻的副祭被吹得说不出话来。当他喘过气来的时候，他只是说：

"如果神甫要去看医生的话，那一定有矛盾的地方。"

里厄跟塔鲁转述了帕纳卢的一番话后，塔鲁对里厄说他认识一位神甫，这位神甫在战争中看到一张年轻的脸庞被挖去双眼后，便丧失了信仰。

"帕纳卢说得对，"塔鲁说道，"目睹无辜者被挖去双眼，作为一名基督徒，他要么丧失信仰，要么同意挖去双眼。帕纳卢不想失去信仰，他会坚持到底。这就是他想表达的内容。"

塔鲁的这番评论是否可以清楚地解释以后发生的不幸事件？是否可以清楚地解释帕纳卢在这些事件里做出的让周围人无法理解的举动？人们拭目以待。

布道之后过了几天，帕纳卢忙起搬家的事来。这个时候，由于疫病不断发展，城里掀起了一股搬家潮。塔鲁不得不离开旅馆搬去里厄家，神甫也只好放弃修会安置他的公寓房，住进一位老太太家中，这位老太太经常去教堂，还未受到鼠疫的感染。在搬家过程中，神甫感觉自己愈发疲惫，愈发焦虑。这样，他就失去了房东老太太的尊重。因为老太太曾经就圣女奥迪尔的预言对他侃侃而谈，而神甫可能由于身体乏累，表现得有点不耐烦。之后他做了一些努力，想让老太太至少对他没有恶感，但没有成功。他给她留下了坏印象。于是，每天晚上，在回到自己摆满针织花边织物的房间前，他总是看到房东背对着他坐在客厅里，而房东头也不回，向他冷冰冰地抛来一句"晚安神甫"。一天晚上，他准备上床睡觉时，觉得头昏脑涨，他感觉体内潜伏多日的热度正要从手腕和太阳穴处喷涌而出，宛若波涛汹涌的海浪。

之后发生的事全靠房东太太的讲述，大家才知道。那天早晨，她起得很早，一如平常。过了一会儿，由于没有看到神甫从房间里走出来，心里颇感蹊跷。犹豫了好一阵子后，她才决定去敲他的房门。她发现神甫一晚都没睡着觉，仍旧躺在床上。他感觉心里憋得难受，脸涨得比平时更红。用老太太自己的话说，她很客气地请他喊医生过来看看，但是她的提议被粗暴地拒绝了，对此，她感到很遗憾，只好离开他的房间。过了一会儿，神甫按了按铃，示意让她过来。他对自己刚才的冲动表示歉意，并且向她说明自己状态不佳与鼠疫无关，他身上没有任何鼠疫的症状，只不过是一阵短暂的疲乏而已。老太太庄重地回答说，她的建议并非出于对此类问题的担心，她对自己的安全并无顾虑，因为她的安全掌握在上帝手里。而她只是想到神甫的健康，因为她自认为对他的健康负有部分责任。不过由于神甫当时没再说什么，而她也很想履行自己的义务，所以据她自己所说，她还是请他把医生喊来。神甫再次拒绝了，不过说了一些老太太觉得十分含糊不清的解释。她自认为听懂的唯一解释是：神甫之所以拒绝看医生，是因为这样做不符合他的原则。而这个解释恰好是她所无法理解的。她由此得出结论，认为她房客的思维因为发烧而变糊涂了，她只好给他弄点汤药喝喝。

她决心严格履行自己在当前形势下所要承担的义务，每隔两小时就去探望病人。最让她感到惊讶的，是神甫整天都处在焦虑不安的情绪中。他一会儿把被单掀开，一会儿又重新盖上，不停用手去摸汗涔涔的前额。他经常坐起身来咳嗽，声音发哑，如同被人勒住了脖子，喉咙口有湿润的痰声，像是被硬扯出来的。那时，他看上去像是无力从喉咙口咳出让他窒息的棉花团一般。经过这番折腾之后，他浑身疲惫不堪，向后倒在床上。最后，他又略微坐了起来，就在这一瞬间，他的目光凝视着前方，这目光比他先前都更焦躁。但是老太太还在犹豫不决，想着要不要去叫医生，想着要不要反对病人的意愿。这可能只是一次普通的发烧，尽管它看上去很吓人。

　　到了下午，她想和神甫聊聊，结果只得到含糊不清的只言片语。于是她又提了一下自己的建议。但神甫却坐了起来，尽管气喘吁吁，却非常清楚地回答说自己不要请医生。这时，房东太太决定等到第二天早晨再说，如果神甫的病情仍然不见好转，她就拨打朗斯多克情报局每天在广播里播放十来次的电话号码。她总是专注自己的责任，想着在晚上去探望她的房客，照看一下他。但是到了晚上，把新煮好的汤药给神甫喝过之后，她想躺下休息一会儿，结果醒来已是翌日清晨。她赶忙朝神甫的房间奔去。

　　神甫躺在床上，一动不动。昨天，他的脸庞因为极度充血而涨得通红，今天却变成了青灰色，而且因为脸部还很肿胀，所以看起来尤其明显。床的正上方悬挂着一盏彩色玻璃珠吊灯，神甫一直盯着它看。当老太太走进房间时，神甫转过头来朝她望去。根据房东太太的说辞，经过昨天整整一晚的折磨，他此时看上去完全累垮了，连回应的力气都没有。她问他身体怎么样了。他说身体不行，但不需要请医生，只要叫人把他送到医院，下面的事就顺理成章了。老太太注意到他回答的语气极其冷漠，她被神甫的话吓到了，赶忙跑去打电话。中午，里厄来了。听完老太太的讲述，他只是回答说，帕纳卢说得对，但现在太晚了。神甫招呼里厄的时候，神情同样冷漠。

　　里厄替他做了检查，惊讶地发现他没有任何淋巴腺鼠疫或肺鼠疫的主要症状，只是肺部有点肿胀，会感到胸闷。不过脉搏很弱，病情总体上也很不乐观，所以希望很渺茫。

　　他对帕纳卢说："你身上没有鼠疫的主要症状，但实际上怀疑还是有的，所以我得把你隔离开来。"

　　神甫笑了起来，笑得很诡异，仿佛在表示礼貌，但没有吭声。里厄出去打了个电话，然后又回到屋里。他看着神甫，轻声地对他说：

"我会待在你身边的。"

神甫似乎又变得活跃起来，他把目光转向里厄，眼神里仿佛又浮现起某种热情。接着，他开口讲话了，讲得吞吞吐吐，以至于都无法听出他的话究竟是否带着忧伤。

"谢谢，"他说，"但是修道士是没有朋友的，他们把一切都献给了上帝。"

他请人拿一下放在床头的十字架。当他拿到后，便转过身去盯着它。

在医院里，帕纳卢没有开过口。他像一个物体一样，任由别人给他做各种治疗，但他始终都没有放下十字架。不过，神甫的病情还是没有确诊。里厄的心里依然疑虑重重。这既是鼠疫，又不是鼠疫。况且最近一段时间以来，鼠疫总是让医生感到难以确诊，它似乎以此为乐。但就帕纳卢这个病例来说，后续发生的事情表明，诊断上的不确定性是无关紧要的。

热度升高了。咳嗽声越来越嘶哑，让病人整天都备受折磨。晚上，神甫终于咳出了这团让他喘不过气来的"棉花"，颜色鲜红。在高烧发作的过程中，帕纳卢的目光始终很冷漠。翌日早晨，有人发现他已经死了，半个身子倒在床外，眼神已经了无生机。他的病历卡上写着："病情可疑。"

这一年的万圣节非比寻常。当然，天气还是这个时节该有的天气。但突然之间就变天了，迟迟不退的高温终于变成了凉爽。和往年一样，飕飕的冷风不停地呼啸而过。风起云涌，云在天边迅速翻滚，地上的房屋也因此笼罩上了云影。云飘过之后，十一月充满寒意的金色阳光又重新倾泻在这些房屋上。有些人已经穿上了防水服。

但是人们注意到经过涂胶处理、质地光亮的衣服多得出奇。原来是许多报纸报道说，两百年前在南方发生了大规模鼠疫，当时医生为了保护自己，都穿着涂油的衣服。商店便趁机清仓，把库存的过时衣服拿出来售卖，每个人都希望穿上这衣服可以不受传染。

但是所有这些季节的特征都不能让人忘却这样一个事实：公墓已经罕有人迹。在以往的年份里，电车上飘满了菊花的清香，女人们成群结队来到安葬她们亲人的地方，在他们的墓碑前献上鲜花。人们想在这一天去弥补，弥补漫漫数月间逝者无依无靠、被人遗忘的处境。不过这一年，没有人会去想念逝者，因为对他们的思念已经太多。人们不会再带着些许遗憾和无尽忧伤回到他们的墓碑前。他们也不再是被人抛弃的逝者，不需要人们一年一次来墓碑前表达哀思。他们是闯入生活的不速之客，于是人们想要忘却他们。所以在某种程度上今年的亡人节被含糊地混了过去。根据科塔尔的说法——塔鲁觉得他的话中越来越有讽刺的语调——现在每天都是亡人节。

事实上，鼠疫的火焰在焚尸炉里舞动得愈发欢快。一天天过去，死者的数量确实未曾增加。看来鼠疫已经顺利到达顶点，如同恪尽职守的公务员，每天在一丝不苟、有条不紊地完成自己的杀戮任务。无论从道理上来看，还是根据权威人士的意见，这都是好兆头。鼠疫形势图上面的曲线先是不断上升，然后上升趋势明显放缓，形状宛若高原一般，这让里夏尔医生感到十分宽慰。他说："这张图很好，很棒。"他认为鼠疫已经进入了平稳发展的区间，之后只会逐渐减弱。他把这归功于卡斯特尔刚刚研制出来的新型血清，这种血清的效果确实让人出乎意料。老卡斯特尔对此并无异议，不过他也认为，凡事都无法预测，从瘟疫发展史的角度来看，疫情往往在突然之间就会死灰复燃。省政府很早就想安抚一下公众的情绪，但由于鼠疫猖獗，这个想法一直没能付诸行动。现在，省政府打算把医生都召集起来，让他们就此起草一份报告。就在这时，里夏尔本人也被鼠疫夺去了生命，而这恰好发生在疫情稳定的阶段。

　　面对这样的情况，政府部门可能会很受触动，可这样的情况毕竟也说明不了什么。于是政府便一下子变得悲观起来，与先前表现出的乐观精神相比，其轻率的程度有过之而无不及。至于卡斯特尔，他就是在专心致志地配制他的血清。总之，没有一处公共场所不被改造成医院或隔离所的。省政府还没被改造，那是因为总得保留一处集会的地方。不过总的来说，由于这一时期疫情相对稳定，里厄安排的医疗组织应付起来绰绰有余。已经疲惫不堪的医生和助手们暂且不必担心之后的工作会变得更辛苦。他们只需按部就班地继续工作就行，这工作可以说是超常的工作。肺部感染的症状已经表现出来，现在正向全城蔓延开去，仿佛大风在肺部燎起一场大火，而且越燎越旺。病人们吐血不止，撒手人寰的速度比以往更快。随着这种新型传播形式的出现，疾病感染的风险也变得更大了。老实说，在这一点上，专家的意见总是自相矛盾的。不过出于安全起见，卫生防疫人员还是戴着消过毒的面纱口罩。初看之下，疫病似乎已经蔓延。但由于淋巴腺鼠疫患者正在减少，所以总人数还是保持不变。

　　不过，由于粮食供应问题日益严峻，人们又产生了其他方面的焦虑。投机商也趁机哄抬物价，高价出售一般市场上所缺乏的基本食物。穷苦人家因此处境极其艰辛，而富裕人家却几乎什么都不缺。鼠疫恪尽职守，不偏不倚，本该会促进居民之间的平等，但事实却截然相反。由于通常的自私行为，鼠疫反而加深了人们心中的不公平感。当然，人们确实在死亡面前具有无可非议的平等，但这并非人们心中所愿。那些挨饿的穷人们更加怀念邻近的城市和乡村，那里的生活很自由，那里的面包也不贵。由于他们在这里吃不饱，他们便产生了一种想法，一种不太理性的想法，认为他们早就该被放走了。于是有句口号流传了开来："要么给面包，要么给新鲜空气！"这句话有时可以在墙上看到，有时可以在省长经过时听到。这句讽刺性的口号是某些游行示威活动的信号，尽管它们很快被镇压下去，其严重性却是有目共睹。

各大报纸自然听从他们所收到的指令，不惜一切代价宣扬乐观主义。一翻开这些报纸，就能读到现在形势的特点，即全城居民表现出的"镇定与冷静，是令人动容的榜样力量"。但在这座与世隔绝、凡事都无秘密可言的城市里，没人会相信这个全城居民表现出的所谓"榜样"。如果想对涉及的镇定与冷静有确切认识的话，只需走进行政当局组织的隔离所或是隔离营看一看就行了。不过叙述者正好在其他地方，对这些地方不了解，因此他在这里只能引用塔鲁的描述了。

塔鲁在自己的笔记本里记录了一次参观经历，他和朗贝尔一起去设在市体育场的隔离营参观。体育城就靠在城门口，它一面朝着电车通过的马路，另一面朝着一大片空地，这空地一直延伸到城市所在的高原边缘。体育场四周围有高高的水泥墙，只要在四个人口处设置岗哨，里面的人便插翅难飞。同时，四周的高墙也阻挡了外面的人，这些人出于好奇想对关在隔离营的不幸者一探究竟。另一方面，这些不幸者整天被关在里面，看不见电车，但却听得到它们行驶的声音。每当他们听到电车的行驶声特别大时，他们便猜想肯定是上下班时间。于是，他们知道，尽管他们被排除在生活之外，但生活就在距离他们咫尺之遥的地方继续着；他们也知道，水泥墙隔离出两个截然不同的世界；他们还知道，即便身处不同的星球，也不会面对如此巨大的差异。

一个星期天的下午，塔鲁和朗贝尔决定去体育场看看。足球运动员贡扎莱斯陪他们一起去的。他是朗贝尔约来的，最终答应去轮流看管体育场。朗贝尔要把他介绍给隔离营主管。贡扎莱斯在与塔鲁和朗贝尔见面时说，在鼠疫爆发前，这时正是他穿上球衣准备上场比赛的时刻。现在，所有的体育场都被征用了，已经不可能组织球赛。贡扎莱斯感觉无所事事，而且他看上去也是如此。这也正是他接受这项看管工作的原因之一，条件是他只能在周末上班。那天天气晴转多云，贡扎莱斯抬头看了看，不无遗憾地说这种既不下雨又不炎热的天气，最适合进行比赛。在他饱含深情的回忆里，有更衣室里涂抹松节油的味道，有摇摇晃晃的看台，有黄褐色球场上色彩鲜艳的球衣，还有中场休息时的柠檬或是清凉解渴的柠檬汽水。此外，塔鲁还记录道，有次经过郊区坑坑洼洼的道路，足球运动员贡扎莱斯不停把脚下碰到的石子一一踢开，设法把它们踢到阴沟洞里去。当他踢中时，他就说："一比零。"他把烟抽完后，便把烟蒂朝前吐去，紧接着试图用脚在空中踢中它。在体育场附近，几个孩子正在踢球，他们把球朝正好经过的三人踢过来，贡扎莱斯则把球准确地踢还了回去。

　　三人终于走进了体育场，看台上全是人。但运动场上还搭着好几百个红色帐篷，远远望去，可以看到里面的卧具和包裹。看台还是保留了，为了让这些隔离的人可以在酷热暴晒或刮风下雨时有个躲避的地方。不过，他们在太阳落山时得回到帐篷里去。看台的下面是整修过的淋浴间，原来运动员的更衣室也被改造成办公室和医务室。大部分被隔离的人都挤在看台上，另一些人在体育场边缘徘徊。有些人蹲在帐篷门口，茫然地看着周围的一切。在看台上，许多人躺在那里，似乎在等待着什么。

　　"他们白天在干什么？"塔鲁向朗贝尔问道。

　　"什么也不干。"

　　确实，几乎所有人两手空空，胳膊晃来晃去。这一大群人静得出奇。

　　"最开始的时候，这些人吵吵闹闹，彼此合不来，"朗贝尔说道，"但随着日子一天天过去，他们的话越来越少了。"

　　从塔鲁的日记来看，他理解他们，刚开始的时候，他看到他们挤在帐篷里，不是闲得在听苍蝇嗡嗡叫，就是忙着在给自己挠痒痒。如果他们发现有人愿意听他们说话，他们便大声倾诉自己的愤怒或恐惧。但自从隔离营容纳的人数超出上限，愿意听人倾诉的人就越来越少了。于是他们只好默不作声，相互猜疑。确实有一种猜疑的气氛，自灰色而明亮的天空中倾泻下来，投射在红色的隔离营上。

　　是的，他们每个人的脸上都流露出猜疑的神色。既然他们被隔离开来，这样做不是没有原因的，所以他们脸上的表情表明他们既在思考原因，内心又很恐惧。塔鲁注意到每一个人都目光无神，他们似乎都很痛苦，因为与之前的生活完全脱离而感到痛苦。而且由于他们不能总想着死亡，所以他们索性什么都不去想，仿佛在度假一般。"但是最糟糕的是，"塔鲁写道，"他们已经被人遗忘，而且他们对此心知肚明。那些过去认识他们的人把他们忘记，因为这些人现在想着其他事了，这可以理解。那些爱他们的人，也把他们遗忘了，因为那些人四处奔忙，想方设法把他们弄出去，最后弄得疲惫不堪。由于一直想着这样的离营问题，结果反而把需要离营的亲人给忘记了，这也是很正常的。结果到最后，人们发现，即使是在最不幸的时候，也没有一个人能够真正想到谁。因为真正想念一个人，就意味着分分秒秒都在想念，意味着不能被任何事分心，无论是家务事，是苍蝇飞来飞去，是做饭吃饭，还是身上瘙痒。但是，苍蝇和瘙痒总是会有的。这便是生活不易的原因。对此，他们都很明白。"

隔离营主管朝他们三人走来，跟他们说有位叫奥东的先生想见他们。他先把贡扎莱斯带到他的办公室，接着领着朗贝尔和塔鲁朝看台的一个角落走去。奥东先生一个人孤独地坐在那里，他看到他们便起身迎接。他的着装总是一成不变，还是戴着相同的硬领子。塔鲁只是发现他两鬓的头发比以往翘得更直，一只鞋的鞋带也松开来了。法官显得很疲倦，他讲话时目光从未投向对方。他说见到他们很高兴，并请他们对里厄医生所做的工作表示感谢。

其他人没有说话。

过了一会儿，法官说道："我希望菲利普不会受太多的苦。"

这是塔鲁第一次听到法官提到自己儿子的名字，他觉得事情已经有所变化。太阳正在地平线上落下，阳光透过两片云朵斜照在看台上，三张脸庞上洒满了金光。

塔鲁说："不，不，他真的没有受苦。"

当他们离开的时候，法官还是朝着太阳的方向眺望。

他们走去向贡扎莱斯道别，他正在研究轮班值勤表。足球运动员一边笑着一边和他们握手。

"至少我又找到了更衣室，"他说道，"还是老样子。"

没过多久，当主管陪塔鲁和朗贝尔出来的时候，看台上响起一记巨大的噼啪声。接着，以前用来宣布比赛结果或是介绍球队的高音喇叭，现在则带着嗡嗡的杂音宣布，隔离人员必须回到帐篷里去，晚餐就要发放了。这些人慢吞吞地离开看台，拖着步子回到帐篷里。当他们都停歇之后，两辆像火车站见到的那种小电瓶车，载着两口大锅开到两顶帐篷中间。人们伸出胳膊，两只长柄勺子伸入两口锅里，然后把里面捞出来的东西放在两只饭盒里。电瓶车又开动了，开到下一顶帐篷前停下再开始分发食物。

"这蛮科学的。"塔鲁对主管说道。

"是的，"主管一边握着他们的手，一边满意地说道，"这蛮科学的。"

夜幕降临，天空不见一丝云彩。一缕柔和而凉意四起的余晖洒在隔离营上。宁静的夜色中，到处升腾起餐碟汤勺的碰撞声。一些蝙蝠在帐篷上空盘旋，然后又突然不见了踪影。一辆有轨电车在岔道口轰轰作响，声音是从墙外传来的。

"可怜的法官，"走出大门时，塔鲁不禁喃喃地说道，"应该帮他做点事情，可是该怎么帮助一位法官呢？"

在这座城里，还有好几个隔离营，出于顾虑，也因为缺乏直接的信息来源，所以叙述者无法再多讲什么。不过可以透露的是，这些隔离营的存在，从中散发出的气味，黄昏时分高音喇叭发出的巨大声音，围墙的神秘，对这些荒地的恐惧，所有这些都对我们居民的心理造成了沉重的负担，促使大家更加慌乱，更加不安。他们与市政当局的摩擦冲突也随之增多。

到了十一月底，早晨的气温变得十分寒冷。暴雨把路面冲刷得干干净净，天空也一碧如洗，万里无云，路面也散发出光泽。每天早晨，无力的太阳散发出耀眼而寒冷的光芒，照耀全城。到了晚上，空气反而变暖和了。这正是塔鲁选定的同里厄医生谈心的时间。

一天，晚上十点左右，度过了漫长劳顿的白天之后，塔鲁陪里厄去那位患哮喘病的老人家里出诊。在老街巷鳞次栉比的住宅上方，夜空闪烁着柔和的星光。昏暗的十字路口，缕缕轻风悄悄拂过。穿过宁静的街道，两人来到老人家里。老人喋喋不休地对他们说话，说有些人与市政当局不和，说好差事总是掌握在同一拨人手里，说常在河边走哪有不湿鞋。对此，老人搓着双手说，很可能将要有一番大吵大闹。就在医生护理他的时候，他不停地发表着对时事的评论。

他们听到楼上有人走动。病人的老伴注意到塔鲁好奇的神色，便向他们解释说楼上平台上是几位女邻居。同时，他们也了解到平台上面风景很美，而且平台之间相互连在一起，所以整个街区的妇女足不出户便可以相互串门。

"是的，"老人说道，"上去看看吧，上面空气很好。"

他们发现平台上空无一人，只有三把椅子。朝一边极目望去，只见一排排平台向远处延伸，一直伸到一块黝黑硕大的岩块那里，他们发现这是看到的第一座山岗。朝另一边望去，越过几条街道和隐没不见的港口，目光可以一直望到地平线，那里海天交融，隐约闪烁着光芒。远处，他们知道那是悬崖，再远处，一束微光忽闪忽闪，很有规律，但他们却看不到这光亮是从哪里亮起的。其实这是航道上的灯塔。自从春天以来，它便不断发出灯光信号，引导船只驶向其他港口。风吹云散，夜空清朗，璀璨的星光与远方灯塔的微光融为一体，流星不时地从天穹划过。和风捎来了芳草与石头的气息。真是万籁俱寂。

"天气不错，"里厄边说边坐了下来，"好像鼠疫从未在这里发生过似的。"

塔鲁朝他背过身去，凝望着大海。

"是的，"他过了一会儿说道，"天气不错。"

他走到里厄医生旁边坐下，仔细地盯着他看。天空中闪过三次微光。从街道深处传来一阵餐具碰撞的声音，一直传到他们这里。屋里的一扇门砰的响了一下。

"里厄，"塔鲁说话的语气很自然，"你从未想知道我究竟是谁吗？你把我当作朋友吗？"

"是的，"医生回应道，"我把你当朋友看。"

"好的，这样我就放心了。那你愿意趁现在来聊聊我们的友情吗？"

作为回应，里厄朝他笑了笑：

"那么，好吧……"

几条街开外的地方，有辆汽车似乎在潮湿的路面上打滑，滑了很久。它渐渐开远后，远处隐约响起几声惊呼，再一次打破了宁静。接着又变得静悄悄的，萦绕在两人周围的只有夜空与繁星的静谧。塔鲁站起身来，靠在平台的栏杆上，看着一直坐在椅子上的里厄。放眼望去，只能看见一个魁梧的身形，宛如剪纸般贴在夜空中。他不停说着，说了很久。以下就是他说话的梗概：

里厄，简单来说，在熟悉这座城市之前，在了解这场瘟疫之前，我就已经饱受鼠疫的折磨了。可以说，我和大家一样。但还是有些人并不清楚或是安于这样的现状，有些人很清楚，也想摆脱这样的状况。至于我嘛，我一直想摆脱这样的状况。

当我年轻的时候，我的思想很天真，也就是说对一切都没有什么想法。我无忧无虑，刚开始过得很惬意。我的生活里，一切都很顺利。我很聪明，颇有女人缘。假使我也有些忧虑的话，那它们来得快，去得也快。有一天，我开始思考了。现在……

必须和你说的是，我以前不像你那么穷。我父亲是代理检察长，地位优越。不过他没有架子，因为他天生就是个老好人。我母亲性格纯朴谦逊，我一直都很爱她，但我更愿意把这份爱埋藏在心底。我父亲很关爱我，我甚至认为他一直在试图了解我。他有外遇，对此我现在可以非常肯定。但我并不因此感到气愤。在这些方面，他的表现就是他所应该表现的那样，并不引人反感。简单来说，他不是一个很特立独行的人。现在，他已经过世。我意识到即使他生前没有像圣人一样，那他也不能算是坏人。他介乎两者之间，就是这样。他是那种能引起别人适当亲近感的人，这样的情感才能长久。

但是，他有一个特点：《谢克斯火车时刻表》①是他爱不释手的一本书。他只有假期才去布列塔尼省，他在那里有幢小房子。我并不是说他不旅行，而是说他能够准确地告诉你巴黎—柏林火车车次的出发与到达时间，告诉你从里昂到华沙的换车时间，告诉你你想去的各大首都之间的距离。你能说出从布里昂松②到夏蒙尼③该怎么走吗？即便是火车站站长也会搞得晕头转向。但我父亲不会。每天晚上，他都在如饥似渴地了解这方面的内容，并且他对此感到很骄傲。我觉得这颇为有趣，于是我经常向他提问，当我在《谢克斯火车时刻表》里确认了他的答案并且承认他没有弄错时，我感到十分高兴。这些小细节让我们之间的关系更加亲密，因为我成了他的一名听众，他很认可我的好意。而我自己嘛，我认为在铁路知识方面的这种优越感，与其他优越感相比并无二致。

但是我讲得太随性了，可能过高评价了这种正直的人。因为归根到底，他对我的决心只产生过间接影响。顶多是他给我提供了一次机会。我十七岁那年，我父亲请我去旁听他发言。那是刑事法庭审理的一起重大案件，所以他觉得好好表现一下的机会来了。我也觉得他很看重这个仪式，它可以触动年轻人

---

① 《谢克斯火车时刻表》是由法国印刷商拿破仑·谢克斯（1807—1865）推出的法国第一本火车时刻表。

② 布里昂松位于法国东南部，是普罗旺斯-阿尔卑斯-蓝色海岸大区上阿尔卑斯省的副省会。

③ 夏蒙尼是法国东南方接近瑞士与意大利国界的一个山中小镇。

的想象力，可以让我走上他替我规划好的人生之路。我接受了，因为这会让我父亲高兴，还因为我的好奇心在作祟，我想看看他在我们的家庭生活之外会扮演什么样的角色，看看他的表现，听听他的发言。除此之外，我没有其他想法。我一直认为，法庭上所发生的事情是很自然的，也是必然的，如同七月十四日的国庆阅兵式或是颁奖仪式。当时我觉得这些概念很抽象，难以理解，但我对此无所谓。

但是那一天，我留下的唯一印象就是那个罪犯。他犯的什么罪，这无关紧要，不过我觉得他确实有罪。这个罪犯身材矮小，红棕色的头发，可怜兮兮的样子，年纪约三十来岁。看他似乎下定了决心要承认一切，似乎对他所做的事和将要遭受的处罚感到十分害怕。没过几分钟，我的注意力全在他身上了。他的神情仿佛一只被强烈阳光吓得魂不守舍的猫头鹰。他的领结没有与领子对齐。他啃着一只手的指甲，右手的指甲……总之，我不必再说下去了，你知道他以前是很有活力的。

可我是突然之间才发觉这一点的。而在这之前，我只是把他想象成"被告"这类简单的概念。我不能说我当时把我父亲忘记了，不过腹部被什么东西抓住了，让我的注意力全部集中到嫌疑犯身上去了。我几乎什么也没听见，我感觉有人想把这个活生生的人杀死，一阵强烈的本能像潮水一般，茫然而顽固地把我向他那边推去。直到我父亲宣读公诉状的那一刻，我才真正清醒过来。

我父亲穿着红色长袍，神态完全变了，既不是老好人的模样，也没有了亲切感。他的嘴巴在频繁张合，不停地向外吐着没完没了的话语，宛如蜿蜒的长蛇。我明白他正在以社会的名义要求处死这名男子，他甚至要求砍掉他的脑袋。确实，他只是说了句："这脑袋必须要掉下来。"但到最后，区别并不大，结果都一样，因为他取下了这颗脑袋。只不过不是他去做的这事罢了。我一直听着这件案子，直到结束为止。我对这个不幸的人有种特别亲切的感觉，这感觉如此强烈，而我的父亲却从未有过。不过根据习惯，我父亲必须见证犯人的行刑过程，被优雅地冠以"最后时刻"这个名称的过程，实际上应该称之为最卑鄙的谋杀时刻。

从那一天起，我一看到《谢克斯火车时刻表》就会心生反感。从那一天起，我就讨厌法庭，讨厌死刑，讨厌行刑。我惊讶地发现，我父亲可能已经多次参与这样的谋杀，就在他起床很早的日子。是的，每逢这种情况，他便会调好闹钟。我不敢把这事告诉我母亲，不过我对她的观察更加清楚。我明白他们俩之间已经没有一丝感情，她的生活变得无欲无求。这促使我原谅了我母亲，正如我当时说的那样。后来，我明白其实不用原谅我母亲什么，因为她结婚前家里一直很穷，是贫穷让她学会了顺从。

你一定在等着我对你说：我当时就立刻走了。不，我还是待了好几个月，差不多有一年。但我的内心受伤了。一天晚上，我父亲在找他的闹钟，因为他得早起。那一晚，我整夜没睡。第二天，当他回来时，我已经走了。下面的事，现在就继续说吧。我父亲叫人到处找我，我就去见他了，没有任何解释，我只是平静地对他说，如果他逼我回家，我就自杀。他最终同意我离开，因为他生性温和。他把我数落了一顿，说想要这么放荡不羁地生活是很愚蠢的（他就是这样看待我的行为的，对此我没有辩解）。但他还是对我千叮咛万嘱咐，眼睛里噙满了真诚的泪水。之后，隔了很长一段时间，我才经常回去看我母亲，所以也遇见了我父亲。我想，有这样的关系他已经知足了。至于我，我对他并不怨恨，只是心里有点凄凉。他去世的时候，我就把母亲接来和我住了。如果她没有过世的话，她现在还和我住在一起。

我之所以花这么长时间强调这段开始的经历，是因为它也正是一切的开始。现在我要讲快一点。十八岁那年，我离开了富足的环境，尝到了贫穷的滋味。为了养活自己，我做过许多工作，都做得还不错。但我关心的是死刑。我想替这只红棕色的猫头鹰算笔账。因此，正如人们所言，我搞过政治。总之，我不想成为鼠疫患者。我曾经认为，我所在的社会是以死刑为基础的，因此，我同社会做斗争，也就是同谋杀做斗争。我是这么想的，其他人也是这么对我说的。这样的道理最后也是基本正确的。于是，我就跟其他一些我正在爱着的，而且是不停爱着的人站在一起。我就这样持续了很久。在欧洲，没有哪个国家没有我斗争的足迹。不说了。

当然，我知道我们自己偶尔也会判人死刑。但是，有人告诉我，为了引领一个不再杀人的世界，死上几个人是必须的。从某种程度上来说，这是对的。但不管怎样，现在我可能无法再坚持这样的真理了。有一点是可以肯定的，就是当时我很犹豫。但我想到了猫头鹰，因此就坚持了下来。直到有一天，我亲眼看见了一次处决（在匈牙利），童年时候袭遍我全身的那种强烈的感觉，让我这个大男人的视线变得模糊起来。

你从来没见过枪毙人吧？显然没有吧，通常这得接到通知才能去看，观众也是预先选好的。结果是你的认识还停留在图画和书本上描写的水平：蒙眼的布条，绑人的木桩，远处的几位士兵。好吧，完全不是这么回事！执行枪决的士兵站成一排，就站在犯人一米五开外的地方，这个你知道吗？要是犯人向前走两步，他的胸膛就会碰到枪口，这个你知道吗？在这么近的距离，士兵们把子弹密集地打在犯人的心脏区域，就会打出一个可以放得进拳头的窟窿，这个你知道吗？不，这些你是不知道的，因为人们不谈这些细节。对于鼠疫患者来说，睡眠比生命来得更加神圣。这些正直的人，他们的睡眠不应该被打扰。品位不高的人才会这样做，而品位在于不必坚持，这个大家都知道。而我呢，从那时候起我就没有好好睡过。我一直品位不高，我在不断坚持，也就是说，不断地想着这些事。

于是，我明白了，至少我自己是这样的情况：在漫长的岁月里，我以为自己在和鼠疫做斗争，其实自己就是一名鼠疫患者，一直都是。我知道，我已经间接同意了成千上万人的死亡，甚至促成了这些人的死亡，因为我赞同最终导致死亡的行动与原则。其他人似乎并不对此感到难堪，至少可以说，他们从不主动谈论这些。而我却喉咙哽咽。我和他们在一起，却又是孤身一人。当我倾诉内心的不安时，他们却对我说要考虑事关重大的问题。当他们向我讲道理时，常常语出惊人，好让我咽下我其实无法咽下的东西。但我的回答是，那些大鼠疫患者，即穿着红色长袍的那帮人，他们也会摆出冠冕堂皇的理由来。如果我接受小鼠疫患者提出的不可抗的原因和迫不得已的理由的话，那我就不能拒绝大鼠疫患者所讲的同样的理由。他们向我指出，如果要赞同那些身穿红色长袍的人，那最好的办法就是让他们垄断判刑的权力。不过我当时心想，如果让了一次，那就得一直让下去。我觉得历史也认同了我的想法，今天却认同杀人最多的那些人。他们都很疯狂，都在杀人。他们也别无选择。

　　不管怎样，我关心的事情并不是讲大道理，而是那只红棕色的猫头鹰，是那件卑鄙的勾当：一张张又臭又脏的嘴巴向一个戴着手铐脚镣的人宣布他马上要死了，并且为他的死亡办好一切事宜。之后，他整夜整夜惶惶不安，睁着眼睛等着别人来杀他。我关心的事情，还有胸膛上的窟窿。我心想，在等待的时候——至少对我来说是这样——我绝对不会赞成这样恶心的屠杀。是的，我选择了固执而盲目的态度，同时也期待能够把问题看得更加清楚。

　　自那以后，我就没有什么变化了。长期以来我就感到羞愧，羞愧自己做过杀人凶手，尽管隔得久了，尽管是出于好意，但我羞愧得要命。随着时间的流逝，我就发现即便是那些过去比别人更好的人，今天也忍不住去杀人，或是听任别人杀人，因为他们生活的逻辑就是如此，因为我们在这世上的一举一动，都有可能让人死亡。是的，我一直感到羞愧，我知道我们大家都生活在鼠疫之中，我的内心已经无法平静。今天，我还在寻觅这份平静，试图去理解每个人，尽量不让自己成为任何人的宿敌。我只是知道，为了不再是鼠疫患者，就必须尽力而为，只有这样才能让我们对平静产生期待，或者在得不到的时候，也可以安详离去。这样可以减轻人们的痛苦。即便谈不上拯救他们，但至少可以尽量让他们少受伤害，甚至可以给他们带来一点好处。不管是近在眼前还是远在天边，不管是有理还是无理，但凡夺人性命的事，但凡为这样的事进行辩解，我决定都要统统拒绝。

　　这场疫病并没有教会我任何东西。不过，倒是教会我要和你并肩与鼠疫战斗。据可靠资料，我知道每个人都携带鼠疫（是的，里厄，生活中的一切我都知道，这点你很清楚），因为没有人可以经历鼠疫后却依然安然无恙。我们得时刻注意，免得一不留神把气吹到别人脸上，把病传染给他。细菌是自然的，至于其他，健康、正直与纯洁，可以说是意志的效果，一种永不停歇的意志。正直的人，也就是几乎从不把病传染给其他人的人，他们是最不会分心的人。要做到永不分心的话，就要有毅力，有压力！是的，里厄，做个鼠疫患者很累，但不想做的话更累。因此，大家都显得很累，因为今天大家都传染了一点鼠疫。也正因为如此，有些人不想再当鼠疫患者，他们已经疲惫不堪，只有死亡才让他们解脱。

从现在开始，我知道我对这个世界已经毫无意义，从我放弃杀人念头的那刻起，我就彻底强迫自己去流放。创造历史的会是其他人。我也知道，我不能从表象上去评判这些人。我还没有资格去当一名通情达理的杀人凶手。这当然不是一个优点。但是现在，我很满意我现在的样子，我学会了谦逊。我只是说，这片大地上有施害者，也有受害者，如果可以的话，一定不要站在施害者一边。这在你看起来可能有点简单，但我不知道这是否简单，只知道这是事实。我听过太多的摆事实讲道理，它们差点把我弄得晕头转向，而且确实把不少人搞得晕头转向，让他们同意杀人。我终于明白，人类所有的不幸其实是因为人类讲的语言不清楚。因此为了走上一条正道，我决定要清楚地说话，清楚地行动。所以我说世上有施害者和受害者，除此之外再无其他。如果我说这番话的时候自己就变成了施害者，那么这至少不是我所愿。我想努力成为一名无罪的杀人凶手。你瞧，这算不上什么雄心壮志吧。

当然，还得有第三种人，那就是真正的医生。但实际上，能遇到的真正的医生是不多的，而且应该也是很难的。因此我决定在任何情况下都站在受害者一边，便于对损害程度加以控制。身处受害者之列，我至少能设法知道如何才能变成第三种人，也就是说，如何获得安宁。

说到最后，塔鲁晃着大腿，脚尖在平台上轻轻跺着。一段沉默之后，医生略微直了直身子，问塔鲁是否有通往安宁的必经之路。

"有，那就是同情心。"

远处响了两下救护车的鸣笛声。刚刚还是模糊不清的惊呼声，现在都汇集在城市边缘，靠近岩石山岗。就在同时，他们听到一阵仿佛爆炸的声音。接着又陷入了寂静。里厄注意到灯塔闪了两下。微风似乎吹拂得更有力量了。同时，海上刮来的一阵风，捎来了海盐的气味。现在，他们听到海浪拍打礁石所发出的低沉的声音，听得一清二楚。

"总之，"塔鲁言简意赅地说道，"我感兴趣的，是想知道如何才能成为一名圣人。"

"可你是不信上帝的啊。"

"确实如此。不信上帝，或许也可以成为一名圣人，这就是我今天遇到的唯一一个具体的问题。"

刚刚传出惊叫声的地方，突然冒出一大片光芒。一阵模糊的嘈杂声沿着风向飘来，一直飘到他们两个人这里。那片光芒很快就变暗了，而在远处，平台的边缘只剩下红色的光晕。在风势渐停时，他们分明听到好多人的尖叫声，紧接着又是枪声，以及一大群人的叫喊声。塔鲁站了起来，努力听着，但再也听不到什么。

"城门口又打起来了。"

"现在结束了。"里厄说道。

塔鲁轻声说这永远不会结束，而且还会有受害者，因为这是必然要发生的事。

"也许吧，"医生回答道，"不过，你知道的，我感觉自己与失败者在一起有一脉相连的感觉，而与圣人在一起时却没有。我觉得自己对英雄主义和圣人之道没有兴趣。我感兴趣的是如何做一个真正的人。"

"是的，我们的追求是一样的，不过我的心没有那么大。"

里厄以为塔鲁在开玩笑，便盯着他看。但是透过夜空照射的微光，他看到的分明是一张忧郁而严肃的脸庞。又起风了，里厄觉得吹在身上很温暖。塔鲁振作了一下精神，说道：

"你知道我们应该为友谊做些什么事吧？"

"做你想做的。"里厄说道。

"洗个海水澡。即便对于未来的圣人来说，这也是一项高尚的乐趣。"

里厄笑了。

"出示我们的通行证，我们就可以到防波堤上去。总之，要是只在鼠疫中生活，那就太傻了。当然，一个真正的人应该为受害者斗争。但如果他无所喜爱的话，那他的斗争又有什么用呢？"

"是的，"里厄说，"我们走吧。"

过了一会儿，汽车在港口栅栏边停了下来。月亮悬挂在夜空中。乳白的月亮到处投下昏暗的影子。他们的身后就是城市，从那里飘来一股携带病菌的热烘烘的气流，他们顺着这股气流走到了海边。他们向一位士兵出示了通行证，他把证检查了很久，才让他们走。他们穿过堆满木桶的场地，闻着酒香和鱼腥味，朝着防波堤方向走去。快走到时，他们闻到一股碘盐与海藻的气味，他们知道大海就在眼前，接着，他们便听到了海浪的声音。

海浪拍打着堤岸下巨大的基石，发出轻柔的响声。当他们登上堤岸，一望无垠的大海就进入了他们的眼帘，海面像丝绒般浓密厚实，又如兽毛般柔软光滑。他们面朝大海，在一块岩石上坐了下来。潮水涨涨落落，非常舒缓。海水仿佛在宁静地呼吸，波光粼粼的水面也因此若隐若现。在他们面前，黑夜无比深邃，永无止境。里厄用手指感知着表面坑坑洼洼的岩石，内心涌起一股奇异的幸福感。他回头转向塔鲁，端详着他这位朋友平静而严肃的脸庞，猜测其内心也一定有着同样的幸福感，但是这幸福感不会让他忘却任何事物，当然也不会忘却杀戮。

他们脱了衣服，里厄第一个跳下去。他先是感觉海水很冷，等他浮出水面时，海水又变得温热起来。游了一会儿蛙泳，他终于明白，这天晚上的海水之所以是温的，是因为秋天的海洋吸收了大地数月以来储藏的热量。他继续匀速地游着。他的双脚拍打着海水，后面泛起一道道泡沫，海水沿着他的胳膊一直滑到他的脚踝。一记很响的扑通声，他知道塔鲁下水了。里厄翻过身来，一动不动地躺在水面上，凝望着星月交辉的夜空。他做了次深呼吸。接着，一阵拍水声传到他耳朵里，声音越来越清晰。在寂静寥廓的夜晚，这声音愈发显得响亮。塔鲁游得越来越近，很快，连他的呼吸声都听到了。里厄翻过身来，与他的朋友齐头并进，以同样的速度向前游着。塔鲁游得比他更有劲，他不得不加快速度。不消几分钟，他们便以同样的节奏、同样的速度向前游去，远离尘世，最终把城市与鼠疫完全抛却。里厄先停了下来，然后他们就慢慢游回去。回程中有一会儿他们遇到了一股寒流。面对大海突如其来的袭击，他们便心照不宣地同时加快了速度。

他们重新穿好衣服，一句话也没说便回去了。但是他们心灵相通，而且都对今晚留下了甜蜜的回忆。当他们从远处眺望疫城的哨兵时，里厄知道，塔鲁的内心一定也在生发跟他同样的感慨：疫病刚刚把他们暂时遗忘，这很好，可现在又得重新开始。

是的，又得重新开始了。鼠疫不会长久遗忘任何人的。十二月里，它在市民们的胸膛里又熊熊燃烧起来，它点燃了焚尸炉，隔离营中两手空空的人影也因此增多。总之，鼠疫以它从容不迫而又迫不及待的方式不断蔓延。市政当局曾经指望寒冬可以阻止它的蔓延，但鼠疫却不慌不忙地挺过了寒冷的初冬。还是需要等待。但是等得太久了，也就不再等了。全城居民都生活在无望之中。

对于医生来说，他享受安宁与友情的短暂时光也就戛然而止了。又开设了一家医院，里厄只能成天与病人打交道。不过，他也有所发现：在这样瘟疫肆虐的时候，尽管患上肺鼠疫的人越来越多，但病人们看上去似乎都在给予医生某种帮助。他们不再像鼠疫爆发初期那样垂头丧气或是歇斯底里，而是好像对自己的利益有了更加清晰的认识。他们主动要求获得对自己最有益的东西。他们不停地要水喝，每个人都希望被人热情以待。尽管医生还是像往常一样疲惫，但身处此情此景，他的孤独感也没有往常那么强烈。

十二月底，里厄收到了预审法官奥东先生的一封来信。奥东先生当时还在隔离营里，他在信里说他被隔离的时间已经到了规定期限，但管理部门却找不到他进隔离营的时间证明，所以尽管是错的，他还是得被关在里面。奥东夫人前不久被放了出来，她曾经跑去省政府提抗议，但却不受人家待见，工作人员跟她讲省里绝对不会出错的。里厄便去请朗贝尔出面解决此事。过了几天，奥东先生就过来看他了。确实出了差错，里厄对此颇有些愤慨。但是身材变瘦的奥东先生有气无力地举起一只手，有板有眼地说大家都有出错的时候。医生只是觉得事情有了一些变化。

"你要去干吗，法官先生？有一些材料等着你去处理呢。"里厄说道。

"哦，不了，"法官说道，"我想请假。"

"确实，你要休息一下。"

"不是这个意思，我是想回隔离营。"

里厄听了颇为惊讶：

"那你不是刚从那里出来嘛！"

"我刚才没有说清楚。有人跟我说，隔离营里有志愿者担任管理人员的。"

法官圆圆的眼睛骨碌碌地转了一下，试着用手把一绺头发捋平……

"你知道的，我在那里可能有点事做做。而且，说起来也挺傻的，在那里我感觉没有和自己的小男孩分离。"

里厄看着他。在他那双冷酷严肃而又平淡无神的眼睛里，是不可能一下子闪现温情的。它们已经变得更加晦涩暗淡，原来纯净的金属光泽已经荡然无存。

"那是当然，"里厄说道，"既然你愿意这样，那就让我来办吧。"

医生确实把事情办妥了。瘟疫眷顾的城市的生活还是一如既往地继续，直到圣诞皆是如此。塔鲁也继续在城中四处走动，神情颇为从容。朗贝尔悄悄告诉医生，在两个年轻哨兵的帮助下，他找到了一个与他妻子秘密通信的渠道。现在他时不时地可以收到信件。他建议里厄也利用他的渠道试试，里厄同意了。这几个月以来，他第一次提笔写信，写起来很有困难。他已经忘记了某种语言。信发出去了，却迟迟不见回音。至于科塔尔，他的生意正做得风生水起，靠着小规模的投机生意，他赚了不少钱。而格朗在节日期间却不太顺利。

这一年的圣诞节与其说是福音节，倒不如说是地狱节。店铺里空空荡荡，饰灯也暗淡无光，橱窗里摆放的都是假巧克力或是空盒子。电车上的乘客神情都很忧郁，一点都没有往年圣诞节的氛围。以前每逢圣诞，不管富人还是穷人，大家都团聚在一起，而现在却只有少数特权派躲在商店后间，享用着高价换来的孤寂而可耻的欢宴。教堂里看不见感恩之举，只听到哀怨之声。在这座死气沉沉、寒风刺骨的城市里，只有寥寥几个孩子在奔跑嬉戏，对自己面临的威胁还懵懂无知。但是没人敢跟他们说，以前的圣诞老人会背着礼物过来，年纪既像人类的痛苦一样古老，又如新生的希望一样年轻。现在，大家的心里只惦念着一个非常古老、非常黯淡的希望，这份希望阻止人们自暴自弃，走向死亡，这份希望让人们对生活还怀有一丝顽强的念想。

圣诞节前夜，格朗没有赴约。里厄很担心，一大早就赶到他家，但没有找到他。于是大家都得到了相关通知。将近十一点时，朗贝尔来到医院告诉医生，说他远远地看到格朗在街上游荡，面如死灰。之后他就没再看见格朗了。医生和塔鲁于是就开车出去找他。

中午，天寒地冻。里厄从车上下来，远远地看着格朗，看到他紧紧贴在橱窗上，看着里面各种各样粗糙的木制玩具。在这位老公务员的脸上，两行热泪正不断流淌着。这两行热泪让里厄心潮澎湃，因为他明白其中的滋味，因为他感觉自己情不自禁哽咽起来。里厄也回想起这位不幸的人昔日订婚时的场景：那也是圣诞节，在一家商店门口，让娜靠在格朗身上对他说，她很开心。现在，让娜清脆的声音从遥远的过去，带着执着的爱情又传回了格朗耳里，这毋庸置疑。里厄知道那位哭泣的老人此时此刻正在想什么，他想的和老人一样：这个缺乏爱情的世界仿佛一个死亡的世界。总有那么一刻，人们对监狱、工作和勇气都会感到厌倦，转而去渴求某人的容颜，寻觅让心灵悸动的温情。

但是格朗在橱窗玻璃里看到了里厄。他转过身，靠在橱窗上看着里厄走来，眼泪止不住地流下来。

他抽泣着说道："啊！医生！啊！医生！"

里厄说不出话来，只是频频点头示意。这样的悲伤也让他感同身受。此刻，他十分心痛，怒火中烧，因为看到每个人都在受苦，任何人都会产生这样的感情。

"好吧，格朗。"他说道。

"我想找个时间给她写封信，让她知道……让她可以幸福而不要自责……"

里厄拉着格朗往前走，动作显得有点粗暴。而格朗就这么走着，几乎是让里厄拖着走，嘴里还嘟囔着一些话。

"这个拖得太久了。我们想放弃了，这也是被逼的。啊！医生！我看上去很安静，就是这样。但是，我总是要花很大的力气才能做个正常人。可现在呢，还得花更大的力气。"

他停了下来，浑身颤抖，眼神里流露出疯狂。里厄抓住他的手，发现手很烫。

"要回家了。"

但格朗挣脱他的手跑了，跑了几步后停了下来，张开双臂开始前后摆动起来。他在原地转了一圈，然后倒在冰冷的人行道上，脸上被还在流淌的泪水弄得很脏。远处的行人看到后，就突然停住，不敢向前靠近。里厄只得把老人抱了起来。

格朗躺在床上，感到呼吸困难，因为肺部已经受到了感染。里厄想了想，觉得这位老公务员没有家人，那把他送进隔离病房又有什么用呢？还是由他自己和塔鲁一起来照顾他吧……

格朗的头陷在枕头里，皮肤发青，眼神暗淡。塔鲁用箱子的木片在壁炉里生起火来，格朗凝视着那微弱的火苗，说道："我的病进展不好。"他每说一个词，都伴有奇怪的噼啪声，仿佛是从他燃烧的肺里冒出来的。里厄劝他不要再说话，并说他的病会好的。病人先是露出古怪的笑容，随后脸上又浮现出一丝温情。他用力眨了眨眼睛。"要是我能治愈，医生，我就向你脱帽致敬！"但话音刚落，他就陷入了昏迷。

几个小时之后，里厄和塔鲁发现病人半靠坐在床上。里厄从他红通通的脸上，非常惊讶地看到了病情恶化的迹象。不过他看上去倒是清醒了不少，一见到他们，他就用极其低沉的声音请他们把他之前放在抽屉里的手稿拿给他。塔鲁把手稿传给他，他拿到后便紧紧放在胸前，看也没看就递给了医生，示意医生读一读。这份手稿并不长，只有五十来页。医生翻了翻，发现手稿上只有同一句话，只不过把它不断地抄抄改改，增补删减。五月，女骑士，林间小道，这几个词以各种方式不停地排列组合成句。手稿里还包含一些注释——有些注释极其冗长——以及句子变化的不同形式。不过在最后一页末尾，只有一句字迹工整、书写漂亮的话，而且墨迹还很新鲜："我十分亲爱的让娜，今天是圣诞节……"在这句话上面，字迹工整地写着这句话最新的组合形式。"请念一下。"格朗说道。然后里厄就念了起来。

"在五月的一个美妙早晨，一位英姿飒爽的女骑士骑着一匹神气的枣骝牝马，驰骋在林间小道和鲜花丛中……"

"是这样吗？"老人急切地问道。

里厄没有抬头看他。

"啊！"老人激动地说道，"我知道。美妙，美妙，这个词用得不准确。"

里厄握住了他搁在被子上的手。

"算了，医生。我没有时间了……"

他的胸膛起起伏伏，看上去很费劲。突然，他大声喊道：

"烧掉它！"

医生犹豫不决，但格朗又把他的命令再说了一遍，说话的语气是那样猛烈，又是那样痛苦。里厄只好把手稿投到火苗渐熄的壁炉里去。房间很快变得亮堂起来，一股短暂的热浪也给房间增添了暖意。医生回到病人床前，只见病人已经背过身，脸几乎贴到墙上。塔鲁看着窗外，仿佛这场景与他毫不相干。在注射过血清后，里厄对他的朋友说，格朗熬不过今晚。塔鲁提议自己可以留下看护。医生同意了。

整个晚上，他的脑海里一直萦绕着格朗即将死去的想法。但是第二天早晨，里厄发现格朗坐在床上，正和塔鲁聊着天。高烧退去了，现在只是有点全身乏力。

"啊！医生！"公务员说道，"我错了。但我会重新开始的。你看，我什么都记得。"

"我们等等看吧。"里厄对塔鲁说道。

但是到了中午，还是没有任何变化。晚上，格朗可以被认为已经得救了。里厄对这一死里逃生的现象感到很不理解。

差不多与此同时，别人给里厄这里送来一位女病人。他觉得女病人已经获救无望，因此她一到医院，他就让人把她隔离开来。这位年轻的姑娘已经神志不清，完全就是肺鼠疫的症状。但到了第二天早晨，热度就退了。医生觉得这样的疫情和格朗一样，是在早晨暂时得到缓解。根据经验，里厄觉得这不是一个好兆头。可是到了中午，热度没有回升。晚上，热度只上升了几分。到了第三天早晨，热度完全没有了。尽管很疲惫，这位姑娘已经在床上自由地呼吸了。里厄对塔鲁说，她的痊愈完全不合常理。但是在一个星期里，里厄的诊室里出现了四起类似的病例。

周末时候，那位哮喘病老人非常激动地接待了医生和塔鲁。

"这下好了，"他说道，"它们又跑出来啦。"

"什么？"

"是老鼠啊！"

自四月份以来，没发现一只死老鼠。

"是不是又要重新来过了？"塔鲁向里厄问道。

老人搓了搓手。

"一定要看看它们奔跑的样子！看着真让人高兴。"

他亲眼看见两只活老鼠从门口窜进他家。几位邻居也向他讲，自己家又出现了老鼠。一些房梁上再次响起窸窸窣窣的声音，那是已经被人遗忘数月的老鼠的活动声。里厄等着每周初发布的统计总表。统计数字表明，疫情正在减弱。

第五部

尽管疫情的突然减弱有点出乎意料，但是居民们并没有急着庆祝。在过去的几个月里，他们既渴望摆脱鼠疫获得自由，也学会了谨慎，养成了一种习惯，不太指望鼠疫会在短期内结束。不过，大家对这一新情况都在议论纷纷。在他们内心深处，升腾起一种巨大的而又无法言说的希望。其他一切都是次要的。统计数字下降了，相比之下，刚刚死于鼠疫的那些人就无足轻重了。有迹象表明，人们尽管没有公然期望"健康时代"的到来，却都又在悄悄期待。因此，居民们从那时起就非常乐意谈论在鼠疫结束后应该如何安排生活，尽管他们表面上摆出一副无所谓的态度。

大家一致认为，往日舒适的生活是不会一下子恢复的，破坏很容易，重建就困难了。人们只是觉得生活必需品的供给可以稍稍改善一些，这样一来，当务之急就可以解决了。但实际上，在这些无关痛痒的评价里却同时升腾起一种荒诞的希望来。对此，市民们偶尔会意识到，然后赶紧说，不管怎样，自由是不会立刻到来的。

鼠疫确实没有立刻停止蔓延，但从表面来看，鼠疫减弱的速度比正常预期的要快得多。一月初，天天都是天寒地冻，这相当罕见。冷空气似乎滞留在城市的上空。数日以来，连绵不断的阳光照耀着整座城市，折射出恒久而冷峻的荣耀。浸润在这纯净的空气中，鼠疫连续三周持续减弱，鼠疫患者的死亡率也越来越低，似乎瘟神也筋疲力尽了。在很短的时间内，鼠疫便几乎失去了之前耗费数月之久积聚起来的全部力量。有些已经被它看中的猎物却逃脱了它的魔爪，譬如格朗和里厄收治的小姑娘。在有些街区，鼠疫会肆虐两三天，而在另外一些街区则完全不见踪影。周一，受到鼠疫感染的人很多，而到了周三，这些人的症状又几乎全部消失了。看到鼠疫时而喘息时而猛扑的样子，人们会说它是被烦躁和疲惫瓦解的，它不仅失去了对自己的控制力，也丧失了以往体现它实力的精准至上的攻击性。突然之间，卡斯特尔的血清试验接连获得了成功，而在这之前都以失败告终。医生们之前采取的种种措施均无疗效，现在也似乎一下子很有效果。鼠疫仿佛遭到了围攻，它的衰弱出乎意料，这让之前围攻它的钝器变得锐利起来。不过，鼠疫偶尔也会发威，在盲目的爆发中夺走三四个病人的生命，而这些病人原本是有希望治愈的。他们是鼠疫中的倒霉鬼，当他们满怀希望时，鼠疫却杀死了他们。奥东法官的情况就是如此，他当时被迫撤出隔离营。塔鲁谈到他时，说他运气不佳，但这话究竟是指法官死了运气不佳，还是指法官生前运气不佳，人们就不得而知了。

但总的来说，鼠疫正在全线溃退。省政府的公告先是隐约流露出一丝希望，最后向公众证实，坚定他们的信心，让他们相信胜利在握，鼠疫正在抛弃它的阵地。事实上，胜利与否是很难判定的。只是人们不得不觉得鼠疫似乎走了，和它来的时候一样突然。用来抗击鼠疫的战略依然未变，昨天还毫无效果，今天却似乎成果喜人。只是在人们的印象中，鼠疫是自己累坏了，抑或是它在实现所有目标后自行撤退了。总之，它的使命达成了。

可是，城市仿佛毫无任何变化。白天依然很安静，到了晚上，街上人头攒动，还是同一批人，大部分都穿着大衣，围着围巾。电影院和咖啡馆生意依旧。但如果走近观察，会发现人们的脸上洋溢着轻松的神情，偶尔还会露出一丝微笑。这时，恰好可以指出一下：之前，街上的行人从来不笑。实际上，在包裹城市达数月之久的黑色幕布上，刚刚出现了一条裂缝，而且在每周一电台播报的新闻里，人们发现裂缝正在不断变大，最终大到可以让人呼吸。但是这样的放松还是很消极的，而且还无法直白地表达出来。之前，要是有火车出站、轮船到港或是汽车获准可以重新通行等诸如此类的信息，人们不太会轻易相信。但现在如果这类消息在一月中旬播报的话，却一点都不会让人感到惊讶。这可能没什么大不了的。但事实上这些微妙的差别，表明市民们在希望之路上已经走得很远。而且，我们还可以说，希望在市民们的心里燃起了星星之火，从这一刻起，鼠疫肆虐的时代实际上就此终结。

可是在整个一月份，市民们的行为还是很矛盾的。确切来说，他们时而兴奋，时而沮丧。尽管发布了令人振奋的统计数据，但还是发生了好几起逃跑未遂事件。这让行政当局颇感意外，甚至连岗哨卫兵也十分惊讶，因为大部分逃跑都是成功的。实际上，这时逃跑的人都是出于情感的自然流露。对于一些人而言，鼠疫已经在他们内心深处打下了怀疑的烙印，并且永远伴随着他们。希望已经不再垂青他们。虽然鼠疫时期已经结束，但他们依然按照鼠疫时期的规则来生活。他们总是跟不上形势。而另一些人，主要是先前与亲人分开生活的人，他们经历了长期的封闭生活，身心俱疲，现在刮起的这股希望之风反而让他们变得狂热，变得烦躁，让他们完全无法自控。他们觉得自己可能会在美梦即将成真时死去，从而见不着自己钟爱的心上人，长期经受的磨难也得不到任何回报，每每想到这些，他们不禁心生莫名的恐惧。在这些年月里，尽管他们被囚禁被流放，但他们还是隐忍顽强，在等待中坚持不懈。现在出现了希望的第一道曙光，却足以摧毁恐惧与失望都无法摧毁的东西。于是为了赶在鼠疫前面，他们像疯子一样往前冲，即便赶不上鼠疫的步伐，也决心要冲到最后一刻。

不过，就在同时，一些乐观的迹象也自发流露出来。譬如，人们发现物价明显下降。从纯经济学的观点来看，这一现象无法解释。同样的困难依然存在，进出城门依然要履行隔离手续，食品供应也远未改善。因此，人们看到的完全是纯粹属于精神层面的现象，如同鼠疫的减弱在各地都引起反应一样。同时，以前那些过着集体生活，但由于鼠疫而不得不分居的人们，他们也变得乐观了。城里的两家修道院又恢复了原样，修士们又过上了集体生活。军人也是同样的情况。他们被重新召回空着的营房里，重新过上了正常的部队生活。事情虽小，却能反映大问题。

市民们就这样偷偷地兴奋，这样的状态一直持续到一月二十五日。这一星期，统计数字大为下降，经过与医学委员会商议，省政府宣布鼠疫基本算是控制住了。公告中还补充道，为慎重起见——市民们对此肯定同意——城门还将关闭两周，预防措施还要持续一个月。在此期间，一旦发现鼠疫有死灰复燃的迹象，"就一定要维持现场秩序，并采取相关措施"。不过，大家都一致认为这些补充不过是官方条款，所以一月二十五日晚上，全城变成了欢乐的海洋。为了配合全民喜悦的氛围，省长下令恢复正常时期的照明。在灯火辉煌的大街上，在寒冷明净的天空下，市民们成群结队地走在一起，有说有笑，热闹非凡。

当然，许多屋子的百叶窗依然紧闭。这天晚上，几家欢乐几家愁。不过，即使是这些哀伤的人也感到莫大的宽慰，因为他们再也不用害怕看到亲人的离去，也不用时刻警惕自己的安全。就在此时，有些家庭还有人患上鼠疫住在医院里，而全家人不是住在隔离病房就是待在家里，期待着鼠疫真正离他们而去，正如它离其他人而去一样。这些家庭肯定是目前与全民欢庆的氛围最无关的人了。当然，这些家庭也满怀希望，只不过把这希望埋在心底，除非有了真正的把握，不然他们是不会把它展示出来的。这份期待，这个宁静的夜晚，一半是忧心一半是喜悦，在全城欢腾气氛的映衬下，他们觉得更有残酷的意味。

但是，这些例外情况丝毫没有影响其他人的喜悦心情。可能，鼠疫还没有结束，而且它会证明这一点。不过，在大家的思想中，这些仿佛是火车在绵绵不断的铁轨上鸣笛飞驰，轮船在波光粼粼的海面上破浪前行，为了与时间赛跑，都提前了好几个星期。到了第二天，大家的思绪会更加冷静，疑心又会重新泛起。但此时此刻，整座城市都在启动，准备离开这片封闭、阴暗、僵化的大地，离开这片打下它根基的大地，最后载着城里的幸存者驶向前方。这天晚上，塔鲁、里厄、朗贝尔和其他人一起走在人群中，他们也有飘飘然的感觉。甚至当他们离开林荫大道很久之后，塔鲁和里厄依然感觉这个欢乐的声音和他们如影随形，而在那时，他们正沿着一扇扇紧闭的百叶窗，漫步在空无一人的巷子里。而且由于疲惫不堪，对于躲藏在百叶窗后的痛苦和远处几条大街上飘荡的欢乐，他们已经无从分辨。自由即将到来，而自由的面容上却充满了欢笑与泪水。

当欢庆的声音变得更加吵闹更加欢腾时，塔鲁停了下来。在漆黑的路面上，有一个黑影正轻轻跑过。原来是一只猫，这是春天以来见到的第一只猫。它在马路中间停了一会儿，显得犹豫不决，然后舔舔爪子，迅速地挠挠右耳，接着又悄悄地跑开，直至消失在夜色中。塔鲁露出了笑容。那个小老头儿也会很开心的。

鼠疫似乎正在远离，想要回到它无名的巢穴里，它就是从这个巢穴里静悄悄地出来的。但与此同时，根据塔鲁的笔记描述，城里至少有一个人对此感到十分沮丧，这个人就是科塔尔。

老实说，自从统计数字下降以来，这份笔记就变得相当奇怪。可能是疲劳的缘故，字迹也变得难以辨认，而且里面的主题十分跳跃。此外，这份笔记第一次丧失了客观性，里面全是个人见解。譬如，在洋洋洒洒有关科塔尔的文字叙述中，人们读到了一篇有关玩猫老头儿的短篇报告。根据塔鲁所说，鼠疫未曾削弱他对这位老头儿的尊重，无论是鼠疫发生前还是鼠疫发生后，他对老头儿的关注始终如一。遗憾的是，他之后无法再关注老头儿了，尽管他心存善意，但这不是他的错。因为他曾经试着找过老头儿的。在一月二十五日那天晚上之后，有一天塔鲁就站在那条小巷口。那几只猫还在那儿，它们准时赴约，正在阳光下取着暖。但在老头儿通常会出现的时刻，百叶窗却依然紧闭。在随后的几天里，塔鲁也没有看到它们打开过。于是，他得出奇怪的结论，觉得小老头儿要么在生气，要么就是死了。如果是生气，那是因为老头儿觉得自己有理，是鼠疫害了他。如果是死了，那就得考虑一下他的情况，就像患哮喘病的老人一样，得想一想他是否是圣人。塔鲁并不认为他是个圣人，但觉得那位老人的情况也体现出某种"迹象"。"也许吧，"他在笔记本里写道，"人只能接近圣人的标准。这样的话，能做个谦逊仁慈的恶神，那就该知足了。"

人们还可以在笔记中找到许许多多的其他评论，它们总是与评价科塔尔的文字夹在一起，因而写得很分散。这些评论中有一些是写格朗的，说他现在已经康复，并已重返工作岗位，仿佛什么事都没发生过一样。其他评论则是有关里厄医生的母亲的。塔鲁因与这位老太太同住一幢楼，所以他们有时可以碰面聊一聊。塔鲁把他们聊天的一些内容，老太太的态度，她的微笑以及她对鼠疫的看法，都一五一十地记录了下来。塔鲁着重记述了老太太的谦逊，记述了她简明扼要的表达方式，记述了她对某扇窗户的喜爱。这窗户对着马路，她每天晚上坐在窗前，坐得有点直，两只手安安静静地放着，专注地盯着前方，一直等到落日的余晖洒满屋子，在她的身后投下黑影。光线变得越来越暗，最终把她静止不动的身影湮没在一团漆黑之中。塔鲁还着重记述了她在屋里走动时的轻快步伐，记述了她善良的品德，虽然她从不在塔鲁面前仔细表现出来，但是他从她的言行中便能感知其中蕴含的美德。最后，他认为她具有无须思索便能懂得一切的本领，尽管她安静低调，但若要面对任何光芒，她都毫不逊色，哪怕面对的是鼠疫的光芒。可是写到这里，写到"鼠疫"时，塔鲁的字迹变得歪歪扭扭，显得十分奇怪。下面的几行字很难辨认，最后的几句话是第一次涉及私事，所以他的字又一次歪歪扭扭起来："我母亲就是这样的人，我喜欢她身上谦逊的品质，我总是想和她待在一起。我不能说她已经死了八年了。她躲开了一会儿，只是躲开的时间比平时更长一些。当我转身回头时，她已经不在了。"

还是来谈谈科塔尔吧。自从统计数字下降以来，科塔尔便以种种理由去看了好几次里厄。但实际上他每次看到里厄，都是要他对疫情进展进行预测。"你觉得它就会这样停止吗？就一下子突然停止吗？"他对这一点持怀疑态度，至少他这么说过。但是他不断提出这些问题，似乎说明他的信心不够坚定。一月中旬时，里厄已经给出了较为乐观的回答。但每次回答这些问题，科塔尔非但不高兴，反而产生了种种反应。他的反应因时而异，但总之不是恼火就是沮丧。之后，医生只好跟他说，尽管统计数字比较乐观，但最好还是不要欢呼胜利。

"也就是说，"科塔尔问道，"你们还是什么都不清楚，这病有一天还是会卷土重来的，对吗？"

"是的，正如治愈的病例也会越来越多一样。"

大家对这种不确定的情况都深感忧虑，不过却让科塔尔松了口气。就在塔鲁面前，他曾经和小区里的商贩交流，向他们宣传里厄的观点。说真的，要让人相信他的话，这并不难做到。在早期胜利的狂热过去后，许多人的心上又浮现出一丝疑虑，这也正是省里激动人心的公告宣布之后的后果。科塔尔看到大家这样的疑惑，心不禁放宽起来。但他有时还是会感到沮丧。"是的，"他对塔鲁说，"城门最后会打开的。你看吧，那时他们一个个都会把我扔下不管。"

一月二十五日之前，大家都注意到他情绪不稳定。他曾经设法拉近邻里关系，坚持了很长一段时间，但突然他就和他们吵了起来，吵了整整好几天。至少从表面上看，他离开了社会，转瞬之间，他就过起了闲云野鹤般的生活。在他喜爱的餐馆、剧院和咖啡馆里，再也看不到他的身影。不过，他似乎并没有重新过上鼠疫发生之前过的那种审慎低调的生活。他整天把自己关在房子里，每天吃的饭菜都是喊附近一家餐馆送上门来的。只有到了晚上，他才悄悄地跑出去，偷偷买一点他所需要的东西，转身一出店门，就消失在人烟稀少的大街上。虽然塔鲁那时遇见过他，但能从他嘴里套出来的，也只有零零碎碎的单词而已。之后，人们发现他突然就变得合群了，可以没完没了地谈论鼠疫，向每个人征求意见，每天晚上开开心心地在人流中来来往往。

省政府发布公告的那天，科塔尔消失得无影无踪。过了两天，塔鲁遇到了正漫无目的地在大街上徘徊的他。科塔尔叫塔鲁陪他回郊区。塔鲁觉得那天工作后特别累，所以一时没有答应。但科塔尔坚持自己的请求。他当时显得特别激动，说话很快，嗓门很高，手势打得让人眼花缭乱。他问塔鲁是否觉得省政府的公告真的会让鼠疫结束。当然，塔鲁认为一份公告本身不足以结果一场灾难，但我们可以据此合理地推断，如果没有意外情况出现，鼠疫就要结束了。

"是的，"科塔尔说，"没有意外情况。但意外情况总是会有的啊。"

塔鲁向他指出，省政府规定要两个星期后才能打开城门，这说明省政府对意外情况的发生已经做好了准备。

"省政府做得很好，"科塔尔说道，脸色阴郁，又很激动，"因为从事情进展的情况来看，它可能说了也是白说。"

塔鲁觉得事情有可能这样，但他也认为最好还是期待城门马上会打开，期待生活会恢复正常。

"可以啊，"科塔尔说道，"不过，你说的生活恢复正常是指什么呢？"

"去电影院看新片子。"塔鲁笑着说道。

但科塔尔没笑。他想知道人们会不会觉得鼠疫不会让城市发生改变，会不会觉得一切又像以前一样重新开始，也就是说，仿佛一切都从未发生过似的。塔鲁认为，鼠疫既会改变城市，又不会改变城市。当然，市民们最大的愿望，无论是现在还是将来，就是一切照旧。不过，从某种意义上来说，一切是会照旧，但从另一种意义上来说，不可能把一切都遗忘，即便是心甘情愿去做，也是做不到的。鼠疫终究会留下印迹，至少会留在心里。这个靠年金生活的小矮人直言不讳地宣称，他对心灵不感兴趣，而且心灵也是他最不关心的东西。他所关心的，就是想知道行政组织本身是否会改变。譬如，所有的部门是否会像以前一样运转。塔鲁只好承认，他对此一无所知。在塔鲁看来，所有这些部门都受到了鼠疫爆发的冲击，那可以想见，它们要重新运转起来是会有点困难的。人们还会认为，会有新的问题产生，因而旧部门的重组至少不可避免。

"啊!"科塔尔说,"这有可能,确实,大家都得重新开始。"

两个人走到了科塔尔家附近。科塔尔显得很兴奋,努力装出乐观的神情。在他的想象中,城市会再现生机,会忘掉过去从零开始。

"好吧,"塔鲁说道,"不管怎样,一切都会好起来的,对你也是一样。从某种程度而言,新生活马上就要开始。"

他们站在门口,相互握了握手。

"你说得对,"科塔尔说道,表情显得更加激动,"从零开始,这是件好事。"

但是,从走廊的暗处突然冒出两个人。塔鲁刚听到同伴科塔尔问这两个家伙到底想干什么,这两个穿得有模有样、像是公务员的人便问他是否就是科塔尔。科塔尔发出一记低沉的惊呼声,没等这两个家伙和塔鲁做出反应,转身便跑,一下子消失在了夜色中。震惊之余,塔鲁问这两个人想干什么。他们装出一副含蓄有礼的样子,说只是想了解些情况,说完就从容不迫地朝科塔尔刚才逃跑的方向走了。

回到家里,塔鲁把刚才经历的场景记录了下来,随即又写道,自己很疲惫(他的笔迹也足以证明这一点)。他补充道,他还有很多事要做,但这不能作为不做准备的理由。于是,他扪心自问,是否已经做好准备。最后,塔鲁回答道——他的笔记也到此结束——无论是白天还是夜晚,人总有懦弱的一刻,而他害怕的正是这一刻。

到了第三天,也就是城门开放的前几天,里厄医生中午回到家里,看看是否会收到他正在等待的那份电报。虽然他这几天非常劳累,其程度并不亚于鼠疫最猖獗的时候,但此时期望彻底解放的心情,把他的疲劳一扫而光。他满怀期待,他也因此心生喜悦。一个人不可能总是注意力高度集中,神经高度紧张。对于鼠疫斗争中积聚起来的力量，总得让它尽情释放，这就是幸福。如果他等待的那份电报能带来好消息的话，那里厄也会有崭新的开始。而且他也觉得大家都会有个崭新的开始。

他从门房前经过时，新来的看门人把脸贴在玻璃窗上，向他微笑致意。在上楼梯的时候，里厄还记得以前看门人的面容，记得他被疲惫和困顿折磨得异常苍白的脸庞。

是的，当不切实际的形势结束时，他会重新来过，如果还有一点运气的话……但当他一开门，他母亲就跑来跟他说，塔鲁先生的情况不妙。他早上起来，但没能出门，刚刚又躺下了，这让里厄的老母亲感到很担心。

"可能没什么大碍。"她儿子说道。

塔鲁僵直地躺在床上，笨重的脑袋陷在了枕头里，尽管被子很厚，但依然能瞧见他结实的胸膛。他正在发烧，头痛得厉害。他跟里厄说自己的症状还不明确，很有可能是鼠疫。

"不，现在还不能确定。"里厄给他检查过之后说道。

但是塔鲁渴得要命。医生在走廊里跟他母亲说，这可能是鼠疫的先兆。

"啊！"老太太说道，"不会吧，不应该是现在啊！"

她马上又接着说：

"我们把他留下吧，贝尔纳。"

里厄想了想说道：

"我没有权利这么做。城门马上就要打开了。要是你不在这里，我想我肯定会行使我这第一项权利。"

"贝尔纳，"她说道，"你把我们两个都留下吧。我不久前又打过了疫苗，这个你是知道的。"

医生说塔鲁也打过了疫苗，不过可能是太过劳累的缘故，他一定是忘了最后一次血清注射，忘了采取一些预防措施。里厄走进自己的书房。当他回到房间时，塔鲁看到他手里拿着装满血清的几大瓶安瓿。

"啊！就是这些吧。"他说道。

"不是，只是一种预防措施而已。"

作为回应，塔鲁伸出了胳膊。接着里厄给他进行注射，注射的时间仿佛十分漫长，他也是这样给其他病人注射的。

"我们今晚再看看。"里厄说道，然后看了看面前的塔鲁。

"要不要隔离，里厄?"

"你是否得了鼠疫，目前还无法确定。"

塔鲁大声地笑了。

"注射血清而又不隔离，这样的情况我还是第一次碰到。"

里厄转过身去：

"我母亲和我来照顾你。你在这里会更舒服些。"

塔鲁默不作声。里厄正在收拾安瓿瓶，他想等塔鲁开口说话再转过身去。最后，他走到床边。病人看着他。他的脸上写满了疲倦，但他灰色的眼睛却流露出安宁。里厄朝他笑着。

"能睡的话就睡觉吧。我一会儿就回来。"

走到门口时，他听到塔鲁喊他的声音。于是他又回到塔鲁边上。

但是塔鲁的内心似乎正在激烈地斗争，不知道如何表达想要说的话。

"里厄，"他终于开口说道，"要把所有的事都跟我讲讲，我需要知道。"

"我向你保证，一定会的。"

塔鲁笑了一下，宽大的脸笑得有点变形。

"谢谢。我不想死，我要斗争。不过要是输了的话，我也想有个好的结果。"

里厄俯下身去，紧紧按住他的肩膀。

"不，"他说道，"要想成为圣人的话，就一定要活下去。就斗争吧。"

这一天，天气起先很冷，后来暖和了一些，但到了下午，下起了一阵暴雨加冰雹。黄昏时分，天空略微放晴，但寒风更加刺骨。里厄晚上回家，外套都没顾得上脱，便径直走进了他朋友的房间。他母亲正在织毛衣。塔鲁看上去动都没动过，但他由于高烧而变得惨白的嘴唇，分明在说他正在坚持斗争。

"怎么样了？"医生问道。

塔鲁耸了耸他那裸露在外的宽厚的肩膀。

"好吧，"他说道，"我输了。"

医生弯下腰看他，发现滚烫的皮肤下出现了好几个淋巴结。他的胸腔里发出阵阵杂音，仿佛是地下作坊的打铁声。塔鲁的身上奇怪地表现出两种症状。里厄直了直身子，说要过一会儿血清才能完全发挥作用。塔鲁想说点什么，但一阵热度袭来，喉咙发紧，话没能说出来。

晚饭后，里厄和他母亲来到病人身边坐下。对他而言，夜幕在斗争中降临了。里厄知道，这场与瘟神的斗争肯定艰苦卓绝，一定会持续到黎明。战斗中最好的武器并不是塔鲁坚实的臂膀和宽厚的胸膛，而是刚才里厄扎针时，沿着针头流淌出来的血液。他的血液里有着比心灵更加内在的东西，任何科学都无法对此做出解释。里厄只能眼睁睁地看着他朋友在战斗。而他要做的，就是让脓肿熟透，打几针强力针。不过，这么多个月的连续失败让他学会了如何去看待这些措施的效果。实际上，他唯一的任务就是给偶然性创造一些机会，而这样的偶然性只有在被诱发的情况下才会实现。一定要实现偶然性。因为里厄已经被鼠疫的嘴脸弄得不知所措了。它再一次试图挫败人们对它进行围剿的策略，它从似乎应该已经扎下根的地方消失了，转而出现在人们意料不到的地方。它再一次做出了惊人之举。

塔鲁就在那战斗着，一动不动。整个晚上，他在病魔的袭击下始终没有烦躁不安，他在用他魁梧的躯体和所有的沉默与鼠疫战斗。整个晚上，他都默不作声，他以这种方式来表明自己绝不会分心。里厄只能靠观察他朋友的眼睛来追踪这场战争的每个阶段。他的眼睛时而张开，时而紧闭，时而眼皮紧贴眼球，时而完全放松，眼神时而盯着某件物品，时而又转向医生和他母亲。每次医生碰到塔鲁的目光时，他都在笑，努力在笑。

有一阵子，街上响起急促的脚步声。这些人似乎正在跑远，因为远处响起了轰轰的雷鸣声，而且雷声离得越来越近，最后街上响起了流水声：大雨又倾盆而至，很快又夹杂着冰雹，噼里啪啦地落在人行道上。窗前的大帘子被风吹得摆动起来。在昏暗的屋里，里厄曾一度出神地看着大雨，现在又回过神来，再次注视着床头灯光照射下的塔鲁。医生的母亲在织着毛衣，时不时地抬起头来仔细瞧瞧病人。医生现在已经把一切能做的事都做了。雨停之后，房间里愈发安静，唯独充满了听不见的喧嚣和看不见的战争。医生备受失眠的困扰，他感觉自己在寂静之中听到了温柔而富有节奏的呼啸声，这声音在整个鼠疫期间一直在他耳边回响。他向他母亲做了个手势，催她去睡觉。她摇摇头拒绝了，两眼发亮，接着她仔细检查了自己编织的一针，她不太确定那一针是否正确。里厄站起来给病人喝水，又回来坐下。

行人们趁着大雨暂时停歇，在人行道上加快了步伐。他们的脚步声逐渐减弱，逐渐远去。医生第一次发现，这天晚上和以前的夜晚有着颇多相似之处：天色已晚，行人却不少，而且也听不到救护车的鸣笛声。这是一个摆脱了鼠疫的夜晚。似乎在寒冷、灯光和人群的驱赶下，鼠疫从城市的深渊里逃了出来，躲进了这间温暖的房间，对塔鲁这具毫无生机的躯体发动最后的袭击。瘟神不再扰乱城市的天空，却钻进了这间房间，在沉闷的空气里轻声呼啸。这几个小时里，里厄听到的就是这个声音。现在要等待这声音停下，等待鼠疫自己承认失败。

就在黎明前不久，里厄俯下身对他母亲说：

"你要去睡一会儿，这样才能在八点钟来接替我。睡觉前滴一下药水。"

老太太站了起来，放下针线活，走到床边。塔鲁的眼睛闭着，已经闭了好一会儿。头发因为汗水而变成了卷毛，紧贴在坚硬的前额上。老太太叹了口气，病人睁开了双眼。他看到一张温柔的脸庞凑在他眼前，顶着高烧的滚滚热浪，他的脸上又浮现出顽强的微笑，但他的眼睛又立刻闭上了。老太太走了，就只剩里厄一个人，坐在他母亲刚刚坐着的扶手椅上。街上夜深人静，此刻真的是万籁俱寂。屋子里开始感受到清晨的寒冷。

里厄昏昏欲睡，但是黎明的第一辆车把他从昏睡中惊醒了过来。他打了个哆嗦，朝塔鲁看看，他明白战斗暂时停止了，病人也睡着了。马车的铁木车轮还在远处滚动。窗外，天还是漆黑一片。里厄朝床边走去，塔鲁面无表情地看着他，仿佛还没有睡醒似的。

"你睡着了吧？"里厄问道。

"是的。"

"呼吸好点了吗？"

"好点了。这是不是说明点什么？"

里厄没有吭声，过了一会儿，他说道：

"不，塔鲁，这说明不了什么。你和我都知道，这病在早晨会暂时缓解的。"

塔鲁表示同意。

"谢谢，"他说道，"麻烦你始终要给我明确的回答。"

里厄坐在床脚。他感到病人的双腿就在他边上，颀长而僵硬，仿佛是平躺着的死人。塔鲁的呼吸声变得更加沉重。

"又要发烧了，是吧，里厄?"他气喘吁吁地说道。

"是的，不过到中午我们才会知道情况。"

塔鲁闭上眼睛，仿佛在养精蓄锐。他的神态里流露出一丝厌倦。他等着热度上升，但高烧已经在他体内某处上下翻腾。当他睁开双眼，他的眼神黯然无光。当他发现里厄正俯身靠近他时，他的眼睛里才闪现光芒。

"喝水吧。"里厄说道。

塔鲁喝完水，头又倒了下来。

"时间真是漫长啊。"他说道。

里厄抓住他的胳膊，但塔鲁的目光移向一边，不再有任何反应。突然，高烧像是在体内决堤一样，如潮水般涌向他的前额。当塔鲁把目光转向里厄时，里厄把脸凑上前去鼓励他。塔鲁很想报以笑容，但他嘴巴紧紧闭着，嘴角泛着白沫，终究难以遂愿。但在他僵硬的脸上，目光依然如炬，闪烁着勇敢的光芒。

七点钟，老太太走进房间。里厄回到自己的书房打电话给医院，安排别人顶他的班。他还决定推迟门诊时间，先在书房内的沙发上躺一会儿，但他随即又站了起来，回到了房间。这时，塔鲁的脑袋朝着老太太，看着她娇小的影子。她正蜷坐在边上的椅子上，双手合拢，搁在腿上。他盯着她看，看得那么全神贯注。于是老太太就把一根手指放在嘴唇上示意，然后起身去关床头灯。但外面白天的光线很快透过窗帘射了进来，很快，当病人的脸庞从黑暗中显露出来时，老太太发现他还在盯着自己看。她俯下身子，帮他理了理枕头。直起腰的时候，她把手搁在他潮湿弯曲的头发上，摸了一会儿。这时，她听到从远方飘来的低沉的声音，向她表示感谢，并告诉她现在一切安好。当她再次坐下时，塔鲁已经闭上了眼睛，尽管嘴巴闭得很紧，但疲倦的脸上似乎又浮现出笑容。

中午时分，高烧热度达到了顶点。病人感到胸腔不适，导致剧烈的咳嗽，整个躯体都晃动起来，但他却只咳出点血来。淋巴结已经不再肿胀，但一直都未消退，像是拧在关节上的螺丝帽，里厄觉得要拧开它们是不可能的了。在持续的高烧和不断的咳嗽中，塔鲁还时不时地看看他的朋友们。但没过多久，他睁开眼睛的次数就越来越少了。他饱经沧桑的脸庞在阳光的照射下，显得愈发惨白。在暴风雨中，塔鲁不断抽搐抖动的身体变得很虚弱。尽管闪电不时照亮着他，但他依然在这场暴风雨中渐渐迷失了方向。此刻，里厄面对的只是一张了无生机的脸庞，上面已经看不到一丝笑容。这具躯体，他曾经多么亲近，如今却被长矛刺得千疮百孔，受到常人难以忍受的折磨，又被充满仇恨的天上来风吹得不成样子。里厄亲眼看着塔鲁沉入鼠疫的海洋，而他对此却无能为力。他只能待在岸上，两手空空，心如刀绞。他没有武器，孤立无援，却要再一次独自抗击这场灾难。最后，里厄流下了泪水，他感到束手无策。塔鲁突然转身，面对墙壁，发出一声低沉的呻吟，仿佛他体内某个地方的主弦断了。而这一切里厄都没有看到。

之后的夜晚不再有战争，只有寂静。在这间与世隔绝的房间里，在这具已经穿好衣服的尸体身上，里厄感觉有一股惊人的静谧气息笼罩其上。就在前几个晚上，当人们攻击城门之后，在鼠疫上方的一排排平台之上，也笼罩过这样的气息。那个时候，他已经想到过这样的宁静，当他看到一些人死去，他们的病床上随之就会升起这样的宁静气息。停顿，间歇，战斗之后的休息，到处都有，到处都一样，这便是打了败仗之后的宁静。但此刻笼罩着他朋友的气氛，却是如此浓郁，无论是马路，还是摆脱鼠疫获得解放后的城市，都与这份宁静无比协调。因此里厄强烈地感觉到，这次失败已成定局，它标志着所有战争的结束，也让和平成为一种无法治愈的创伤。医生不知道塔鲁最后是否找到了安宁，但至少在此刻，他觉得自己再也不会安宁，无论对于失去儿子的母亲，还是对于埋葬自己朋友的人，这样的安宁都不复存在。

室外，夜晚依旧寒冷，明净的夜空中点缀着无数星光，仿佛被冻住了一般。在昏暗的房间里，他们透过玻璃窗能感觉到寒意四起，听到天寒地冻的夜晚发出猛烈的呼啸声。老太太坐在床边，还是和平时一样的姿势，右边亮着一盏床头灯。在屋子中间，在远离灯光的地方，里厄坐在他的扶手椅上。他想起了他的妻子，但每当有这个念头时，他又立马打消了。

暮色渐起时，街上行人的脚步声在寒冷的夜晚里显得格外清晰。

"你把一切都安排好了吗？"老太太问道。

"是的，我已经打过电话了。"

于是，他们又安静地守起夜来。老太太不时地看看她的儿子。当里厄与他母亲的目光偶尔交汇时，他就对她报以微笑。夜色中，大街上此起彼伏地响起熟悉的声音。虽然官方还未下达许可令，但许多汽车又重新行驶起来，它们在马路上飞驰而过，来来往往，络绎不绝。讲话声，叫喊声，接着陷入一片寂静，然后响起马蹄声，两辆电车在轨道拐弯时发出的刺耳声，模糊的喧嚣声，然后又是一阵夜晚的风声。

"贝尔纳？"

"是啊。"

"你不累吗？"

"不累。"

他知道他母亲现在在想什么，知道他母亲此刻正爱着他。但他也知道，爱一个人并不是一件多么了不起的事，至少，爱永远无法强大到足以表达的地步。这样，他和他母亲之间永远只能在无言中相爱。总有一天，她会离去，他也是如此。可是在他们整个一生中，他们却止步于此，没能更深入地相互倾诉衷肠。同样，他曾经和塔鲁一起生活，但塔鲁这天晚上死了，而他们却还未曾有时间真正去享受友情。塔鲁输了，正如他自己所说的那样。但里厄呢，他又赢得了什么呢？他获得了对鼠疫的认知，对鼠疫的回忆，对友谊的认识，对友谊的回忆，还有对温情的认识，以及对温情的回忆，仅此而已。人类在鼠疫和生命的游戏中所能获得的所有东西，就是知识和回忆。这可能就是塔鲁所谓"赢"的含义。

又有一辆汽车驶过，老太太坐在椅子上挪了挪身子。里厄朝她笑着。老太太对他说自己不累，但马上又说：

"你得到山里去休息休息。"

"那当然了，妈妈。"

是的，他要去那里休息一下。为什么不呢？这也可以给将来的回忆找个借口。但是，如果所谓的"赢"就是这些，就是有了些知识，有了些回忆，却没有得到所期待的东西，那这样的生活也是很辛苦的。可能塔鲁的生活就是这样，而且他也意识到，没有梦想的生活充满了空虚。人没有希望，内心就不会淡定。塔鲁认为，人没有权利给他人判刑，不过他也知道，任何人都忍不住去给别人判刑，即便是受害者，有时也是刽子手。所以他生活在痛苦和矛盾之中，从未有过希望。难道就是因为这个他才想追求神圣？想通过帮助别人获得内心的淡定？实际上，里厄对此毫无所知，不过这也没关系。塔鲁给里厄留下的唯一印象，就是双手紧握方向盘开着汽车的男人，抑或是眼前这具魁梧的躯体，现在躺在这儿一动不动。一个是生命的热情，一个是死亡的印象，这就是知识。

可能就是这个原因，当里厄在早晨得知他妻子的死讯时，他显得很平静。当时他正在自己的书房里。他母亲几乎是一路跑来的，把电报给了他后就出去了，然后拿出小费给送信人。当她回来时，她看到她儿子手拿电报，已经打开看过了。她看着他，但他却一直出神地望着窗外，港口上正在呈现的早晨景色真是漂亮。

"贝尔纳。"老太太叫道。

医生漫不经心地看了她一眼。

"电报上写了什么？"她问道。

"就是那事，"医生承认说，"就在一周前发生的。"

老太太转头望向窗外。医生陷入了沉默。接着，他劝他母亲不要哭，说他已经预料到了，但这确实很难接受。只是他在说这句话的时候，他也知道自己的痛苦来得并不意外。数月以来，特别是这两天以来，同样的痛苦一直都未曾消失。

在二月的一个美丽早晨，黎明时分，各个城门终于打开了，人民热烈欢呼，各大报纸、广播电台和省政府公报都对此表示祝贺。尽管叙述者当时没有时间，没能全程参与相关活动，但还是需要记录一下城门打开之后的那些欢乐时刻。

无论是白天还是晚上，都在举行规模盛大的庆祝活动。同时，火车开始在站台冒烟，而那些漂洋过海驶来的轮船也驶进了我们的码头。这些现象都在表明：对于那些饱尝离别之苦的人们而言，今天是个大团圆的日子。

　　在这里，人们很容易想象得到居民们的离别之情会达到什么样的程度。白天，无论是进城还是出城的火车，上面都满载乘客。大家都订了这一天的票。在暂缓撤销禁令的两个星期里，每个人都惊恐不安，生怕省政府在最后一刻取消原来的决定。此外，一些旅客即便快到达这座城市，却依旧没有摆脱畏惧心理，因为他们大致了解自己亲朋好友的命运，但对于其他人，对于这座城市，他们便知之甚少了，因此他们把这座城市想象得十分可怕。不过，只有对于在离别期间没有燃烧激情的人，这些内容才是真实的。

　　实际上，富有激情的人一直沉浸在自己念念不忘的事情中。他们身上唯一的变化是：在流亡的日子里，他们曾想着时间赶快过去，而且他们还急切希望它过得更快些。而当城市已经进入他们的眼帘时，他们却希望时间过得慢些，当火车减速进站时，他们甚至希望时间可以停止。他们这几个月的生活由于爱情的缺失而受到了损失，他们因此产生了既模糊又强烈的感觉，冥冥之中觉得自己应该得到补偿，希望快乐的时间比过去等待的时间慢上两倍。那些在房间里或是在站台上等待他们的人——譬如朗贝尔，他的情人几个星期前就得到了通知，已经做好了迎接他到来的准备——也是同样迫不及待，同样心烦意乱。因为持续数月的鼠疫已经把这份柔情蜜意化成了脱离实际的抽象概念。朗贝尔也在战战兢兢地等待着，等着与自己的爱人一起邂逅这份情意，而曾经承载这份情意的就是爱人的血肉之躯。

　　他很想变回鼠疫刚刚爆发时的自己，想一下子飞奔到城外，扑到他爱人的怀里。但是他知道，这已经不可能了。他变了，鼠疫让他养成了漫不经心的习惯，尽管他极力改正，但这习惯如同阴暗角落里的焦虑，一直纠缠着他。某种程度上，他觉得鼠疫结束得太突然了，他还未做好思想准备。幸福正迅速奔来，事态变化太快，超过了人们的预期。朗贝尔明白，他又将重获一切，也明白快乐是一种烫得无法品尝的东西。

此外，在有意无意之间，大家其实和朗贝尔一样，所以要讲讲大家的情况。在这个火车站台上，他们又开始了各自的生活，不过通过眼神交流，通过微笑致意，他们依然感觉属于同一个集体。但当他们看到火车冒烟时，他们流放的心情一下子被忘乎所以的快乐冲刷得一干二净。以前，就在这个火车站台上，经常出现离别的场景，没完没了。但现在当火车停下时，这些场景便在转瞬之间结束了，在相互热烈的拥抱之中，在触碰已经忘记的活力躯体时结束了。而朗贝尔呢，他还没来得及看清向他奔来的到底是谁，这人便已经投入了他的怀抱。他张开双臂紧紧抱住她，他只能看见她一头熟悉的头发。他任凭泪水肆意流淌，这究竟是因为此刻的幸福，还是因为压抑太久的痛苦，他不得而知。但他至少可以确定，泪水让他无法辨认埋在他胸口的这张脸庞，可能是他朝思暮想的样子，也可能充满了陌生的神情。可能得等到以后才能知道他的猜测是否正确。此刻，他想表现得和周围人一样，都认为鼠疫可以降临，可以消失，但人们的心情依旧。

他们一对对依偎在一起，一起回到了各自家里。他们无视身外的世界，仿佛觉得战胜了鼠疫。他们忘却了所有痛苦，忘却了那些从同一火车上下来，却谁也没有找到的人。这些人正准备赶回家去，证实一下心中的顾虑，因为家人长久都杳无音讯，让他们早已心生不安。这些人现在有新的痛苦，而另一些人则在寄托对逝去亲人的哀思，两者的情况截然不同，但是其中的生离死别之情都是最为深刻的。母亲、配偶、情人，他们亲人的尸骨已经埋在无名墓里，或是已经化为尘土。对于他们而言，鼠疫一直都在。

但是谁会想到这些孤独的灵魂？从早晨起，阳光一直在空中与寒风一较高低。到了中午，寒意终于被驱散，连绵不断的阳光倾泻在这座城市里。时间仿佛停滞不动。山岗上的炮台对着宁静的天空连续轰鸣。全城的居民都走到大街上，庆祝这一承载厚重回忆的时刻，这意味着痛苦的时代已经结束，而遗忘的时代还未开启。

每个广场上都有人在跳舞。交通一下子变得繁忙起来，汽车越来越多，只能在挤得水泄不通的马路上缓慢前行。整个下午，城里钟声齐鸣，震撼人心，久久飘荡在洒满金色阳光的蓝天上。教堂里回荡着感恩祈福声。与此同时，所有庆祝的场所都是人满为患。咖啡馆的老板们把最后剩下的酒都卖光了，全然不顾以后会怎样。吧台前挤满了一群同样兴奋的人，其中有许多男男女女抱在一起，完全不顾忌别人的目光。所有人都在大叫，都在狂笑。这些日子，他们仔细呵护着心灵一隅，积聚起所有生活的情感。到了这一天，他们便把这些情感全部宣泄出来，宛若劫后余生。明天，又将恢复小心翼翼的生活。此刻，不同阶层不同种族的人汇聚在一起，彼此之间称兄道弟，亲如姐妹。实际上，死亡的存在并未实现平等，但自由的喜悦却实现了这一目标，至少在这几个小时内是如此。

但是这样热情洋溢的情感很是平常，并不足以说明一切。夜幕降临时，和朗贝尔一起行走在拥挤的马路上的那些人，他们往往用淡定从容的表情来掩饰更加微妙的幸福感。确实，许多夫妇，许多家人，他们看上去就像是心平气和的散步者。实际上，大部分人都会去他们曾经受苦受难的地方，来一场微妙的朝圣之旅。他们会向新来的人指出鼠疫留下的或明或暗的痕迹，指出自己曾经踏过的足迹。在某些情况下，人们喜欢摆出一副向导的架势，装作见多识广，表明亲身经历过鼠疫。人们只谈危险，不谈恐惧。这些乐趣并无害处。但其他情况则是不走寻常路，显得更加惊心动魄。譬如，一位男子沉浸在对以往焦虑的甜蜜回忆中，他可能会对他的情人说："就在这个地方，就在这个时候，我很想念你啊，可是你却不在。"这些饱含激情的游客可以认得出来：在一片嘈杂声中，他们一边走一边三三两两地聚在一起，彼此交头接耳，窃窃私语。比起十字路口的街头乐队，他们这些人更能真切地表达出获得解放的心情。因为这群快乐的人儿，他们走在喧闹的人群中，一对对紧紧依偎在一起，言语不多，却沾沾自喜地表现出不恰当的幸福模样，仿佛在表明鼠疫已经结束，恐惧时代已经成为过去。他们罔顾事实，心平气和地否认我们曾经在这个荒谬的世界上生活过，在这个世界里，杀个人像拍死几只苍蝇一样稀松平常；他们否认这种确凿无疑的野蛮行径，这种经过预谋的疯狂举动，否认这种囚禁生活，但凡不属于现在的东西，都被这样的生活披上了一件所谓自由的可怕外衣；他们否认闻到这股使活人作呕的死亡气息；最后，他们还否认我们曾经被吓得惊魂未定。当时，我们之中每天都有人被投进焚尸炉，然后被烧得化为一股浓烟，而另一些人则戴着无能与恐惧的镣铐，等待着死亡的来临。

总之，里厄医生所看到的场景就是这样。当时恰逢傍晚，他独自一人走在去郊区的路上，耳畔不断传来钟声、炮声、音乐声和震耳欲聋的叫喊声。他的工作还在继续，因为病人是不会休假的。夕阳西下，城市落满了美丽柔和的落日余晖，也飘起了一阵阵熟悉的烤肉味和茴香酒味。他的四周，是一张张仰望天空的笑脸。男男女女都搂在一起，兴奋之情溢于言表。是的，鼠疫结束了，恐惧也结束了，而这些热情的拥抱仿佛在说，鼠疫确实是造成人们流放和离别的根源。

几个月以来，里厄在所有行人的脸上都瞧见亲如一家的神色，他终于可以懂得是何原因。现在，他只需环顾一下周围的人就能明白。鼠疫过后，由于生活贫困，所有这些人都只好穿上了流放移民的衣服，其实他们这样做已经很久了，起先可以从他们的脸色流露出来，现在则从服饰上可以看出来，那种远离故土的离愁别绪已经表露无遗。自从鼠疫爆发、城门被迫关闭之后，他们只好过着与世隔绝的生活，他们失去了可以遗忘一切烦恼的人性温暖。在不同程度上，全城各处的男男女女都渴望团聚，尽管对每个人而言，团聚的性质不尽相同，但大家都觉得团聚只是个不可能实现的奢望。大部分人都曾经声嘶力竭地呼喊远方的亲人，渴望肉体的温暖，想念往日的温存或是习惯。有些人失去了别人的友情，也无法通过写信或是坐火车轮船等普通方式联系朋友，维系友情，因此他们对此颇感痛苦，但往往却并不自知。其他人则人数较少，他们可能像塔鲁一样渴望团聚，但团聚的方式他们却说不出来，不过这是他们觉得唯一渴望得到的东西。因为这东西没有名字，所以他们就称之为"安宁"。

里厄继续走着。他越往前走，他周围的人就越多，喧嚣声也就越响。他似乎觉得自己越向他想到达的郊区前进，郊区越在往后退。他逐渐与大声叫喊的人群融为一体，他更加明白他们的叫喊声意味着什么，至少这其中也有他自己的呐喊。是的，无论是肉体上还是心灵上，大家都遭受过痛苦，无论是难以忍受的空虚，无可奈何的流放，还是永远无法满足的渴望。堆积如山的尸体，救护车的鸣笛声，所谓的命运发出的警告声，裹足不前的恐怖氛围，以及他们内心的强烈反抗，面对所有这些，一阵巨大的喧嚣声响彻天地，提醒这些惊魂失魄的人们，告诉他们要去寻找真正的故乡。对他们所有人来说，真正的故乡不是这座令人窒息的城市，而在城墙之外。真正的故乡在山岗上散发着芬芳的荆棘里，在大海里，在自由的大地上，也在沉甸甸的爱情里。他们想回到故乡，重获幸福，对于其他一切，他们不屑一顾。

至于这样的流放和这种团聚的意愿究竟有何意义，里厄却并不清楚。他一直向前走着，到处都有人挤他，向他吆喝。渐渐地，他走到了不太拥挤的街区。他觉得这些事有没有意义都无关紧要，只要看到有满足人们愿望的东西就行了。

之后，他知道满足愿望的东西是什么，在郊区几乎空无一人的街道上，他对此看得更加清楚。有些人看重自己那些微不足道的东西，他们只想回到自己爱情的家宅。这些人的愿望有时确实得到了满足。当然，他们中的某些人没能等来自己的亲人，便独自一人在城里孤独地步行。还有一些人则比较幸运，他们没有像某些人那样经历过两次离别之苦。后者在鼠疫前没能获得一见钟情式的爱情，又在随后的几年里盲目追求彼此的结合，但别扭的感情最终导致情人反目成仇。之前所说的那些幸运的人，像里厄本人一样，他们轻信时间的力量，结果却永远分别了。还有一些人像朗贝尔一样——譬如医生这天早晨走之前跟他说："勇敢些，胜利就在眼前。"——他们立刻找到了原来以为失去的亲人。至少在一段时间里，他们会感到幸福。他们现在知道，如果有一样东西可以一直渴望，并且可以偶尔获得，那这样东西就是人类的温情。

相反，对于那些超脱常人的人，他们寻觅某些连自己都无法想清楚的东西，最后却毫无结果。塔鲁似乎已经寻得了他曾经说过的这种难得的安宁，但他是在死亡中才寻得的，这时的安宁对他来说已经毫无意义。不过，在落日的余晖下，里厄看到另一些人在自己家门口紧紧拥抱在一起，彼此深情地凝望着对方。这些人之所以获得了他们想要的东西，那是因为他们要求的是他们唯一可以掌控的东西。当里厄拐入格朗和科塔尔所住的那条街时，他觉得一些人对人类感到满足，对人类可怜而伟大的爱情感到满足。这样的人，他们应该得到快乐，至少每隔一段时间就应该得到。

　　这段叙事即将结束。现在到了贝尔纳·里厄医生承认自己就是本书作者的时候了。但是在描述最后几件事之前，他至少想表明一下创作本书的理由，让大家明白他完全是以见证人客观的口吻来记叙的。在整个鼠疫期间，他从事的职业使得他可以见到大部分居民，记录他们的感想。所以他很适合讲述自己的所见所闻，但是他希望恰如其分地来讲。总之，他尽量不去讲自己没能看到的事情，尽量不给鼠疫时期的伙伴灌输他们心中未必成形的想法，只用出于碰巧或是出于倒霉而落入他手的文本资料。

　　他被指定为某种罪行做证，所以他保持了某种谨慎的态度，就像是一位善良的证人。但同时由于良心使然，他毫不犹豫地站在受害者一边，他想与大家和市民们待在一起，因为他们都认为确凿无疑的事，只有爱情、受难和流放。因此，市民们的焦虑就是他的焦虑，市民的遭遇也就是他的遭遇。

　　要成为一名忠诚的见证人，他就得把跟他们有关的行为、文献和会议都记录下来。但是他个人要讲的事，譬如他心中的期待和他经历的考验，他都闭口不谈。如果谈到了，那只是为了理解他们，或是让市民理解他们，同时也是为了把他们大部分时候感觉模糊的事情，尽可能精确地表达出来。老实说，对他而言，这种理智的选择并不费劲。每当他不由自主地把自己内心情感与鼠疫患者的千万声呐喊融为一体时，他就必定会想到自己所有的痛苦也正是其他人的痛苦，想到在一个每个人都得孤独地忍受痛苦的世界里，这样的状况也是一件幸事。总之，他得为大家说话。

　　但是，市民中至少有一个人，里厄是不能为其说话的。这就是塔鲁有一天对里厄说起的那个人："他唯一真正的罪行，就是他在内心里赞同导致孩子和大人死亡的事情。其他的事，我都能理解，但唯独这个，我只是迫于无奈才原谅他的。"这个人内心愚昧无知，也很孤僻，这篇纪事写完他之后确实也就应该结束了。

里厄离开了举办庆祝活动的大街，离开了喧嚣与吵闹。就在拐入格朗与科塔尔住的那条街时，他被一条警戒线挡住了去路，这让他完全没有想到。远处传来的喧闹声让这个地区显得无比安静。他觉得这里既荒凉又寂静。他把证件掏了出来。

"不能过去，医生，"警察说道，"有个疯子朝人群开枪。不过请你待在这里，你可以帮得上忙。"

就在这时，里厄看到格朗正朝他走来。格朗也是一头雾水。人们不让他过去，他得知几声枪响是从他家传出来的。远远望去，他的房子披上了夕阳最后一抹余晖，却无暖意。房子周围是一大片空地，一直伸展到对面人行道为止。在马路中间，人们分明可以看到一顶帽子和一块脏布。里厄和格朗隔得很远也能瞧见马路对面的警戒线，那条警戒线与眼前阻止他们前进的警戒线是平行的。一些居民在警戒线后面行色匆匆，走来走去。再仔细观察，他们还看到几位持枪警察蹲在这幢房屋对面的几幢大楼的门后。而这幢房屋的所有百叶窗都紧闭着。不过，三楼有扇百叶窗似乎半开着。大街上非常寂静，只飘荡着从市中心断断续续传来的音乐声。

过了一会儿，从对面的一幢楼里传出两声枪响，百叶窗立刻裂成碎片。接着，又陷入了宁静。经过白天的喧闹之后，现在从远处望去，里厄仿佛觉得这一切都不太真实。

"这是科塔尔的窗户。"格朗突然激动地说道，"但科塔尔已经消失了。"

"那你们为什么开枪？"里厄向警察问道。

"我们正在稳住他。我们在等一辆物资车，因为他朝那些试图闯进大楼大门的人开枪。有个警察中枪了。"

"他为什么开枪呢？"

"不知道。之前人们正在逛街。听到第一声枪响时，他们还没有反应过来是怎么回事。听到第二声枪响，人们就大呼小叫起来，有个人受伤了，于是大家都跑掉了。肯定是个疯子！"

四周又变得静悄悄的，时针仿佛走得很慢。他们看到一条狗突然从马路对面蹿了出来，这是里厄很久以来第一次看到狗。这是一条西班牙猎犬，之前一定是被它的主人藏了起来。这条狗正沿着墙一路小跑，到了门口后，它迟疑了一会儿，然后蹲了下来，转过头去咬身上的跳蚤。警察冲它吹了好几声哨子。它抬头起来，然后决意要慢慢穿过马路，去闻一闻那顶帽子。就在此时，三楼有人开枪，这只狗像煎饼一样翻了过来，四只爪子在拼命挣扎，最后它倒地不起，不停地颤抖，抖了很久才停下。对面大楼里的门里射出五六发子弹作为回应，把百叶窗打得碎片乱飞。接着又是一片安静。太阳已经下落了一点，科塔尔的窗户开始变暗了。大街上，一阵轻微的刹车声从医生身后传来。

"他们来了。"警察说道。

几个警察背朝外从车上下来。他们拿着绳索、梯子和两块用油布包起来的长方形东西。他们绕到这片住宅外面的一条马路上，就在格朗那幢房子的对面。过了一会儿，与其说是看到，不如说是猜到这些房子的门后有某种骚动。接着人们就在等着。狗已经一动不动，倒在了暗红色的血泊中。

突然，在警察占据的房子里，从窗户处传出一阵冲锋枪的声音。随着这一阵枪响，被瞄准的百叶窗碎了一地，留下一个巨大的黑窟窿。里厄和格朗从他们所处的位置望去，什么也分辨不清楚。当枪声停下，在远处的一座房子里，第二支冲锋枪又从另一个角度开始射击。子弹可能打进了窗框，因为其中一颗子弹打在砖头上崩出许多碎片。就在那一瞬间，三个警察迅速穿过马路，破门而入。几乎与此同时，又有三个警察也跟了进去，枪声随即戛然而止。人们还在等待。远处响起了两声爆炸声，声音在楼里回响着。接着是一阵嘈杂，人们看见一个穿着衬衣在不停叫喊的小个子男人被拉了出来，准确地说，是被架了出来。沿街的所有百叶窗几乎奇迹般地同时打开了，窗口挤满了看热闹的人，一拨又一拨人纷纷从家里走出来，挤在警戒线后面。这时，人们看到小个子男人已经在马路中间，双脚着地，胳膊被警察拧到了背后。他在不停叫着。有个警察向他走了过来，狠狠地揍了他两拳，显得非常熟练。

"是科塔尔，"格朗结结巴巴地说道，"他疯了。"

科塔尔倒在地上。那个警察还在用力踢着躺在地上的人。接着一群乱哄哄的人显得很激动，他们朝医生和他的老朋友走来。

"散开！"警察喊道。

当这群人从里厄面前走过时，他把目光挪向了别处。

在暮色沉沉中，格朗和医生走了。刚才发生的事仿佛让这个街区从麻木不仁中苏醒了过来，僻静的街道又重新热闹起来，到处都是欢乐的人群。快到家门口时，格朗和医生说了声再见。他要去工作了。但就在上楼前，他跟医生说他已经给让娜写了封信，说他现在很开心。接着，他又说自己把那句话重写了一下："我把所有的形容词都删掉了。"

话音刚落，他的脸上就露出一丝狡黠的笑容。他把帽子摘下，向里厄毕恭毕敬地行了个礼。但是里厄却在想着科塔尔。他正要赶去患哮喘病的老头儿家，一路上，他的耳边一直萦绕着打在科塔尔脸上那一声声沉重的拳头声。比起心里想着一个死人，想着一个罪人可能会更加痛苦吧。

当里厄来到病人家，夜幕已经完全降临。在病人的房间里可以听到远处人们庆祝自由的喧闹声。老头儿的脾气还是一样，继续把

鹰嘴豆倒来倒去地玩。

"他们做得对，是得放松一下。"他说道，"世界之所以成为世界，就是什么都得有一点。对了，医生，你的同事呢？他现在怎么样了？"

他们的耳边传来一声声巨响，但这是和平的声音：是一些孩子在玩爆竹。

"他死了。"医生一边说，一边在为呼哧作响的胸部听诊。

"啊！"老头儿喊了一声，显得有点惊讶。

"是鼠疫。"里厄补充道。

"是啊，"过了一会儿，老头儿说道，"好人走得早。这就是生活。但是他很清楚自己想要什么。"

"你为什么说这些？"医生一边说，一边在放好他的听诊器。

"不为什么。他可不会随便说说的。总之，我很喜欢他。就是这样吧。别人说：'这是鼠疫。我们经历过鼠疫。'为了这点小事，他们可能还会要求授勋。但鼠疫到底是什么呢？就是生活吧。"

"你要经常做做熏蒸疗法。"

"哦！别担心。我的时间还长着呢，我会活得比他们都长。我懂得生活。"

远处欢快的叫声与他遥相呼应。里厄医生在房间里停下脚步。

"我想去平台上，这会不会打扰你？"

"不会！你想到那上面去看看他们，是吗？完全随你。不过他们还是和以前一样。"

里厄朝楼梯走去。

"嗨，医生，听说他们要给在鼠疫中死去的人竖块纪念碑，这是真的吗？"

"报纸上是这么说的。竖个碑或是立块牌子。"

"之前我就料到会这样。肯定还有人来讲话。"

老头儿笑得都要岔气了。

"在这里我就听到他们说：'我们已故的……'说完就赶紧去吃饭了。"

里厄已经登上了楼梯。苍凉的天穹下，点点繁星在鳞次栉比的房屋上空闪烁。在山岗附近，它们又仿佛坚如磐石。这个夜晚，一如他和塔鲁那天来到平台的那个晚上，那晚他们在平台上，也就自然忘却了鼠疫。但是，悬崖下方的大海却比那晚更有声势。空气仿佛都凝结不动，轻盈地飘浮在那儿，一点也闻不到温润的秋风吹来的海水的咸腥味。不过，来自城里的喧闹声犹如波涛一般不断撞击着平台的墙脚。但这个夜晚依然属于解放，而不属于反抗。远处，一片暗红色的光芒在隐约闪烁，那是灯火通明的大街和广场。在这个解放的夜晚，愿望也变得无拘无束，发出了洪亮的隆隆之声，一直传到里厄的耳畔。

政府庆典的礼花开始在幽暗的港口上空绽放，引起了全城居民此起彼伏的欢呼声，久久不能平息。科塔尔、塔鲁，以及所有里厄曾经爱过而后又从他身边消失的人，他们有的死去，有的犯罪，如今全都被人遗忘。老头儿说得对，人还是和以前一样，还是一样的活力，还是一样的纯真。但在这里，里厄超越了一切痛苦，感觉又和这些人融为一体。欢呼的声音越来越响，欢呼的时间越来越长，一直传到平台底下，在那里久久回荡。夜空中火树银花，流光溢彩。面对此情此景，里厄医生决定写篇故事，故事的结局就放在这里。这样做的目的，就是为了不要成为沉默的大多数，为了支持那些曾经亲眼看见的鼠疫患者，为了让人们记得他们曾经遭受的暴力与不公正的待遇，为了告诉别人自己历经磨难之后的感悟：在人的身上，值得欣赏的东西总是多于应该蔑视的东西。

　　不过，他知道这篇纪事作品不能记述最终的胜利，它只是一份证据，证明人们曾经不得不做的事情，证明人们将来可能还得做的一些事情。这些人既当不了圣人，也不愿意与灾难同流合污，但当他们面对恐惧，面对它不停挥舞的凶器，他们却不顾个人痛苦，竭尽全力想做名医生。

　　里厄倾听着笼罩全城的欢声笑语，心中却想这样的欢声笑语里总是潜藏着危机。因为沉浸在欢乐之中的人们所忽视的东西，他却很清楚。人们可以在书中看到：鼠疫杆菌永远不会死掉，也永远不会消失，它能在家具和衣服中沉睡几十年之久，它能在房间、地窖、箱子、手帕和废纸堆中耐心守候。也许有朝一日，不幸会再次降临，再来教训一下人类，那么鼠疫就会唤醒它的鼠群，让它们奔向一座幸福之城，最终在那里终结生命。

经典译林

书名	单价	ISBN 号
爱的教育	32.00 元	9787544768580
艾青诗集	35.00 元	9787544773584
安娜·卡列尼娜	49.00 元	9787544740883
安徒生童话选集	42.00 元	9787544775731
傲慢与偏见	36.00 元	9787544774697
八十天环游地球	32.00 元	9787544775861
巴黎圣母院	42.00 元	9787544775748
白洋淀纪事	32.00 元	9787544772617
百万英镑	35.00 元	9787544777360
包法利夫人	38.00 元	9787544777353
悲惨世界 (上、下)	98.00 元	9787544777346
背影	28.00 元	9787544777483
被侮辱与被损害的人	39.00 元	9787544777261
边城	25.00 元	9787544757416
变色龙：契诃夫中短篇小说集	39.00 元	9787544777421
变形记 城堡	38.00 元	9787544777292
茶馆	32.00 元	9787544773539
茶花女	35.00 元	9787544777384
查拉图斯特拉如是说	38.00 元	9787544759793
朝花夕拾	22.00 元	9787544768535
沉思录	22.00 元	9787544759649
城南旧事	23.00 元	9787544768801
大卫·科波菲尔 (上、下)	65.00 元	9787544769068
地心游记	32.00 元	9787544775847
飞鸟集	25.00 元	9787544761031

飞向太空港	39.00元	9787544781763
福尔摩斯探案集	58.00元	9787544775373
复活	42.00元	9787544777308
傅雷家书	49.00元	9787544771627
富兰克林自传	25.00元	9787544750691
钢铁是怎样炼成的	39.00元	9787544774635
高老头	29.80元	9787544768856
格列佛游记	35.00元	9787544774642
格林童话全集	49.00元	9787544777285
给青年的十二封信	29.00元	9787544774321
古希腊悲剧喜剧集(上、下)	69.80元	9787544711708
海底两万里	38.00元	9787544775717
红楼梦	55.00元	9787544774604
红与黑	49.00元	9787544777315
呼啸山庄	39.00元	9787544775779
基督山伯爵(上、下)	108.00元	9787544777490
纪伯伦散文诗经典	42.00元	9787544777438
寂静的春天	35.00元	9787544773430
假如给我三天光明	25.00元	9787544768511
简·爱	39.00元	9787544774666
金银岛	35.00元	9787544780100
荆棘鸟	45.00元	9787544768818
静静的顿河	128.00元	9787544777513
镜花缘	39.00元	9787544771603
局外人·鼠疫	38.00元	9787544781756
菊与刀	24.00元	9787544750707
宽容	32.00元	9787544760492
昆虫记	39.00元	9787544775830
老人与海	32.00元	9787544774789
理想国	29.00元	9787544750684
聊斋志异	55.00元	9787544779791

猎人笔记	38.00 元	9787544775809
林肯传	28.00 元	9787544759960
鲁滨孙飘流记	35.00 元	9787544774680
绿山墙的安妮	36.00 元	9787544775755
罗马神话	16.80 元	9787544711722
罗生门	39.00 元	9787544777193
骆驼祥子	32.00 元	9787544775724
麦田里的守望者	38.00 元	9787544775106
美丽新世界	35.00 元	9787544777254
名人传	39.00 元	9787544774673
拿破仑传	38.00 元	9787544759809
呐喊	23.00 元	9787544768528
牛虻	38.00 元	9787544777339
欧·亨利短篇小说选	36.00 元	9787544775823
欧也妮·葛朗台	32.00 元	9787544775854
培根随笔全集	28.00 元	9787544768788
飘(上、下)	88.00 元	9787544777407
热爱生命·海狼	38.00 元	9787544777469
人类群星闪耀时	29.80 元	9787544766906
人性的弱点	28.00 元	9787544759977
儒林外史	42.00 元	9787544781084
三个火枪手	59.00 元	9787544777278
三国演义	45.00 元	9787544774598
沙乡年鉴	42.00 元	9787544775441
莎士比亚喜剧悲剧集	49.00 元	9787544777322
少年维特的烦恼	18.00 元	9787544762502
神秘岛	48.00 元	9787544772884
神曲(共三册)	128.00 元	9787544777414
圣经故事	35.00 元	9787544768825
十日谈	38.00 元	9787544714280
双城记	45.00 元	9787544781879

水浒传	55.00 元	9787544774581
苔丝	39.00 元	9787544777179
谈美	26.00 元	9787544772013
谈美书简	28.00 元	9787544772006
汤姆·索亚历险记	32.00 元	9787544774659
堂吉诃德	62.00 元	9787544714877
汤姆叔叔的小屋	45.00 元	9787544775793
唐诗三百首	39.00 元	9787544781916
天方夜谭	42.00 元	9787544775816
童年	38.00 元	9787544762168
童年·在人间·我的大学	49.00 元	9787544775786
瓦尔登湖	28.00 元	9787544768764
我是猫	39.00 元	9787544777186
物种起源	42.00 元	9787544765022
雾都孤儿	35.00 元	9787544768696
西游记	48.00 元	9787544774611
希腊古典神话	49.00 元	9787544777391
乡土中国	29.00 元	9787544781886
小妇人	45.00 元	9787544766784
小王子	29.00 元	9787544774628
星星离我们有多远	35.00 元	9787544782043
羊脂球	38.00 元	9787544775878
一九八四	36.00 元	9787544777216
伊索寓言全集	35.00 元	9787544775762
尤利西斯	58.00 元	9787544712736
约翰·克利斯朵夫 (上、下)	98.00 元	9787544777476
月亮和六便士	45.00 元	9787544773805
战争与和平 (上、下)	108.00 元	9787544777445
中国哲学简史	48.00 元	9787544771580
最后一课	36.00 元	9787544777377